I0668629

IRMA VENTER

DIE DRIE
WEDUWEES

Tafelberg

Outeursreg © 2025 Irma Venter
Outeursreg in gepubliseerde uitgawe © 2025 NB-Uitgewers
Eerste uitgawe in 2025 deur Tafelberg,
'n druknaam van NB-Uitgewers,
'n afdeling van Media24 Boeke (Edms.) Bpk., Heerengracht 40, Kaapstad

Omslagontwerp deur Nudge Studio
Omslagfoto's: iStock
Kaart en tipografie deur Susan Bloemhof
Geset in 11 op 17 pt Sabon

Oorspronklik gedruk in Suid-Afrika
ISBN: 978-0-624-09148-6 (Eerste uitgawe, eerste druk 2025)

LSiPOD: 978-0-624-09615-3 (Eerste uitgawe, eerste druk 2025)

Epub 978-0-624-09149-3

Vir Adelle, Amanda, Annelie, Audrey, Deidré,
Deirdre, Liesl, Shameemah en Sonja

People speak of hope as if it is this delicate, ephemeral thing made of whispers and spider's webs. It's not. Hope has dirt on her face, blood on her knuckles, the grit of the cobblestones in her hair, and just spat out a tooth as she rises for another go.

   – Matthew (@CrowsFault), 10 Maart 2022

I always say, if you live with the Devil, you find out there's a God.

   – Sinéad O'Connor

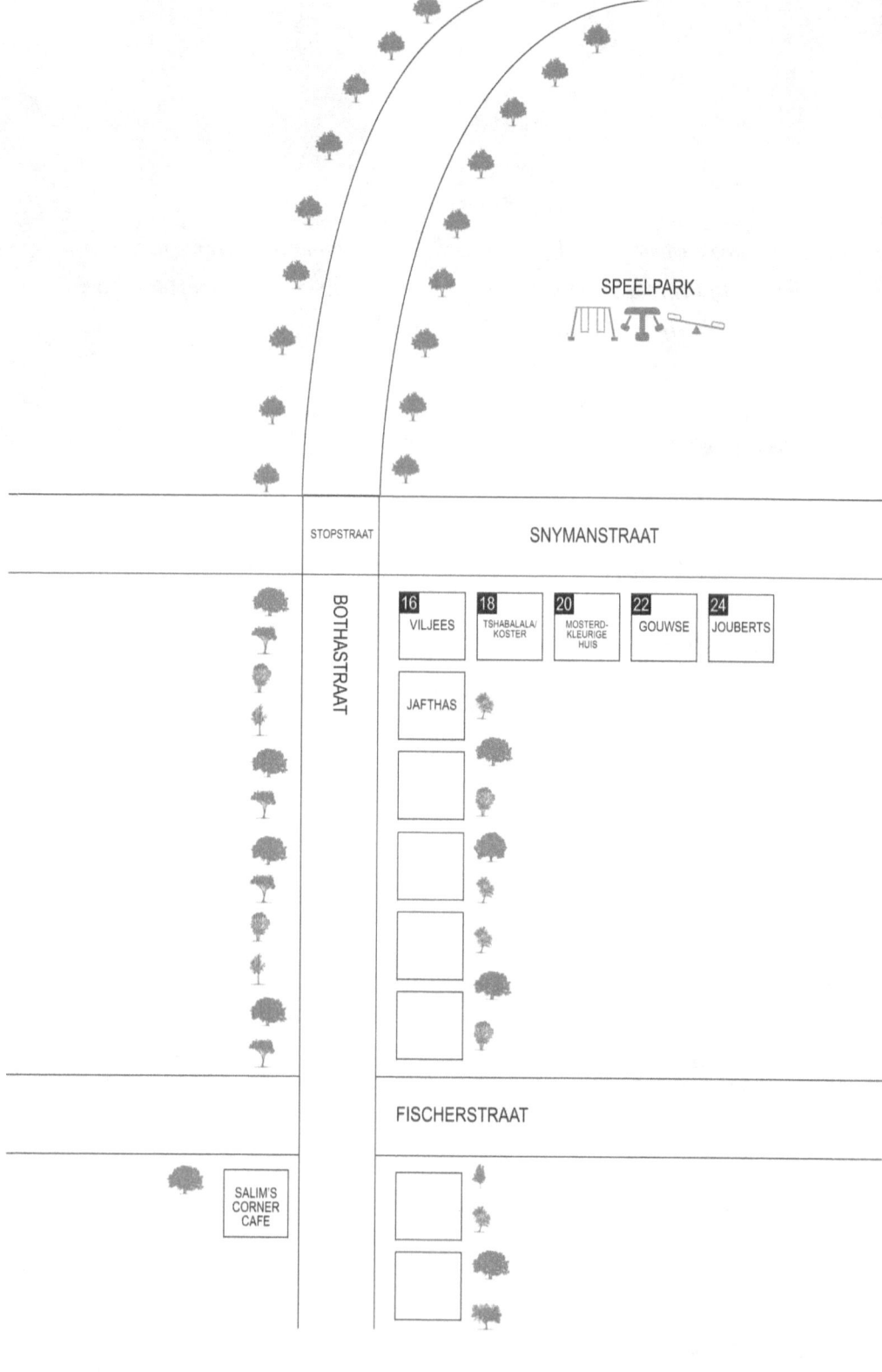

SPEELPARK

STOPSTRAAT   SNYMANSTRAAT

BOTHASTRAAT

| 16 | 18 | 20 | 22 | 24 |
| VILJEES | TSHABALALA/KOSTER | MOSTERD-KLEURIGE HUIS | GOUWSE | JOUBERTS |

JAFTHAS

FISCHERSTRAAT

SALIM'S CORNER CAFE

VANDAG

Vrydag 2 Februarie

1

"Elisaveta Khristakieva."

Ami maak haar oë vir 'n oomblik toe. Probeer vir die derde keer die spelling op Engels: "Ee . . . el . . . aai . . . zet . . ."

"Nee. Es," sê die sterkgeboude blonde vrou geduldig, asof sy gereeld haar naam vir vreemdelinge moet uitlê.

Ami trek die letters dood en oorhandig haar pen en notaboek aan die jong Bulgaar, die vrou se ligblou oë nog effe verskrik van wat pas gebeur het.

"Ek sal dit eers in cyrillies skryf en dan in jou alfabet."

Ami knik dankbaar. Om 'n naam verkeerd te kry is een van joernalistiek se grootste sondes – aldus elke dosent wat sy nog ooit gehad het én Nuus360 se nuusredakteur.

Sy skuif tot in die skadu van die toerbus waar dit in die druk verkeer op die N1 Noord, net anderkant die Allandale-afrit, staan en luier. Verlig sy hoef net hierdie een naam te spel en nie almal in die bus s'n nie.

Die snelweg het amper 'n uur laas beweeg. Sy kon hier uitkom danksy haar motorfiets wat deur die verkeer kan vleg, die stringe motors wat teen dié tyd seker al tot in Joburg se middestad terug staan.

Dis net ná twaalf, vrek warm, en almal is gretig om naweek te gaan hou. 'n Handvol bestuurders staan langs hulle motors en skel, terwyl ander ongeduldig pad-op loop om te probeer sien wat aangaan. Meeste bly sit met die lugversorging aan, onwillig om die bakkende Februarie-hitte te trotseer.

Die lug is al dik met uitlaatgasse, en Ami moet elke nou en dan aan 'n krapperigheid in haar keel sluk.

'n Minibustaxi het vroeër probeer om met die noodbaan langs te ontsnap, maar vir 'n verandering het die metropolisie dit nie geduld nie en die voertuig afgetrek. Ami kyk hoe die bestuurder verwoed beduie na die passasiers in sy volgepakte Hiace, die polisievrou wat niks wil hoor nie.

Die misdaadtoneel is afgesper met 'n ry polisiemotors. 'n Forensiese span, geklee in wit oorpakke en blou skoenoortreksels, is besig om die area te fynkam. Een sekuriteitswag is dood, die geldwa waarin hy saam met sy kollegas gereis het aan stukke geblaas.

Die Bulgaar gee die notaboek terug, die verwilderde kyk steeds in haar oë.

Ami weet nie hoe om haar of die res van die sokkerspan gerus te stel nie. Vyf ure in Suid-Afrika en hierdie is hulle eerste ervaring ná hulle vertrek by die OR Tambo Internasionale Lughawe.

Sy kyk op, vas in die ry gesigte wat voor in die bus sit en video's skiet op hulle fone. Sug onwillekeurig. Dis nie asof die land nog slegte publisiteit kan bekostig nie. Sy weet nie of dit haar verbeelding is nie, maar dis asof Suid-Afrikaners al hoe meer as boewe uitgebeeld word in Hollywood-produksies.

"Jammer," bied sy aan. "Ons is nie almal so nie."

Sy weet nie wat anders om te sê nie. Khristakieva en haar span moes toekyk hoe 'n BMW, twee Isuzu-vragmotors en 'n Toyota Fortuner 'n geldwa van die pad af dwing en dit met plofstof oopgeblaas word. Twee wagte het inderhaas voor die groep aanvallers gevlug. Die derde een – die een wat sy wapen uitgeruk het – is met 'n AK-47 doodgeskiet.

Die sekuriteitsvoertuig wat die geldwa begelei het, lê op sy dak. Die twee insittendes het lelik seergekry, een van die vragmotors wat hulle bakkie van die pad tot teen die beton-middelman geskraap het.

Dertien mans, met militêre presisie, helder oordag – en dis die derde transitoroof hierdie week.

Die Valke wil niks meer verklap as dat dit die werk van 'n sindikaat is nie. Die lede van die spesialis-ondersoekspan wat die transitorowe ondersoek, bly anoniem, ingeval die bende hulle begin teiken.

Khristakieva het 'n selfoonvideo geskiet terwyl die insident plaasgevind het. Een van die rowers wat die stroom verkeer gepolisieer het, het haar selfs met 'n saluut erken, min gepla dat hy op film vasgelê word. Nie dat dit saak maak nie. Die mans het almal balaklawas gedra, so dit is nie asof die beeldmateriaal die polisie veel gaan help nie.

Khristakieva het goedgunstiglik toegegee dat Nuus360 die video gebruik.

Ami se foon lui.

Sy ignoreer dit, steeds besig om met die Bulgaar te gesels. 'n Paar minute later beduie sy haar dank aan Khristakieva en loop na haar Triumph deur die middaghitte wat uit die teer opslaan. Sy vee die sweet van haar voorkop, pluk aan die donkerblou top in 'n poging om af te koel.

Sy weet die polisie is nie bly dat sy hier is nie. Sy is egter nie die enigste joernalis op die toneel nie. Haar fotograaf, Jules, staan op die Allandalebrug met 'n telefotolens, langs iemand wat sy vermoed vir die Engelse kompetisie werk.

Sy waai totsiens. Jules wuif terug, kamera in die lug. Dit beteken gewoonlik dat sy goeie foto's gekry het. Ephrahim Sithole, hulle nuusredakteur, gaan bly wees.

Sy klim op haar motorfiets waar dit op die graswal langs die snelweg staan, bly dis nog in een stuk en dat een of ander ongeduldige taxibestuurder dit nie afgeskryf het nie.

Weer lui haar foon.

Sy vis dit uit haar rugsak. Kyk na die naam.

"Delia? Hallo."

Delia se broer, Paul, is 'n afgetrede generaal in die polisie en 'n baie goeie vriend van Ami. Sy was juis voorverlede week by hom, boks Camels in die hand om sy rookgewoonte te voed.

"Ami."

Die woord is 'n sug. 'n Laat-los.

Sy voel die agterdog in haar roer. "Paul?"

Delia begin huil. Dan soek sy na asem, praat vinnig: "Kan jy hierna-toe kom? Paul het gesê ek moet jou eerste bel. Maar moenie jaag nie. Dis nie nodig nie."

Dit neem twee sekondes vir die woorde om in te sink. "Ek's op pad. Gee my tien minute."

2

Ami laat die Triumph brul waar sy ongeduldig buite die aftreeoord wag vir die sekuriteitswag om sy verskyning te maak. Sy gooi 'n oog oor die rye aanmekaar siersteenhuise, versteek agter 'n perskekleurige muur met 'n elektriese heining.

Lyttelton, Centurion – doodgewone buurt met doodgewone mense. Nes Paul daarvan hou hier waar hy saam met sy suster bly.

Uiteindelik steek 'n ouerige man sy kop uit die waghuis. Dit is dieselfde lang, bonkige wag wat sy gereeld hier teëkom. Sy skat hom diep in die sestig, met effens slordige bruin hare wat lyk asof iemand by die huis dit knip. Daar is 'n moegheid aan hom, 'n wantrouige kyk in die oë.

Hy staan nader. "Waarheen nou weer?"

"Nommer 76."

Hy oorhandig die besoekersregister aan haar en sy teken haar besonderhede aan.

Toe sy haar lisensie wil uithaal, skud hy sy kop. "Die company het 'n lelike fight met die oord opgetel. Hulle het hulle systems gevat en geloop. Net ek en een ander wag bly agter. Dit klink my daar kom volgende week CCTV en licence plate scanners, so vir nou kan jy dit maar hou."

Hy druk die knoppie op die afstandbeheer en die hek gaan oop. Ami jaag na die vierkantige huis in die hoek. Op pad na die tuinhekkie waar sy altyd ingaan – om die huis, stoep toe, na waar sy en Paul gewoonlik kuier – loop sy in Delia vas.

Sy is 'n paar sentimeter langer as haar broer en ook effens jonger, in haar laat-sestigs. Vandag is haar lang, welige grysblonde hare los en deurmekaar, die middagwind wat dit teen haar gesig vaswaai.

Sy vang die slierte met 'n sterk, benerige hand vas en druk dit agter haar oor in. Sê niks. Staan net daar.

Ami se vrees groei. Paul het alzheimers. Sy weet dat hy voortydig gaan doodgaan en dat niemand dit kan keer nie.

Sy vee vlugtig oor die goue kruis om haar nek. Kam haar langerige, donkerblonde hare uit haar gesig. Vra hoopvol: "Hospitaal?"

Delia skud haar kop. Kruis haar arms en kyk eenkant toe. Vee oor haar wang. Snuif.

"Is jy seker?"

"Die ambulans was hier." Delia sluk met moeite.

Agter hulle hoor Ami hoe iemand 'n deur oopmaak. Seker die bure wat wonder wat aangaan.

"Polisie?"

"Reeds gebel."

Ami laat sak haar kop. Voel die huil in haar opstoot. "Het hy . . . het hy toe . . .?"

"Lyk so. Nie dat ek weet hoe hy so iets sou doen nie."

Ami weet nie hoe om te reageer nie.

Delia lig haar ken. "Toe hy destyds gediagnoseer is, het hy vir my aanwysings opgetik oor wat om te doen wanneer hy . . . wanneer hy tot sterwe kom. Ek moes sweer ek sou dit eers oopmaak wanneer hy weg is. Dit sê ek moet jou eerste bel. Dat jy alles sal hanteer."

Haar woorde droog op, woede wat oorneem. Sy ry terug op die hakke van haar sandale, haar gesig strak. "Het jy geweet wat hy gaan doen?"

"Nee." Ami skud haar kop beslis. "Maar hy hét dit 'n paar keer ge-noem, veral in die laaste ruk. Dalk om te hoor wat ek dink. En ons al twee weet mos hoe hy is. Hy sou nooit net so kon sit en verdwyn nie. So . . ." Sy soek na die regte woorde. "So wag om op te los in die lug nie."

Sy voel die trane loop. Verwens Paul de Jager voor sy kan keer.

Hoekom so iets gaan staan en doen? En hoekom moet sý die een wees wat dit alles hanteer? Hy spaar vir Delia, maar vir haar is daar niks genade nie?

Delia kyk steeds stip na haar. "Hy't niks vir my gesê nie."

"Dalk het hy geweet hoe jy gaan reageer." En dalk wou jy nie hoor nie, dink Ami.

Delia bly staan. Bly kyk. Tree uiteindelik eenkant toe. "Kom deur. Ek het reeds die ketel aangesit."

Ami sit by Paul se lessenaar en staar na sy gemaklike bruin aanglip-skoene. Hy het die laaste ruk begin sukkel met fyn motoriese werk soos veters vasmaak. Dieselfde met die groen baadjie wat sy Delia soms sien help toerits het.

Mens dink altyd alzheimers vat net die kop, maar dit kaap so baie ander dinge ook.

Sy weet hierdie klere, waarvan daar twee stelle is, was Paul se uniform die laaste ruk. Iets standvastig en bekend.

Sy welige polisiesnor is weg. Delia kon dit nie meer in toom hou nie, en Paul het toenemend aggressief geraak as iemand aan hom gekarring het. Die goeie dae het minder geraak, soms buitensporig ver uitmekaar. Delia het gereken sy sou teen volgende jaar tuissorg laat vaar en Paul na iewers skuif waar hy die nodige versorging kon kry. Sover Ami weet, was daar reeds 'n kortlys van twee plekke nie te ver hiervandaan nie.

Sy besef dat sy haar asem ophou. Sy gee skiet, adem die kopersmaak van bloed in en net onder dit die reuk van houtpolitoer, asof iemand die vertrek onlangs skoongemaak het.

Was dit Paul? Wou hy seker maak alles is skoon en netjies voor sy dood?

Sy soek om haar heen. Alles in die kamer is op sy plek – selfs by die gewoonlik wanordelike lessenaar waar Paul elke nou en dan deur die sake gewerk het wat hom steeds in die nagte wakker gehou het. Die enigste item op die lessenaarblad is 'n A4-koevert met 'n rooi lint, asof dit 'n geskenk is wat wag om afgelewer te word.

Sy vang haar beeld in die spieël bo die stinkhoutlaaikas. Die frons-lyne op haar voorkop wat in die laaste paar jaar hulle verskyning begin maak het. Die atletiese skouers wat nog gereeld die gim se swembad sien. Die eenvoudige grimering – al wat die Triumph toelaat.

Sy lyk verras. Ontwortel.

Sy smoor die emosies. Draai terug na Paul op die bed.

Nee – die liggaam.

Miskien is dit al manier hoe sy hierdie gaan oorleef. Om te weet Paul is weg. Dat hierdie nie meer die man is wat sy leer ken het nie.

Sy gaan sit langs hom, rus haar hand op sy skouer en sê 'n stil gebed. Sy weet hy het geglo – steeds geglo – ten spyte van als.

"Mooi loop, Paul. Sien jou aan die ander kant."

Sy kyk na die swart kussingsloop wat oor sy gesig getrek is. Die pistool en die dik groen kussing langs sy kop. Dis asof hy haar en Delia die prentjie van sy dood wou spaar.

Sy verwens hom weer. Hoekom haar los om hierdie deel van sy afsterwe te hanteer?

Hoekom in die eerste plek doen wat hy gedoen het?

Sy wil nie verstaan nie, sy wil kwaad wees. Maar tog weet sy ook wat hom gedryf het. Wat maak mens as die lewe jou so meedoënloos uithol?

Daar is baie antwoorde – is hierdie ook een?

Hy het haar 'n rukkie gelede gevra oor haar gedagtes rondom selfdood. Sy het daarvan weggeskram, soos almal anders seker, te bang hy sou dit as goedkeuring ag.

Sy wou hom nog so bietjie hier hou, in hierdie lewe, meestal vir haar eie onthalwe.

Sy asem lank en rukkerig uit, staan op. Dit klink asof die polisie hier is.

"Kom binne," hoor sy Delia sê. "Hy's in die slaapkamer daar in die hoek."

Paul word dood verklaar en sy lyk verwyder. Dis 'n onnatuurlike sterfte en die polisie sal 'n geregtelike doodsondersoek loods. Daarmee saam sal die forensiese patoloog 'n nadoodse ondersoek doen.

Alles gebeur vinniger as wat Ami gewoond is. Sou die polisie hul bes doen om Delia die uitmergelende burokratiese proses van die dood te spaar? Hulle weet duidelik wie Paul was, al was hy reeds 'n hele paar jaar afgetree.

Die speurder wat ná die uniforms opdaag, weet selfs dat Paul siek was. Paul het hom en sy kollegas blykbaar weke gelede begin bel, oënskynlik om oor misdaad in die buurt te gesels.

"Donnerse man het ook aan als gedink," sê Ami vir haarself.

Die speurder wonder oor die groen kussing as klankdemper, en of dit moontlik 'n sluipmoord was. Iemand wat 'n rekening wou vereffen ná Paul se tyd in die polisie.

Ami het gedink kussings werk net in flieks, maar volgens die speurder kan dit redelik effektief wees as 'n kleiner kaliber pistool gebruik word.

Sy is taamlik oortuig dis nie moord nie, veral ná hoe Paul die laaste tyd begin praat het. Sy dra dit so oor aan die speurder, nes sy in haar eerste verklaring aan die uniformbrigade gesê het.

Dit lyk asof hy saamstem, maar steeds reken dat dit belangrik is om seker te maak.

Sy en Delia bly in kwarantyn op die stoep ná hulle verklarings, verwyder van die sterftoneel. Ami werk aan haar transitoroofstorie tussendeur die kom en gaan van beamptes, terwyl Delia op die foon is om mense van Paul se dood te laat weet. Dit klink asof sy aanhoudend probeer om dieselfde mense in die hande te kry, toenemende irritasie in haar stem terwyl sy boodskap ná boodskap los.

Uiteindelik gee sy op en kom sit by die tafel.

Ami besef sy moet seker vir Nuus360 ook laat weet wat gebeur het. Paul se dood is nuus, of sy daarvan hou of nie.

Sy kyk op toe sy die geklap van fyn vlerke hoor.

Bo haar kop fladder motte dom-hardkoppig om die stoeplig. Dis reeds vroegaand, die hitte wat weier om te wyk. Ewe irriterend is die handvol inwoners van die aftreeoord wat in die straat rondmaal, gretig om te spekuleer oor wat gebeur het. Dis dieselfde emosie wat nuus verkoop, maar sy haat dit steeds om dit in aksie te sien.

"Wie probeer jy so dringend bel?" vra sy vir Delia.

"Ek's op soek na die weduwees."

"Meervoud? Was Paul nie geskei nie? Drie keer geskei nie?"

"Paul se ekse, ja," gee Delia toe. "Hy't die laaste ruk na hulle as die drie weduwees verwys. Ek moes dalk wakkerder gewees het en gehoor het wat hy probeer sê het. Ek het reeds vir Ilse en Kareemah in die hande gekry, maar Helga is skoonveld. Blykbaar aan die werk iewers."

Sy hou 'n dokument in die lug. "Paul se lys sê ek moet hulle dieselfde dag nog kontak, kamstig om my te help. Dit sê selfs wie hom moet begrawe en watter blomme daar moet wees." Sy lag en snik tegelyk. "Hy is ... was baie voorskriftelik oor wat ek moet doen. Dis amper asof hy in sy dood wou seker maak dat hy nog bietjie beheer het."

Ami probeer saam lag. Generaal Paul de Jager. Bobaas-polisiespeurder. Legende wat verskeie reeksmoordenaars vasgetrek het. 'n Amper foutlose reputasie, behalwe vir daai een saak. Die een waardeur sy hom leer ken het – die Balletmoordenaar wat vir dertig jaar in die tronk gesit het en toe daarop aangedring het dat hy onskuldig is.

Pragmatiese, rustelose, gedrewe Paul de Jager. Een van die bitter min mense wat sy 'n vriend kon noem.

Dit klink dalk nie na veel nie, maar sy het net vriende – nie kennisse en skoolvriende en baie goeie vriende en beste vriende nie. Sulke grade van ken is 'n luukse vir ander mense wat meer normaal grootgeword het en nie heeltyd van een internasionale swemkompetisie na die ander gejaag het nie.

"Mag ek sien?" Sy steek haar hand uit.

"Nee." Delia waai die dokument in die lug rond. "Dis ook deel van Paul se instruksies. Jy hanteer sy . . . sy . . . liggaam, en ek doen hierdie."

Ami trek haar skouers op. Keer gelate terug na die rol wat Paul haar toegewys het. Delia en Paul is – was – baie dieselfde. Mens kan nie met hulle stry nie.

"Volgens die speurder van Lytteltonstasie kan ons Paul se kamer Maandagmiddag begin opruim. Hy wil graag nog een keer na alles kom kyk. Wil jy by my plek kom oorslaap tot dan? Of is daar iemand wat ek namens jou kan bel?"

Delia skud haar kop. "Ek het 'n vriendin van die kerk hier om die draai by wie ek kan gaan bly. Dit is . . . was eintlik mos maar net Paul en ek. Die man wat ek gesien het . . . ja, wel. Dis verby. Ek moes te veel tyd hier . . . Ag, dit maak nie saak nie. Hierwees is belangrik. Was belangrik. Bly belangrik."

Ami wag geduldig dat die ouer vrou haar woorde vind; verby die ontstelde morsekode-praat beweeg. Dit voel nog heeltyd asof sy eintlik iets anders wil sê. Asof daar 'n gewig op haar hart druk maar sy nie weet hoe om dit te verwoord nie.

Terwyl sy wag, staar sy na die luiperdboom in die hoek, die dowwe sterre wat anderkant dit lê.

"Is jy okay?" waag sy uiteindelik.

"Dink jy regtig Paul het homself geskiet?"

Is dít wat Delia eintlik wil sê? Wil weet?

Ami maak haar rekenaar toe. "Wat bedoel jy? Wonder jy dieselfde ding as die speurder?"

Delia antwoord nie.

"Die vuurwapen is Paul se eie Browning. Ek het geen wonde aan sy lyf gesien wat sê dat hy met 'n aanvaller gestoei het nie. En hy sou terugbaklei het as dit 'n indringer was, maak nie saak wat nie. Niks word vermis nie, en daar's ook geen teken van 'n inbraak nie. Die huis was gesluit, nes jy dit agtergelaat het toe jy uitgegaan het. En niemand het iets vreemd gehoor soos 'n geskree of iemand wat om hulp roep nie."

"Dis nie wat ek bedoel nie." Delia sê die enkele woorde met minagting. "Wat ek . . . Dink jy nie . . ." Sy asem diep in. "Paul het so baie dood in sy loopbaan gesien, hy het gesukkel om . . . hy het nog altyd gesê selfmoord is selfsugtig. Dat hy dit nie verstaan nie. Dat dit onregverdig is teenoor dié wat agterbly. Hy moes selfs eenkeer iemand daaroor vervolg – iemand wat . . . wat bystand gelewer het. En hy het."

Ami weet nie mooi wat Delia probeer sê nie. Sy toets die water versigtig. "Het hy die laaste paar jaar steeds dieselfde gevoel?"

Delia gluur haar aan.

"Dinge verander," waag Ami dan. "Mense verander, veral soos goed met jou gebeur. Iets soos alzheimers – en dan boonop met iemand soos Paul."

Delia skud haar kop vies, skepties. "Jy weet ek was nie vanoggend by die huis nie. Ek het my hare laat doen en in die winkels rondgeloop. Ek moes net bietjie uitkom."

"Dis mos reg so. Mens kan dit heeltemal verstaan. En dit maak sin dat Paul sou wag tot jy weg is. Hy was baie lief vir jou."

Delia se frons bly. "Jy hoor nie. Ek het die pistoolkluis se sleutel drie weke gelede tussen die messegoed gaan wegsteek. Ek was bang vir iets soos hierdie, al kon ek dit nie hardop sê nie. Hoe sou Paul geweet het dat ek dit gedoen het? Waar ek dit weggesteek het?"

"Dalk het hy gesien waar jy dit gebêre het. En het kluise nie meer as een sleutel nie?"

"Nie ons kluis nie. Daar's net een. En hoe sou Paul dit onthou het as hy wel gesien het wat ek doen? Vir drie weke lank onthou het? Sy korttermyngeheue was vol gate."

"Hy kon 'n duplikaat laat maak het."

"Hoe? Hy't nie meer uitgegaan nie. Hy kon nie meer bestuur nie. Hy het toenemend verward geraak. Alles en almal het te vinnig beweeg vir hom. En voor jy vra – ek het niemand vertel waar die sleutel is nie."

"Waar los dit ons dan?" Ami klap na 'n mot wat naby haar oor fladder. "Paul het gesien jy skuif die sleutel en toe dadelik vir iemand laat weet waar dit is, sodat dié persoon namens hom kon onthou?"

"Ja."

Ami sit terug in haar stoel. "So jy dink . . .?"

"Ek dink iemand het Paul vermoor."

"Bedoel jy vermoor, of bedoel jy iemand het hom gehelp om dood te gaan? Want ek dink nie dis dieselfde ding nie."

"Is dit nie?" Delia vee deur haar hare, draai haar kop skuins. Trek haar mondhoek in die een kies op soos sy dink.

Die gebaar tref Ami soos 'n vuishou. Dis Paul daai. Die aandagtige luister vir bullshit. Die opweeg. Heroorweeg.

"Dit moes iemand wees wat hom geken het," praat Delia weer. "Iemand met hulle eie huissleutels. Iemand met . . ."

Haar woorde droog op, haar hand wat ritmies op haar bors klop om die ontsteltenis wat daar pols te laat bedaar.

Ami weet nie wat om te sê nie. Wat om te dink nie. "Hoe was hy toe jy vanoggend hier weg is?"

"Goed." Daar is mismoedigheid in die enkele woord. "Opgewek. Helder. Amper ongewoon bly. Ons het vroeg opgestaan en piesang-brood gebak. Dis hoekom ek gedink het dit sal veilig wees om bietjie weg te glip."

"Het jy dit gereeld gedoen as dit 'n goeie dag was? Geweet dat jy 'n bietjie kon wegkom?"

Delia dink daaroor. "Soms, ja. Paul sou gaan slaap en dan sluit ek hom in die huis toe en gaan drink iewers tee. Ek was só moeg die laaste ruk. 'n Bietjie uitkom het my goed gedoen."

Ami leun vooroor, druk haar hand. "Niks hiervan is jou skuld nie."

"Ek weet dit." Delia trek haar hand vererg weg. "Dis meer . . . Hoe kan iemand wat sy lewe lank so ontsettend naby aan geweld geleef het so iets doen? Dit gaan my verstand te bowe. Paul sou nie daai sneller kon trek nie. Ander polisiemanne dalk, maar Paul het hierdie vreeslike ontsag vir die lewe gehad. Vir sy Skepper. 'n Soort heilige eerbied.

Veertig jaar in die polisie met al die geweld wat hy beleef het, veral deur vuurwapens? Vergeet dit. Iemand moes gehelp het. En die wapen wat hy so stewig moes vashou en met die kussing bedek? Ek dink nie hy sou dit fisiek kon regkry nie."

Ami wil-wil ontsteld raak. "Wie is hierdie iemand van wie jy praat? Want ek was vandag op die N1 by 'n transitoroof, voor honderde getuies."

"Dan moes dit een van die weduwees gewees het. Hulle het almal nog gereeld kom kuier, anders as die een of twee van Paul se kollegas wat nog leef. Twee van die weduwees het huissleutels, want ek het hulle vertrou om my te help. Ek en Paul het hulle nodig gehad, en nou het hulle ons verraai."

Delia stry haar rug regop, kyk reguit na Ami. "Wel, ek hoop hulle besef ek gaan uitvind wie daai sneller getrek het. Hulle moes beter geweet het. Hulle moes wragtig beter geweet het."

1

Doktor Ilse van der Walt is die eerste van die weduwees wat laatoggend by Ami se woonstel in Rosebank opdaag.

Ami lag vir die feit dat sy Delia se woord gebruik – weduwees. Soos 'n versamelnaam.

'n Swerm duiwe.

'n Trop leeus.

Paul se weduwees.

Sy staan by haar voordeur en wag ná sy Ilse via die interkom by die motorhek ingelaat het. Probeer onthou waarom sy nou weer ingestem het dat Delia almal by haar plek ontmoet. Dalk sou 'n neutrale venue soos 'n restaurant beter gewees het.

Sy wonder hoeveel druk Delia op die polisie sit om seker te maak dat Paul wel sy eie lewe geneem het.

Sy dink nie sy wil noodwendig die antwoord weet nie. Maak dit werklik saak as iemand hom gehelp het?

Geo sal dieselfde sê, skat sy. Hy sal verstaan wat Paul gedoen het.

Soms reken sy Gerhardus Pieterjan Fourie en Paul is – was – nogal bietjie eenders. Selfde fynkyk-oë, en ewe steeks oor wat reg is.

Wat dit oor haar smaak in mans sê, wil sy nie weet nie.

Geo is tans in Kaapstad saam met sy CFO om te kyk of hy YoYo, sy kubersekuriteitsfirma, soontoe wil uitbrei. Sy het hom gisternag gebel met die nuus van Paul se dood.

"Ek kom dadelik terug."

"Dit sal niks verander nie," het sy gestry.

"Maar het jy nie nodig dat ek daar is nie? Jy was baie erg oor Paul."

"Ek weet, maar daar's genoeg om my besig te hou tot jy terug is."

Dalk wil sy die situasie eerder alleen hanteer. Dis tog waaraan sy gewoond is. Hierdie ding om iemand in haar lewe te hê op wie se skouer sy mag huil, is nog nuut. Beth, haar jonger suster, is ná 'n lang gesukkel amper vyf maande swanger met 'n tweeling en sy gaan háár beslis nie pla nie.

Buitendien, as sy eerlik is, sal sy aan haarself erken dat Paul se dood haar nie werklik verras het nie. Iewers in haar bly wag sy vir die skok om deur haar lyf te galm, maar teen vanoggend is daar steeds net die dowwe bewustheid van 'n afwesigheid. Dis soos iets wat sy verwag het, áfgewag het.

Sy druk haar hande in haar jeans se sakke en roer haar skouers onder die ligte T-hemp. 'n Styfheid dreig in haar lankal-seer linkerskouer. Spanning?

Ilse gee die laaste treë oor die lang gang met sy rooi vloer wat doodloop by haar voordeur in die hoek. Sy het die sielkundige 'n paar jaar gelede reeds ontmoet, met die einste storie waar haar pad met Paul s'n gekruis het. Ilse het in daardie jare kortstondig saam met die polisie gewerk om reeksmisdadigers vas te trek. Sy was ook Paul se laaste vrou, die een wat hy in 2004 geskei het.

Dalk is dít hoekom sy bereid was om die weduwees hierheen te nooi – sy is nuuskierig oor hulle almal. Oor watter tipe vrou Paul se oog getrek het.

Ilse is amper so lank soos syself, by die 1,8 meter rond. Haar lang grys hare is in haar nek vasgevang met 'n oranje lint. Sy dra jeans, 'n bont bloes en leersandale, met 'n verweerde leersak op die rug. Bruingebrand, fiks en lenig. Ami het nog altyd gedink sy sal nie omgee om so te lyk wanneer sy ouer is nie.

"Ami." Ilse vat haar skouers vas en gee haar 'n soen op die wang. "Ek's so jammer."

"Jy was die een wat met hom getroud was," antwoord sy, onhandig met die empatie.

"Ja, maar hy was mal oor jou. En jy oor hom."

Ami staan eenkant toe dat Ilse kan inloop na waar Delia reeds wag. Sy wil agterna, maar die interkom lui weer.

"Sal jy asseblief die geel knoppie druk?" roep sy. "Daar by die kombuislig."

"Maak so."

Drie minute later hoor Ami iemand kla – 'n hees stem, omgesukkel.

"Hoe bly mense in woonstelblokke sonder donnerse hysbakke? Wat het geword van hysbakke?"

Sy hoor hoe die vrou hyg. Stop. Asmaties hoes.

Klink amper soos Paul voor hy dood is. Nog 'n kettingroker?

Dis net drie stelle trappe tot by haar woonstel, maar duidelik is dit drie te veel vir die vrou.

"Kom, ons gaan laat wees." Die tweede stem klink jonger, ongeduldig.

"Laat die vroumens wag. Hoekom moet ons in elk geval al die pad hiernatoe neuk? Delia is sommer net weer moeilik."

Ami kan die jonger vrou se sug hoor tot waar sy staan.

Uiteindelik verskyn hulle aan die bopunt van die gang. Die ouer vrou is effe rond, iewers in haar middel- tot laat-vyftigs, en geklee in 'n netjiese swart broekpak. Sy gaan staan stil. "Wat de hel kyk jy?"

Die ander vrou, seker so tien jaar jonger, los haar metgesel en loop nader, hand uitgesteek. Haar ligbruin oë is helder en haar glimlag vriendelik, maar dit voel aangeleer, asof sy gereeld vreemde mense ontmoet en hulle op hulle gemak moet stel.

"Kareemah Samodien."

"Ami."

Kareemah vee haar lang, bruin hare uit haar gesig. Trek met een hand aan die donkergeel bloes wat oor 'n sjokoladekleur romp hang, goue armbande wat klingel. "En juffrou sjarmant hier agter my is Helga McIntyre."

"Is nie een van julle De Jager nie?" Die vraag glip uit voor Ami kan keer.

Helga kom tot stilstand voor haar, oë op skrefies getrek. "Hoekom wil jy weet? Is dit vir een van jou stories?" Sy druk haar hande in haar broeksakke. Tol 'n muntstuk of iets in haar linkersak al in die rondte.

Ami kyk na die reguit skouerlengte swart hare, ongekleur, met verbasend min grys. Die prominente, geboogde neus, die helder ligblou oë en die bleek vel wat lyk asof dit min son sien.

Sy besef nie een van die weduwees lyk na mekaar nie. Wat sê dít oor Paul se smaak in vroue?

"Watter storie?" vra sy.

Sy het Nuus360 nog niks laat weet oor Paul se dood nie. Sy weet sy moet, sodra hierdie ontmoeting – vergadering? – verby is. Voor iemand anders dit doen en dalk die feite verkeerd kry.

Hoe kwaad gaan die weduwees wees wanneer sy dit doen?

"Kom in," beduie sy toe Helga nie antwoord nie. "Ilse is reeds hier."

Die twee vroue loop verby haar na binne. Kareemah ruik na duur, eksotiese rose, en Helga na wilde blomme uit die veld, iets vlietend en aards. Ami vermoed sy het iets goedkoop en skerp verwag.

Sy maan haarself om oopkop te bly.

"Reguit aan," sê sy. "Die kombuis is na regs."

Helga gaan staan by die ingang na die sitkamer, 'n frons op haar gesig. "Het jy nou eers hier ingetrek?"

Ami begin wonder of die vrou in die polisie is. Daar is iets bekends aan haar lyftaal, aan haar manier van praat.

"Nee. Ek het bloot nie baie goed nie."

Kareemah knik. "Ek begin ook van dinge ontslae raak soos ek ouer word."

Helga se asem plof oor haar lippe. "In daai fancy Waterfall Estate-huis van jou? My hele plek is so groot soos jou buitekamer." Sy kyk weer om haar heen. "Ja-nee. Nog een van Paul se wildewragtags. Wie de hel leef só?"

Hulle beweeg kombuis toe, Kareemah se oë wat Ami om verskoning vra.

Ilse staan op van waar sy langs Delia by die tafel sit. "Helga, Karee-mah."

Sy soengroet beide, Helga wat dit verbasend genoeg toelaat. Trouens, Ami sien hoe Ilse se hand vlugtig om haar boarm vou en dit troostend vryf. Kareemah kry 'n sagte glimlag en 'n "Lekker om jou te sien", wat amper verlore gaan in die stywe omhelsing.

Delia gee elke vrou ook 'n druk, en elkeen spreek medelye uit teenoor die ander.

Helga sak neer in die stoel in die hoek, van waar sy die vertrek kan dophou. Kareemah gaan sit langs haar.

Ami kyk vir 'n oomblik na hulle: Paul se suster en sy eksvroue. Dis duidelik hulle ken mekaar. Ken mekaar goed.

Nie wat sy verwag het nie.

"Kom ek praat sommer reguit voor jy allerhande aannames maak," sê Helga asof sy weet wat Ami dink. "Ek was die eerste en die langste met hom getroud. Kareemah was nommer twee en Ilse nommer drie – die laaste vrou van wie ons weet." Haar stemtoon is betekenisvol. "Met Paul se sjarme was enige iets moontlik."

Ami besef wat die vrou insinueer, maar weier om te reageer. Geo het ook al gevra en sy het hom reguit gesê: Dalk op 'n ander tyd en in 'n ander lewe. In hierdie een was sy en Paul net vriende.

Oor die feit dat hy ooglopend 'n voorliefde vir veel jonger vroue ge-had het, bly sy ewe stil.

"Koffie?" bied sy aan.

Ná sy rooibostee vir Ilse en Kareemah gemaak het en cappuccino's vir Delia en Helga, leun sy met haar heup teen die kombuistoonbank. Die tafel het net vier stoele, so daar is nie sitplek vir haar nie. Dis die-selfde met die koppies, wat beteken sy moet wag vir die eerste leë een voor sy vir haarself koffie kan maak.

"Delia het gevra ons moet mekaar ontmoet," begin sy. "So ek dink s–"

"Wat sê Lyttelton oor Paul?" val Helga haar in die rede.

"Sersant Marokane reken dis selfdood," antwoord Delia. "Maar hy wil weer na die toneel kom kyk. En die patoloog gaan 'n ruk wees. Na-weke is mos maar dol."

Sy maak keelskoon, druk-druk 'n tissue onder haar oë. Anders as wat Ami gewoond is, dra sy vandag somber kleure – 'n swart slooprok en 'n ligte grys trui, ten spyte van die Februariehitte.

"Heunis en sy span is goed," praat Delia verder. "Hulle weet wat hulle doen. As iets nie lekker is nie, sal hulle uitvind wat aangaan."

Ami kyk verbaas na haar. Hoe weet Delia wie die patoloog is?

Ilse moet haar verwarring aanvoel. "Wat Delia altyd mooi stilhou, is dat sy jare lank die nasionale polisiekommissaris se PA was. Wat Helga ook moes gesê het, is dat sy 'n kolonel in die Valke is. Kareemah was in forensies, maar sy bestuur deesdae haar eie besigheid. Jy weet van my – vroeër sielkundige by die SAPD, nou al jare lank in privaat praktyk."

Ami kyk met nuwe oë na die vroue om die tafel. Wat dit ook eintlik beteken, is dat Delia meer weet as al die weduwees saam. Sy wonder hoekom sy haar nooit uitgevra het oor haar werk as "administratiewe beampte" by die SAPD nie.

Aannames. Neuk mens op.

Helga hys haar hande in die lug. "Niks hiervan is vir Nuus360 nie. Paul het jou vertrou, maar ons nié. Glad nie."

Ami vervies haar vir die vrou se aanhoudende insinuasies. Hoekom het Delia nie eerder die begrafnisreëlings oor die foon getref nie?

"Ek gaan 'n storie oor Paul se dood moet skryf." Laat sy dit dan nou sê terwyl sy in elk geval niks reg kan doen nie. "En ek skryf dit eerder self as wat iemand dit doen wat hom nie geken het nie."

Sy hou haar hand op toe Helga haar mond oopmaak. "En nee, ek het nie by hom geslaap nie. Ons was vriende. Goeie vriende. So kan ons nou by die punt kom, asseblief? Ek wil nie heel Saterdag hier sit nie."

Ilse se een mondhoek lig momenteel, geamuseerd, voordat sy weer aan haar tee proe. "Ek neem aan ons is hier oor Paul se dood?"

"Hopelik sy begrafnis, en nie die vraag of hy homself regtig sou skiet nie," mor Helga.

"Ja, want die Paul van destyds en die Paul van die laaste jaar was twee verskillende mense," beaam Kareemah met 'n sagte stem.

Delia lyk asof sy hulle wil smeek om stil te bly. "Ek het besluit om te wag dat almal hulle werk klaarmaak voor ek enige iets doen. Ek wonder, ja – en julle weet dit – maar dit help niks om dinge nou vooruit te loop nie."

Ami kyk verbaas na haar. Gister was sy so kwaad dat niks haar kon troos nie.

"So, ons is nié hier oor Paul nie?" maak Kareemah seker.

Ami kan sweer sy klink verlig.

"Nie oor wat gister gebeur het nie, nee." Delia leun af na die winkelsak by haar voete en haal 'n bruin koevert uit.

Ami herken dit as dieselfde A4-koevert met die rooi lint wat sy op Paul se lessenaar gesien het.

Delia druk 'n besliste vinger op die koevert. "Paul het hierdie vir Ami gelos. Dis daai saak wat hom al jare lank jaag. Die een oor die Gouws-seun van Pretoria."

Helga skel.

Kareemah sug.

Ilse skud haar kop in ongeloof.

"Paul wil . . . wou hê Ami moet probeer uitwerk wat gebeur het," sê Delia. "Met julle hulp."

"Vergeet dit." Helga spring op. "Was die man van sy kop af?" Sy skrik half toe sy besef wat sy gesê het. "Ek's besig. Ek's toegegooi met werk. Ek het nie tyd vir sulke onsin nie."

"Sit," sê Delia met 'n tipe gesag wat Ami nog nooit uit haar mond gehoor het nie.

Maar die polisievrou bly staan, haar hande geklem om die rugleuning van die stoel.

"Jy hoef nie veel te doen nie, Mac," praat Delia verder. "Jy moet net vir Ami deur die saak praat as sy dit nodig het. Nes die res van julle."

"Ek hoef niks te doen nie."

"Mac, j–"

'n Foon lui.

Helga – Mac – steek haar hand in haar baadjiesak en haal 'n Samsung uit. "Ja?" antwoord sy kortaf. "Ja . . . ja. Dis goeie werk. Ek's op pad."

Sy druk die foon dood en kyk na Delia, Ilse en Kareemah – verby Ami. "Ek moet gaan. Werk."

Sy loop uit die kombuis, voordeur toe.

Ami draf agterna en sluit oop, dankbaar om van die onbeskofte vrou ontslae te raak.

Terug in die kombuis vra sy: "Nog iemand wat wil padgee?"

Toe sy geen antwoord kry nie, gaan sit sy op Mac se stoel. Verwens Paul dat hy hierdie moeilikheid na haar kant toe gebring het.

"So, vertel my van hierdie Gouws-seun."

1998

Sondag 12 April

"Eb. Ebbie! Word wakker. Ma sê ons moet kafee toe."

Eberhard Gouws draai na die muur. Hy het gisteraand tot laat Gran Turismo saam met Pip gespeel en is wragtig nie lus vir vroeg opstaan nie. Sy skouer en sy kop is in elk geval lekker seer. Wie sou dink daai ou man kan so omgekrap raak?

"Eb!"

Kerneels skud aan sy skouer waar hy onder die enkele kombers lê. "Jy weet ek mag nie alleen loop nie. Ma het gesê ek kan 'n Lunch Bar kry as ons brood en melk gaan koop."

"Los my, man. Ek slaap."

"Komaan, Eb."

"Tien minute."

Ebbie voel hoe die enkelbed skud soos Kerneels opklim en begin op en af spring.

"Kerneels!" Hy draai op sy rug, skiet regop. "Hou op. Shit, man!"

Sy kleinboet kom tot stilstand. Kyk na hom met daai groot groen oë wat maak dat hy altyd kry wat hy wil hê. Vee oor die vaalblonde kuif wat nooit sy lê kan kry nie, nes die opstaanhare by sy kroontjie.

"Ek gaan vir Ma sê jy vloek."

"Wel, sy's nie hier nie, is sy?" Ebbie gaan lê weer, draai na die muur en trek die kombers oor sy kop.

Kerneels hop af en kom sit teen sy rug. "Is jy okay?"

"Hoekom sal ek nie wees nie?"

Ebbie voel hoe Kerneels sy voete begin swaai. Hy is die kortste in sy klas, nes Ebbie toe hy nog op laerskool was.

Gelukkig het hy uiteindelik begin rek aan die einde van graad agt.

Bietjie bulk bygekry. En verlede jaar het hy vir die eerste keer provin-
siale kleure vir atletiek in die 100 en 200 meter gekry.

Oor twee weke is hy sestien, en oor twee jaar agtien, en dis tyd dat
hy begin dink wat hy ná skool wil doen. As hy nasionale kleure kry, sal
Tuks hom dalk 'n goeie sportbeurs gee. Wat hy gaan swot, weet hy nie.
Miskien onderwys of so iets.

Dis stil vir 'n paar sekondes. Dan vra Kerneels: "Is dit nou tien mi-
nute?"

"Jis, jy's moerse irriterend." Ebbie gooi die kombers eenkant toe. Hy
is nou in elk geval wakker. "Okay. Kafee. Melk. Brood."

"En 'n Lunch Bar!" Kerneels spring op en draf uit, af met die gang
na sy kamer toe. Drie minute later kom hy raserig verby, Ebbie wat wil
skel toe hy hom sien, maar dan besluit om die woorde te sluk ter wille
van sy slapende ma.

'n Kwartier later trek hy die voordeur agter hom toe, die twintigrand-
noot veilig in sy rugbybroek se sak. Hy mis die gewig van die knipmes
wat sy oupa hom voor sy dood gegee het, maar hy kan dit steeds nêrens
kry nie. Hy sal later deur sy wasgoed moet soek, voor dit in die masjien
beland en sy ma weer moan.

Hy kyk na die nat pad. Het dit gereën? Lyk so. En dit lyk asof dit
netnou weer gaan storm, so hy beter roer.

Dis net ná sewe en Snymanstraat is doodstil. Die Jouberts regs van
hulle sal seker eerste te voorskyn kom, op pad kerk toe soos elke Son-
dag, maar dit sal eers teen halfagt wees. Oom Joubert hou van vroeg
wees, maar nie so vroeg dat hy eerste in die banke is nie.

Hulle gaan nooit meer kerk toe nie. Hulle het, maar lank gelede, voor
sy pa weg is. Kerneels sal dit nie eens kan onthou nie.

Dit herinner hom. Hulle het 'n foonrekening van die Jouberts gekry
en sy ma het gister reeds gevra dat hy dit by hulle gaan aflewer.

Hy draai om huis toe, pik die brief uit die posbus op en gaan gooi dit
in die Jouberts se posbus. Dan loop hy weer verby hulle huis, terug in
die kafee se rigting.

Waar is daai broer van hom? Kon hy nie maar net bietjie wag tot hy klaar aangetrek het nie?

"Kerneels!"

Maar hy weet hy roep verniet. Kerneels het al weer sy ou Walkman gaan uitgrawe, die Billy Ray Cyrus-kasset seker nog daarin. Hy kan nie onthou dat hy ooit vir hom gesê het hy mag dit vat nie, maar dit sal nie die eerste keer wees dat Kerneels so iets doen nie. En daai sweetpak-baadjie waarin hy vanoggend omtrent verdrink, is die een wat Ebbie nog gisteraand gedra het.

Van die nuwe rooi-en-wit rollerblades aan Kerneels se voete wil hy nie eers weet nie. Waar de hel sou hy dit nou weer gekry het?

Ebbie stap tot by die stopteken in Snymanstraat, maar steeds is daar geen teken van Kerneels nie. Hy draai links in Bothastraat.

Hy weet nie hoekom Kerneels nie maar alleen kafee toe kan gaan nie, dis tog net 'n kort entjie. Al die stories wat nou so in die Moot loop, is sommer net bangmaakgoed. Niks interessants gebeur ooit in hulle buurt nie, en dit gaan wragtig nie nou begin verander nie.

2

"Daai Sondagoggend was die laaste keer wat iemand Eberhard Gouws gesien het," sê Ilse. Sy draai die bonkige silwerring aan haar middelvinger al in die rondte. "Paul broei nog al die jare op die saak. Hy het die ondersoek gelei en hy kon die kind nie opspoor nie. Bygesê, ek dink nie enige iemand sou kon nie. Daai seun het tussen neus en ore verdwyn. Net so, asof iemand hom uit die lug uit gesteel het. Daar was geen lyk en geen misdaadtoneel nie. Ek het nog nooit so iets gesien nie."

"So, ons praat van die ouer broer, nie die outjie op die rolskaatse nie?" vra Ami.

"Ja," sê Kareemah. "Die tiener. Vyftien, amper sestien."

"Is julle seker hy het nie weggeloop nie?"

Ilse se wenkbroue lig. "Op pad kafee toe saam met sy broer, in 'n kortbroek en plakkies, met R20 in sy sak?" Sy sit terug in haar stoel. "En nie net dit nie. Hy was 'n steratleet en beste vriende met een van die mooiste girls in die skool. Daarby was hy versot op sy laatlamboet. Én hy was sy enkelma se steunpilaar vandat sy pa die pad gevat het toe hy tien jaar oud was."

"Dan is wegloop seker nie 'n groot moontlikheid nie," gee Ami toe. "Dwelms?"

"Nie volgens sy familie nie, en ook nie enige van sy vriende, onderwysers of atletiekafrigter nie."

"Het hy ooit wel by die kafee aangekom?"

"Nee, maar Kerneels het," sê Kareemah. "Die tienjarige. Hy is vooruit op sy rolskaatse, met Ebbie se Walkman in sy ore. Hy's by die kafee in en weer uit om vir Ebbie te gaan aanjaag, en toe weer terug kafee toe. Toe Ebbie steeds nie opdaag nie, is hy huis toe, maar Ebbie was nie daar nie. Op die ou einde het hy sy ma gaan wakker maak om te sê dat sy broer weg is."

Ami wil liewer nie dink hoe dit moes gevoel het nie.

"Hoe ver is die kafee van die Gouwse se huis?" Sy trek die lêer nader. Voel hoe sy teen haar sin begin belangstel in die saak.

"Seker vierhonderd meter, dalk vyfhonderd?" sê Ilse. "Paul het daai pad oor en oor gestap, en hy't by elke huis gaan aanklop. Hy't ook die K9-eenheid ingekry, maar dit het die oggend gestortreën en die hond het verward geraak. Later het hy bloot viervoet voor die Gouws-huis vasgesteek. Blykbaar het Kerneels ook daai oggend Ebbie se baadjie gedra, so dit het nie gehelp nie."

"Dis net so 'n blok of twee kafee toe," las Kareemah by. "'n Paar huise oos aan van die Gouws-huis in Snymanstraat, dan links in Bothastraat en oor Fischerstraat. Dis een van daai outydse kafees met die rooi Coke-teken en ietsie van als op die rak, van Disprins tot sigarette en katkos."

Ami kyk na die drie vroue voor haar. "So julle almal, Mac ingesluit, is bekend met hierdie saak?"

"O ja," sê Ilse. "Ons het elkeen ons beurt gehad om saam met Paul daaraan te werk. Dit kon netsowel deel gewees het van sy huweliks-belofte. Tot die dood, die Gouws-saak, of te veel werk ons skei."

Ami kan nie help om te sug nie. "So wat moet ék nou doen wat julle nie reeds gedoen het nie?"

"Wel . . ." Kareemah kam deur haar hare, die yslike diamantring aan haar vinger wat die son vang waar dit deur die kombuisvenster val. "Dalk sal dit help as iemand van buite af daarna kyk." Dan huiwer sy 'n oomblik voor sy sê wat sy werklik voel: "Okay, ek's jammer, maar ek dink dis tydmors. Hoekom Paul jou – en ons – weer hiermee moeg maak, weet ek nie. Dis unfair. Hy trek die sneller – hol weg – en nou het ons niemand om voor nee te sê nie. Wat moet ons nou wees? Só jammer dat ons staan en doen wat hy wil hê?"

Sy skraap haar keel en kyk weg, venster se kant toe. "Sorry. Ek weet dis seker nie wat jy wil hoor nie, maar ek voel nes Mac. Ek wil nie weer by hierdie gemors ingesleep word nie."

Ami kyk na Ilse. Die sielkundige se gesig sê dieselfde, al bly sy stil.

Delia sit haar hande hard en beslis op die tafel neer. "Ek wil niks weet nie. Dit was Paul se laaste wens en julle sal dit eerbiedig. Almal van julle."

Ilse kyk skeefkop na haar. "Delia . . ."

"Moenie. En moenie weer vir my stories kom aandra oor Paul wat so selfsugtig is nie. Doen net wat hy gevra het. Is dit nou so moeilik!"

Sy skuif haar stoel hard agtertoe. Loop na die venster en staan daar, rug na hulle gekeer.

Kareemah is die een wat haar gaan troos.

Ami steek haar hand uit na die lêer. Sy weet sy moenie, maar sy weet ook Delia is reg. Hoe kan sy Paul sy laaste wens ontneem?

Shit, ou man, skel sy binnetoe. Waarmee los jy my nou? 'n Onmoontlike storie en 'n spul moeilike vroue.

Sy staan op. Praat in Delia se rigting. "Dis reg so. Paul het my gevra en ek sal dit vir hom doen. Julle hoef net te help as ek vashaak. Dis al."

Sy tel die lêer op, sit dit weer neer. Voel hoe die begeerte om te beweeg boontoe skif. Die drang om te swem. Te hardloop. Om iets swaar in die gim te gaan rondgooi.

Delia swaai om. "Sal jy regtig?"

Ami knik.

"Deeglik?"

"Is daar enige ander manier om iets te doen?"

Delia glimlag effens, druk-druk met 'n tissue onder haar oë. "Dis een van die redes hoekom Paul so baie van jou gehou het."

Ami sê niks. Wonder eerder hoe Delia gaan reageer wanneer sy die artikel oor haar broer se dood op Nuus360 lees. Wat die drie weduwees gaan sê. Want Delia is reg, sy is deeglik met als wat sy doen.

Wie weet, dalk is hierdie ondersoek verby nog voor dit kon begin. Dalk dank Delia en Mac haar af voor sy eens "Ebbie Gouws" kon google.

3

"Jy't toe wragtig geen skaamte nie, nes ek gedink het."

Ami kyk verward na haar foon se skerm. Sy ken nie die nommer nie. Sy tuur na die tyd. 21:07.

"Hoe kan jy sulke bullshit skryf en dink dis okay? Moenie jou verbeel jy's spesiaal omdat jy jare gelede 'n goue medalje op die Olimpiese Spele kon losswem nie. Ek's nie so blind soos Paul nie. Ek sien regdeur jou."

Uiteindelik plaas sy die stem, effe hees en laer as die gemiddelde vrou s'n. Die afgemete ritme.

Helga McIntyre.

Sy kom orent in die bed. Sy sukkel in elk geval om te slaap. Die prentjie van Paul, dood op sy bed, hou aan spook by haar. Sy reken sy was heel okay met wat hy gedoen het, tot hy daai lêer vir haar gelos het. Nou is dit asof sy hom nie meer na 'n uithoek in haar kop kan verban tot sy gereed is om met hom te deal nie.

Voor sy kom lê het, het sy haar artikel oor sy dood op die Nuus360-webwerf gelaai. Sy moes noem dat daar in hierdie stadium geen gemene spel vermoed word nie. Sy skryf al lank genoeg misdaadstories om te weet dat meeste lesers dit sal verstaan as kode vir selfdood in stede van 'n rooftog, siekte of 'n hartaanval.

Sy vryf oor haar oë. Voel 'n moedswilligheid in haar roer.

"Mac, kyk . . ."

"Jy noem my nie fokken Mac nie."

Sy skud haar kop. Sy is wragtig nie lus vir die vrou se nonsens nie. Sy het nie gevra dat Paul haar met al hierdie probleme opsaal nie. Nie die Gouws-saak óf om saam met sy omgekrapte suster sy dood te bestuur nie.

"Mackie dan?" vra sy soet.

Sy hoor hoe die polisievrou stik van woede. Die oproep summier beëindig.

"Lekker aand vir jou ook," prewel sy.

Sy sak terug in die bed. Wonder of sy dalk te ver gegaan het. Met Mac in die Valke gaan sy haar dalk nodig hê met hierdie Gouws-saak.

"Nie dat sy my anyway gaan help nie," besluit sy dan.

Sy kyk na die someraand buite haar venster. Troy's Gym sal nog oop wees. Dalk moet sy gaan swem. Dit behoort die stemme stil te kry.

Tien minute later staan sy op die rand van die binnenshuise swembad. Sy strek haar stram skouers, skuif haar swembril reg, en duik in. Sy is die enigste een in die water, al die ander mense seker aan die kuier op hierdie Saterdagaand.

Sy swem eers 'n stadige vryslag om te bepaal hoe haar linkerskouer reageer. Dis die rede hoekom haar swemloopbaan so kort was – 'n skouerbesering weens 'n motorongeluk tydens 'n onbesonne aand uit in Parys. Dit was net ná die moord op Leen, haar jonger suster – die einste moord wat Paul ná dekades help oplos het.

Sy bereik die oorkantste rand van die swembad. Draai om en skakel oor na vlinderslag.

Vinniger.

Nóg vinniger.

Sy stop, asem wat jaag. Haak haar arms oor die rand van die swembad en stroop die swemkeps en bril van haar kop. Leun op haar elmboë en kyk hoe Johannesburg se liggies by die panoramiese ruite intuimel en op die rustelose water brokkel.

Terug by die huis vat sy die Gouws-lêer en loop na die gastekamer. Die vertrek staan leeg, behalwe vir 'n stoel en antieke skoollessenaar. Sy gaan sit, drink aan die americano wat sy gemaak het.

Heel voor in die lêer is 'n brief wat aan haar gerig is met die woorde *Lees hierdie een eerste*, gevolg deur 'n dik rooi koevert, ook aan haar geadresseer. Daarna volg foto's van huise en mense, elkeen gemerk met 'n naam en datum, asook transkripsies van onderhoude en forensiese verslae. Laastens is daar kopieë van die oorspronklike dossier en Paul se sakboek terwyl hy aan die saak gewerk het.

Die weduwees was reg. Volgens die datums in die sakboek het Paul gereeld na die saak teruggekeer. Soms het hy selfs op eie koste 'n forensiese toets of twee laat doen – of dalk was dit op Kareemah se koste. Die vrou bestuur mos deesdae haar eie toets- en konsultasiediens.

Ami pak die dokumente soort by soort, en trek dan die eerste brief nader.

Die handskrif op die koevert verskil van die skrif in Paul se sakboek. Sy raai dat hy een van die weduwees gevra het om die skryfwerk te doen, sy hande moontlik onwillig om saam te werk teen die tyd wat hy besluit het om haar te betrek.

Sy begin lees.

Ami,

Ek sal dit waardeer as jy na Ebbie Gouws se verdwyning kan kyk. Ek het deur jou werk besef dat die media soms van hulp kan wees, en dalk kan jy dieselfde sukses met hierdie saak behaal. Miskien is daar iemand wat iets onthou, of wat nou, soveel jare later, met veiligheid na vore kan tree.

Ek haat dit om te dink dat ek hierdie jong man versaak het.

Aangeheg is 'n lys telefoonnommers, adresse en e-posse wat ek oor die jare versamel het. Hopelik is die meeste van die besonderhede nog op datum.

Daar is ongelukkig geen selfoonrekords om jou te help nie. Ebbie het verdwyn voor selfone deeglik in Suid-Afrika vatplek gekry het, en nie hy of sy ma het een gehad nie.

Die lys met my sterkste teorieë is in die rooi koevert. Moenie dit oopmaak voor jy nie redelik ver gevorder is met jou ondersoek nie, anders kyk jy tog net deur my oë na die saak. Miskien was dit die fout wat ek oor die jare gemaak het: om dieselfde feite op dieselfde manier te interpreteer; om telkens vas te haak by my eie vooroordele en vermoedens sonder om wyer te dink.

Om terug te keer na die rede hoekom jy hierdie brief lees: Moet asseblief nie hartseer wees nie. Dit was dalk nie die beste lewe nie, maar

*dit was baie goed, en dit was myne, en ek is tevrede met wat vir my
uitgemeet is. Vir die seun van 'n ketelmaker van Vereeniging het ek ver
gekom.*

*Een laaste ding – net omdat jy nie kan raas nie. Geo is 'n goeie man.
Ons al twee weet dit. Moenie dom wees nie . . .*

Mooi loop,

Paul

Die lug plof uit haar mond as sy die brief op die lessenaar laat val, en
sy moet haar oë teen die trane knip. Omgekrap deur die emosie blaai sy
verder deur die dokumente. Stop by die kleurfoto van die vyftienjarige
Ebbie Gouws.

Hy was 'n mooi seun. Lang, maer vingers, sonbruin lyf. Hy het seker
net-net begin dink aan skeer, 'n fyn skadu op sy bolip. 'n Kakebeen wat
reeds hoekig uitstaan, skerp wangbene, heldergroen oë. Gitswart kuif
wat volgens destyds se streng skoolregulasies heel waarskynlik net daai
bietjie te lank was.

Sy beweeg aan na die volgende foto. Ebbie het die lyf van 'n naelloper
gehad eerder as dié van 'n veldatleet. Dit lyk asof hy nog besig was om
in sy lyf in te groei – om dit die hoeke en lyne te gee wat hy die res van
sy lewe saam met hom sou dra.

Nog twee of drie jaar en hy sou vroue van alle ouderdomme se oog
gevang het.

"Of het jy dalk reeds?" wonder sy hardop.

Sy blaai na wat Paul oor hom geskryf het.

*Akademies gesproke 'n gemiddelde skolier, lief vir geskiedenis en op-
stelskryf. Meer gewild soos hy ouer geword het, maar steeds meestal 'n
alleenloper. Sy beste vriendin is Pip, wat om die hoek van die Gouwse
bly. Dit blyk uit gesprekke dat hy meer gemaklik is met meisies se ge-
selskap as seuns s'n. Ek kry egter nie die idee dat hy gay is nie. Geen
tekens dat hy dwelms gebruik nie.*

Sy hou op met lees. Paul was reg. Sy begin reeds 'n sterk opinie van
Ebbie Gouws vorm en dis nie noodwendig 'n goeie ding nie. As sy met

vars oë na hierdie saak wil kyk, moet sy haar eie storie gaan soek en nie net bloot in sy spore loop nie.

Sy staar na die rooi koevert, bitter nuuskierig oor wat daarin staan. Dan skud sy haar kop en sit dit eenkant op die lessenaar. Ebbie se foto plak sy teen die gastekamer se muur.

Die tyd sal kom om die inhoud van die rooi koevert te lees, maar vandag is nie daardie dag nie.

1998

Sondag 12 April

Waar bly Ebbie?

Kerneels probeer om agteruit te skaats soos daai ouens in Airborne, maar dan tref die een rollerblade die ander een. Hy gryp na die kafee se muur om nie te val nie.

Hy sal dit nog regkry, nes in die fliek. Hy moet net aanhou oefen. Ebbie sê hý oefen harder as die res, en dis hoekom hy altyd wen. Wel, amper altyd. Op SA's was hy vyfde in die 100 meter, maar hy sweer dit gaan volgende jaar anders wees.

Kerneels skuif die Walkman se oorfone terug op sy kop. Hy was reeds by die kafee in en nou weer uit, met niks geld om te betaal nie.

Waar ís Ebbie?

Hy draai om. Soek op in Bothastraat, maar sien sy boet nêrens nie. Miskien het hy gou vir Pip gaan hallo sê.

Ebbie beter gou maak. Ma gaan netnou melk soek vir haar koffie. En hy is al lus vir 'n Lunch Bar vandat Jakes Vrydag een in die klas geëet het. Ma sê gewoonlik nee vir chocolates. Dis net sommige Sondag-oggende dat hy gelukkig genoeg is om een te kry, en dis ook maar net as sy die vorige aand uit was en sleg voel omdat sy vir hom en Ebbie alleen by die huis gelos het.

Hy los die muur en beweeg vorentoe. Kry sy balans soos hy begin spoed kry.

Hy skaats terug, op met die pad tot by Pip se huis. Hy soek op en af in die straat, maar sien Ebbie nêrens nie.

Hy is nie lus om te gaan klop nie. Pip hou nie van hom nie. Sy sê hy raas te veel, veral as sy en Ebbie PlayStation speel.

Hy skaats verder. Draai by die stopteken regs in hulle straat.

Verby die moeilike tannie se spierwit huis, met die tuin waarvan Ma so baie hou. Hy soek vinnig na regs na waar haar blink BMW in die oprit staan. Hy hou van die kar. Dis baie mooier en nuwer as hulle ou Mazda.

Steeds sien hy Ebbie nêrens nie. Dalk is hy terug huis toe omdat hy iets vergeet het. Of dalk is hy sommer net stadig en lui vandag.

Hy gryp na hulle voorhekkie. Maak dit stadig oop dat hy nie val nie. "Ebbie!"

Niemand antwoord nie.

"Eb!" roep hy weer.

Stilte.

Hy kyk na die klipperige paadjie voordeur toe. Besluit dis te moeilik om in te gaan met die rollerblades. Hy draai om en skaats terug straat toe. As hy Ma anyway weer wakker maak, gaan sy baie kwaad wees.

Hy sal liewer teruggaan kafee toe. Dalk wag Ebbie al daar vir hom.

Sondag 4 Februarie

1

Ami beweeg stadig van oos na wes deur die Moot, versigtig dat die Triumph nie geraas maak nie. Soos sy nog altyd verstaan het, loop dié noordoostelike Pretoriabuurt eintlik baie wyd – van Meintjieskop tot Skurweberg. Vandag is sy egter in die gebied net noord van die Nasionale Dieretuin.

Dis net voor sewe in die oggend, omtrent dieselfde tyd as wat Ebbie Gouws meer as 25 jaar gelede verdwyn het.

As hy nog leef, sal hy net 'n paar jaar ouer as sy wees.

Sy soek om haar heen terwyl sy ry, maar dit lyk asof meeste mense nog slaap. Die groot erwe is ontdaan van enige lewe, behalwe vir 'n hond of twee wat in 'n sonkol lê en dut.

Sy stuur die motorfiets om die blok, verby talle motors wat in die straat geparkeer staan. Sy weet nie hoe die buurt tydens Ebbie se verdwyning gelyk het nie, maar dit voel asof dinge nie veel verander het nie. Dis asof die plek nie agteruit gegaan het nie, maar ook nie eintlik vorentoe beweeg het nie. Dis asof die Moot al dekades lank vasgevang is in 'n limbo van middelklas tot armer middelklas.

Arm is in elk geval so 'n relatiewe woord in Suid-Afrika, besluit sy. Is jy arm as jy in 'n krotwoonstel bly? In 'n vervalle huis? Of is jy arm as jy in 'n sinkhuis in 'n township of plakkerskamp bly sonder lopende water en toilet? Of is jy eers regtig arm as jy op straat is?

En miskien is "vasgevang" nie die regte woord nie. Sy kan haar verbeel dat die kinders hier rond nog in die straat speel, of in die parkie waar sy vroeër verbygery het. Sy kan sien die gras is netjies gesny, die rondomtalie en swaai nuutgeverf, asof die gemeenskap self daarna kyk.

Dit voel soos 'n ons-plek, nie 'n ek-plek nie.

Die strate is nog stil, geen verkeer wat haar aanjaag nie. Die huise, meestal vierkantig, hurk voor op groot erwe wat ver na agter loop. Sommige erwe is so groot dat hulle onderverdeel is, met 'n oprit wat langs die voorste huis verbyskuur na die agterste woning. Die grensmure is dikwels vibracrete. In talle strate het iemand hulle huis oorgedoen en nuwe, hoë grensmure gebou of 'n palissadeheining opgesit.

Baie van die huise is wit of roomkleurig geverf. Een is sonneblomgeel met groen geute, en daar is selfs 'n huis in 'n songebleikte vaalblou kleur. Sy tel twee vervalle huise, die tuine ruig en onversorg, die mure en vensterrame wat afdop.

Op die sypaadjies is daar groterige bome – karees en 'n paar ander wat sy nie kan naam gee nie.

In Snymanstraat, waar Ebbie gebly het, kom meeste van die huise uit die 1950's of selfs vroeër. Talle het sinkdakke en knus voorstoepe, met 'n pilaar aan elke kant van die voordeur. Sy sien meestal enkelgarages, wat seker die aantal motors op straat en onder afdakke verduidelik.

Van die groter wonings kan selfs kommunes wees – die Tshwane Universiteit van Tegnologie is nie te ver hiervandaan nie. Of moontlik dui die aantal motors op hegte families, die kinders wat by die huis bly tot hulle uittrou.

'n Rottweiler blaf verwoed terwyl sy verbyry, 'n Jack Russell wat sekondes later ook van hom laat hoor.

By die bopunt van Snymanstraat draai sy die fiets om en ry terug op haar spoor. Uiteindelik parkeer sy op die sypaadjie aan die oorkant van die Gouws-huis, 'n mooi versorgde parkie agter haar.

Volgens Paul se notas bly Ester Gouws steeds hier. Kerneels werk blykbaar by een of ander geel-masjinerie-firma en reis gereeld, maar is wel in Suid-Afrika gebaseer. Sy sal hom definitief later probeer kontak.

Sy haal haar valhelm af en klim van die fiets af. Wonder of sy kan gaan aanklop.

Haar horlosie sê nee – 07:04.

Sy besluit om in die rigting van die kafee te stap waarheen Ebbie op pad was toe hy verdwyn het.

Soos sy beweeg, karteer sy die omgewing. Die Gouws-huis is nommer 22, met nommer 20 langsaan 'n afgeleefde mosterdkleurige huis met toegetrekte gordyne. Nommer 18 is in die proses van restourasie. Die vensters weerskante van die voordeur is uitgekap en met swart seil toegemaak, en nuwe pleister skyn deur 'n eerste laag wit verf.

Sy drentel verby 'n liggeel huis – nommer 16 – op die hoek. By die stopteken draai sy links in Bothastraat en loop verby 'n wit huis met 'n breë stoep en netjiese grasperk, gevolg deur 'n handvol huise die kleur van eierdop.

Sy bereik Fischerstraat en steek dit skuins oor. Stop in haar spore.

Die kafee is wragtig nog hier. Salim's Corner Café. En dis reeds oop.

Sy tree tot in die koel, skemer ruimte.

Dit voel meteens asof sy weer ses jaar oud is, met R2 in haar sak om los lekkergoed te koop by die kafee naby hulle huis. Sy en Beth het altyd presies geweet wat hulle wil hê. Leen en Ginny, die ander twee van die drieling, het heeltyd gevat en gelos tot hulle ma mal geraak het van irritasie.

Sy asem diep in. Die plek ruik selfs dieselfde – effe stowwerig, met iets wat seker gisteraand nog in olie gebraai is. Samoesas? Vetkoek?

Die man wat agter die houttoonbank sit – volgepak met bottels lekkergoed, sigaretaanstekers en pakkies kougom – kyk op toe sy inloop. Sy thobe wat tot op sy enkels hang, is net so wit soos sy digte, lang baard en die kufi op sy kop. Sy skat hom diep in sy sewentigs.

"Meneer Salim?" vra sy op Engels.

"Dis Salim Moosajee," antwoord hy op Afrikaans.

Hy betrag haar oor sy silwerraamleesbril, die vingers wat besig was om los sigarette te tel skielik stil.

Sy glimlag, probeer vir hom wys sy is vriend eerder as vyand. "Meneer Moosajee. Ek's 'n joernalis van Nuus360. Ek is . . . was 'n vriend van generaal Paul de Jager."

Hy lig sy hand stadig, wysvinger in die lug. Sy vingers is krom, die vel leertaai. "Wat bedoel jy was?"

"Hy's die naweek oorlede."

"Oorlede?"

"Ja. Ongelukkig. Het u hom geken?"

Moosajee haal sy bril af. "Hy was twee . . . nee, drie jaar gelede hier. En seker drie keer voor dit ook. Dit was oor Ebbie se ding mos. Die heeltyd Ebbie se ding."

"So u onthou vir Ebbie Gouws?"

Hy gaan sit op die hoë stoeltjie agter hom. Maak 'n vlak, breë laai in die toonbank oop en vee die sigarette daarin.

Hy lyk ontstig oor die nuus wat sy oorgedra het.

"Hoe kan ek hom vergeet?" brom hy. "Ek was dan hier toe dit gebeur het. En elke nou en dan kom Paul weer hier aan saam met een of ander nuwe vrou om oor hom te vra." Hy kyk na haar met vars belangstelling. "Is jy die nuwe ene? Die nuwe vrou?"

"Uh . . . nee. Ons was net vriende."

"O. Jy lyk soos die vroue waarvan hy hou."

Sy sê eerder niks. Die situasie is gekompliseerd genoeg. En dis moeilik om te bepaal of Moosajee van Paul gehou het.

Sy staan nader aan die toonbank, die hout glad geskuur van jare se inkopies neersit en geld uittel. Weer meld die kafee-herinnering aan: sy wat op haar tone staan om oor die toonbank te loer, haar hande wat die hout vasklem terwyl sy stip kyk of sy wel al die lekkergoed kry waarvoor sy betaal het. Haar gunsteling was daai rooi-en-oranje appelkose.

"Paul het my gevra om weer na Ebbie se verdwyning te kyk. Dis 'n laaste . . . noem dit maar 'n guns . . . aan hom. Ek kan nie nee sê nie."

Moosajee frons eers, knik dan stadig, ingedagte.

Hoe sou Moslems voel oor selfdood? Sy kan nie onthou dat sy al ooit so 'n gesprek met haar kollegas gehad het nie.

"In elk geval," praat sy verder. "Dis hoekom ek hier is. Dalk is daar iemand wat iets onthou. Dalk het iets onlangs gebeur en voel iemand nou meer gemaklik om daaroor te praat. As mens lank genoeg wag, verander omstandighede. Mense soms ook."

Moosajee vou sy hande saam op sy skoot. "Dié storie het Paul moeg gemaak, al wou hy dit nooit sê nie. Almal hier rond was naderhand moeg vir hom. Elke keer kom hy hier met dieselfde storie. Ons almal het vir hom gesê: Iemand het verbygery en vir Ebbie gevat. Die polisie was tog hier, op en af in die strate, en later selfs by amper almal se huise in. Dit was duidelik niemand hier het Ebbie gegryp nie. Maar Paul wou niks hoor nie."

Ami knik. Dis 'n vreesaanjaende gedagte dat 'n onbekende vanuit nê-rens opdaag en 'n kind helder oordag steel. Dis skielik, opportunisties, 'n kwessie van toeval – 'n vreemdeling wat 'n kans sien en dit aangryp. Dis ook een van die moeilikste misdade om op te los.

Maar, hoeveel erger is dit as die skuldige iemand is wat jy ken? Jou buurman? Die vrou af in die pad? Wat as almal hier bloot wou hê dit móés iemand onbekend wees en nie een van hulle nie?

"Soos ek sê. Ek wil . . . moet doen wat Paul van my gevra het," pro-beer sy weer. "Kan u my asseblief vertel wat u van daardie dag onthou? Ek wil graag hoor."

"Sê my eers wat met die generaal gebeur het."

"Hy is geskiet," besluit sy.

Moosajee sê iets in Arabies. Mooi, vloeiend.

"Jammer," sê hy dan. "Ek kan sien dit het jou hartseer gemaak. Hy was 'n goeie man. 'n Regtige goeie man."

"Dankie." Sy het nie gedink haar emosies lê só vlak nie.

Hy vee oor sy baard, frons soos hy dink. "Soos ek nog altyd onthou, het Kerneels vroeg die oggend hier ingekom. Net Kerneels. Hy't gewag vir Ebbie, maar Ebbie het nie gekom nie. Kerneels is hier uit en 'n ruk-kie later weer terug, net toe 'n man hier aangekom het. Dis regtig al wat ek onthou, nes ek elke keer vir Paul beduie het."

"Die man waarvan jy praat – wie was hy?"

Moosajee haal sy skouers op. "Ek weet nie. Paul het ook gevra, maar ek kan nie sê nie. Ek kan regtig nie sê nie."

"Is dit hoekom almal in die buurt dink dis 'n vreemdeling wat Ebbie gegryp het? Omdat iemand onbekend hier was daai Sondagoggend?"

"Ek sê nie dit was dié man wat iets aan Ebbie gedoen het nie," waarsku Moosajee streng. "Maar dit wys jou daar was ander mense wat hier rondbeweeg het."

Nog voor Ami kan vra, voeg hy by: "Ek dink nie Paul het die man ooit opgespoor nie. Ook nie die kar wat hy gery het nie. Ek het vir Paul gesê daar was 'n wit Kombi wat hier buite kom parkeer het en dat ek dink dit was dié man s'n, maar ek het die kar nooit mooi gesien nie, eerder gehoor. Daai Kombi's het mos raserige enjins gehad wat jy van ver af kon hoor. Maar ek raai net, niks meer nie."

Dit klink interessant, maar sy dink nie Paul sou noodwendig vir Moosajee laat weet het as hy wel die man gevind het nie.

"Die ou wat dalk die Kombi gery het – het hy by die kafee ingekom?"

"Nee. Hy't voor die deur vasgesteek, so oor sy baadjie se sakke geklop asof hy sy beursie vergeet het, en toe is hy weg. Hy't nooit weer teruggekom nie. Nie eers een keer nie."

"Hoe het hy gelyk?"

Moosajee kyk na haar asof sy dom is. "Het Paul niks vir jou gesê nie? Hy was wit, skoongeskeer – een van daai mans wat twee keer 'n dag moet skeer. Swart hare, bietjie yl hier bo. Duur donkerbril. So lank soos jy. So tussen dertig en veertig seker. Hy het jeans, 'n T-hemp en 'n leerbaadjie gedra. Dit het gelyk asof hy meer geld het as wat meeste mense in hierdie buurt het. En dis dit. Ek kan regtig niks meer sê nie. Dis nie my plek nie."

Iets krap aan Ami. Hoekom voel sy dat Moosajee nie heeltemal die waarheid praat nie?

Het Paul ook so gevoel? Het hy dit dalk in die rooi koevert aangeteken?

"En niks anders wat vreemd is het daai oggend gebeur nie?" maak sy seker. "Niks ongewoon nie?"

Moosajee lek vlugtig oor sy lippe. Skud sy kop stadig. "Nee. Kerneels is hier in en uit sonder om iets te koop. Die man het ook niks gekoop nie, en Ebbie het nooit opgedaag nie. En voor jy vra, hier is nie kameras in die kafee nie. Nie toe nie, en ook nie nou nie. Dis nie nodig nie." Hy beduie na die ronde spieël in die hoek teen die dak. "Ek het nie sulke goed nodig nie. Ek kan mos sien wat in my eie plek aangaan."

1998

Sondag 12 April

Dis meestal die vroumense wat jy moet dophou en nie die seuns nie. Hulle is so lomp, jy weet amper dadelik as hulle iets gevat het.

Nee, dis die vrouens. Die ma's en dogters en die kloekspul meisies wat mens se aandag probeer aftrek, ene wat kom vra: "Hoeveel kos hierdie, oom?", en dan gryp haar maatjie iets van die rakke. Gewoonlik iets klein, soos 'n Caramello Bear of een van daai marshmallow-muise. Iets wat nie jou sakke laat dik staan nie.

Soms is dit die ma wat die vatwerk doen, maar dan is dit meestal blikkieskos en pap of rys. Iets omdat die kinders honger is, eerder as iets lekker.

Deodorant en tampons ook, sodat hulle kan werk toe gaan.

Soms doen mense dit vir die pret. Sommer net om te sien of hulle kan. Dis die mense wat Salim die minste van hou.

Maar dit beteken nie dat hy anderpad kyk as die seuns hier inkom nie. Soos hierdie outjie nou weer, met die rolskaatse wat hy wie weet waar gekry het. Sy ma het sekerlik nie geld vir sulke goed nie.

Altyd aan die beweeg, dié ene, hande wat heeltyd aan alles moet vat. En altyd sonder die ma.

Van die pa weet g'n niemand meer nie. As hy nog hier was, sou dinge dalk beter gegaan het. Dan het die seun en sy broer nie so op straat rondgelê nie. Ebbie en Kerneels, dis wat die twee mekaar roep.

Salim se twee seuns is albei reeds pa's met hulle eie kinders. Hulle vrouens werk hard en kyk mooi na die kinders. Die kinders is nog klein, maar soet. En baie slim.

Hy kyk hoe Kerneels oor sy skouer soek voor hy by die kafee inkom, die Walkman se oorfone van sy kop lig en dit om sy nek hang.

"Nie met die skaatse nie!" roep Salim.

"Sorry, oom," sê die seun, maar hou aan met loop, hande wat na die deurkosyn gryp om te keer dat hy val. "My ouboet is op pad. Ons moet gou melk en brood kry."

"Maar wag dan buite vir hom!"

Kerneels maak asof hy nie hoor nie. Hy vat-vat aan die rakke soos hy beweeg. Swaai na regs in die tweede gang af, op pad na die lekkergoed.

Salim se oë soek dadelik na die bolspieël in die hoek. Hy weet sommer die kind gaan iets probeer vat.

"Hey, ek praat met jou. Wag vir jou broer!"

"Ek wag mos, oom!"

Maar steeds staan Kerneels nie stil nie. Dit wil vir Salim lyk asof hy 'n Lunch Bar gryp en dit voor by sy kortbroek indruk, al maak hy asof hy sy balans soek teen die rak, maar Salim kan nie seker wees nie – die mannetjie is blitsvinnig met sy hande.

Dan beweeg Kerneels na die broodrak, vat 'n witbrood en kom met wankelende, onseker treë nader.

"Nog net melk, oom." Hy stut hom teen die toonbank en sit die brood vinnig neer.

Salim keer dat dit nie afval nie. Soek vir die Lunch Bar, maar sien niks nie.

"Jy gaan nie melk vat op daai skaatse nie. Uit! Wag buite. Ek sê mos." Netnou val die kind en dan is die bottel daarmee heen.

Toe hy om die toonbank loop, vinger wat na die deur wys, skiet Kerneels homself haastig weg. Hy gryp na die kosyn en klim die trappie af na die sypaadjie. "Jislaaik, oom. Okay, oom."

Salim kyk op toe 'n skadu oor die ingang val soos iemand aangeloop kom. Ebbie?

Nee, dis 'n man in 'n duur leerbaadjie en donkerbril, seker naby aan veertig. Lekker hardebaard, sien hy. Mens sit nie heeldag en kyk vir mense en jy weet nie sulke goed nie.

Salim groet en staan eenkant toe dat die man kan inkom, maar die *man steek by die ingang vas en staar Kerneels agterna, hande in die sye, asof hy nie mooi weet wat om te doen nie. Dan voel-voel hy oor sy baadjiesakke asof hy soek na iets.*

Saam staan hulle en kyk hoe die kind laat spat, oë wat bang oor sy skouer loer.

Salim skud sy kop. Die mannetjie weet seker hy het gesien hoe hy 'n Lunch Bar vat. Wanneer Ebbie hier aankom, gaan hy wragtig vir als betaal, die sjokolade ook.

Nee wag. Hy beter gaan seker maak.

Hy loop vinnig na die lekkergoedrak.

Ja, dis nes hy gedink het: een Lunch Bar is weg.

Elke keer is dit dieselfde storie met daai outjie. En sy ma doen niks, al kla hy oor en oor by haar.

Dit begin hom nou regtig baie kwaad maak. Hy en sy familie moet ook lewe. Verstaan hierdie mense dit dan glad nie?

2

Ami loop terug van Salim's na waar die Triumph geparkeer staan. Sy besluit om 'n paar minute in die parkie oorkant die Gouws-huis te wag tot die buurt begin roer.

Die grond onder haar tekkies is stowwerig en hard, en sy wonder wanneer laas dit hier gereën het.

Sy gaan sit op 'n bankie wat pas 'n nuwe laag vernis gekry het. Lees die inskripsie op die rugleuning: *Vir ons geliefde Johanna, wat altyd hier gesit het.*

'n Paar minute later lui haar foon. Dis die nuusredakteur.

"Ek's jammer oor Paul."

"Dankie."

Sy bly stil, wag vir Ephrahim om te besluit die tyd is reg om te sê wat hy eintlik wil sê.

"Die storie . . . Paul se storie," begin hy.

Steeds reageer sy nie.

"Dit voel vir my bietjie dun. Dink jy jy's die regte mens om dit te skryf? Miskien is jy te naby."

Hy gaan nie raas nie, besef sy. Hy gaan eerder die storie aan iemand anders gee.

"Daar is nie veel meer om in dié stadium te sê nie."

"Daar is, Ami. Vertel mense oor De Jager se loopbaan. Oor al die bekende misdadigers wat hy vasgetrek het." Hy maak keelskoon. "Vertel hulle wat fout was die laaste ruk."

"Ek het mos."

"Wat? Daai een vae sin oor sy gesondheid wat aan die taan was? Jy

55

kan hom nie beskerm omdat jy hom geken het nie. Ons moet almal steeds ons werk doen."

"Ek doen my werk. Tot die patoloog klaar is, is daar niks meer om te sê nie."

Sy kan hoor hoe Ephrahim haar woorde oorweeg, 'n nuwe invalshoek soek. "Ek gaan Roelien vra om 'n artikel oor sy groot sake te skryf."

Sy wil eers stry, maar gee dan in. Die junior misdaadjoernalis kan dit seker maar doen. Sy is mos nou in elk geval besig met die Ebbie-storie.

"Roelien kan sommer ook iets bysit oor haar ondervinding met hom tydens die Balletmoordenaar-saak."

"Ephrahim, e–"

"Ek vra nie, Ami. Ek sê." Weer die keelskoonmaak. "Ek sal die omstandighede rondom sy dood en sy begrafnis vir jou los. Maar moenie my drop nie. Probeer . . . Doen bietjie beter. Asseblief."

"Ek sal." Sy kruis haar bene in die swart jeans, lig haar gesig na die warm son wat oor die huise se dakke kop uitsteek. Wonder hoe om te vra wat sý wil vra.

"Paul wou 'n guns hê ná sy dood."

"Ja?" Ephrahim rek die enkele woord uit.

"Dis 'n ou saak van hom. Hy wou hê ons moet bietjie rondkrap en kyk wat aangaan. Dalk 'n storie of twee skryf."

"Iets soos die Balletmoorde?" 'n Gretigheid sluip in Ephrahim se stem in.

Sy weet die Balletmoorde-storie het talle nuwe lesers na Nuus360 gelok. Dalk gaan dit nie so moeilik wees om haar baas te oortuig as wat sy gereken het nie.

"Nie heeltemal nie. Niks so konkreet nie. Daar is nie DNS en sulke goed om te toets nie. Maar ja, dis ook 'n ou saak – 'n tienerseun se verdwyning."

"Klink interessant. Kom vertel my môre."

"Ek kan die eerste artikel vanaand vir jou stuur."

"Okay, maak so." Hy lui af.

Sy bêre haar foon in haar baadjiesak.

Aan die oorkant, by Snymanstraat 24 – die Gouwse se bure – kom 'n bejaarde man in 'n ou bruin pak en 'n geveerde fedora na sy motorhek aangeskuifel. Hy loop tussen 'n vaal ou Passat en 'n wit Ford Ranger deur, sy een hand wat hom teen die bakkie stut.

Hy laat haar dink aan haar oupa, lankal oorlede – bruin broek en flenniehemp, al is dit somer. Ore en neus wat amper uit proporsie is met die res van sy gesig.

Die ou man praat met homself terwyl hy aanhou druk op wat lyk na 'n afstandbeheer.

Sy kyk weg. Probeer dink soos Paul sou gedink het. Probeer sien wat hy sou gesien het as hy hier was.

Dis wel bietjie later as die Sondagoggend toe Ebbie verdwyn het, maar dis steeds doodstil in die buurt. Dit wil ook klink asof mense se honde meestal binne slaap, dalk uit vrees vir vergiftiging, want sy hoor nie veel van 'n geblaf nie.

Dit voel moontlik om iemand hierdie tyd van die oggend te ontvoer, maar jy sou moes vinnig wees. Seker maak jou teiken maak nie 'n geluid nie.

Met die bietjie kennis wat sy tans het, is daar twee opsies: 1) Iemand van buite was in die buurt en het Ebbie gegryp – spesifiek of toevallig. 2) Iemand wat hier bly, het hom iets aangedoen.

Dit klink nie asof Ebbie weggeloop het nie, tensy daar iets is wat almal nog heeltyd miskyk. Dit kan ook nie 'n ontvoering vir 'n losprys wees nie, want Paul of die weduwees sou dit sekerlik genoem het. Roof wat lei tot moord lyk buite die kwessie, want dan sou die aanvaller waarskynlik die liggaam op straat gelos het.

Ebbie se verdwyning was ook lank voor die laaste jare se skerp toename in mensehandel, maar sy weet sy kan dit nie heeltemal buite rekening laat nie. Tieners word om verskeie redes ontvoer, en ongelukkig is seks 'n groot deel daarvan. Wat beteken dat pedofilie ook 'n moontlikheid kan wees.

Dit kan ook wees dat iemand kwaad was vir Ebbie. Dat hulle om een of ander rede wou wraak neem of dalk hulle humeur in 'n stryery verloor het.

Sy sit terug. Hou Snymanstraat se huise dop soos wat hulle een vir een begin lewe kry. Gewone mense met gewone lewens – die tipe wat jou altyd die meeste aanraak as jy 'n joernalis is. Die bekendheid daarvan, die intieme nabyheid. Mense nes jy.

Sy besef skielik sy moes nooit hierheen gekom het nie. Dat sy nooit Paul se lêer moes oopgemaak het nie.

Maar dis reeds te laat.

Sy lag vir haarself. Hy het haar so goed geken.

"Jou ou bliksem," prewel sy terwyl sy haar kop skud vir oorlede generaal Paul de Jager.

3

Ami moet lank wag voor daar beweging is by Ebbie se huis – nie dat sy eens honderd persent seker is of sy ma steeds in die wit gebou met die groen geute bly nie. Enige iets kon gebeur het sedert Paul die lêer vir haar voorberei het. Ongelukkig het sy ook nie vroegoggend daaraan gedink om Ester Gouws se nommer op haar foon te laai nie.

"Dis wat jy kry as jy dom is," raas sy met haarself.

Sy strek haar bene voor haar uit en neem weer die straat in. Al is 'n handvol wonings opgeknap en gemoderniseer, is dit duidelik dat niemand ooit veel aan nommer 22 of die ou man in nommer 24 se plekke gekarring het nie.

Niemand het ook nog aandag aan haar geskenk hier waar sy in die park sit nie, behalwe by die liggeel huis op die hoek waar 'n gordyn versigtig weggedruk is om in haar rigting te kyk. Al wat sy kan uitmaak, is 'n kort figuur wat anderkant die venster huiwer.

Toe 'n mooi, ouer vrou in wyepypjeans by nommer 22 se voordeur uitkom, gieter in die hand, loop Ami oor die pad.

Van nader sien sy dat die huis kan doen met 'n laag verf. Die donkergroen palissadeheining met elektriese drade bo-op lyk egter splinternuut.

Sy wonder hoe sy die onderwerp van Ebbie se verdwyning kan opper sonder om die vrou se Sondag te ruïneer. Dis nou te sê as sy wel Ebbie se ma is. Dis egter moontlik dat dit sy is – die vrou moet in haar laat-vyftigs of vroeë sestigs wees. Krullerige, swartgekleurde hare, 'n lyf wat fiks gehou word met een of ander oefenregime, mooi versorgde hande – sterk en seker soos sy dooie blomknoppe van die naaste roosboom knak.

Die roosbome is oud en knoetserig met yslike dorings en oranje blomme.

Ami gaan staan op die sypaadjie. Haal haar hande uit haar baadjiesakke om te wys hulle is leeg. Groet deur die heining.

"Mevrou Gouws?"

Die vrou skrik, kyk op. Lyk spyt dat sy oogkontak gemaak het. Dat sy hoegenaamd buite is.

Vir 'n oomblik lyk dit asof sy by die huis gaan invlug, maar dan bly sy staan, een hand wat teen haar keel rus, die elastisiteit van die jeug reeds verlore in 'n netwerk fyn plooie. Sy dra rooi sandale en 'n netjiese blou trui wat handgebrei lyk, die ingewikkelde patroon nie iets wat mens in winkels raakloop nie.

"Ja?"

"Ester Gouws?" maak Ami seker.

"Wat wil jy hê?" Die woorde is plat en vies, gestroop van hoflikheid.

Sy het gehoop vir die vriendelikheid wat die meeste ouer mense nog genoop voel om te wys, maar al wat sy kry, is die tipies Suid-Afrikaanse agterdog vir bedrieërs en misdadigers.

"Ek's Ami Prinsloo van Nuus360. Generaal Paul de Jager het my gevra om na jou seun se verdwyning te kyk."

Die vrou gee 'n tree agtertoe. Nog een. Knip haar oë vinnig, onthuts.

"Ek's jammer ek daag so uit die bloute op." Ami trap ongemaklik rond. Verwens haarself dat sy nie voor die tyd gebel het nie. "Ek was in die omtrek en wou sommer kom kyk of u – jy – moontlik hier is. Ekskuus daaroor."

Die vrou byt op haar onderlip, wys twee voortande wat nie heeltemal knus teen mekaar lê nie. Dan vee sy vlugtig oor die krulhare, haar wang, soos vrouens soms doen as hulle sonder grimering gevang word.

"Ek het lanklaas . . . Hoe gaan dit met Paul?" praat sy uiteindelik.

"Hy is . . . hy's oorlede. Vrydag." Ami kyk eenkant toe, na die laning karees op die sypaadjie, die wortels wat stelselmatig die sementoppervlak lig. "Soos ek sê, Paul het . . ." Sy sluk aan die emosie wat dreig om haar te oorval. Tree nader aan die heining en vat die sporte vas. "Hy het as 'n laaste guns gevra dat ek na jou seun se verdwyning moet kyk. Ek kon nie nee sê nie, kon ek?" Sy probeer glimlag, trek haar skouers op.

Ester kyk stip na haar, oë wat blink.

"Ek's baie jammer," bied Ami weer aan. "Ek kon dit beter gedoen het. Hierdie . . . die nuus oor Paul . . . alles."

Sy kan haarself skop. Natuurlik sou Paul gereeld by Ester kom kuier het, wat beteken dat sy ook sy afwesigheid sal voel. Om die waarheid te sê, vir haar mag dit selfs dieper sny. Wie gaan nou na haar seun soek? Die saak aan die lewe hou?

Ester trek haar asem diep in. "Paul het my geleer . . . het jy identifikasie?"

Ami knik, haal haar perskaart uit en oorhandig dit. Wat kan sy sê sodat die vrou haar sal glo? "Ek het Kareemah gister ontmoet. Ilse ken ek al lank. Mac – Helga – is bietjie van 'n ander storie."

Ester glimlag uiteindelik, al is dit effens. "Mac is moeilik, maar sy ken haar storie." Sy gee die perskaart terug. "Is Paul regtig . . ." Haar woorde sterf weg.

"Ongelukkig, ja. Hy was siek. Vir lank siek."

"Dis jammer. Laas toe ek hom gesien het, het hy nog goed gelyk."

"Wanneer was dit?"

"Og. Seker so drie, vier jaar gelede."

Ami knik. "Hy het die laaste twee jaar vinnig agteruitgegaan. Alzheimers."

"Vader tog, Paul van alle mense. Die arme man. Hy sou dit mos nooit kon vat nie."

Ester huiwer 'n oomblik asof sy wonder wat om te doen. Dan beduie sy na die voetgangerhek. "Laat ek die sleutels kry, dan kan ons gesels." Sy kyk na haar horlosie. "Solank dit gou is, as jy nie omgee nie. Ek moet nog winkels toe vanoggend."

4

Ami wag in die koel skemer van die voorhuis terwyl Ester die gieter gaan bêre. Sy het besluit sitkamer is nie die regte woord vir die outydse vertrek met sy staalplafon, blinkgepoleerde dennehoutvloer en kandelaar wat sagte geel lig oor die meubels gooi nie. Die groot, vierkantige ruimte kom ooglopend uit die era voor oopplankombuise en aaneen leefareas mode geword het.

Sy draai na die venster, op soek na 'n bietjie warmte. Besef dan dat die son eers oor 'n uur of twee hier binne sal aanmeld.

"Jou naam is Ami Prinsloo, het jy gesê? Soos in Ami die swemmer?"

Sy swaai om. "Uh, ja," gee sy toe. Ouer mense onthou haar soms nog.

"Ek het op die TV gesien toe jy goud in Athene gewen het. Ons was almal verskriklik trots op jou."

Sy weet nooit wat om te sê as mense haar swemgeskiedenis noem nie. Wat sy meer geneig is om te onthou as haar oorwinnings is alles wat ná die tyd skeefgeloop het. Sy weet dis onregverdig teenoor haarself, maar dis 'n moeilike patroon om te breek.

"Dankie," sê sy met 'n effense glimlag.

Ester draai haar kop skuins. "Jou sussie is mos vermo–"

Sy knik stom.

Ester gee 'n jammer-glimlag en beduie na die sitarea – drie ligpienk banke, gerangskik om 'n wollerige wit mat.

Voor Ami gaan sit, neem sy weer die vertrek in. Alles om haar voel oud, behalwe vir die enorme TV. Dit staan in die middel van 'n vermaakeenheid wat die ganse oorkantste muur bedek.

Die geraamde foto's om die TV lok haar nader.

Sy loop soontoe en tel die naaste foto op. Dis Ebbie, in volle vaart op die atletiekbaan, kuif wat agtertoe wapper.

"Ek het nog altyd geglo hy sou eendag Olimpiese Spele toe gaan," sê Ester.

Sy sit op die rand van die bank in die hoek, van waar sy direk na die TV kan kyk, maar ook die voordeur en straat in die oog kan hou. Haar voete rus teen mekaar, op die punte van haar tone, soos 'n gespanne spreeu gereed om te vlug.

Hoeveel keer het sy al hier gesit in die hoop dat haar seun aan die deur gaan klop, wonder Ami.

Sy sit die foto terug en kyk vinnig deur die res. Daar is net een van Kerneels. Eintlik is dit van al twee broers, Kerneels wat opkyk na sy ouboet asof hy hom verafgod. Hy moet omtrent vier of vyf wees, Ebbie seker tien.

Kerneels lyk vol lewe, sy hare wat op twee plekke op sy kop in kroontjies regop staan.

Sy wil omdraai, maar haar oog vang 'n geraamde skets . . . 'n ouer weergawe van Ebbie?

"Ek het . . . Paul was so kwaad," praat Ester agter haar, asof sy weet wat sy dink. "Ek het seker so ses jaar gelede met 'n siener gaan gesels. Ek bedoel, hoekom nie? Die polisie kon niks regkry nie." 'n Kortaf, bitter lag. "Hy het daardie skets gemaak van hoe Ebbie nou sou lyk. Soos hy hom . . . soos hy hom gesien het."

Ami gaan sit skuins oorkant Ester. "So hierdie siener dink Ebbie leef nog?"

Ester lyk skielik spyt dat sy die onderwerp aangeroer het. "Hy't gesê Ebbie is naby. Na aan my. Nog altyd. Dis al. Paul was woedend. Hy wou heeltyd hê ek moes trek, jy weet, weg van hier sodat my kop van Ebbie kon wegkom. Maar hoe doen mens nou so iets? Al my herinneringe is hier. Buitendien, dalk kom Ebbie terug, en hoe sal hy my dan in die hande kry?"

Ami verwens weer vir Paul. Hoe gaan sy haarself beskerm teen hierdie vrou se verlies? Die seer rondom iemand wat verdwyn het, is anders as die verlies wat die dood bring. Dit leef vir ewig. Haal asem. Word groter, deeglik gevoed, elke dag.

En die feit dat Paul daarop aangedring het dat Ester moet trek . . .

Beteken dit hy het gedink Ebbie gaan nie terugkom nie? Dat die seun nie weg is nie, maar dood?

Sy besef dat sy versigtig moet trap. Ester Gouws het nog lank nie moed verloor nie. As sy nie oppas nie, kan die ouer vrou se hoop 'n monster word wat hulle albei verteer. Nes dit Paul verteer het, want hoekom anders het hy gereeld na Ebbie se saak bly terugkeer?

Shit.

Dalk kan sy vinnig deur die storie skiet, besluit sy. In en uit wees by Snymanstraat 22 sonder dat dit haar raak. Ester te veel raak.

Een storie, dis al.

"Om terug te kom na hoekom ek hier is . . . eintlik wou ek net kom sê dat ek 'n artikel wil plaas om te vra of enige iemand nuwe inligting oor Ebbie se verdwyning het," verduidelik sy. "Dalk onthou iemand iets. Miskien het iemand se omstandighede verander en is hulle nou in 'n posisie om na vore te kom. 'n Geheim te deel wat hulle vroeër nie kon nie. Sal dit in orde wees met jou?"

Ester stryk oor haar jeans met senuweeagtige hande, haar asem hoor-baar, vinnig.

Toe sy opkyk, blink haar bruin oë opnuut. "Dink jy . . . dink jy dit kan werk?"

"Ek weet nie. Ek wil net . . . Asseblief, moenie optimisties raak nie. Kom ons kyk wat gebeur. Die saak is baie oud. Die kans dat . . . Jy weet ek gaan heel waarskynlik niks uitgerig kry nie."

Ester byt op haar onderlip. "Ek wonder of ek myself weer kan toelaat om te hoop."

Ami ken die antwoord, maar sy sê niks.

Dan vou Ester haar hande saam op haar skoot, asof sy haarself staal. "Goed dan. Sê my wat jy nodig het."

5

Ester verdwyn badkamer toe en verskyn weer ná 'n paar minute. Sy beduie dat Ami haar kombuis toe moet volg.

"Kom ek gaan maak vir ons tee."

Die ruim kombuis se agterdeur is oop en kyk uit op 'n yslike agter-plaas. Ami tel 'n avokadoboom, twee perskebome en 'n karee.

Terwyl Ester tee maak in pienk-en-wit koppies, bekyk sy die vertrek. Alles is roomkleurig – van die kaste en formica-toonbanke tot die teëls. Dit voel ouer as wat sy sou verwag, asof Ester steeds in die 1990's vas-gevang is.

Sy haal haar foon uit haar rugsak, maar besluit teen haar notaboek. Netnou maak dit Ester skrik as dit soos 'n formele onderhoud lyk.

"Mag ek ons gesprek opneem?"

Ester proe aan haar tee. Vee met 'n pinkienael oor die hoek van haar mond.

Sy het grimering gaan aansit, besef Ami – dowwe pienk lipstiffie om by die kleur van haar naels te pas. 'n Pantser teen die vrae wat gaan kom?

"Mag ek?" vra sy weer toe Ester nie antwoord nie. "Dis net om seker te maak ek kry my feite korrek."

"Dis seker reg so."

Sy begin die digitale opname op haar foon. "Vertel my wat jy onthou van daai Sondagoggend toe Ebbie weg is."

Ester sit die koppie neer. Vou haar arms om haar middellyf. "Dit was so lank gelede. Soms dink ek . . . Soms voel dit asof die herinneringe begin uitrafel en ek nie meer mooi weet wat ek opmaak en wat regtig gebeur het nie."

Ami gee 'n sagte glimlag vir die vrou oorkant haar. Hierdie deel ver-staan sy. Deesdae, reeds jare ná haar suster se dood, weet sy nie meer of sy die regte Leen onthou nie. Dalk is die Leen wat in haar kop leef sagter, minder rebels, minder kwaad vir alles en almal – haarself inkluis omdat sy meeste van haar tyd in oorsese swembaddens deurgebring het. Haar sussie het haar verafgod en wou veel meer van haar hê as wat sy gekry het.

"Dit maak nie saak nie," moedig sy Ester aan. "Vertel my wat jy onthou. Daar is nie 'n reg of verkeerd nie."

Ester lek vlugtig oor haar onderlip. Rus haar hand teen haar keel.

"Ek het die oggend laat geslaap. Ek was die vorige aand uit saam met my kêrel van destyds. Braam Ehlers. Kerneels en Ebbie het alleen by die huis gebly. Ná Kerneels bed toe is, is Ebbie na die Jafthas net hier om die hoek in Bothastraat. Ek het gesê dis okay, solank Ebbie die deure mooi sluit en Kerneels weet waar hy is. Die Jafthas se dogter, Pip, was beste vriende met Ebbie."

Ami knik. Sy onthou die wit huis met die breë stoep van netnou se stap kafee toe.

"In elk geval, ek en Braam het daardie aand opgebreek en ek was baie ontsteld. Dis moeilik om 'n man te kry wat van jou kinders ook hou. Braam . . . Kerneels het hom gek gemaak en Ebbie was nie mal oor hom nie. Ebbie het gesê een man in ons lewe was genoeg en dat ons nie nog een nodig het nie."

"Een man?"

"My eks."

Ami wonder of sy mag vra. Doen dit dan in elk geval. "Wat het tussen jou en jou man skeefgeloop?"

"'n Ander vrou. Hy is sak en pak hier weg toe Ebbie tien jaar oud was." Ester pers haar lippe saam. "Wikus is later Australië toe saam met sy nuwe vrou en hulle twee kinders. Hy het vir hierdie huis betaal en nie veel meer nie. Ek moes meestal maar sien kom klaar. Ek het by die veearts om die hoek as ontvangsdame gewerk, en ook skoonheidsprodukte en Tupperware verkoop om die gate toe te stop. Ek is . . . ek was nie opgelei vir meer nie. Dit was raap en skraap om als te betaal, maar ek en die seuns het reggekom."

Sy knik haar kop beslis. "Ons was okay. En Ebbie was . . . Ebbie was my rots. Hy het skottelgoed gewas, die gras gesny en die asblik uitge-vat. Soms selfs kos gemaak. En as goed gebreek het, het hy dit probeer regmaak. Hy het baie verantwoordelikheid op homself geneem, al van kleins af."

Ester vee oor haar oë, haar glimlag 'n mengsel van trots en hartseer.

Ami probeer haar teruglei na die oggend van Ebbie se verdwyning. "So, jy't laat geslaap en die seuns winkel toe gestuur."

"Eintlik het Kerneels vir sjokolade kom vra. Hy het nog altyd 'n vreeslike soettand gehad. Ek het vir hom gesê hy kan gaan as Ebbie wakker is. Ek het hom R20 gegee en gesê hulle moet brood en melk ook kry."

Dis stil vir 'n oomblik. Ester se hand word 'n vuis, beweeg stadig na haar mond. Bly daar.

Sy trek haar asem in, die klank rou en diep. "Ek het wakker geword toe Kerneels 'n rukkie later weer kom klop. Seker net ná agt? Hy was kwaad. Hy't gesê Ebbie het die geld gevat en verdwyn."

"Dit was . . . wat? 'n Uur later?" maak Ami seker.

"So iets, ja. Kerneels het gesê hy't orals gesoek. Straatop, straataf, kafee toe, terug – maar Ebbie was skoonveld." Ester lyk skielik skaam. "Ek was eers kwaad. Ebbie sou nóóit so iets aan sy boetie doen nie. En Kerneels . . . hy kon soms stories aandra. Dalk was dit sy manier om aandag te kry, ek weet nie. Ebbie het so goed gedoen in atletiek dat Kerneels soms afgeskeep gevoel het."

"Ek verstaan," sê Ami. "Ek het susters. Dit gebeur."

Ester drink van haar tee, seker al lou teen dié tyd. Ami se koppie staan steeds onaangeraak.

"Ek het saam met Kerneels kafee toe geloop om met Salim te gaan praat. Hy't gesê Ebbie was nooit daar nie. Toe is ons na Pip se huis, maar hy was ook nie daar nie. Sy was net so bekommerd soos ek teen daai tyd, en haar ma en pa ook. Ek bedoel, ons het almal geweet van die seuns wat in die Moot verdwyn het met die pedofiel wat daai tyd – wat was Paul se woord? – aktief was. Maar hy't nog nooit iemand hier by ons gevat nie. Ek bedoel, die Moot is mos groot."

Ami spits dadelik haar ore. 'n Kindermolesteerder wat in hierdie omgewing aan die jag was? Sy gaan Nuus360 se argiewe invaar sodra sy hier klaar is.

Ester vee weer oor die hoek van haar mond. "Die Jafthas het dadelik help soek, nes die mense by nommer 16 op die hoek. Wessel Viljee is 'n afgetrede polisieman, so ek het daar ook gaan klop. Ons is op in die strate, elke kant toe, maar Ebbie was nêrens nie."

Ami kan die emosie in Ester se stem hoor, die vretende onrus en bekommernis van daardie oggend.

"Teen negeuur het ons die polisie gebel. Hulle was binne 'n halfuur hier. 'n Bietjie later het 'n speurder gekom, Paul saam met hom in die kar. Hy was mos in Moord en Roof destyds, en hulle het toe net begin om 'n taakspan saam met die Moot-polisie te vorm oor die ding met die pedofiel. Hulle het met my gesels en toe sê Paul hy hou nie van wat hy hoor nie."

Ester vryf haar hande teen mekaar asof sy koud kry. "Ek kon sommer sien die ander speurder het gedink Ebbie het net iewers gaan kuier, of dat hy weggeloop het. Toe ek hom vra oor die ander seuns wat verdwyn het, het hy gesê Ebbie is te oud en dat die pedofiel se slagoffers almal jonger was."

Sy frons. "Paul het egter gesê dis belangrik dat hulle seker maak en niks aanneem nie, want pedofiele tree nie altyd so streng swart en wit op nie." Haar stem kraak onder die emosie. "Dalk . . . dalk het die man nie besef hoe oud Ebbie is nie, of dalk het Ebbie vir hom jonger gelyk, of dalk het hy . . . dalk het hy gevat wat hy kon kry."

Ami skuif vorentoe in haar stoel. "Ek neem aan hulle het niks reggekry nie?"

"Nee. En niemand het my ooit gekontak en gevra vir geld nie. Ebbie het ook nooit iets laat weet nie, as hy dan nou weggeloop het." Sy keer vinnig. "Nie dat hy sou nie. Ek weet dit. Ek weet dit vir seker."

Ami beduie dat sy verstaan. "Wat van die pedofiel? Is hy ooit gear-resteer?"

"Paul het hom seker twee jaar later gevang. Jakob de Koning. Hy't gesweer hy't niks aan Ebbie gedoen nie. Paul het gesê daar is g'n rede om aan sy storie te twyfel nie, want hy't al sy ander . . ." Ester trek haar asem diep in. "Hy't skuld op drie ander moorde beken."

"Leef De Koning nog?" Die naam wil-wil 'n klokkie lui by Ami. Sy was in 1998 ook op skool in Pretoria.

Ester se koppie land met 'n gekletter in die piering. "Ek hoor hy's verlede maand uit op parool. Kan jy dit glo? Hoekom gee die howe lewenslank as dit nooit lewenslank is nie? Dit gaan my verstand te bowe. Dink niemand ooit aan die slagoffers nie?"

Ami stem saam. Sy het al talle stories geskryf oor misdadigers wat op parool vrygelaat word, met 'n hoë persentasie van hulle wat dadelik weer die wet oortree.

"Wie het Paul nog verdink?"

"Hy wou nie altyd reguit praat nie, maar ek dink hy was agterdogtig oor my eks. Wikus was daardie week in Pretoria, en Paul het gewonder of hy homself om een of ander rede aan die seuns wou opdring. Ek het vir hom gesê Wikus stel niks in ons belang nie. Die kere wat hy gevra het om die seuns te sien, was sommer net om my te irriteer. Hy was kwaad omdat hy steeds onderhoud moes betaal . . . nie dat dít ooit gereeld gebeur het nie."

Ester knip haar oë, skielik versluier agter trane. "Ek dink Paul het ook oor Salim van die kafee gewonder." Sy lig haar hande. "Verder weet ek nie. Ebbie is weg en hy bly weg en niemand weet iets nie. Ná al hierdie jare is daar steeds net mooi niks. Dis asof die Here self my kind uit die bloue lug gegryp het en niemand iets gesien het nie."

1998

Sondag 12 April

"Ma?"

Ester weet sy kan nie aanhou om Kerneels te ignoreer nie. Hy het al twee keer kom klop, en nou het hy uiteindelik die moed bymekaargeskraap om die deur oop te maak.

"Wat is dit, Kerneels? Jy kan mos sien ek slaap nog!"

"Ek weet, maar ek's honger."

Sy knip haar oë teen die lig wat by die vensters instroom. Dis dae soos hierdie wat sy wens sy kon beter gordyne bekostig, maar Ebbie kort nuwe spykerskoene en Kerneels eet soos 'n sprinkaan. Wikus se af-en-toe tjeks gaan ook net só ver. Hy stry heeltyd om minder te betaal, want sy tweeling kos hom kamstig so baie geld.

Ebbie praat reeds van deeltyds werk volgende jaar, dalk by die Mike's Kitchen hier naby. Sy wil nie hê hy moet nie, maar sy moet erken dit sal help as hy soms self iets kan koop. Sy wil nie nog aande werk nie, anders gaan die seuns haar nooit sien nie.

Sy lek oor haar droë lippe. Klad die binnekant van haar mond met 'n wollerige tong.

Die hoofpyn sit dieper as gewoonlik. Sy wens sy het gisternag water gedrink voor sy kom slaap het, maar pleks daarvan het sy net op die bed neergeval. Sy het nie eers uitgetrek nie.

"Ma," sê Kerneels ongeduldig.

"Ja, ja," mompel sy. "Kyk in my handsak. Ek dink daar is 'n R10."

"Kan ek 'n Lunch Bar ook kry?"

"Nee, net brood."

"Okay." Sy kan sommer hoor hy is dikbek. "Die melk is ook op. Ek het dit nou net klaargemaak."

"Maar hoe . . . Drink water as jy dors is! Of Oros. Ek het al hoeveel keer gesê."

Sy lek weer oor haar lippe. Wens Kerneels wil padgee. Sy het hopeloos te veel gedrink ná Braam weg is by die Racing Bar.

Soms voel sy baie ouer as wat sy is. Oud en op die rak en sy is nog nie eens veertig nie.

Sy waai in die rigting van haar handsak. "Vat die R10." Onthou dan al die stories wat rondlê oor die kinders wat so verdwyn. "En maak seker Ebbie gaan saam. Jy loop nie alleen nie."

"Wat van die Lunch Bar? Asseblief, Ma."

Sy sug, woel haar kop onder die beddegoed in, weg van die lig en Kerneels se knaendheid. "Okay, okay. Ek dink daar's 'n R20. Maar dan los julle my uit tot twaalfuur. En gee die geld vir Ebbie en sê vir hom ek soek al die kleingeld terug. Elke sent."

Sy hoor hoe hy in haar handsak krap.

Stil word. "Is Ma okay?" vra hy dan sag.

Sy ignoreer hom. Hoe verduidelik sy aan haar jongste dat Braam haar hart gebreek het?

"Ek sê maar net, want die kombuis en badkamer is vol bloed en ek weet Ebbie . . . Ek bedoel, ek was gisteraand meeste van die tyd saam met hom, so ek dink nie dis hy nie."

In haar gedagtes kan sy amper sien hoe Kerneels sy skouers onder sy T-hemp intrek en daar hou asof hy ineenkrimp. Asof hy verwag sy gaan hom iets aandoen oor al sy vrae.

Sy steek haar hand blindelings uit. Wag tot hy dit neem. Hy is haar laatlammetjie. Haar bederfkind.

Net jammer hy weet dit.

"Ek's okay. Ek het sommer net my hand gesny."

Hy trek sy hand uit hare asof sy gaan seerkry.

"Nee, nee. Die ander een. Ek sal netnou gaan skoonmaak. Loop nou. Geniet jou Lunch Bar. En deel vir 'n slag met Ebbie, asseblief. Ek het nie geld vir twee nie."

Sy wonder oor die bloed.

Sy kan nie regtig onthou wat alles laas nag gebeur het nie. Meestal is dit net grepe, 'n toneel hier en daar, Braam se woorde wat die meeste uitstaan.

Het sy haar hand gesny toe sy haar wynglas na hom gegooi het? Sy is nêrens seer nie, maar as sy nou kyk, gaan Kerneels haar uitvang. Hy is baie skerp – soms té skerp.

"Okay, Ma." Sy stem word ligter, gelukkiger. "Sien Ma netnou."

"Eers twaalfuur."

"O ja. Baai!"

Die klank van die kamerdeur wat toeslaan, boor deur haar kop. Sy weet sy moet water drink, en sommer twee Disprins ook, maar sy is nie lus nie. Sy wil net hier bly lê tot sy beter voel.

Sy is steeds in die bed toe Kerneels weer haar kamerdeur oopstoot.

Sy roer vies. Dit kan wragtig nie al middag wees nie.

"Ma?"

Sy is onmiddellik kwaad. "Wat is dit? Ek het mos gesê los my uit tot twaalfuur!"

Sy hoor hoe hy padgee, asem wat jaag. Hoekom het die kind nou gaan staan en hardloop?

'n Ruk later is hy terug.

"Ma, ek weet ek moet Ma los, maar Ebbie is weg," praat hy vinnig, duidelik bang sy gaan weer raas.

Sy lig haar kop van onder die deken. "Wat bedoel jy weg?"

"Ek het hom wakker gemaak en vir hom die geld gegee, en hy't gesê hy sal saamkom. Hy was net agter my. Ek sweer." Hy begin huil. "Ek het al orals gaan soek, maar ek kry hom nie. Dink Ma hy kruip weg vir my? Of het hy die geld gevat en vir homself gaan chocolates koop?"

Dit klink nie soos Ebbie nie. "Het jy orals gekyk?"

"Ja . . ."

Sy weet sommer hy jok.

"Kerneels."

"Ek was te bang om vir Pip te gaan vra." Daar is 'n snik in sy stem. "Ma weet sy hou niks van my nie."

Sy kom orent uit die bed en sit op die rand. Beduie vir hom om te kalmeer. Hy lyk regtig bang. Sy vee oor haar mond. Maak 'n vuis om die effense bewing te laat bedaar. Besef twee van haar vingernaels is gebreek. Is dit waar die bloed vandaan kom? Braam wás hardhandig met haar. Sy wou hom nie laat gaan nie. Sy wou hê hy moes hoor dat dinge kan verander. Dat sý kan verander.

Sy staan op en druk Kerneels teen haar vas. Besef sy ruik na drank en wie weet wat nog als. Sy kan nie só op straat verskyn nie.

Waar kan Ebbie wees? Is hy dalk na 'n ander kafee sonder om vir Kerneels te sê? Of is hy en Pip besig om Kerneels 'n streep te trek?

Nee, besluit sy weer. Ebbie sal nie so iets doen nie. Hy weet sy kleinboet luister nie altyd so goed nie en dat hy mooi met hom moet werk. Dis vir Kerneels baie moeiliker sonder 'n pa as wat dit vir Ebbie is. Hoekom weet sy nie, maar dis hoe dit is.

Sy lig Kerneels se ken met haar wysvinger dat hy na haar moet kyk. "Ek borsel gou my tande, dan gaan soek ons hom."

Hy snuif, knik.

Sy besef hy is op rolskaatse. "Waar het jy dié gekry?"

"By die skool. Ek het dit geruil vir my baseball bat."

"Dieselfde een wat jy verlede jaar móés kry, want almal het een?"

Hy kyk af, snuif weer.

Sy laat dit daar. Sy sal later raas, wanneer hulle Ebbie gekry het.

In die badkamer vee sy die bloedmerke van die krane af. Dit lyk asof sy gisternag probeer skoonmaak het, maar dit nie baie goed gedoen het nie. Sy kyk na haar hande, maar sien niks fout behalwe die twee naels nie. Sy plak 'n pleister oor haar linkerhandpalm. As sy dit nie doen nie, gaan Kerneels weer 'n duisend vrae hê.

Sy borsel haar tande en bad haastig. Trek 'n sweetpak aan.

In die kombuis skrik sy vir die bloederige vingermerke op die kas *onder die wasbak. Het sy eers hier probeer skoonmaak voor sy na die badkamer is?*

Sy voel weer aan haar gesig. Soek oor haar hande en arms. Sy kan steeds nie veel onthou nie.

Sy maak die asblik oop, kyk vir glasstukke of so iets. Sou sy by die huis verder kom drink het en heeltemal daarvan vergeet het? Sy sien niks in die gapende, leë swart sak nie.

Sy begin om die bloed op die kas met Handy Andy af te vee. "Is Ebbie al hier?" roep sy in die gang af.

"Nee," sê Kerneels vanuit die sitkamer waar hy sit en TV kyk.

'n Diep onrustigheid roer binne haar. Iets is fout. Ebbie is altyd die verantwoordelikheid vanself.

"Is jy seker julle het gesê julle gaan Salim's toe?"

"Dis waar ons altyd brood koop," praat Kerneels skielik agter haar.

Sy drink twee glase water en sit haar sonbril op. Hou haar hand na hom uit.

"Kom ons gaan klop gou by Pip en hoor waar Ebbie is. Dalk sit hulle en games speel en het hy skoon vergeet van die brood."

6

Toe Ami by haar woonstel in Rosebank aankom, loop sy dadelik gaste-kamer toe. Dis tyd dat sy deeglik deur Paul se lêer lees. Die rooi koevert los sy steeds vir later, nes hy aanbeveel het. Hy was reg. Sy moet met vars oë na Ebbie se verdwyning kyk. Dit help nie sy skrop waar hy reeds geskrop het nie.

Ná 'n uur se werk lees sy weer deur die lys feite en vrae wat sy saam-gestel het.

1. *Wikus Gouws – Ebbie en Kerneels se pa – was op besoek uit Austra-lië ten tyde van Ebbie se verdwyning. Hy het sonder sy nuwe familie gekom om na sy siek ma om te sien. Die Sondag toe Ebbie verdwyn het, was hy in Pretoria by sy broer se huis. Hy ontken dat hy naby Snymanstraat 22 was, of dat hy betrokke was by sy seun se verdwy-ning. Sy geskeide broer was egter op 'n manne-naweek saam met die Faerie Glen-kerk, en kon nie vir hom 'n alibi verskaf nie.*
2. *Daar was 'n redelike hoeveelheid bloed in die kombuis van die Gouws-huis. Minder in die badkamer. Forensies het bepaal dit was Ebbie se bloed. Ester het eers gesê sy het haarself seergemaak, maar moes later erken dat sy nie mooi kon onthou wat die Saterdagnag gebeur het nie. Sy sweer egter sy het Ebbie nooit die Sondagoggend gesien nie, en Kerneels het dit bevestig. Sou dit moontlik wees dat Ebbie op pad na die kafee teruggedraai het huis toe, sonder Kerneels se medewete, en dat hy en sy ma stry gekry het? Volgens Pip, Ebbie se klasmaat en beste vriendin, was hy 'n saggeaarde seun en sou hy nooit iets aan sy ma doen nie. Maar wat as hy terugbaklei het indien*

Ester hom om een of ander rede aangeval het? Dalk vergesog, maar nie onmoontlik nie.

3. *Ester het 'n paar jaar ná Ebbie se verdwyning aan Paul erken dat sy vroeër soms te veel gedrink het. Sou sy dus werklik geweet het wat in haar seuns se lewens aangaan? Wat as wegloop en/of dwelms wel agter Ebbie se verdwyning lê?*

4. *Braam Ehlers, Ester se kêrel van destyds, is nie 'n verdagte nie. Hy is na 'n ander kroeg ná hy en Ester stry gekry het by die Racing Bar. Sy broer het hom daar kom optel en na sy huis geneem om sy roes af te slaap. 'n Handvol ooggetuies het dit bevestig.*

5. *Die wit VW Kombi wat kafee-eienaar Salim Moosajee opgemerk het, is eers met sy arres aan die pedofiel Jakob de Koning gekoppel. De Koning het egter gesweer dat hy nie vir Ebbie gevat het nie. Hy sê hy was daardie oggend nie naby Snymanstraat nie. Hy het in die hof skuld beken op drie aanklagte van onsedelike aanranding (verkragting in vandag se terme) en moord, so hoekom sou hy stilbly oor Ebbie? Dit sou geen noemenswaardige verskil aan sy tronkstraf maak nie. Verder is Moosajee nie seker of die man wat hy by sy kafee gesien het wel Jakob de Koning was nie, en hy onthou ook nie die nommerplaat nie.*

6. *Dit klink asof Pip se ma 'n sagte plekkie vir Ebbie gehad het, maar nie vir Kerneels nie. Volgens haar was goed geneig om te verdwyn as Kerneels in die omtrek was. Kan mens dus sy weergawe van daardie oggend vertrou?*

7. *Dit klink asof Paul vermoed het dat Ebbie en Pip 'n romantiese verhouding gehad het, of op pad was na een. 'n Wit seun en 'n bruin meisie in 1998, vier jaar ná apartheid? Was mense toe oop vir gemengde verhoudings, veral tussen kinders? Húlle kinders? Wat as dit iemand genoegsaam ontstel het om tussenbeide te tree?*

8. *Sersant Wessel Viljee en sy gesin het in 1998 in die liggeel huis op die hoek van Snyman- en Bothastraat gebly. Viljee was werksaam by die Moot-polisiestasie. Hy was baie behulpsaam tydens die ondersoek en*

die soektog na Ebbie, en dra intieme kennis van die saak. Dit klink
egter nie asof hy en Paul oor alles met betrekking tot Ebbie se ver-
dwyning saamgestem het nie.

Sy maak 'n nota om Viljee te kontak. Dalk kan hy bietjie kleur en ag-
tergrond vir haar storie verskaf, veral as sy noem dat Paul haar gevra
het om weer na die saak te kyk. Sy onthou dat iemand haar vanoggend
vanuit die liggeel huis dopgehou het, so dit mag dalk nie 'n verrassing
wees as sy daar gaan klop nie.

Sy sit Wikus Gouws, die Jafthas en Jakob de Koning ook op haar
onderhoudlys. Sy wil definitief meer oor De Koning weet, veral noudat
hy op parool is.

Vir nou skakel sy eers vir Kareemah en verduidelik dat sy Ester
Gouws vanoggend ontmoet het.

"Jy beweeg vinnig. Voel jy skuldig oor iets?"

Wat beteken dít nou? "Ek het niks met Paul se dood uit te waai nie."

"Jammer, dis nie wat ek bedoel nie," skerm Kareemah. "Vandag is
net 'n moeilike dag. Wat wil jy weet?"

"Kan jy my asseblief van die bloed in die Gouwse se huis vertel?"

'n Stem klink op in die agtergrond en Ami hoor hoe die ander vrou
beweeg na iewers waar sonbesies sing.

Sy kyk op haar horlosie. Amper tyd vir Sondagmiddagete.

Sy onthou die diamantring aan Kareemah se vinger. Sy weet Ilse het
nie weer getrou nie, maar sy weet niks van Mac en Kareemah se privaat
lewens nie. Nie dat sy kan dink dat enige iemand met Mac se buierig-
heid kan saamleef nie. Kareemah is egter 'n ander saak. Ten spyte van
Paul se dood voel dit asof sy ligter dra aan haar tyd in die polisie.

Teen hierdie tyd ken Ami polisiebeamptes. Die mense wat die langste
bly, raak heeltemal afgestomp. Hulle kan naderhand langs 'n lyk staan
en middagete eet sonder om 'n oog te knip terwyl hulle vir die lykswa
wag.

"Dit was Ebbie se bloed," bevestig Kareemah. "Die volume het nie gesuggereer dat hy uitgebloei het of ernstig beseer was nie. Maar dan ook weer, mens hoef nie te bloei om dood te gaan nie, soos byvoorbeeld met 'n hartaanval of verwurging. Ester het beken dat sy die bloed die Sondagoggend skoongemaak het. Sy het belowe dit was nie om ons te mislei nie, maar omdat sy gedink het dis hare. Die bloederige vingerafdrukke wat ons gekry het, om die kombuis se deurkosyn, het aan Pip Jaftha behoort. Sy en Ebbie het laat die Saterdagaand video games by haar huis gespeel. Toe Ebbie se neus begin bloei, is hulle terug na sy huis. Haar ouers het reeds geslaap en sy wou hulle nie pla nie."

"En julle het haar geglo?"

Kareemah dink vir 'n oomblik. "Sy het eers stilgebly daaroor, wat my laat wonder het, maar ja, die twee bloeddruppels onder die badkamer-wasbak wat Ester misgekyk het, was nie vars nie. Met ander woorde, dit was nie van die Sondagoggend nie. En die rigting waarin dit op die vloer geval het – regaf – het bevestig dat dit wel van 'n neusbloei kon wees. Daar was nêrens tekens van sprei – spatter of gushes – van 'n meswond of so iets nie. Dit was egter duidelik dat iemand die bloed haastig probeer skoonmaak het. Hoe die toneel voor die tyd gelyk het, is dus nie seker nie, maak nie saak wat CSI en al daai slim TV-reekse jou vertel nie."

"So, hoe oortuig was julle dat Ebbie daai Sondagoggend nog geleef het?"

"Interessante vraag." Kareemah gee 'n kortaf lag. "Al wat ek kan sê, is dat daar geen tekens was dat hy die Saterdagaand dodelik gewond is nie. Altans, nie in die Gouws-huis nie."

"Wat as Kerneels gelieg het? As mens mooi daaroor dink, is hy die enigste een wat Ebbie die Sondagoggend lewendig gesien het. En ek lei af uit Paul se notas dat Kerneels nie heeltemal betroubaar was nie."

In die agtergrond hoor Ami hoe 'n manstem na Kareemah roep.

"Kerneels was tien, en heelwat kleiner as Ebbie," sê die ouer vrou. "Hoe sou hy van die lyk ontslae raak?"

Geldige vrae, maar dalk het Ester gehelp?

"Wat het jý van Kerneels gedink?"

"Oulike seun wat geweet het hy's oulik. Hy't goed geweet ma's, oumas en tantes like hom. Charmer, op daai ouderdom reeds." Kareemah asem hoorbaar in. "Oneerlik? Ja. 'n Moordenaar? Ek dink nie so nie, nee."

7

Ami sit die middag en skryf die artikel oor Ebbie Gouws se verdwyning. Sy verduidelik wat gebeur het, en vra vir enige inligting wat nuwe lig op die saak kan werp. Sy laai dit op Nuus360 se stelsel, laat die sub weet, en stuur dit dan ook aan Ephrahim.

Vyf minute later antwoord hy.

Goeie storie. Lekker aanhalings van die ma. Wat is die kanse dat jy 'n spoor optel?

Seker nie goed nie, laat weet sy. *Dis meer as 25 jaar later. Maar wie weet.*

Sy kyk na die tyd en oorweeg dit om bietjie te gaan lê. Besluit dan daarteen. Laat sy eerder kyk of sy Wikus Gouws in die hande kan kry. Hopelik het hy nog dieselfde nommer as in Paul se lêer.

Die foon lui egter net, en sy stuur 'n boodskap.

Kerneels Gouws is ewe onbereikbaar.

Sy skel onderlangs toe Pip Jaftha ook nie haar foon beantwoord nie. "Wat de hel gaan aan met hierdie mense?"

Uiteindelik stuur sy vir Pip ook 'n boodskap.

Die geluk is egter aan haar kant toe sy Wessel Viljee skakel.

"Viljee," antwoord hy.

Sy weet uit Paul se notas dat hy as 'n sersant afgetree het ná dekades in die polisie.

"Sersant Viljee? Dis Ami Prinsloo van Nuus360."

Sy luister na die swaar asemhaling toe hy nie reageer nie, die asmatiese keelskoonmaak van iemand wat klink na 'n lewenslange roker.

"Ek was vanoggend by Ester Gouws," praat sy verder. "Generaal Paul de Jager het my gevra om weer na haar seun se verdwyning te kyk."

"Ester het vir my kom sê die pers was by haar. Dat julle seker met almal sal wil praat. Wéér."

Sy kan nie uit die staccato woorde bepaal of hy sal saamwerk nie.

"Beteken dit jy sal help?" Dan waag sy 'n kans: "Paul het jou insette altyd baie waardeer."

Sy notas suggereer dit wel, maar nie in soveel woorde nie. Viljee was blykbaar oortuig dat Jakob de Koning vir Ebbie vermoor het. Hy was seker dat De Koning nog slagoffers gehad het, maar dat hy om een of ander rede niks oor hulle wou sê nie. Volgens Viljee was dit 'n perverse, private plesier wat De Koning in die tronk oor en oor in sy kop wou herleef. 'n Herinnering wat net syne was. Viljee se ander teorie was dat De Koning geglo het hy kan die inligting in latere jare tot sy voordeel gebruik.

'n Binnemondse brom, dan sê die oud-polisieman: "Ek wil hê Ester moet aanbeweeg. Hierdie goed . . . dit bring alles net weer terug en dan begin sy van voor af hoop. Dis wreed. Julle mense moet beter weet, juffrou Prinsloo. Paul moes beter geweet het, maar steeds het hy elke keer hier opgedaag en dinge weer oopgekrap. Ek is nou afgetree, en kyk, ek sal wragtig nie agter elke klip gaan soek na misdadigers wat ek glo weggekom het nie."

Sy wonder hoe om te reageer, want op 'n manier stem sy saam. "Ek verstaan. Dis net . . . ek voel genoop om gehoor te gee aan Paul se laaste wens. Hy is . . . hy was 'n baie goeie vriend van my. En ek sal jou hulp regtig baie waardeer."

'n Moeisame sug. "As ek nie ja sê nie, gaan jy seker net aanhou karring. Wat wil jy weet?"

"Mag ek jou kom sien? Dalk vanaand reeds? Ek weet waar jy bly. Ester het gesê dis die liggeel huis op die hoek."

"Vanaand? Wragtig? Okay, maak dit halfses. En moenie laat wees nie."

Ami gaan lê, en maak haar oë 'n uur later oop toe haar wekker lui. Sy het gedroom, wat beteken sy moes diep geslaap het. Die foto's van Ebbie wat sy in Ester se voorkamer gesien het, het in haar kop bly spook. Vyftien, aantreklik, fiks. Hoekom nie net weghardloop as iemand jou bedreig nie?

Iets moes gebeur het wat vlug onmoontlik gemaak het. Ebbie moes die persoon vertrou het, of hy was in 'n posisie waar hy nie kon wegkom nie. Miskien is hy verras, dalk selfs oorrompel en verdoof. As dit die geval was, moes 'n sterk persoon hom geskuif het. 'n Man? Mans?

Sy gaap, kyk na haar foon. Daar is twee boodskappe. Die eerste is van Kerneels Gouws.

My ma het laat weet jy gaan 'n storie skryf. Moet jy regtig? Ek wil niks daarmee te doen hê nie.

Sy wil bitter graag hoor wat Kerneels van daai Sondagoggend onthou. Hoe gaan sy hom oortuig om met haar te praat?

Ek wil graag met jou gesels, tik sy. Dink 'n oomblik. *Ek hoef jou nie noodwendig aan te haal nie.*

Sy wag nie vir 'n antwoord nie. En wat Ephrahim oor haar aanbod sal sê, wil sy nie eens weet nie.

Die tweede boodskap is van Geo.

Ek verlang. Hoe gaan dit met jou nuwe storie? Lyk interessant. Sien jou môreaand, dan kan jy my vertel.

Mis jou ook, antwoord sy haastig. Skrik dan vir die feit dat dit die eerste keer is wat sy so iets vir 'n man sê. *Wil graag hoor wat jy dink. Veilig reis.*

Sy kyk weer vir boodskappe van Pip en Wikus, maar daar is niks. Ook nie 'n aanduiding dat hulle haar boodskappe gelees het nie.

Sy kyk na haar horlosie. Besluit om by Troy's Gym te gaan swem en dan Pretoria toe te ry vir haar afspraak met Wessel Viljee.

8

Ami parkeer die Triumph voor die liggeel huis op die hoek van Sny-manstraat. Die gordyn langs die voordeur beweeg eenkant toe en sy lig haar hand in 'n groet. 'n Sekonde later gaan die stoeplig aan. Dis nog vroegaand, maar donkerder as gewoonlik, swaar wolke wat in die suide dreig.

Sy haal haar valhelm af. Wonder of sy gaan natreën op pad terug Rosebank toe. Sy klim van die fiets af en rits haar leerbaadjie oop. Loop na die voorhekkie wat nes die heining van draad en staal gemaak is. Aan elke kant toring pienk bougainvilleas die lug in op.

Sy staan effe terug, meet die afstand na die Gouws-huis na links. Ses-tig, sewentig meter? Dan soek sy na regs. Af in Bothastraat is die rooi teken van Salim's Corner Café net-net sigbaar.

Sy stoot die hekkie oop en loop met die sementpaadjie langs voor-deur toe. Die vars reuk van gras wat vandag gesny is, klim in haar neus op. Meng met die geur van soet rose en naderende reën.

Straataf lag kinders uitbundig.

Sy betrag die huis voor haar. Wie sou so baie van geel hou? Dit voel amper vreemd vir 'n polisieman, of verraai sy bloot haar eie vooroor-dele?

Sy bekyk die stoep, die geleidelike helling van die tuinpaadjie tot by die voordeur. Die gelykgemaakte drempel. Klop dan aan.

Die man wat verskyn, is in 'n rolstoel. Sy regterbeen is net bo die knie geamputeer. Sy skat hom in sy vroeë sewentigs, met 'n bonkige bolyf en militêr geskeerde yl grys hare. Rooi gesig en hande, asof sy bloedsirku-lasie lol. 'n Dun grys toeknooptrui oor 'n rooi-en-swart blokkieshemp span om sy maag. Sy linkervoet roer onrustig in die swart pantoffel terwyl hy aan 'n sigaret trek.

Hy verplaas die sigaret, steek sy regterhand uit om te groet. Van na-der is sy blou oë wakker, wantrouig, die kakebeen steeds sterk.

"Viljee," sê hy. "Niemand het my nog ooit Wessel genoem nie." Hy wys na sy regterbeen asof hy gewoond is om dit eerste uit die pad te kry. "Diabetes."

"Ami Prinsloo. Goeienaand. Dankie vir jou tyd."

Hy sluit die deur, draai die rolstoel om, en beweeg na binne. Beduie sy moet volg.

Sy gaan staan in die sitkamer en betrag die vertrek deur 'n waas van sigaretrook. Die vorm van die huis voel bekend. Dan besef sy hoekom: dit lyk amper nes Ester se plek. Die grootste verskil is dat die Viljees die muur tussen die kombuis en sitkamer uitgebreek het om 'n oopplan-ruimte te skep.

Sagte lig spoel vanuit die kombuis na die sitkamer waar die TV stom speel. 'n Swaarboompot prut op die stoof.

Sy kyk fyner. Die wasbakkrane verklap die huis se ouderdom. Hulle draai nog oop en toe, in stede daarvan om op en af te lig soos dees-dae die geval is. Die sitkamermeubels is ook alles in skakerings van bruin en beige wat jare gelede in die mode was. Die gordyne is dieselfde roomkleur wat sy al in talle huise teëgekom het en die kantgordyne vol haakplekke, wat haar laat dink dat die gesin 'n kat het. Sy sien egter geen hare nie.

Dit lyk asof die Viljees die huis begin vernuwe het, maar toe noodge-dwonge moes ophou. Het die geld opgedroog? Of het Viljee die werk self gedoen en toe te veel gesukkel ná hy sy been verloor het?

Die eks-polisieman beduie na die banke. Sy kan sien watter sitplek syne is – die een by die venster met die oorvol glasasbak op die koffie-tafel langsaan. Sy gaan sit op die bank wat lyk asof dit die minste ver-keer dra, om seker te maak sy vat niemand se plek nie.

Vinnigste manier om 'n onderhoud op te neuk.

Iewers in die huis hoor sy voetstappe, musiek.

Viljee se vrou?

"Cherise!" Hy druk sy sigaret dood in die asbak. "Sal jy vir ons koffie maak?"

'n Vrou verskyn vanuit die gang. Sy is kaalvoet en dra swart jeans en 'n blinksilwer top.

"My dogter," sê Viljee.

"Hallo." Cherise glimlag. Kam haar lang swart krulhare terug oor haar skouers.

Ami staan op om te groet. Hoe oud sal die vrou wees – amper veertig? Sy is mooi, selfs sonder grimering. Haar hartvormige gesig wys geen lyne nie. Vlekkelose vel met blou oë soos haar pa. Haar lyf sê sy kyk goed na haarself. Haar hande verklap dieselfde. Bleek en fyn, met perfekte naels in twee kleure.

Haar ringvinger sê sy is ongetroud. Bly sy hier saam met haar pa, of kuier sy net vir die dag?

Sy loop kombuis toe en skakel die ketel aan.

Ami gaan sit weer.

"Ek het jou storie gelees." Viljee skud 'n nuwe sigaret uit die pakkie langs hom. "Dis seker nie te sleg nie – vir hierdie tipe van gemors."

Hy klink soos meeste polisiemanne as hulle oor joernaliste praat – krities en afwysend. Paul het dieselfde gereageer toe hulle mekaar ontmoet het.

Sy lig haar skouers. Herhaal wat sy vroeër oor die foon gesê het. "Ek wil graag doen wat Paul my gevra het en weer na Ebbie se verdwyning kyk. Ester het gesê sy sal help."

Sy wag dat Viljee vra wat met Paul gebeur het, maar hy sê niks. Dalk het Ester hom vertel. Hoe goed sou dié twee bevriend wees? Hulle is amper ewe oud, en al twee bly ooglopend al lank in die Moot.

"Ek is verbaas Ester het ja gesê." Viljee skud sy kop ontevrede. "Die koerante het haar destyds uitgeskel vir alles wat sleg is. Daar's mos altyd daai perfekte ma's wat wonder hoekom sy nie op 'n Sondagmôre brood in die huis gehad het nie. Hoekom sy die seuns alleen kafee toe gestuur het. Dis absolute twak. Hulle weet nie wat dit vat om 'n enkelouer te wees nie."

Ami knik haar ondersteuning.

"Jy hoef nie daaroor bekommerd te wees nie. Ek glo nie daarin om slagoffers aan te val nie."

Hy snork net minagtend.

Sy besef sy gaan hom nooit aan haar kant kry nie, so sy begin met die onderhoud.

"Kan jy my asseblief vertel wat jy van die Sondag onthou toe Ebbie verdwyn het? Het jy en jou gesin hom goed geken? Hy en jou dogter lyk asof hulle omtrent ewe oud kan wees."

Viljee trek aan sy sigaret.

In die kombuis kook die ketel.

"Cherise was skaars elf toe Ebbie weg is. Sy was nog op laerskool."

Ami waag 'n raaiskoot. "Is dit net julle twee wat hier bly?"

Hy knik. "My vrou is al jare lank weg."

Sy wonder wat "weg" beteken, maar Viljee verduidelik nie. Teug net aan die sigaret en blaas die rook die lug in. Sug dan, asof hy teen sy sin ingee.

"Ek en Cherise was hier die dag toe Ebbie verdwyn het. Ek het laat gelê en sy het cartoons gekyk. Ek het toe nog by die Moot-polisiestasie gewerk, maar ek's seker jy weet dit."

Hy praat stomp en vinnig, asof hy dieselfde storie al 'n honderd keer herhaal het. "Die eerste wat ek van Ebbie se verdwyning gehoor het, was toe Ester en Kerneels kom klop het om te vra of ek hom gesien het. Ek het nie, en ek het so gesê. Ester was bekommerd, so ek het aangetrek en gaan help soek. Dit was voor my been. Dit was seker so halfnege se kant. Ons is die strate in, maar het niks gesien nie. Kort daarna het ek my kollegas by die stasie gebel om te kom help."

"Wat het jy gedink het gebeur? Jy weet, toe Ester kom sê het dat Ebbie weg is?"

"Dat die laaitie seker maar iewers vasgehaak het. Hy was vyftien. Dis mos hormone op voete daai. Hy en Pip . . ." Viljee stop, beduie in die rigting van die buurhuis af in Bothastraat. "Die Jafthas woon hier langsaan. Ek het nog altyd gedink Ebbie en Pip was meer as vriende. Of dalk was daar 'n ander girl. Ebbie was nogal gewild onder die meisies."

"En toe later? Toe julle Ebbie nêrens kon kry nie en Paul saam met die Moot-speurder opdaag?"

Viljee se kop kantel na regs. "Ja, wel, toe het ek aan Jakob de Koning begin dink."

Sy frons. "Maar julle het nie tóé reeds geweet wie die seuns gevat het nie, nè? Die pedofiel was in daardie stadium nog onbekend? En hy het nog net twee slagoffers gehad?"

Viljee waai sy hand in die lug asof sy onnodig pedanties is. "Korrek, ja."

Cherise loop in met 'n skinkbord en sit dit op die koffietafel neer. Sy draai na Ami. "Suiker? Melk?"

"Twee suikers, dankie. Niks melk nie."

Ami neem die beker wat Cherise uithou. Kyk hoe sy twee versoeter-pille in haar pa se koffie gooi, saam met bietjie melk, en dit vir hom gee. Dan vat sy haar eie beker en gaan sit op die bank langs hom.

Viljee kyk verbaas na haar, asof hy verwag het dat sy hulle alleen sal laat. Hy bly kyk tot Cherise sy oog vang.

Haar mond trek vies toe sy opstaan. "Ek moet gaan wasgoed doen. Gaaf om jou te ontmoet, Ami."

Sy verdwyn in die gang af, koffiebeker in die hand.

Viljee mor iets wat Ami nie kan uitmaak nie.

"Skies?" vra sy.

Hy kyk gang se kant toe. "Ek het destyds alles gedoen wat ek kon om Cherise teen mense soos Jakob de Koning te beskerm. Teen wat ek reken met Ebbie gebeur het. As mens in die polisie is . . . Jy sien te veel. Jy leer om alles te doen wat jy kan om jou kinders veilig te hou."

Ami beduie sy verstaan. Haar ouers was obsessief oor hulle oorbly-wende dogters se veiligheid ná Leen se dood. Haar pa wou te alle tye weet waar hulle is en saam met wie.

"Soos ek uit Paul se notas verstaan, het De Koning net in seuns be-langgestel?" maak sy seker.

"Ja, maar dit was nog nie algemene kennis toe Ebbie verdwyn het nie."

Sy knik. "As jy nou terugkyk, ná al die jare, wat dink jy het met Ebbie gebeur?"

"Ek dink steeds presies wat ek destyds gedink het. De Koning het hom gevat. Hoekom hy dit nie erken het nie, weet ek nie. Hy moet sy redes hê."

"De Koning . . . is hy nog in die tronk?" Sy wil Ester se nuus toets, net om seker te maak.

Viljee snork agter in sy keel. Drink van sy koffie. "Die fokker is uit op parool. Kan jy dit glo? Drie kinders – waarskynlik meer – onsedelik aangerand en vermoor en hy loop los rond."

Sy proe aan haar eie koffie. "Weet jy waar ek hom in die hande kan kry?"

Viljee lig een wilde wenkbrou, reeds goed grys. "Geen idee nie. Sy ouers het in Pretoria-Noord gebly destyds. Sinoville. Dalk is hy daar. Vra een van Paul se famous ekse – Helga McIntyre sal seker weet."

1998

Sondag 12 April

Dit neem 'n paar sekondes voor Wessel Viljee besef waar hy is. Nie dat hy dronk is nie. Dit sal hy nooit wees nie.

Sy pa was 'n drinker. Brandewyn-en-Coke, elke aand tot hy voor die TV aan die slaap geraak het. Sodra hy van die werkswinkel by die huis aangekom het, het hy die Klippies oopgemaak en begin skink. Hy was nie gewelddadig of iets nie, net redelik useless. Dis al. Niks ambisie nie.

Geen wonder hulle was so arm nie.

Wessel het gesweer hy sal nooit dieselfde wees nie. En hy is nie. Maar elke man het sy swakheid.

Hy kyk na die venster, knip sy oë teen die skrams lig wat deur die gordyne val. Is dit reeds oggend? Het hy wragtig só lank lê en slaap?

Cherise . . .

Hy beter roer.

Hy swaai sy voete van die bed af. Soek blindelings na waar sy skoene lê. Trek dit met moeite aan. Wanneer het sy pens so groot geword?

Agter hom kraak die reusebed.

Hy kyk om.

Hoeveel lywe al deur hierdie matras is, weet hy nie. Dis beter om nie daaraan te dink nie.

'n Deur-die-slaap kreun klink op van onder die enkele laken – beter kwaliteit as enige iets wat hy kan bekostig.

'n Hand – sterk, met lang, elegante vingers – steek uit na syne. "Jy loop altyd so vroeg."

Daar is nie nou tyd vir daai gesprek nie. Nie weer nie.

Hy pluk sy hemp aan en kam sy vingers haastig deur sy hare. Uit in die gang, tot by die agterdeur. Dan draf hy om by die huis te kom.

9

Die laaste ding wat Ami wil doen, is om Helga McIntyre 'n guns te vra. Maar dis haar enigste opsie om Jakob de Koning in die hande te kry. Sy kan kwalik elke De Koning in Sinoville probeer kontak op soek na sy ouers, indien hulle nog leef.

'n Beweging trek haar aandag toe sy mik om op die Triumph te klim.

Sy staan terug. Kyk hoe die motorhek by die huis langs die Viljees s'n oopskuif – dis Snymanstraat 18, die plek wat gerestoureer word.

Sy haak die valhelm oor haar arm en stap haastig nader. 'n Man staan in die oprit by 'n Hilux-bakkie, 'n vergeelde bad agterop vasgemaak.

"Naand," roep sy op Engels, versigtig om hom nie skrik te maak nie. Dis al ná sewe, die yl straatligte wat verbasend genoeg werk.

Die man, seker in sy laat-dertigs, is sterk gebou. Hy dra 'n stowwerige blou oorpakbroek en 'n geel T-hemp, oranje mus op die kop.

Hy kyk na haar, die aanvanklike agterdog wat plek maak vir verbasing. "Kan ek help?"

"Ami Prinsloo. Ek's 'n joernalis by Nuus360."

"Joy Tshabalala." Hy moes besluit het dat sy onskadelik lyk, want hy stap nader, verfgevlekte hande in die lug. "Jammer ek kan nie handskud nie."

"Als reg." Sy beduie na links. "Ek doen 'n storie oor die vyftienjarige seun wat in 1998 hier verdwyn het. Ebbie Gouws, van nommer 22."

Tshabalala vee die fyn grys sementstof van sy T-hemp. "Ons het eers verlede jaar ingetrek. Ek het die huis op 'n bankveiling gekoop."

"So dit help seker nie om te vra of jy iets weet nie?"

"Nee." Hy beduie na Viljee se huis. "Kon die ou man nie help nie?

Die vorige eienaar was glo amper dertig jaar hier, en soos ek hoor, bly hy al langer hier."

"Hy was minder behulpsaam as wat ek gehoop het."

Tshabalala lig 'n wenkbrou asof hy verstaan. "Hy is maar moeilik, ja. En hy's glad nie gelukkig dat ek aan die huis werk nie. Kla heeltyd ek raas te veel. My kinders raas te veel."

Hy beduie na iewers agter op sy erf. "Maar sy dogter is gaaf. Sy was hier met koek en tee toe ons ingetrek het. En toe later weer, toe ons begin bou het."

Dis asof hy nog iets wil sê, maar dan haal hy net sy skouers op. "Jammer ek kan nie help nie. Ek moet ry om die bad by my ma in Atteridgeville te gaan aflaai. My nuwe badkamerstel kom môre."

"Sekerlik." Sy vis vir 'n besigheidskaartjie in haar rugsak. "Sal jy my laat weet as jy dalk iets hoor?"

"Soos wat?"

Sy wonder hoe om te dit te verduidelik. "Baie van die destydse inwoners bly steeds hier. Ebbie se storie is deel van die buurt se geskiedenis. En almal dink hulle ken die geskiedenis, so almal sê vir my wat hulle nog heeltyd sê, sonder om mooi daaroor te dink. Maar geskiedenis is net 'n interpretasie van dinge soos jy dit onthou – reg of verkeerd. Soms gaan daar feite verlore . . . of is dalk lankal verlore? Jy is nuut, jy kyk met vars oë. Maak dit sin?"

Tshabalala staan vir 'n oomblik en dink oor haar woorde. "Okay," gee hy dan toe en druk die kaartjie in sy broeksak. "Ek sal jou laat weet as ek iets hoor."

Sy groet en loop by die hek uit. Op pad terug na die Triumph sien sy hoe die gordyne by Viljee se huis roer.

Is dit moontlik dat die man so min van Ebbie se verdwyning weet as wat hy voorgee? Hy was immers in die polisie. Sy reken hy is deeglik bewus van wat in die buurt aangaan, maar onwillig om sy inligting met haar te deel. Sy het egter geen idee hoe sy hom gaan oortuig om haar te vertrou nie.

Toe sy op haar motorfiets klim, sien sy hoe die ligte in die huis aan die onderkant van die Viljeewoning een vir een ophelder, asof iemand pas tuisgekom het. Dis waar Pip destyds gebly het, Ebbie se beste vriendin. Volgens Paul se notas van drie jaar gelede woon die Jafthas steeds daar.

Sy drafstap na die huis, die reën wat begin neersif. By die voetganger-hek in 'n hoë, roomkleurige muur waarsku 'n bordjie dat daar 'n wag-hond aan diens is.

Kan sy dit waag om te gaan klop?

Nee wat, dis Suid-Afrika dié. Mense word vir R5 geskiet, wat nog te sê van ongenooid by iemand se erf inloop.

Sy druk die interkomknoppie.

Geen reaksie nie.

Dan roep sy deur die hek se houtsporte: "Hallo? Meneer Jaftha? Me-vrou?"

Sy roep weer, harder, maar daar is steeds geen antwoord nie.

Sy vis 'n besigheidskaartjie uit en skryf agterop: *Kontak my asb. Dis oor Ebbie Gouws se verdwyning. Ek werk saam met Ester.* Dan gooi sy die kaartjie in die posbus.

Sy loop terug na die Triumph. Dit was 'n lang dag en dis tyd om huis toe te gaan.

1

Ami staan vroeg op om te gaan swem. Daarna ry sy na die Elephant Tree in Parkhurst om saam met Ilse ontbyt te eet. Sy bestel 'n americano en spek en eiers, en Ilse kies 'n espresso en muesli en jogurt. Dis 'n helder somersoggend, die gekwetter van duiwe, vinke en loeries wat vanuit die boomryke straat by die kafee insypel.

"Ek bly jaloers op jou wat so kan eet en niks het om daarvoor te wys nie," mor die ouer vrou. Sy kruis haar bene in die bont romp, ontbloot die bruin leersandale wat al baie kilometers afgelê het.

"Ek het darem gaan oefen vanoggend." Ami vee deur haar hare, steeds klam van die lengtes by die gim. "Skies dat ek jou op sulke kort kennisgewing pla. Jy's seker besig?" Sy het eers laat gisteraand gebel en gevra of hulle kan kuier.

"Redelik," sê Ilse. "Mense bevraagteken mos gereeld hulle verhoudings ná Kersfees."

Die kelner bring hulle koffie.

Ilse proe aan hare. "Hoe gaan dit met jou?"

"Geo kom vandag terug, so dit behoort te help."

"Dit sal net help as jy met hom praat."

"Seker." Ami gooi suiker in haar americano. "Wat van jou?"

Dis asof die sielkundige al heeloggend oor die einste saak broei. "Ek's kwaad. En verlig."

"Verlig?"

"Wil jy hê ek moet lieg?" Daar is 'n suggestie van 'n glimlag om Ilse se mond.

"Nee."

"Nou ja. Ek's bly ek hoef nie meer te sien hoe Paul swaarkry nie. En ek hoef nie uit te vind hoe dit voel as hy my vergeet nie. Is dit selfsugtig?"

"Eerder eerlik."

"Verhoudings oorleef omdat mense aanpas – bereid is om aan te pas – as die ander persoon verander. Dis 'n illusie dat ons dieselfde bly. Dat ons ons hele lewe lank dieselfde ding wil hê. Meeste van ons verander voortdurend. Hierdie tipe onwelkome verandering . . . Paul se siekte . . . dit het hom ingesluk. Verteer. Miskien is dit nie eers verander nie. Dis verdwyn, so voor jou oë, soos een van die lewe se donker magic truuks."

Ilse vryf oor haar wang. "Ag, ek maak seker nie eers sin nie." Sy druk die welige grys hare uit haar gesig, 'n paar slierte wat verklap dat dit lank gelede rooi was. "Maar dis nie hoekom jy my wou sien nie."

Ami stoot haar koffie eenkant toe die kelner hulle ontbyt bring. Sy is rasend honger. "Jakob de Koning. Ek hoor hy's uit op parool."

Ilse meng die muesli en vrugte. "Jy't vinnig gewerk."

Ami vertel haar wat sy gister in Pretoria uitgerig het. Terug by die huis het sy ook voor haar rekenaar gaan sit om meer oor die pedofiel uit te vind.

"Ek wil graag met De Koning praat. Ek wil hoor of hy nie teen dié tyd dalk iets oor Ebbie wil sê nie."

Ilse se wenkbroue lig. "Hy gaan nie sy parool in gevaar stel nie."

"Ek wil nog steeds probeer. Weet jy hoe om hom in die hande te kry? Ek verstaan sy ouers bly in Sinoville. Of het daar gebly. Volgens koerantberigte het hy met sy arres 'n kamer in die Moot gehuur, so dit help nie veel nie."

"Mac mag dalk weet."

Ami hou haar besig met 'n mondvol spek.

Ilse glimlag. "Ek sien jy het nog nie voor onse Mac se sjarme geswig nie."

"Ek dink sy haat my."

"Heel moontlik. Sy's geneig tot wit en swart emosies. Maar dalk is sy net hartseer. Paul was haar enigste, grootste liefde."

Ami rol haar oë voor sy kan keer.

Ilse glimlag weer. "Ja, okay, dis seker nie net hartseer nie. Mac en die media is nie juis maatjies nie. 'n Joernalis het 'n paar jaar gelede een van haar ondersoeke opgeneuk met ongegronde bewerings, gevolg deur die insinuasie dat sy onbekwaam is. Die verskil is dat die media toegelaat word om te bespiegel, al laat dit blywende skade, terwyl niemand die polisie daardie voorreg gun nie."

Ami knik onwillig. Sy sal dit nooit hardop erken nie, maar dit gebeur. "Kan jý my nie eerder help om De Koning op te spoor nie?"

Ilse eet van haar muesli. "Ek kan probeer, maar ek belowe niks."

"Mac is in die Valke, nè?"

"Ja. Maar stop sommer net daar, want ek gaan jou niks meer vertel nie."

"Okay." Ami leun stadig terug in haar stoel. "Vertel my dan wat jy dink. Vermoed jy ook De Koning het iets te doen gehad met Ebbie se verdwyning?"

"Ek dink enigiets is moontlik. Ek stem saam met Wessel Viljee dat daar waarskynlik 'n paar dinge was wat De Koning vir homself gehou het. Iets vir daardie lang nagte in die tronk om sy verbeelding aan die gang te hou. Wat hom laat voel dat hy die polisie uitoorlê het. Hy wou heeltyd glo dat hy net daai bietjie slimmer as Paul was."

Ilse trek die servet oor haar skoot reg. "Maar waar ek en 'n paar ander mense van Viljee verskil, is dat Ebbie heel waarskynlik te oud was vir De Koning. Sy oudste slagoffers was twaalf, die ander een elf. Hulle het almal nog soos kinders gelyk. Ebbie het soos 'n tiener gelyk. Vir iemand soos De Koning kan dit 'n groot verskil maak. Maar ja, Viljee se argument was dat die stasiemoordenaar van die vroeë 1990's . . . Onthou jy die saak?"

"Ek onthou, ja. Twee-en-twintig moorde, maar die onderwyser is op die ou einde net aan een moord skuldig bevind."

"Korrek. Nou, tussen al daardie baie jong seuns was daar een vyftienjarige. Viljee se argument was dat pedofiele meer op voorkoms as ouderdom reageer, en dat hulle ook soms bloot 'n geleentheid aangryp, al is dit nie ideaal nie."

Ami knik. "Dit maak sin."

"Dit maak, ja. Selfs ek moet dit toegee. Maar De Koning het nie daardie emosionele . . . wat sal mens dit noem . . . gejaagdheid van die stasiemoordenaar gehad nie. Hy het stadiger beweeg en aansienlik beter beplan om seker te maak hy word nie gevang nie. Teen die tyd wat Ebbie verdwyn het, was daar net twee slagoffers wat aan De Koning gekoppel kon word."

Ilse vee oor haar mond. "Wat 'n verskriklike woord . . . *net*. In die twee jaar ná Ebbie, voor hy gearresteer is, is daar nog een slagoffer van wie ons weet. Maar bygesê, nóg twee seuns in De Koning se teikengroep het ná 1998 onder verdagte omstandighede in die Pretoriase middestad verdwyn. Hulle lyke is nooit opgespoor nie."

Sy skud haar kop asof sy ongeduldig raak met haarself. "Punt is, ek dink nie De Koning kan noodwendig met die stasiemoordenaar vergelyk word nie."

Ami beduie dat sy verstaan. "Kom ons werk dan met wat ons weet. Die drie slagoffers . . ."

"Wat van hulle?"

"De Koning het hulle al drie vermoor. Ek weet ons sê nou dit was moontlik nie De Koning nie, maar dink jy Ebbie is dood?"

"Ek hou aan hoop dat hy 'n meisie gehad het waarvan niemand geweet het nie, en dat hy nou iewers op die Franse platteland bly saam met sy vrou en kinders. Maar ja, Paul het altyd gesê ek is te optimisties om in die polisie te oorleef."

Ami glimlag saam met haar.

"Ander onderwerp," sê Ilse. "Wanneer gaan jy Paul se kamer skoonmaak?"

"Vanmiddag. Delia het laat weet die polisie is klaar by die huis." Ami kyk onderlangs na die sielkundige. "Wat dink jy van haar teorie dat iemand Paul gehelp het om . . . jy weet."

"Delia krap waar sy nie moet nie." Ilse praat sonder om van haar bord af op te kyk. "Soms dink mens jy's reg vir die antwoord, maar dan vind jy die waarheid uit en wens jy het nooit geweet nie."

"So jy weet niks?"

"Hoekom sou ek? Weet jý iets?"

"Nee. Ek's nes julle almal totaal en al in die duister."

Ami parkeer in die kelder en draf op na die nuuskantoor. Optimum Media se gebou sit in die hartjie van Rosebank tussen 'n handvol hoër, meer moderne geboue. Die mediagroep, redelik onlangs oorgekoop deur twee jong entrepreneurs, fokus op aanlyn nuus in al sy vorme.

Op pad na haar lessenaar in die hoek, langs die argiewe, sien sy 'n lang, stewige man in swart jeans en 'n blou hemp wat in haar stoel sit.

Geo.

Geo met die netjies geknipte swart baard, die neus wat iewers gebreek het en nooit ordentlik geset is nie, die effense maag en krulhare wat tot in sy nek hang. Mooi man, het sy nog altyd gedink.

"Dis 'n verrassing. Ek dog jy land eers later vandag."

Hy staan op van waar hy besig was om vir haar 'n boodskap te skryf. Sy loop nader en soen hom op die wang.

"Het jy tyd vir koffie?" vra hy.

"Altyd." Sy los haar rugsak, baadjie en valhelm langs haar stoel en gryp net haar foon. "Kom ons loop sommer Seattle toe."

Buite die kantoor mik sy verby die hysbak na die brandtrappe. Agter die toe deur soen sy hom behoorlik.

Hy ruik na als waarvan sy hou. 'n Bos, reën, die see. Rook? Sy trek haar neus op.

Soos meestal die geval is, weet hy wat sy dink. "Nene rook mos, die CFO. Sy het eers gevape, maar toe begin sy hierdie jaar weer rook."

"Stres jy haar uit?"

"Ons gaan nie nou daaroor praat nie." Hy trek haar weer nader.

"Is jy okay?" vra hy toe sy uiteindelik terugstaan.

Uit sy mond klink die drie woorde anders; kom dit by waar ander mense nie kan nie.

Sy voel die trane brand. Laat rus haar kop op sy skouer en staan net so, arms om sy lyf. Sy weet nie wanneer sy behoorlik oor Paul sal kan huil nie. Sy weet net dis nie nou nie.

Hy sê niks, wag tot sy weer opkyk. "Ek's jammer ek was nie hier nie."

"Dit maak nie saak nie. Wat sou jy tog nou kon doen?"

"Hierdie."

Sy snuif, knik. "Kom ons gaan kry daai koffie, dan vertel ek jou wat aangaan."

Koffiebeker in die hand neem dit haar net 'n paar minute om Geo oor die Ebbie Gouws-storie in te lig. Dit laat haar besef hoe min sy eintlik weet.

"En jy's seker jy gaan nie daai rooi koevert oopmaak tot jy meer weet nie?"

"Dink jy dis dom?"

Hy vee oor sy baard. "Seker nie. Soos jy sê, dalk laat dit jou bloot in Paul se denkpatrone verval."

Hy sit terug in sy stoel en staar na die kantoorwerkers wat laat op die Maandagmôre verbyskarrel. Sy kyk hoe hy vat en los, vat en los aan die motorsleutels wat voor hom lê.

Teen hierdie tyd ken sy die gebaar. "Wat's fout?"

Hy grinnik amper pynlik. "My ma wil jou ontmoet. Ons het mos Kersfees elkeen by ons eie families gekuier. Nou vra sy al weke lank dat ek jou vir ete nooi."

Ami se keel wil-wil toetrek. "My susters sê dieselfde."

Haar pa weet nog nie van Geo nie – dink sy. Wie weet wat Beth en Ginny alles kwytgeraak het. "Jy onthou my pa is – was – 'n dominee?"

"Ek probeer heeltyd my bes om te vergeet."

"Help nie jy blok dit uit nie."

"Ek dink duidelik net aan een ding." Hy laat sy oë oor haar lyf gly. Glimlag.

"Ek sien so. Slaap jy vanaand oor?"

"Absoluut."

Sy het na hom verlang. Sy gedra haarself baie mooi vir iemand wat verlede jaar nog meer mans in haar bed toegelaat het as wat goed was vir haar.

Sy kyk op haar horlosie.

"Terug werk toe?" vra hy.

"Ongelukkig, ja." Sy staan op. "Jou ma?"

"Wat van hierdie naweek?"

"Is sy so erg soos jou suster?"

"Sarah? Nee. My ma verwag net die beste van jou."

"So dís 'n ja."

Sy sluk aan die skielike droogheid in haar keel. Geo se hacker-suster dink altyd die slegste van haar. Dis 'n baie makliker reputasie om gestand te doen.

"Wel, Ginny en Beth is net so erg," lieg sy.

"Jou susters is vulletjies in vergelyking met my familie. Dit kan ek jou belowe."

Sy sug innerlik. Weereens is hy reg. Beth en Ginny het hom nog nie eers werklik ontmoet nie, maar hulle is reeds mal oor hom.

Watter wilde perd het sy opgesaal om met hierdie man deurmekaar te raak?

Terug op kantoor vaar sy die argiewe in op soek na nog inligting oor Jakob de Koning. Nuus360 se voorganger was *Die Telegraaf*, en dekades se koerantuitknipsels staan in rye langs haar lessenaar en stof vergader.

Die berig wat sy uiteindelik in die breëbladkoerant opspoor, wys 'n foto van 'n kort, seningrige man wat in boeie na 'n vangwa loop. Die bruin langbroek is te groot vir hom, nes die blou-en-wit geruite kortmouhemp. Sy blonde hare is knap teen sy kop geskeer. Dit verklap 'n knopperige skedel, met 'n bloederige kneusing sigbaar aan die linkerkant van sy kop. Hy het uitgeloopte toerygskoene aan sy voete en 'n grynslag op sy gesig.

Jakob de Koning (32) is Donderdag vir die onsedelike aanranding en moord op drie seuns tussen die ouderdomme van elf en twaalf lewenslank tronk toe gestuur. De Koning was 'n inwoner van die Moot in Pretoria, waar hy 'n kamer in 'n losieshuis gehuur het.

Hy was nie bekend aan enige van sy slagoffers of hulle families nie. Volgens senior superintendent Paul de Jager, wat die ondersoek gelei het na die moorde op Jaco Vos (12), Pierre Hansen (11) en Henri Beukman (12), het De Koning gereeld los werk in die Moot gedoen en só sy slagoffers geteiken.

Vos is in 1997 vermoor, Hansen in 1998 en Beukman in 1999.

De Koning het die seuns in 'n wit Volkswagen-paneelwa van die straat ontvoer en na 'n leë kantoorgebou in Potgieterstraat in die stad geneem, waar hy hulle aangerand en vermoor het. Daarna het hy die lyke in 'n oop veld langs die Apiesrivier gelaat.

Ami vind twee berigte wat bespiegel of Ebbie Gouws se verdwyning dalk met De Koning se wandade verband hou. Beide is kort ná De Koning se arrestasie geskryf, en die joernalis haal Paul in al twee aan. In die eerste artikel bevestig Paul dat De Koning ondervra word in verband met Ebbie se verdwyning. Die tweede storie stel dit egter duidelik dat De Koning enige betrokkenheid ontken en dat die polisie nie die teendeel kan bewys nie.

Sy let op die datum van die artikels. Al twee is in 2000 geskryf, dus twee jaar ná Ebbie se verdwyning.

Sy kyk op van die argieflêer toe haar landlyn lui. Antwoord: "Ami Prinsloo."

"Hallo? Is dit dieselfde Ami van die website?"

"Ja, hoe kan ek help?"

"Dis Ryan Joubert hier. Ek het jou artikel oor Ebbie Gouws gesien. Ek dink . . . ek wonder of ek jou dalk kan help?"

Sy slaan die lêer toe. "Sekerlik. Asseblief. Enige iets is welkom."

"O, okay. Uh . . ." Die stem is lig en effens onseker. "Kan ek jou so tweeuur se kant by Snymanstraat 24 kry?" Joubert tel spoed op. "Ek weet nie of ek regtig kan help nie, maar ek het dalk iets . . . jy kan vir my sê of dit iets beteken."

Die adres val haar dadelik op: Ester Gouws se bure waar sy die naweek die ou man in sy kerkpak gesien het.

Sy sê ja vir die ontmoeting, dikteer haar selnommer en lui af.

Sy kan nie help om tevrede te voel nie. Joubert se naam is nêrens in Paul se notas nie, en sy dink ook nie dit gaan in die rooi koevert opduik nie. Hopelik is hierdie nuwe inligting wat lewe in die ondersoek kan blaas.

"Okay, Paul," fluister sy. "Ek het na jou geluister. Nou beter jy hoop dis iets wat kan help."

Twee minute later lui haar selfoon. Sy herken nie die nommer nie.

"Ilse het gebel. Dink jy nou regtig jy's beter as Paul? Dat jy iets uit De Koning gaan kry wat hy nie kon nie?"

Die skor, aanvallende stem krap haar dadelik om. Kolonel Helga McIntyre. Het Ilse nou wragtig vir Mac gaan staan en hulp vra?

"Nee, nie noodwendig nie," stry sy. "Maar ek's nie in die polisie nie. Dalk sal hy my meer vertrou as wat hy julle vertrou. Weet jy waar hy is?"

"Moontlik."

"En? Gaan jy help dat ek by hom uitkom?"

In die agtergrond klink harde manstemme op. Mac loop uit die geraas. "Miskien. Maar net as jy nie 'n storie daarvan maak nie. Ek wil niks in die media sien nie. Nêrens nie. Dis deel van De Koning se paroolvoorwaardes."

Ami weet sy het nie veel van 'n keuse nie.

"Ek sal niks oor die gesprek skryf nie. Beteken dit jy sal reël dat ek hom te siene kry?"

"As ek by is wanneer julle gesels, ja."

Ami se asem plof vies oor haar lippe. "Dit sal mos nie werk nie. Die man gaan nie ontspan met jou daar nie."

"Nie onderhandelbaar nie."

"Shit, Helga. Ek gaan een kans met hom kry en jy weet dit." Sy sluk haar trots. "Asseblief."

"Uhm."

"Mac. Regtig."

"Ek sal daaroor dink. Bel jou later."

Ami bly sit met die dooie foon teen haar oor. "Wat 'n blerrie on-moontlike vrou."

Sy kyk op haar horlosie. Dis tien voor een. Daar is net genoeg tyd om middagete te gryp voor sy Pretoria toe ry om Ryan Joubert te ontmoet. Dalk sal die alleentyd op die motorfiets haar kalmeer.

3

"Hallo!"

Ami staan by die motorhek en roep in die voordeur se rigting. Sy kyk op haar foon om seker te maak sy het die tyd reg. Sy wil net weer iemand se aandag probeer trek toe 'n ouerige, modderige Ford Ranger agter haar intrek.

'n Kop steek by die bakkie se venster uit – 'n man, nader aan veertig as dertig.

"Ami? Ryan Joubert. Skies ek's laat. Ek moes gou nog bokse gaan koop."

Sy staan eenkant toe terwyl die hek oopskuif en volg die bakkie na binne.

Die erf is reusagtig, netjies, skoon. Die tuin wys meestal vaalgroen gras, behalwe vir 'n massiewe doringboom wat skadu in die verste hoek gooi.

Ryan spring uit die bakkie. Hy is van gemiddelde lengte, met 'n lig-bruin kuif wat oor sy oë val, en bruin velskoene met rooi veters aan sy voete. Op die rooi gholfhemp se sak staan *R&R Photography* in wit geborduur.

"Ek hoor my oupa staan reg met koffie." Hy rek sy oë effens. "En soos gewoonlik staan die voordeur seker weer wawyd oop."

Hulle loop op met die tuinpaadjie. Ryan was reg. Die oop deur staan geanker agter 'n los baksteen.

Binne die koel ruimte van die ou huis is dit asof tyd gaan stilstaan het. Ami skat die verskeidenheid swaar houtmeubels as erfstukke uit talle vorige generasies.

Linoleum kraak onder haar voete toe sy en Ryan by die kombuis inloop.

Daar is staalkaste teen die muur, die bekers en koppies weggepak agter glas-skuifdeure. By 'n sessitplek-formicatafel kom die ou man van gister stadig orent. Hy moet in sy laat-tagtigs wees.

"Juffrou Prinsloo? Johannes Joubert."

Sy skud sy hand. Sy greep is lig, sy bruin oë vriendelik, ouderdom wat reeds 'n waas oor die lense getrek het. Hy ruik na Old Spice en sy kan amper nie help om te glimlag nie. Dis die reuk van haar kleintyd, van jare gelede by haar grootouers in die Kaap.

"Noem my sommer net Ami. Gaaf om meneer te ontmoet."

"Jy kan maar oom sê. Mense kla deesdae daaroor, maar ek gee nie om nie."

Hy waai 'n vinger in haar rigting. "Ek onthou jou van destyds in Athene. Jy het baie mooi geswem. Jy't ons laat naels kou oor die laaste paar meter, maar jy was darem toe net-net te vinnig."

Hy beduie na die tafel. "Kom sit, asseblief. Koffie?"

Sy wonder of sy moet, maar dan sien sy die moerkoffie op die stoof. "Dit sal lekker wees, dankie."

Hy skink vir haar en sy kleinseun elk 'n beker. "Suiker?"

"Twee, asseblief, en geen melk nie."

Hy sit die koffie voor haar en Ryan neer. "My oorlede vrou sou nou bitter ongelukkig gewees het dat ek nie die suikerpot gebruik nie. Ek hoop jy kan my vergewe, maar ek weet nie waar dit is nie. Heel waarskynlik is dit reeds ingepak." Hy kyk beskuldigend na Ryan.

Ryan kam die kuif uit sy oë en Ami kan die familietrekke tussen die twee sien in die reguit neus en sterk boog van die oogbanke.

"My oupa trek volgende maand na 'n aftreeoord in Pretoria-Noord," verduidelik hy.

"Ek wil nie. Ek moet. Hulle almal dwing my." 'n Krom vinger wys in Ryan se rigting. "Meer as veertig jaar in my eie huis hier, en nou kan ek skielik nie meer alleen bly nie."

Ami weet sy mag nie kant kies nie, maar sy voel jammer vir die oom. Dis asof 'n leeftyd se herinneringe hier vasgevang is. Trek mens dit alles met jou saam as jy oppak? Kán jy?

Ryan roer sy koffie. "Het Oupa toe die res van die foto's opgespoor?"

"Ek het. Laat ek dit gou gaan kry."

Johannes staan langsaam op en loop skuifelend in die gang af. Die plankvloer onder die deurgeloopte mat kraak soos hy beweeg.

"Die foto's is van die Paasvakansie in April toe Ebbie Gouws verdwyn het," verduidelik Ryan. "Ons het hier gekuier, en ek was toe reeds mal oor fotografie."

Hy drink van sy koffie. Sy vingers is lank en maer, soos storieboeke mens wysmaak 'n kunstenaar se hande moet lyk.

"Ek was twaalf en my ouers het vir my my eerste SLR-kamera present gegee. Dit was 'n tweedehandse Nikon wat my pa nog by 'n winkel in Johannesburg se middestad gaan koop het. Ek het die hele naweek hier rondgeloop asof ek Henri Cartier-Bresson was en alles afgeneem wat beweeg het."

Ami sluk aan die koffie. Dis heerlik, sterk, geurig. Sy voel hoe die afwagting opbou. "Ook op die Sondag wat Ebbie verdwyn het?"

"Yes." Ryan beduie gangaf met sy kop. "Toe ons eergister als begin oppak, het ek op 'n paar foto's afgekom wat ek daardie naweek geneem het. Ek het skoon daarvan vergeet. My pa het die filmrolle ná ons kuier hier op Middelburg laat ontwikkel, en my so uitgetrap toe hy daarna gekyk het. Hy kon sien dat ek die Sondagoggend alleen uitgeslip het, oor die reën op die foto's, en hy't my kamera vir twee weke weggevat."

Hy trek sy gesig asof die gedagte hom steeds ontstel. "Toe ek uiteindelik maande later die pak foto's by hom kon kry, het ek dit daai Desembervakansie Badplaas toe gevat om vir my ouma-hulle te wys. Gelukkig het sy nooit iets weggegooi wat met haar kinders of kleinkinders te doen gehad het nie. So, toe ek gisteraand jou artikel vir my oupa wys, het hy dadelik na die res van die foto's begin soek."

Hy hys sy hande in die lug. "Ek het vanoggend kom kyk wat hy als gekry het, en ek dink daar's iets wat jy dalk interessant mag vind. Of altans, my oupa sê hy onthou Ebbie se verdwyning baie goed, en hy sweer dis belangrik dat jy die foto's sien."

Stadige voetstappe kom in die gang nader, en Johannes verskyn met 'n vergeelde toeslaankoevert. Hy sit dit voor Ami neer.

Sy is net-net oud genoeg om te onthou toe kameras nog met filmrolle gewerk het wat by spesialiswinkels gedruk moes word. Kodak, Fuji – al daai plekke wat destyds ook paspoortfoto's geneem het.

Sy slaan die koevert oop. Dis 'n stewige pak foto's. "Is daar iets spesifiek wat julle wil hê ek moet sien?"

"Kyk maar eers self," sê Ryan.

Sy begin die foto's een vir een uitpak. Die eerste klomp is van blomme, vinkneste en roosbome. Dan volg gesigte. Johannes saam met 'n statige vrou met 'n roospienk bril, seker Ryan se ouma. Iemand wat soos Wessel Viljee lyk, met 'n blouoogmeisie langs hom. Cherise?

Die volgende foto is van Ester. Dis 'n pragtige swart-en-wit portretfoto, met net die boonste regterhoek effens buite fokus.

"Jy's goed," sê Ami.

Ryan knik in erkenning. "Ek's darem al heelwat beter, maar dankie."

Dan staan die glimlaggende Gouws-broers langs mekaar, breëbors en arms gekruis.

Die volgende foto, van taamlik ver afgeneem, is van 'n mooi middeljarige vrou, 'n tikkie boheemse flair aan die wilde rooibruin krulle, groen romp en hakstewels.

Ami kyk na Ryan, maar dis Johannes wat sê: "Francina Koster. Die Viljees se vorige buurvrou. Anderste mens daai."

"Sy was mos in die huis waarin Joy Tshabalala nou is?"

Johannes knik, en Ryan begin lag. "Sy't my goed bang gehad. My ouma het altyd gesê ek moet vir haar pasop – hoekom weet ek nou nog nie."

Ami draai na Johannes.

Hy trek sy skouers op. Loop om sy koffie in die mikrogolf warm te maak. "Moenie my vra nie. My vrou was slimmer oor mense as ek, maar sy het nooit loop en skinder nie."

Ami soek verder deur die foto's. Dis tipiese familie- en vakansietonele.

Hoekom sou die Joubert-mans dink dis belangrik?

Sy kyk vraend na Ryan, maar hy beduie sy moet aanhou blaai.

'n Paar foto's later staar sy na 'n straattoneel in die reën. Ryan het probeer om 'n meer kunstige foto te neem deur laag af te buk. Die swart teer is blinknat en die bome donkergroen afgeëts teen die grou wolke. 'n Ry motors staan in die straat geparkeer, een wat uitswaai om weg te trek.

Sy weet onmiddellik waarna sy kyk.

Johannes, terug by die tafel met sy koffie, maak 'n tevrede geluid.

"Waar is die foto's geneem?" vra sy vir Ryan.

"Ek kan nie meer mooi onthou nie. En omdat die hoek so laag is, is dit moeilik om te sê. Maar ek weet ek was nooit verder as 'n blok of twee van die huis af nie."

"Kan jy die tyd en datum onthou?"

"Dit was definitief die Sondagoggend toe Ebbie Gouws verdwyn het, want dis die enigste dag wat dit gereën het. Ek het seker so sesuur uit-geslip, want ek wou die vroegoggendlig vasvang."

Ami hou die foto in die lug om beter te kan sien. Die bestuurder is onsigbaar en die Volkswagen Kombi-paneelwa effens uit fokus soos dit wegry van Ryan se lens.

Kan dit dieselfde voertuig wees as wat Salim Moosajee buite sy kafee gesien het?

Volgens Paul se notas was Moosajee die enigste persoon wat die wit Kombi die oggend van Ebbie se verdwyning opgemerk het, maar hy kon nie die nommerplaat onthou nie. Hierdie foto bevestig Moosajee se storie, maar wys ongelukkig nie die hele nommerplaat nie.

Sy blaai verder. Nog drie foto's wys die paneelwa soos dit wegry. Op twee van hulle kan sy enkele letters en syfers van die nommerplaat uitmaak.

Sou dit moontlik wees om die beelde te verskerp en die hele nommer-plaat te bepaal?

Meer nog – sou dit moontlik wees om te bewys dat Jakob de Koning wel in die buurt was daai oggend, anders as wat hy beweer?

"Kan ek die foto's hou?" vra sy.

"Natuurlik. Dis hoekom ek jou gebel het." Ryan glimlag, duidelik bly om te kan help. "As jy dit net later kan terugbring, asseblief."

"Ek maak so." Sy weeg die stapel in haar hande. "Jy het nie dalk nog nie?"

Hy skud sy kop. "Ons is die oggend direk ná kerk huis toe – Ogies toe. My pa-hulle boer nou nog daar." Hy gee 'n halwe glimlag. "Soos ek sê, my ouers was baie kwaad dat ek daai oggend alleen uit die huis uit is, maar niemand wou vir my sê hoekom nie. Op die plaas het ek tog heeltyd alleen rondgeloop."

Johannes maak 'n snorkgeluid. "Ongure dinge soos daardie was on-gehoord destyds. Nie soos nou nie. Dit was nie nodig dat jy moes weet nie." Hy kyk van sy kleinseun na Ami. "Ons het die hele naweek orals saam met hom rondgeloop, en toe glip hy wragtig Sondagoggend uit toe ons nog slaap."

Ami knik. "Het oom destyds na Ebbie help soek?"

"Ek het. Toe ek en my oorlede vrou ná kerk terugkom by die huis, was almal reeds op soek na hom. Die polisie het later die week ook hier kom aanklop en gevra om deur die huis te loop. Asof óns iets aan die kind sou doen," sê hy met diepe verontwaardiging.

"Onthou oom iets van daardie Sondag wat dalk vir oom uitgestaan het?"

"Nee." Hy drink van sy koffie. "Ek weet net ek was bly dat my seun en sy gesin veilig weg is plaas toe."

Sy draai terug na Ryan. Vra versigtig. "Vertel my. Jy was destyds twaalf toe Ebbie verdwyn het . . ."

Hy knik asof hy weet wat sy eintlik wil sê. "Dieselfde ouderdom as De Koning se slagoffers? Ja, ek het dit vanoggend besef."

"So, toe jy die hele naweek hier loop en foto's neem het . . . het jy niks verdag gesien nie? Soos of hierdie paneelwa dalk reeds die Saterdag hier was nie?"

Hy frons soos hy dink. "Dit was jare gelede, so ek kan nie mooi onthou nie. Maar ek weet ek het die kamera reeds die Vrydag geskenk gekry, so daar kan dalk nog foto's iewers wees. Laat ons verder soek?" Hy lag droog. "Soos ek sê, my ouma het nooit iets van my weggegooi nie. Sy en my oupa was destyds baie trots op my."

Johannes sit sy beker neer en rus sy hand op Ryan s'n. "Ek is nog steeds trots op jou. Ek én jou pa, maak nie saak wat jou ma van die fotonemery dink nie." Daar is iets tussen nostalgie en hartseer in sy oë toe hy na sy kleinseun kyk. "Nie almal hoef mos dokters of ingenieurs te word nie. Die wêreld het alle tipes mense nodig."

1998

Sondag 12 April

Dit sukkel bietjie om die tweedehandse kamera se sluiterspoed te stel, maar Ryan gaan nie kla nie. Hy draai die knoppie bo-op die Nikon F4 – met sy eie batterypak, nogal – eers na links en dan na regs. Elke keer as hy dit draai, beweeg dit makliker. Net so bietjie skrop met 'n tandeborsel, dan sal dit heeltemal okay wees.

Hierdie kamera is definitief die beste verjaarsdaggeskenk ooit.

Hy glimlag breed. Staan soos die fotograwe op TV, so met die kamera wat in sy regterhand hang, linkerhand in sy sy. Dan tree hy vorentoe, swaai die Nikon tot voor sy oë, buk af, en neem die foto.

Maar hy druk nie die knoppie nie. Film is duur en hy moet mooi dink wat hy afneem. Hy het ses films saam met die kamera gekry, en gister het hy reeds twee volgeneem. Sy pa het klaar gewaarsku dat hy nie heeltyd gaan betaal om films te ontwikkel nie.

Sy ma sê hy is sommer laf, hoekom bou hy nie eerder Meccano of so iets nie. Met sý kop moet hy dokter word en oorsee gaan.

Hy skuif haar uit sy gedagtes, fokus weer op die kamera. Hulle ry ná kerk terug plaas toe, en dan is daar weer net beeste en mielies om af te neem.

Hy het vanoggend ekstra vroeg opgestaan en uitgeslip om vir oulaas foto's te neem, al weet hy sy ma gaan niks daarvan hou nie. Hy verstaan nie hoekom almal hom die hele naweek so oppas nie. Hy's al twaalf en sal mos nie verdwaal nie.

Hy hou aan loop. Dis stil, niemand anders wat in die straat beweeg nie. Nie eers die hondjie in die huis anderkant sy oupa-hulle s'n is al wakker nie. Dis een van daai wit Maltese poedels. Oulik, maar geniepsig.

Hy glimlag vir die woord. Geniepsig. Dis sy ouma se woord. Hy het

R1 gekry toe hy dit gister kon onthou én geweet het wat dit beteken. Sodra hy R20 het, mag hy al die geld kry. Hy trek al by R17.

Hy soek rond vir iets om af te neem. Sien 'n loerie in die parkie oorkant die straat. Hy draf soontoe. Sluip die laaste paar meter so saggies moontlik nader.

Hy zoem in op die kuifkop en die donker wolke agter hom.

Tik, sê die sluiter.

Net toe hy nog 'n foto wil neem, maak die loerie sy vlerke oop en gee pad. Hy kyk na die kamera se meter. Nog 21 foto's op die rol.

Ligte reën begin uitsak, nes vroeër vanoggend. As hy so na die wolke kyk, gaan dit heeldag aanhou.

Hy wil eers huis toe, maar dan vang sy oog 'n wit minibus naby die stopteken. Dis 'n ou Volkswagen, amper soos die taxi's wat hulle gister naby die Staatsteater gesien het, maar sonder vensters aan die agterkant, en met 'n duik by die agterwiel.

Hy loop nader. Die kar is nes die kwaai tannie wat langs oom Viljee bly – vol karakter, soos Ouma altyd sê.

Hy kan sien iemand sit agter die stuur. Dit lyk soos 'n man wat ook 'n kamera vashou.

Of is dit 'n verkyker?

Kyk die man in sy rigting?

Hy lig sy hand, waai.

Die man waai terug.

Hy weet nie mooi hoekom nie, maar hy swenk na regs en loop deur die parkie tot in die pad, weg van die man en die Kombi. Hy gaan hurk agter 'n geel Citi Golf en neem 'n paar foto's van die nat pad en die karre wat so met die draai langs staan, die Volkswagen ook.

Hy kyk hoe die Kombi skielik lewe kry en wegry. Skiet nog 'n paar foto's.

Dan skud hy sy kop ontevrede. Hoekom staan hy nou en film mors?

Miskien moet hy teruggaan huis toe. Hy kan eerder volgende week vir tannie Nina en haar pienk Toyota by hulle poskantoor gaan afneem. Sy's net so mooi soos tannie Ester en Cherise. Dalk selfs mooier.

Hy voel sommer weer vies as hy aan oom Viljee se dogter dink. Sy het hom gister 'n seuntjie genoem toe hy daar was saam met sy oupa, al is hy ouer as sy.

Oupa het gesê hy moenie bodder met haar nie. Dis sy woord – bodder. Sy is net hartseer dat haar ma weg is, nes oom Viljee. Dis hoekom hulle van Ouma se skaapbredie daar gaan afgee het.

Dis wat mens doen as iemand dood of weg is, het Ouma gesê. Jy wys jy gee om en sit tot almal klaar tee gedrink het, al maak die mense wat huil jou so hartseer dat jy huis toe wil hardloop.

4

"Hallo! Iemand hier?"

Ami steek haar kop by die waghuis langs die aftreeoord se hek in. Waar is die sekuriteitswag? Sy moet Paul se slaapkamer skoonmaak, maar hier staan sy nou, op soek na 'n vreemde brokkie inligting wat waarskynlik niks gaan beteken nie.

Sy kyk na die piepklein vertrek met die enkele stoel en rak wat ook as lessenaar dien. Die ingeduikte silwer koffiefles op die vloer. Swaai om toe sy voetstappe hoor.

Die man in die pers uniform lig sy hand. "Kan ek help?"

Dis 'n ander wag as die een wat Vrydag aan diens was. Hierdie man is in sy laat-vyftigs, korter, bruingebrand en rateltaai.

"Middag." Sy druk op haar bors. "Ami."

"Enver." Hy kyk met agterdog na haar, asof hy verwag dat sy enige oomblik gaan begin kla.

Sy stel hom vinnig gerus. "Ek wil sommer net gou iets hoor. Jy weet seker wat Vrydag hier gebeur het?"

"Ek het by Ollie gehoor. Hy was mos aan diens."

Sy knik. "Ek het gewonder of ek dalk die besoekersregister vir Vrydag mag sien? Ek weet julle scan nie bestuurderslisensies op die oomblik nie, so net die intekenboek. Asseblief."

Dit laat haar skielik wonder – het Paul besef hy moet gou spring voor die aftreeoord hulle nuwe sekuriteitstelsel in plek het?

Enver kyk na haar asof sy haar versoek meer uitvoerig moet verduidelik. Sy wil egter niks verklap nie, want dan moet sy lieg, en sy is nie lus vir sulke speletjies nie.

"Die polisie het ook gekyk en daar was niks snaaks nie," sê hy.

"Sal dit dan saak maak as ek ook loer?"

Enver kyk lank na haar.

Sy haal R100 uit haar beursie.

Hy loop by die kantoor in en kom uit met die register. Druk die geld in sy sak.

"Drie minute."

Die boek is reeds oop by Vrydag se besoekers. Ami neem 'n foto met haar foon en gooi 'n vinnige oog oor die lys.

Daar was vyf mense by die hek in binne die paar uur wat Delia dorp toe was: Caleb Vilakazi, Sonet of Sanet Claassen, die handskrif moeilik leesbaar, D. Jordaan, Jamie Peterson en F. Basson. Die laaste drie is almal binne twee minute by die hek in. En hulle kan mans óf vroue wees.

Vilakazi se inskrywing sê hy is na die bestuurder se kantoor, nes Claassen, terwyl Jordaan, Peterson en Basson onderskeidelik na eenhede 21, 3 en 45 is.

Sy gee die boek terug. "Dankie." Soek na Enver se oë. "Ek weet jy't nie Vrydag gewerk nie, maar het daar dalk verlede week iets vreemd gebeur toe jy wel aan diens was? Iets anders as gewoonlik?"

"Nee." Hy klink seker van sy saak. "Alles was nes altyd. Oumense en hulle families en vriende wat kom kuier. Aflewerings – Checkers Sixty60, Takealot en so. Dis al."

"Teken die afleweringsmense in?"

"Nee. Ons bel net die adres waarheen hulle gaan om te hoor of hulle verwag word, anders gaan ons heeldag staan en skryf." Hy beduie na die rye huise. "Baie oumense hier se kinders stuur vir hulle aflewerings."

Ami se moed sak in haar skoene. Dit beteken aflewerings is 'n maklike manier om anoniem by die kompleks in te kom. Dis sekerlik moontlik om 'n motorfiets vir 'n paar honderd rand te huur, met Paul wat die bestuurder dan laat inkom – valhelm en al.

Sy beduie haar dank aan Enver en klim terug op die Triumph.

Voor sy na Delia se huis ry, gaan kyk sy na die eenhede wat Vrydagmiddag besoek ontvang het. Nommer 45 lyk bottoe, en beide 21 en 3 is leeg. Dalk het mense kom kyk of hulle dit wil aanskaf of huur?

Die aftreeoord se kantoor lewer ewe min resultate. Dis gesluit, met 'n handgeskrewe nota in die venster wat verklaar dat die bestuurder tot oormôre eenuur uitstedig is.

Nee wat. Hier gaan sy vandag geen verdere antwoorde vind nie. Sy draai die Triumph om en ry na Delia se huis.

Twee ure later kreun Ami toe sy van haar knieë orent kom, skropborsel in die hand. Ten spyte van die kussingsloop oor Paul se kop toe die vuurwapen afgevuur is, het daar steeds fyn bloedspatsels teen die muur beland.

Sy het Delia gestuur om koffie te gaan drink en inkopies te doen. Die vrou het nodig om bietjie uit te kom.

Sy luister na Ilya wat in haar oorfone sing: "Pretty baby, I see you, evaporating too."

Die beddegoed is reeds gestroop en in swartsakke in die asblik, en die gordyne is by die droogskoonmaker. Sy vermoed egter Delia gaan dit bloot daar laat lê, terwyl die matras seker binnekort op die ashoop sal beland.

Dis wat sý sou gedoen het.

Sy gooi die borsel in die emmer lou water en stroop die geel handskoene af. Dra die emmer na die agtertuin waar sy die water onder die luiperdboom uitgooi. Dalk is sy net te lui om 'n wasbak ook nog skoon te maak, of dalk reken sy Paul kan maar iets aan die aarde teruggee – iets wat sonder Delia se wete by haar kan bly.

Bo in die boom roep die loerie wat gereeld daar sit, sy kop in haar rigting gedraai, so asof hy simpatie het.

Of dalk spot hy met haar.

Ilya hou aan met sing. "Each time that you are gone, I wonder why. Crying girls have nowhere left to fly. What use is love, when loving starts to die."

Sy kyk op na die somerhemel, hoor hoe die spitstydverkeer raserig verbydreun.

Nog net die gedenkdiens bly oor.

Skielik is dit asof Paul saam met haar asem ophou. Asof hy ook wil hê alles moet oor en verby wees sodat hy met vrede gelaat kan word.

"Dit maak twee van ons, ou man," sê sy. "Dit maak wragtig twee van ons."

5

Vroegaand drink Ami en Delia koffie op die stoep ná Delia vir hulle 'n bord pasta aanmekaargeslaan het.

Ami se foon lui. Dis Mac. Sy beduie jammer aan Delia voor sy antwoord.

"Jakob de Koning is terug in die Moot," sê die polisievrou.

"Is jy ernstig?"

"Sy ma het haar broer se huis geërf en Jakob het by haar ingetrek."

Ami wonder hoe die gemeenskap sal voel as hulle dit uitvind. Wonder wanneer lewenslank verander het na "tot jy te duur is vir die staat, of ons bloot nie meer omgee oor geregtigheid vir jou slagoffers nie".

"Het jy 'n nommer vir my? Of dalk 'n adres?"

"Ek kom tel jou môreoggend agtuur op, dan ry ons soontoe."

Ami wil eers teëstribbel, maar weet dit sal onwys wees. Sy sal heel waarskynlik Mac se hulp nodig hê om daardie wit paneelwa in Ryan Joubert se foto's na te speur. Sy kan nie heeltyd vir Geo pla om te help nie. Die man het 'n besigheid om te bestuur.

"Maak dit halfagt."

Sy lui af voor Mac kan stry.

Delia se oë skreef agter haar koffiebeker. "Was dit Mac? Kort genoeg om sy te wees."

Ami trek 'n gesig.

Delia glimlag asof sy verstaan. "Hoe sê die Engelse? She's an acquired taste. Van al Paul se vroue was sy destyds die moeilikste om aan gewoond te raak. Dis asof sy nooit eers probeer dat mense van haar hou nie. Maar dit was vir haar wat Paul die hardste gewerk het. En hy't die langste uitgehou by haar. Ilse en Kareemah was maar vinnig. Elke keer was dit asof hy gefassineerd was met hierdie vreemde wese voor hom, maar dan verveeld geraak het as hy haar op die ou einde tog kon uitpluis."

"Het Mac nooit weer getrou nie?"

"Nee. Ilse ook nie. Net Kareemah het weer ingespring. En kinders gehad. Twee. Mac was die enigste een wat Paul se van gevat het, maar iewers langs die pad het sy hare teruggevat."

Ami bespeur iets vreemds in Delia se stem. "Dink jy Mac het Paul gehelp om . . . om te gaan?"

Delia bly lank stil voor sy antwoord. "Ek's nog nie heeltemal seker nie, maar ek vermoed dat dit Kareemah was. Sy is 'n forensiese spesialis. Sy sou weet hoe om die toneel te manipuleer dat niemand iets vermoed nie. En sy't baie seergekry toe Paul van haar geskei het. Ek dink sy was steeds lief vir hom. Ís nog lief vir hom. En sy's sag. Regtig mooi van binne. Te mooi om te sien wat mens in die polisie sien, as dit sin maak."

Sy waai 'n vinger in Ami se rigting. "Toe jy op die toneel verskyn . . . Ek kon sommer sien jy was ook een van daai raaisels wat Paul wou oplos. Ek vermoed die weduwees is almal bietjie jaloers op jou, veral Mac. Jy's die een aan wie Paul die meeste verknog was in sy laaste dae."

"Onsin. Hy was . . . wat? . . . dertig jaar ouer? Meer?"

"Kareemah was in haar twintigs en Paul in sy vyftigs toe hulle getroud is. Mac en Paul het amper dieselfde ouderdomsverskil gehad en Ilse was ook aansienlik jonger. Kyk, ek was lief vir my broer, maar hy en vroue . . . Hy't baie ongesonde keuses gemaak."

Ami weet nie mooi of sy beledig moet voel nie. Gelukkig red haar foon haar.

"Ami Prinsloo."

"Dis . . . Is jy die joernalis?"

"Ja." Sy kan hoor die Afrikaans klink ongeoefen op die man se tong.

"My ma . . . my ma het gesê ek moet jou bel. Dis Kerneels Gouws."

Sy staan op, haar stoel wat hard oor die teëls skuif. "Kerneels. Dankie vir die bel, ek waardeer dit. En ja, jou ma is reg. Ek wil baie graag met jou gesels, asseblief."

"Kyk, my ma . . . Ek verstaan nie hoekom ons nou weer hierdie gemors moet oopgrawe nie. Dit help tog niks nie. Wat gebeur het, het gebeur. Dis oor en verby."

Sy kan hoor hy wil hê sy moet sê dis okay, dat sy hom sal uitlos.

Sy probeer hom gerusstel. "Paul de Jager is dood. So, soos dinge nou staan, behoort dit die laaste keer te wees dat iemand na jou broer se verdwyning kyk."

Ten minste weet sy sy jok nie. Sy gaan hierdie storie net een keer jaag. Dit gaan beslis nie haar lewe ook oorneem nie.

"My ma belowe elke keer dieselfde ding," stry Kerneels. "Nog net één keer."

"In hierdie geval dink ek dis die waarheid."

"Fok." 'n Sug, gevolg deur die geklingel van ysblokkies in 'n glas. "Okay. Kom sien my sommer nou dat ons dit agter die rug kan kry. Ek's in Sandton. Saint. Weet jy waar dit is?"

Ami ken die plek. Duur, die dekor ornaat, in dieprooi en goud. 'n Speelplek vir Joburg se rykes en dié wat hoop om ryk te word of ryk te trou.

"Ek weet, ja. Sien jou oor 'n halfuur."

6

Die ergste verkeer in Sandton het reeds afgeneem toe Ami by Saint aankom. Sy haal haar valhelm af en vis haar foon uit haar baadjiesak.

Ilse antwoord dadelik.

"Kan ek jou gou iets vra?"

"Ek het vyf minute voor my volgende pasiënt."

"So laat in die aand?"

"Mense werk lang ure, dan pas hulle my in aan die einde van die dag."

"Maak sin." Ami haak die valhelm oor haar arm en draf die trappe op na die restaurant. "Vertel my gou van Kerneels Gouws."

"Gaan jy hom nou sien?"

"Jip, en ek dink nie ek gaan nog 'n kans kry nie."

"Jy's moontlik reg. Kerneels hou niks daarvan om oor Ebbie te praat nie. Sy storie oor daai Sondagoggend is elke keer presies dieselfde, selfs nou, jare later."

"Het hy ooit getrou?"

"Nee. Hy't ook nie kinders nie."

"Gay?"

"Miskien, maar my indruk is dat hy by enige iemand sal slaap solank hy hulle kan beheer. Ek dink beheer was nog altyd vir hom belangrik, veral ná Ebbie."

"Ah." Ami gaan staan op die boonste trap. Dis asof Ilse iets wil byvoeg, maar nie weet of sy moet nie. "Wat is dit?"

"Ek wil jou nie bevooroordeeld maak voor jy hom ontmoet nie, maar ek en Paul het nog altyd vermoed hy steek iets weg."

Ami frons. Dalk is dit deel van die inligting in die rooi koevert.

"Tussen julle twee . . . kon julle dit nooit uit hom kry nie?" Sy sukkel om te glo dat 'n gerekende sielkundige en een van die SAPD se beste ondervraers destyds niks kon uitrig nie.

"Kerneels se wêreld draai om Kerneels," verduidelik Ilse. "Hy's in 'n groot mate 'n narsis. Ek dink wel dat hy spyt voel oor daardie dag, maar soms is dit meer asof hy Ebbie blameer dat hy die onsterflike ster van sy eie show geword het en hom wat Kerneels is, gedwing het om die res van sy lewe in sy skaduwee te staan."

Ami sê dankie en lui af.

Dis 'n Maandagaand in Sandton en Johannesburg se glansbuurt is betreklik stil. Drie of vier tafels by Saint lyk soos mense wat ná werk iets kom drink het, met twee ander beset deur paartjies wat by kerslig 'n spesiale geleentheid vier.

Ami stap deur die lang, oop vertrek met die nabootsing van 'n Renaissance-skildery teen die plafon. Die enigste man op sy eie sit by die kroeg. Hy is in ligbruin chinos en 'n rooi-en-wit oopknoophemp geklee, die leerskoene aan sy voete heel waarskynlik Europees. Die horlosie aan sy arm is groot, goud en swaar.

'n Kelner wat verby Ami loop, kyk met vlugtige afkeer na haar jeans en hemp. Sy trek haar skouers op. Pla haar nie. Sy bad elke dag en trek skoon klere aan.

Toe die man by die kroeg opkyk, merk sy die ooreenkoms met Ebbie soos hy lyk op die foto's in sy ma se huis – lenige lyf, atletiese skouers en sterk wangbene. Aantreklik op 'n skoongeskeerde mooiseun-manier, al wink veertig op die horison.

Maar Kerneels is ook anders. Onder die hemp blink 'n dun goue hangertjie. En sy hare is donkerblond met ligter gebleikte strepe, die opstaankroontjie steeds daar soos toe hy 'n kind was, die klos hare by sy voorkop wat ewe orent staan. Op sy bolip pryk 'n netjiese snor.

Sy voel aan die goue kruis om haar nek, warm teen haar vel. Dan loop sy die laaste paar treë tot by die kroeg.

"Kerneels Gouws?"

Hy sit sy whiskyglas neer, kyk na haar met wasige oë wat verklap dat dit nie sy eerste drankie is nie. Van agter hom spoel die warm, geel gloed wat die rye drankbottels teen die muur verlig tot by hulle. Die musiek is lig, niksseggend. Spookasem.

Sy skud sy hand en gaan sit langs hom. Onmiddellik voel sy lus om iets te drink. Om in dieselfde sagte borrel as hy te verdwyn, ingesluk deur die verdowing wat die derde of vierde whisky sal bring.

Sy sluk, vee oor haar mond.

Die kroegman staan nader. "Wat kan ek vir jou kry?"

"Water, asseblief."

"Stil of met borrels?"

Kraanwater is seker dan nie 'n opsie nie. En miskien moet sy probeer opmaak vir haar smaak in klere en bietjie geld uitgee. "Stil, dankie."

Langs haar grynslag Kerneels. "Ek dog joernaliste drink."

"Nie terwyl ek werk nie," skerm sy, onmiddellik vies dat sy genoop voel om te verduidelik.

Kerneels laat sak sy kop tot op sy linkervuis, lig sy wenkbroue asof hy haar nie glo nie.

"Nog een?" bied sy aan.

"Wat ek drink, kan jy nie bekostig nie."

Toe haar water aankom met ys en 'n skyf suurlemoen wat daarin dobber, beduie Kerneels van die kroegman na sy glas.

Die kroegman haal 'n bottel Laphroaig van die rak. Dertig jaar oud. Skots.

Kerneels is reg. Vrek duur.

Die foon in haar hand biep. Dis Geo. *ETA vir huis toe kom?*

Uur, tik sy gou.

"Kêrel?" sê-vra Kerneels. Hy trek sy mond spyt. "Dis jammer."

Ami kan nie onthou dat iemand al ooit by haar aangelê het met net drie woorde nie.

Sy onthou wat Ilse gesê het. Is Kerneels opreg of tree hy uit blote instink op? Is die flirtasie 'n poging om die gesprek te bestuur? Haar op ompaaie te lei?

Sy besluit om nie te veel tyd by die man te spandeer nie. As Kerneels wil speletjies speel, moet sy vinnig by die punt kom.

"Soos ek oor die foon gesê het, Paul de Jager is dood en hy't my gevra om nog een keer na jou broer se verdwyning te kyk. Ek het gewonder of jy my kan vertel wat op daardie oggend gebeur het. Of jy dalk iets nuuts onthou. Enige iets, maak nie saak hoe klein of niksseggend nie."

Kerneels proe aan die heuningkleurige drank in sy glas. Kyk op sy horlosie.

"Jy't oor die foon gesê jy sal help," herinner sy hom.

Hy maak 'n openlike vertoning daarvan om in te gee, hande wat in die lug in rys asof hy oorgee.

"Jeesh. Okay, okay. Het jy my ma ook so geboelie?"

Hy laat haar nog 'n minuut wag terwyl hy sy whiskyglas in die rond-te tol. Praat dan sonder om op te kyk.

"Soos ek nog al die jare sê: Ek en Ebbie het geld by my ma gekry om brood, melk en sjokolade by die kafee te gaan koop. Dit was Sondag en sy wou laat slaap. Sy't gesê Ebbie moet saamloop, onder andere omdat daai Jakob de Koning in die omtrek was, al het sy dit nie uitgespel nie. Ek is op my rolskaatse vooruit na Salim's. Toe ek daar kom, het ek ge-wag en gewag, maar Ebbie het nie opgedaag nie. Ek is terug tot by ons hekkie om te kyk waar hy is, maar kon hom nêrens sien nie. Ek is nie by die huis in nie, want ek wou nie my ma wakker maak nie. Ek's weer kafee toe om te kyk of ek hom dalk gemis het, en toe weer terug huis toe, maar daar was steeds geen teken van hom nie. Dis toe wat ek be-sluit het om my ma te gaan wakker maak. Sy't opgestaan en ons het na Ebbie begin soek. Naderhand het ons van die mense in die straat gevra om te help, en toe nog later die polisie gebel."

Hy trek sy skouers op. "Dis dit. Daar's regtig niks meer om te sê nie." Hy sit sy vingers teenmekaar en skiet hulle oop. "Poef . . . gone. Net so. Vir ewig en altyd. En elke dag wonder ek wat sou gebeur het as ek gewag het om saam met Ebbie kafee toe te loop. As ek nie lus was vir daai Lunch Bar nie en in die bed gebly het."

Ilse was reg, besef Ami. Alles wat Kerneels sê, is gestroop van emosie, asof hy verveeld is met sy eie storie.

"Jy praat van Jakob de Koning. Het jy dalk iewers daai dag 'n wit

Kombi gewaar? Soos ek verstaan, het De Koning een gebruik om sy slagoffers te gryp."

"Nee. En ek het ook niks gehoor nie. Niemand wat om hulp geroep het nie. Maar De Jager het jou seker vertel dat ek daai oggend musiek geluister het op Ebbie se Walkman." Die vingers wat na sy ore beduie, is kort en sterk, sy naels netjies versorg.

Sy hand keer terug na die whiskyglas, tol dit in die rondte.

Sy besluit om hom weg te lok van sy gewone narratief in 'n poging om sy patroon te breek. "Wat doen jy deesdae?"

"Ek werk hier in Joburg. En in die res van Afrika. Dubai, Rusland. Verkope. Groot masjinerie uit China vir die mynbedryf."

"So jy reis baie."

"Ek het platinum lidmaatskap van omtrent elke lugredery wat bestaan." Hy glimlag en maak weer behoorlik oogkontak met haar, tevrede om oor homself te gesels. Oor wie hy geword het.

"Gelukkig?"

"Ja."

"Ryk."

"Wel . . . jy weet. Ek wou al vir my ma 'n ander huis koop, maar sy wil in die Moot bly vir ingeval Ebbie terugkom."

Hy sê dit met 'n sug, kyk na die goue horlosie om sy arm. Dan soek sy oë oor die handvol mense in Saint. Is hy spyt dat die gesprek weer terug is by Ebbie?

"Dink jy jou broer leef nog?"

"Nee." Sy oë vermy haar weer.

"Jy klink seker."

"As my ma dit net wil hoor."

"Vermoor?"

Hy drink die laaste van sy whisky. "Beslis. Jakob de Koning. Niks anders maak sin nie."

"Dink jou pa ook so?" Sy kon nog nie vir Wikus Gouws in die hande kry nie.

"Ja."

"Ek's op soek na hom."

"Hy sê so."

"Sal jy hom vra om my te bel?"

"Ek sal sien. Hy is hier uit Sydney. Heel toevallig, amper asof jy en daai polisieman van jou hom geroep het."

Kerneels klink asof hy dit sal geniet om vir sy pa moeilikheid te maak. Dis seker wat jy kry as jy wegloop van jou vrou en kinders sonder om ooit weer om te kyk. Dis te sê, indien Ester die waarheid praat. Almal steek iets weg wat hulle nie wil hê ander mense moet weet nie. En omtrent almal word op een of ander stadium uitgevang.

1998

Sondag 12 April

Op pad terug na Salim's steek Kerneels in sy spore vas. Sy arms wind-meul om hom regop te hou op die rolskaatse, maar dit help niks. Hy slaan neer, die klippies op die sypaadjie wat in sy vel in vreet.

Hy bly sit. Kyk onderlangs na die wit Kombi wat anderkant die kafee stilgehou het in die paar minute wat hy weg was. Dit lyk nes die Kombi wat Maandae vir Derrick by die skool aflaai en hom Vrydae weer optel.

En hy dink hy herken die man met die kort hare en donkerbril binne-in, al is die vensters donker.

Maar sien hy reg? Sover hy weet, bly Derrick amper aan die ander kant van die Moot.

Die man sit en rook, wit bolle wat deur die venster se gleuf die lug in trek.

Kerneels kan sien die man hou hom dop, al maak hy asof hy ander-pad kyk.

Hy dink hy is reg oor die Kombi.

Eintlik weet hy seker ook wat die man hier soek.

Hy kom orent van die sypaadjie. Hy moet hier wegkom – hoe gouer, hoe beter.

Toe die Kombi se deur oopgaan, skop hy vas en trek weg. Op met Bothastraat, so vinnig as wat hy kan, arms wat wild swaai.

Vinniger en vinniger.

Hy kyk nie om om te sien of die man hom agternasit nie.

Sy asem jaag, sy arms pomp heen en weer.

Op die hoek draai hy nie regs huis toe nie, maar skiet eerder oor hulle straat – boontoe, parkie toe. As daai ou hom huis toe volg, is hy *in groot moeilikheid. Netnou praat hy met Ebbie of sy ma en dan vind hulle uit wat hy aangevang het. Sy ma gaan hom doodmaak as sy hoor wat gebeur het. Wragtig doodmaak.*

7

Ami ry huis toe, die laataand koel, 'n lui reënbui wat in Rosebank neer-sif. By haar woonstelblok trek sy die fiets tot op haar parkeerplek onder die gebou. Sy ril van die koue, nat tot op die vel.

Sy klim die trappe tot op die derde verdieping en loop na die hoek-woonstel waar Geo hopelik reeds vir haar wag. Sy sluit die voordeur oop en word verwelkom deur die reuk van aandete en ligte wat brand. Die Rolling Stones spoel uit die kombuis, Mick Jagger wat vra dat als swart geverf moet word.

Sy glimlag sonder dat sy dit kan keer.

"Hallo!" Sy skop haar skoene uit by die deur.

"Uiteindelik. Ek dog jy kom nooit huis toe nie," sê Geo uit die kom-buis.

Hy verskyn in die gang, frons oor die water wat van haar jeans drup.

"Skies. Onderhoud. Wat maak jy?"

"Hoender. Jy kan kry sodra jy droog aangetrek het."

"Dalk stort ek sommer gou. Kom jy saam?"

Hy trek 'n gesig en lag. Lag régtig, nie die litteken langs sy mond wat dit laat lyk asof hy heeltyd glimlag nie.

"Ek het daai mond gemis." Hy soen haar vlugtig. En weer, langer.

Sy kreun. Hy was lank weg. Té lank. "En hier dog ek jy't die meeste na my sprankelende persoonlikheid verlang."

"Sal nie die eerste keer wees wat jy daai fout maak nie. Nie my skuld as jy nie leer nie."

Hy loop terug kombuis toe, roep oor sy skouer: "Kry solank die stort aan die gang. Ek skakel net gou die stoof af."

'n Halfuur later sit hulle by die kombuistafel aan. Ami skep vir haar kos en laat rus haar linkerbeen op Geo se skoot. "Hoe was die Kaap?"

"Goed. Daar's baie nuwe besigheidsmoontlikhede. Ons gaan 'n satellietkantoor moet oopmaak. 'n Klomp maatskappye skuif uit Joburg soontoe. Ek kan nie eers meer tel hoeveel nie."

Hy sit sy vurk neer en vryf oor haar been. "Sê my eers, voor ons oor ander goed gesels. Wat gebeur met Paul se begrafnis? Kan ek help?"

"Nee wat. Ek dink die ergste werk is verby – vir my, altans. Die groter probleem is dat Delia vas glo dat iemand Paul gehelp het, en sy wil met alle mag weet wie. Ek's nog nie seker of sy reg is nie. Dalk het hy dit wel self gedoen. Maar ek wonder of ek meer moet probeer uitvind voor sy dit doen."

Geo vryf oor sy baard. "En wat maak jy as jy weet?"

"Goeie vraag. Miskien word ek nie verras nie?"

"Is jy nie dalk ook bietjie kwaad dat iemand dalk vir Paul gehelp het nie?"

Sy oorweeg sy vraag. "Ek dink nie so nie. Ek sal ook nie wil . . . ek dink ek verstaan wat hy gedoen het. Hoekom hy – hulle? – dit gedoen het."

"Is jy seker niemand het hom vermoor nie? Ek praat nie van help nie. Ek praat van doodmaak op die slegte manier."

"Niks het vir my verdag gelyk nie. Dit klink ook nie asof die polisie daaroor worry nie. En die brief wat Paul so ewe vir my op sy lessenaar gelos het, saam met die Ebbie Gouws-dossier . . . dit voel beplan en berekend. Dit voel soos . . . wel, dit voel soos Paul."

Sy eet die laaste stukkie hoender. "Wat van jou? Sal jý saam met 'n alzheimers-diagnose kan leef?"

Hy kyk lank na haar voor hy antwoord. "Ek het dalk nie genoeg verbeelding nie, maar ek dink nie ek sal weet tot ek daar kom nie. Ek het geleer dat goed aanhou verander. Dat niks ooit dieselfde bly nie, ook nie noodwendig mens se oortuigings nie. Die lewe brei jou vrotsag." Hy sug. "Maar ek weet ek sal mooi na jou kyk as so iets ooit met jou gebeur."

Ami voel die gewig van sy woorde. Wat dit beteken.

Dis minder swaar as wat sy gedink het dit sou wees, maar steeds sit dit effe ongemaklik in haar binneste. Kan sy regtig saam met iemand oud word?

Dis baie jare om nie droog te maak nie.

Sy skrik vir die gedagte, terg: "So jy reken ek het die geduld om saam met jou ou bene te maak?"

"Andersom," sê hy. "Maar dit sal sukkel, maak geen fout nie."

Sy snork. "Vir daai antwoord gaan ek vir jou werk gee. Ek het die name van drie mense wat die Vrydagmiddag toe Paul dood is by die aftreeoord ingeteken het. Kan jy asseblief kyk of iemand jou aandag trek?"

Sy het geen begeerte om Mac nog gunste te vra nie. Om Jakob de Koning te siene te kry, was reeds een te veel.

Geo frons. "Geen mens met duistere motiewe gaan mos hulle regte naam neerskryf nie."

"Jy sal verbaas wees. Uit en uit lieg is vir baie mense moeilik. Dalk is daar iewers net 'n nommer of iets getweak. Jy weet nooit."

"Dis seker moontlik. Okay. Ek het môre eers 'n paar vergaderings, en dan sal ek kyk wat ek kan uitrig."

Hy gaap onverwags, druk haar been. "Ek gaan in die bed klim. Dit was 'n lang dag. Sien jou ná jy skottelgoed gewas het."

Sy kyk na die berg potte en panne in die wasbak, die bespatte stoof. "Hoe op dees aarde maak een mens so baie goed vuil vir twee borde kos?"

"Was dit nie lekker nie?"

"Ja."

"Nou moet dan nie kla nie." Hy leun af, soen haar. "Lekker skrop."

Sy vang die soom van sy T-hemp. "Daar's nog iets," onthou sy. "Nommerplate."

Sy vertel hom van Ryan Joubert se foto's en die wit Kombi wat hy in 1998 afgeneem het. "Dalk kan een van jou ou polisiepelle help?"

"Ek weet min van destyds se databasisse, maar laat ek hoor. Sarah is moontlik 'n beter opsie."

Sy vang sy oë wat oor haar bolyf gly. Strek haar stadig uit en glimlag. "Ek sal mooi dankie sê. Ná die skottelgoed. As jy so lank kan wag."

"Nice try. Was rustig. Die rys het lelik aangebrand."

1

Ami is net ná sewe terug by die huis. Sy en Geo het vroegoggend by die gim gaan swem, en hy is reguit kantoor toe van daar af.

Sy klim haastig in die stort en maak reg vir die dag. Twintig voor agt lui haar interkom, en drie minute later is daar 'n klop aan die deur.

Helga McIntyre lyk toenemend asof sy 'n handvol slapelose nagte agter die rug het. Daar is donker halfmane onder haar oë, en dis duidelik dat sy vanoggend al meer as een keer met haar hande deur haar wanordelike swart hare gekam het. Sy is weer in 'n swart broekpak geklee, met netjiese plat leerskoene. Die effense bult op haar regterheup verklap dat die baadjie waarskynlik 'n vuurwapen wegsteek.

"Reg om te ry?"

Ami groet ook nie. "Gaan ek saam met jou?"

"Ja. Jy kan huis toe Uber ná die tyd."

Dis nie 'n vraag nie.

Ami dink oor die stand van haar kredietkaart. Nie net is 'n Uber van Pretoria af duur nie, maar om een of ander rede het sy gehoop Mac sou vanoggend bietjie vriendeliker wees. Nie dat sy weet hoekom sy sulke waansinnige gedagtes gehad het nie. Dalk het sy gereken die vrou het Saterdag bloot 'n slegte dag gehad; dat sy ontsteld was oor Paul. Maar ja, dit wil voorkom asof sy van nature beneuk is.

Onder by die besoekersparkering klim hulle in 'n ou wit Hilux-dubbelkajuitbakkie met 'n bosbreker.

Op pad Pretoria toe is dit stil. Kort-kort moet Ami op haar tande byt as Mac ongeduldig toeter blaas vir elke voertuig wat voor haar indruk.

"Donnerse taxi!" skel sy op 'n afgeleefde minibus wat by die New

Road-afrit voor haar inglip en dan teen sestig die bult uitsukkel. By die Fonteinesirkel lui haar foon. Sy beantwoord dit, een hand wat wissel tussen die stuurwiel en rathefboom.

Ami voel-voel aan haar sitplekgordel.

"Kan nie nou praat nie," sê Mac. "'n Uur? Dalk bietjie meer."

Ten minste weet Ami nou sy gaan min tyd hê saam met Jakob de Koning. Sy moes dit seker verwag het.

Die druk oggendverkeer deur die stad vertraag hulle effens, maar halfnege parkeer Mac in die Moot voor 'n verwaarloosde wit huis met 'n dieprooi sinkdak wat plek-plek afdop.

Ami betrag die erf. Die draadheining is mankoliek, die tuin ruig, onkruid wat ewe hoog staan as die ongesnoeide sierplante. Die posbus by die hek, in die vorm van 'n gholfbal, staan ingeduik en eenkant toe geknak asof iemand dit met 'n ysterpyp of bofbalkolf bygekom het.

Sy spring uit en volg Mac na die lendelam tuinhekkie.

Mac stoei dit oop met 'n skraap van staal oor sement.

Hulle loop die erf binne. Ami luister vir honde voor sy die hekkie agter haar toemaak, maar dit klink darem nie asof hier troeteldiere is nie.

Die oggendlug voel warm en vreemd vogtig vir Pretoria, die sweet wat op haar rug begin uitslaan.

Op die breë stoep klop Mac aan die deur.

Weer.

"Polisie! Maak oop!" roep sy.

Ami kyk onderlangs na haar. Weet De Koning dan nie dat hulle hom kom sien nie?

"Jakob de Koning! Dis die polisie. Maak oop!"

Uiteindelik hoor Ami die kraak van voetstappe oor 'n houtvloer en 'n sagte, hees stem wat mor: "Ek kom, ek kom."

Die deur skreef oop, 'n veiligheidsketting wat dit in plek hou. 'n Bejaarde, maer vrou staan aan die ander kant, diep lyne op haar gesig uitgekerf. Sy dra 'n deurgeskifte blomrok en vaalbruin pantoffels aan haar geswelde voete.

Mac haal haar Valke-identifikasie uit haar sak. "Ons is hier om met Jakob de Koning te praat. Maak oop."

Die vrou kyk grond toe, haar oë wat vinnig, verbaas knip. "Seker, seker."

Sy stoot die deur toe, haal die ketting af en swaai die deur oop. "Kom in."

Mac gee drie treë na binne, Ami op haar hakke.

Die huis ruik na ou kos, sigaretrook en sweet. Iewers, dink Ami, is 'n drein of toilet verstop. Dis skemer, die gordyne net op 'n skreef oop, maar sy kan twee verslete banke uitmaak, 'n outydse boepens-TV en 'n gekrapte koffietafel met drie leë Black Label-literbottels.

Sy staan eenkant toe, die verhoog ongelukkig steeds Mac s'n.

Die vrou – heel moontlik De Koning se ma – is tenger en ineenge-doke, amper sku. Stringe grys hare bedek haar bleek gesig.

Sy koes toe Mac na die maag van die huis beduie. "Waar's jou seun, Annemarie?"

"Seker in sy kamer." Die vrou vee oor haar voorkop, wys momenteel 'n bloukol onder die los kreukelvel van haar boarm.

"Jakob!" roep Mac.

Ami besef daar is geen kans dat sy enige graad van rapport met ma of seun gaan bou nie. Daarvoor is Mac te aggressief.

"Jakob!" Mac se stem eggo deur die huis.

Die geluid van 'n deur wat oopgaan klink op, gevolg deur voetstappe in die gang.

"Wat de hel gaan nou weer aan?"

De Koning verskyn in die sitkamerdeur. Hy is korterig en seningmaer, nes sy ma. Sy skerp adamsappel beweeg op en af soos hy sluk, die vel in sy nek skurf en ongeskeer.

Hy lek oor sy lippe, sy waterige oë wat van sy ma na Mac en Ami skiet.

Terug na Mac.

Ami kan sweer hy herken die polisievrou, maar niemand sê iets nie.

Sy kyk fyner na hom. Uit die mediaberigte wat sy gelees het, weet sy dat hy in sy laat-vyftigs is, al lyk hy veel ouer. Die dun, olierige bruingrys hare lyk asof iemand dit met 'n stomp skêr bygekom het. Hy het goedkoop tekkies aan, saam met jeans en 'n bruin T-hemp oortrek met kosvlekke.

Hy vis 'n pakkie sigarette uit sy broeksak, skud een uit en steek dit aan. Verklap hande oortrek met kru, goedkoop tatoes, die begin van artritis in die vingerlitte.

Sy verskuif haar aandag na De Koning se ma. Annemarie lyk asof sy iets wil sê oor die rook, maar haar dan bedink.

Ami voel bang vir die vrou se part. Vir hierdie seun van haar wat by haar bly.

"Shit, man, as jy so in my huis staan en rook, skop ek jou onder jou gat," sê Mac. Sy beduie na buite. "Kom ons gaan tuin toe. Ons moet gesels."

"En as ek nie wil nie?"

"Raai wat. Jy't nie 'n keuse nie. Jy's op parool. Of wil jy teruggaan C-Max toe? Sê net. Ek kan altyd 'n plan maak." Mac klap haar vingers.

"Fok, okay. Whatever."

De Koning swaai om. Ami en Mac volg hom deur die kombuis, vuil skottelgoed en rommel op elke toonbank. Hy vat die agterdeur vas en stoot dit met 'n skuurgeluid oop.

Ami voel verlig om weer vars lug in te asem, maar is versigtig om dit nie te wys nie. De Koning is 'n moontlike bron en dit beteken sy moet haar bes doen om sy vertroue te wen, al maak dit haar naar om te weet hoekom hy in die tronk was.

Mac gaan staan hande in die sye op die sementblad by die agterdeur. Ontbloot die pistool aan haar heup.

De Koning trek lank aan sy sigaret. Blaas die rook in haar gesig.

Mac roer nie. "Hierdie vrou wil met jou praat. Ami Prinsloo van Nuus360. Nie vir 'n storie nie, net vir agtergrond."

Belangstelling flikker in De Koning oë toe hy na Ami kyk. Sy kan sien hoe hy hulle besoek herkalibreer. Begin wonder of dit dalk 'n goeie ding kan wees dat hulle hier is.

"Ek's altyd heppie om met die media te chat." Hy vryf sy linkerhand se vingerpunte teenmekaar, die sigaret wat in sy mondhoek hang. "Vir 'n bietjie cash. Die staat betaal peanuts. My ma se grant hou net 'n week, en sy's moer suinig."

Ami weet sy gaan nie die man betaal nie. Vergeet dit.

Uit die hoek van haar oog sien sy hoe Mac na haar kyk. *Ek het jou mos gesê*, staan op haar gesig geskryf.

Weer wens Ami die vrou wil loop dat sy alleen met De Koning kan gesels.

"Ek kan jou ongelukkig nie betaal nie," sê sy. "Soos kolonel McIntyre sê, ek's net hier om bietjie inligting te kry."

De Koning snork agter in sy keel. Trek twee keer vinnig aan die sigaret, die kool wat amper sy vingers brand, en gooi dit op die sement neer.

Ami swaai haar rugsak van haar skouer en haal 'n pakkie Marlboro's uit. Sy rook nie, maar die eerste fotograaf saam met wie sy gewerk het, het haar geleer om altyd sigarette by haar te hê. Om 'n roker 'n sigaret aan te bied skep 'n waardevolle oomblik met 'n potensiële bron. Dit koop 'n paar minute van hulle tyd, veral as die skote pas geklap het en die skok nog deur hulle vibreer.

Sy beduie vir De Koning om een te vat. Sy weet Marlboro is beter kwaliteit as die goedkoop straatsigarette wat hy rook.

Hy vat twee, en steek een aan. Trek die rook diep in.

Sy hou die pakkie na hom uit. Hy gryp dit en druk dit in sy jeans se gatsak.

"Ek wil weet van Ebbie Gouws," begin sy. "Hy't in 1998 hier in die Moot verdwyn."

De Koning spoeg eenkant toe. "Seriously? Al weer daai fokken laai-tie? Wanneer gaan julle ophou met hierdie bullshit? Ek weet niks van die kind nie. Ek sê dit nog heeltyd, maar niemand wil hoor nie. Almal soek 'n scapegoat, en dit gaan nie ék wees nie. No way."

Sy haal Ryan Joubert se foto's uit en wys hom die een van die wit Kombi. "Hierdie is 'n foto van jou paneelwa naby Ebbie se huis die oggend van sy verdwyning."

"Wat de hel?" Mac gryp die foto uit haar hand. "Waar kry jy dié?"

Sy probeer kalm bly. "'n Bron."

Sy vat die foto terug. Gee dit vir De Koning. Hy kyk daarna, sy regteroog opgeskroef teen die rook wat uit sy mond ontsnap.

"Die nommerplaat is afgesny." Hy staar na haar asof hy weet sy is besig om te bluf. "Het jy nog 'n foto? Want dit kan mos nou enige iemand se panel van wees, not true?"

"Natuurlik het ek nog." Sy behou haar pokergesig.

"Ami." Mac staan eenkant toe, haar wysvinger wat roep. Sy draai haar rug op De Koning toe Ami nader kom. "Waar kry jy hierdie foto's? Jy kon my gesê het."

"Hoekom? Dis duidelik jy het geen begeerte om my te help nie."

"Maar hier is ons dan. Besig om met Jakob de Koning te gesels nes jy gevra het."

Ami byt op haar tande. "Jy maak dit blerrie moeilik om van jou te hou."

"Is ons hier om van mekaar te hou, of om Paul te help?" Mac trap vies rond. "Ek gaan nie jou hand vashou en 'Kumbaja' sing nie, en jy weet dit, maar jy kon daai foto's vir my gewys het."

"Ek was bang jy vat dit. Jy's nog in die polisie en Ebbie se saak bly oop."

Die uitdrukking op Mac se gesig sê sy is reg.

"Ek sal vir jou kopieë maak. Okay?" Sy swaai om, net om te ontdek dat De Koning al nader aan hulle beweeg het.

Hy grinnik asof hy lekkerkry dat sy en Mac vassit. "Jy's nie die enigste een wat hierdie bitch niks laaik nie." Hy trek aan 'n vars Marlboro. "Sy was nog altyd só, elke keer as sy saam met daai doos van 'n De Jager vir my in C-Max kom visit het." Hy praat deur 'n tuitmond. "'Is jy seker jy weet nie wat met Ebbie gebeur het nie?'"

Hy leun oor na Ami, kyk haar reguit in die oë. "Elke keer het ek vir hulle gesê die outjie was te oud vir my. Hulle is net lekker as hulle jonk is. As die vleis nog sag is. As hulle nog maklik ja sê."

Hy brul van die lag toe afsku oor Ami se gesig spoel.

Mac red haar.

"Die enigste doos hier is jy, De Koning. Ek kan jou lewe baie, baie moeilik maak. Parool beteken niks in my wêreld nie." Haar stem is yskoud. "Níks nie."

De Koning se hand met die sigaret huiwer vir 'n oomblik voor sy mond.

"Die Ebbie-outjie was te oud," brom hy. "Dis al wat ek sê."

Ami weier om skiet te gee. "Maar jy was daar. Jou paneelwa was daar."

Hy trek weer aan die sigaret, sê niks.

Sy probeer 'n ander invalshoek. "Okay. Ek hoor jou. Kom ons dink dan bietjie anders oor wat gebeur het. Het jy nie dalk daai Sondagoggend iets gesien wat ons kan help nie?"

"Aikona." De Koning vryf deur sy hare. "Julle wil net hierdie shitspul op my pin."

"Glad nie. Ons soek enigiets wat kan help om uit te vind wat met Ebbie gebeur het. Dis al."

De Koning se oë word skrefies. Dan skud hy sy kop. "Julle beter loop, of ek soek 'n lawyer. Julle call."

Sy sug innerlik. Mac is meer openlik toe sy hardop vloek.

Ami besluit dat môre nog 'n dag is. Sy sal later weer probeer, as Mac nie by is nie. Ten minste weet sy nou waar De Koning bly.

Sy hou haar hande in die lug. "Dis reg so. Dankie vir jou tyd."

Dit lyk asof Mac nog iets wil sê, maar dan haar woorde sluk.

Die vroue loop om die huis na die bakkie, Ami wat wonder hoe lank dit gaan vat om in Joburg te kom.

Dan verras Mac haar. "Klim in. Ek sal jou in die dorp gaan aflaai. Dit sal makliker wees om van daar af te Uber."

Sy skuif dankbaar by die Hilux in. Besluit om Mac ook tegemoet te kom.

"Ek sal môre vir jou kopieë van die foto's maak."

Die polisievrou sit terug in haar sitplek, hand op die stuur. "Dis te laat. Ek soek dit vandag nog."

Ami het geweet die oomblik se warmte was te goed om waar te wees. "Ek sal probeer. Jy kan dit by ons kantoor kom kry."

"Ek sal iemand stuur om dit vanmiddag te kom haal. En ek soek kopieë van ál die foto's, nie net die een wat jy vir De Koning gewys het nie. Hoeveel is daar?"

"Baie." Ami vertel Mac vlugtig van Ryan Joubert. Van die foto's wat hy reeds vir haar gegee het en die res waarna hy en sy oupa nog op soek is.

"Bel hom en vra of hulle dit al gekry het. Nou."

Ami keer die skelwoorde en haal haar foon uit haar rugsak.

Mac skakel die bakkie aan, maar draai dan weer die enjin dood. "Ek stem saam met De Koning – Ebbie was te oud vir hom. As hy die og- gend in Snymanstraat was, sou dit eerder vir Kerneels gewees het. Dalk het Ebbie hom gesien en hom gekonfronteer. Hy was oud genoeg om van die pedofiel in die Moot te weet. De Koning kon hom vermoor en die lyk saam met hom gevat het." Sy beduie met haar ken na die huis voor hulle. "Gaan jy later weer met hom kom gesels?"

Ami wonder wat sy als moet bieg.

"Ek sal sien."

Mac lag asof sy haar nie glo nie. "Jy moet versigtig wees. Reeksmoor- denaars word nooit gerehabiliteer nie. As jy 'n storie wil skryf, skryf een oor ons stukkende paroolstelsel. Ons werk ons morsdood om die slegte ouens toe te sluit, en dan laat die stelsel hulle net so weer vry. Daar is nooit iets soos lewenslank nie."

Sy beduie stad se kant toe. "Die paroolraad het nie eers met die slagoffers se gesinne gepraat voor hulle De Koning vrygelaat het nie, want volgens hulle is feitlik almal landuit. Maar dis nie net die gesinne wat seergekry het nie. Wat van die gemeenskap? Die skoolpelle? Die ooms en tannies en neefs en niggies? En nou bly De Koning hier tussen hulle. Mens sou reken iemand moet ten minste die mense hier rond laat weet wat aangaan."

Mac laat sak haar kop en kyk na Ami met 'n vreemde glimlag op haar gesig. Draai weer die bakkie se sleutel.

Ami maak 'n punt daarvan om by die venster uit te kyk. Sien hoe De Koning om die huis gedrentel kom asof hy wonder hoekom hulle nog hier is. Hy vang Ami se oog, lig sy hand en hou dit teen sy oor. *Bel my*, beduie hy.

Sy ril onwillekeurig.

Om die eerste hoek skakel sy Ryan Joubert.

Toe hy antwoord, beduie Mac sy moet die foon aangee. Sy stel haarself bekend en sê dat Ami haar van die foto's vertel het.

Ami luister verbysterd na Mac se stem. Sy is warm en vriendelik, iemand wat jou nooi om haar te vertrou.

"Meneer Joubert, kan ons asseblief die ander foto's kom optel? Alles van daai naweek, maak nie saak of dit 'n parkbank of 'n leë straat is nie."

Ryan moet instem, want Mac groet en druk die foon dood. Sy gee dit terug vir Ami en draai in die rigting van Snymanstraat.

"Soek jy nog bewyse dat De Koning se Kombi wel daar was?" vra Ami. "Geen van die foto's wat ek gesien het, wys die hele nommerplaat nie."

Mac antwoord nie.

"Komaan, ek het die foto's in die eerste plek opgespoor."

Dan gee Ami haar die versekering waarna sy heel waarskynlik op soek is. "Ek sal niks wat jy my vertel vir 'n storie gebruik nie. Altans nie tot jy sê dis okay nie."

Steeds bly Mac stil.

"En ek sal jou laat weet as iemand my weer met inligting kontak."

Dis genoeg om Mac se aandag te trek.

Die bakkie versnel met 'n brul. "Ek wil al die nommerplate op die fo-to's nagaan," sê die polisievrou. "Ek wil sien wie daardie naweek naby Ebbie se huis was wat nie daar hoort nie – elke liewe motor."

1998

Sondag 12 April

Die seun met die rollerblades. Dis die een.

Kerneels, roep almal hom. Op en af met die strate die hele naweek wat hy al hier sit, versigtig om die VW elke nou en dan te skuif voor iemand uitfigure dit hoort nie hier nie.

Die mooi outjie met die kamera vroeër vanoggend het Jakob laat worry. Hy het die kind nog nooit hier gesien nie, so hy't gat skoongemaak toe hy so ewe nader kom.

So ver soos wat hy gery het, moes hy mooi dink. Los hy Kerneels en gaan terug vir hierdie ander laaitie? Op die ou einde het hy besluit om by die plan te bly en terug te ry. Hy kyk al weke lank na Kerneels. Droom al van hom. En hy like die blondes baie beter anyway.

En nou, uiteindelik, word sy geduld beloon.

Hy kyk hoe Kerneels laat vat van die kafee af, straatop, in sy rigting, daai kuif van hom wat in die wind waai soos hy al vinniger beweeg op die skaatse.

Hy lig die verkyker. Frons. Hoekom lyk die outjie skielik so bekommerd? Netnou was hy nog rustig.

Hy trek aan sy sigaret, blaas die rook by die oop venster uit. Het Kerneels hom gespot?

Fokkit. Vandag is nie sy dag nie.

Dalk moes hy nie so gou teruggekom het ná gister nie. En hy was verlede naweek ook hier, al was dit net vinnig. Dis toe dat hy besluit het om te kyk of hy Kerneels vandag kan snatch. Sondae is gewoonlik baie stil hier rond.

Hy skuif laer agter die stuurwiel. Kyk hoe Kerneels nie huis toe draai nie, maar in sy rigting beweeg.

143

Áánhou beweeg – op met die parkie se sypaadjie langs sonder om om te kyk, arms wat pomp, bene wat sukkel om op die rollerblades te bly.

Waarheen is die kind so haastig op pad?

Kerneels skiet verby die VW dat hy die seun se asem deur die oop venster hóór jaag.

Hy kyk in die kantspieël. Maak seker hy sien reg.

Ja, daar gaat hy asof die duiwel agter hom aan is.

Hy kyk om hom rond. As hy gou maak . . .

Nog 'n vinnige kyk.

Nee.

Sy gut sê vir hom iets is nie reg nie. Kerneels is besig om te hol asof hy 'n spook gesien het.

Hoekom sou hy . . .

Hy soek vorentoe, na die kafee waar die seun vandaan gekom het. Sien 'n man in 'n leerbaadjie by die kafee wat die seun agternakyk, moord op sy gesig.

Die man se kar is ook 'n VW, maar nie 'n panel van nie. Dis een van daai nuwe Volksiebusse soos in David Kramer se advertensies. Een met mooi mags en 'n telefoonnommer op die kant.

Lyk soos iemand met geld. En hy stink na moeilikheid. Taai soos 'n bouncer of 'n biker of 'n ding.

En hy kyk om te sien – raak te sien.

Jakob skud sy kop. Uh-huh. Vandag is wragtig nie sy dag nie.

Hy stoei met die aansitter voor hy die VW aan die gang kry. Iets is af, en hy gaan nie hier rondhang om uit te vind wat dit is nie.

2

Ami weet Mac gaan nie enige inligting wat sy oor Ryan Joubert se foto's insamel met haar deel nie, daarom gebruik sy haar foonkamera en vang elke beeld vas wat Joubert aan die polisievrou oorhandig.

Dalk kan sy en Geo op hulle eie iets wys word.

Sy skat daar is omtrent 40 foto's, so die proses neem nogal lank.

Mac lewer geen kommentaar nie, maar sy kan amper hoor hoe die vrou op haar tande kners.

Terug in die Hilux lui Mac se foon. "Nou net?" 'n Dringendheid slaan deur in haar stem. "Ek's op pad. Ek kan teen elfuur daar wees."

Ami brand om te weet wat aangaan, maar sy weet dis futiel om te vra. Buitendien, dit voel asof sy en Mac 'n skietstilstand bereik het, en sy wil dit nie in gevaar stel nie.

Die polisievrou beduie in die stad se rigting. "Ek moet gaan, maar ek kan jou steeds gou in die dorp aflaai."

"Dis nie nodig nie. Ek sal van hier af regkom. Sal jy my laat weet oor die foto's?"

"As jy dieselfde doen." Mac betrag haar vir 'n oomblik. "Ek wil graag sien hoe jy jou navorsing gaan doen – wéttiglik doen."

Ami antwoord nie. Sy spring uit die bakkie en wag tot Mac om die draai verdwyn voor sy na die Jafthas se huis loop. Terwyl hulle die Jouberts gegroet het, het 'n Suzuki Swift met 'n jonger bruin vrou agter die stuur in Bothastraat afgedraai.

Sy loop tot by die huis en druk die interkomknoppie by die voetgangerhek. Teen haar verwagting in klink 'n vrouestem op.

"Takealot?"

"Uh, nee . . . dis Ami Prinsloo van Nuus360. Ek het –"

"Ons het jou besigheidskaartjie gekry." Die stem is sterk, vies.

Die kortaf antwoord help haar niks. "So, skies . . . bly die Jafthas nog hier?"

'n Oomblik se huiwering. "Hoekom wil jy weet?"

Ami vat dit as 'n ja. "Kan ek met julle gesels, asseblief? Ester Gouws het gesê julle kan my dalk help."

Sy wonder hoekom die vrou – Pip? – so laat op 'n Dinsdagoggend by die huis is. Werk sy van die huis af, of het sy vir haar ouers kom kuier?

"Asseblief, ek sal nie lank wees nie," probeer sy weer.

Die vrou sug, gee in. "Ja, okay, anders hou jy seker nooit op nie. Maar net hierdie een keer en nooit weer nie."

Daar is 'n kliekgeluid soos die hek ontsluit. Ami stoot dit oop. Sy luister vir die hond wat volgens die waarskuwingsbordjie hier bly, maar hoor niks nie.

Sy loop die erf binne. Die netjies gesnyde grasperk lyk asof mens daarop kan gholf speel. Die tuin en huis is goed versorg, en die breë stoep het witgeverfde houtstoele wat op die straat uitkyk. Iewers op die erf is daar sproeiers aan die werk.

Steeds blaf geen waghond nie.

Die voordeur gaan oop terwyl Ami die stoeptrappe klim. Sy skat die atletiese vrou voor haar in haar veertigs. Sy het 'n vol, sensuele mond wat lyk asof dit lipstiffie of tandepasta moet adverteer. Sy dra rooi Doc Martens, swart jeans en 'n stywe groen T-hemp. *Cyber Up*, sê die robot-vrou op haar bors.

"Pip Jaftha?" vra Ami.

Die vrou knik. Beduie na die stoele en sê gedemp: "Ons sit sommer hier buite. My ma rus. Sy was nou net in vir haar laaste rondte chemo."

Ami hou op wonder hoekom Jaftha so vyandig is. Om 'n ouer met kanker te hê moet uitputtend wees, veral as jy moontlik die primêre versorger is.

"Ek's jammer oor jou ma," bied sy aan.

"Hoekom? Jy ken haar nie."

Hulle gaan sit. Ami kruis haar bene en kyk na die bruin stewels aan haar voete. Asem die tuin in.

In haar sak biep haar foon. Sy ignoreer dit.

Sy besluit om trompop in die vrou se teësin vas te loop en te kyk wat gebeur. "Hoekom is jy so ongelukkig dat Nuus360 weer na Ebbie se verdwyning kyk? Jy was tog sy beste vriendin. Wil jy nie weet wat met hom gebeur het nie?"

Jaftha vee oor die kort hare wat eenkant toe gejel lê. Sy staar na haar hande met die bloedrooi geverfde naels voor sy antwoord.

"Elke keer as Paul de Jager hier aangekom het, het tannie Ester weer hoop gekry. En nou doen jy dieselfde. Hierdie ding vreet haar nou al jare lank op, maar steeds kry julle mense nie genoeg nie."

Sy kyk na Ami, haar gesig beskuldigend. "Kyk, ek's jammer oor die generaal. My ma en tannie Ester het gister gesels, so ons weet wat aangaan. Maar dit verander niks." Sy trek haar asem diep in. "Hoekom moet tannie Ester nou weer hierdeur gaan? Hoekom moet ons almal weer hierdeur gaan? Kry julle nooit genoeg nie?"

Ami kyk na die siniese trek op die ouer vrou se gesig, die afwesigheid van 'n trouring aan haar vinger. Hoor deur als 'n diep hartseer in haar stem. Rou sy steeds oor Ebbie?

"Was jy en Ebbie saam toe hy verdwyn het?" vra sy. "Jy weet . . . sáám. Het julle gedate? Baie mense dink so."

Dis asof die vraag Jaftha nog kwater maak. Maar voor sy kan praat, klink swaar voetstappe op van binne die huis.

'n Ouerige man verskyn in die voordeur. Geel toeknoophemp, netjiese swart broek en swart toerygskoene. Hy is duidelik familie van die vrou langs haar. Ami lei dit af meer uit die manier hoe hy beweeg as hoe hy lyk, dieselfde stomp afkeer en omgesukkeldheid in sy lyf. Sou dit die pa wees? Abram?

"Jy vat ook nie nee vir 'n antwoord nie." Hy staan nie nader nie en steek ook nie sy hand uit nie.

Sy wonder of die Jafthas se wrewelrigheid net oor Ester Gouws se welsyn en mevrou Jaftha se kanker gaan, en of iets anders ook 'n rol speel.

Sy begin vermoed die gesin steek iets weg. Die vraag is nou net of sy ooit weer haar voete hier gaan mag sit.

Miskien moet sy haar geld op een waansinnige vraag verwed – 'n bietjie tref-en-trap-joernalistiek.

Op julle merke, gereed . . .

Sy glimlag vir Abram Jaftha. "Ek hoor u was hewig gekant teen Ebbie en Pip se verhouding."

Die man lyk asof hy 'n toeval gaan kry. Sy oë rek en sy hande lig, word vuiste.

Pip spring op en gaan staan voor hom, haar hande op sy skouers. "Sy vis sommer net, Pa. Moenie daarvoor val nie! Dis net 'n cheap trick."

Ami reken dis so goed soos 'n ja. Pip en Ebbie was baie meer as vriende, en Abram was nie tevrede daarmee nie.

"Dit maak mos nie saak nie." Sy dwing haar stem sagter, meer inskiklik. "Ek wil net –"

"Uit my huis uit," sis Abram.

"Ma slaap, Pa," probeer Pip paai.

"Uit!"

Ami vat haar rugsak en loop met die stoeptrappe af, Pip op haar hakke. By die hekkie gekom, praat sy vinnig, kortaf.

"Ek sal jou sê wat ek Paul de Jager en al daai vroue van hom vertel het en dan los jy ons uit. Ek en Ebbie het die Saterdagaand PlayStation games gespeel. Hy het hiernatoe gekom ná Kerneels bed toe is. Iewers het Ebbie se neus begin bloei – ek weet nie hoekom nie – en ons is na sy huis om dit te probeer stop. Ons badkamer is reg langs my ma-hulle se kamer en ons wou hulle nie pla nie. Toe Ebbie weer reg was, het hy saam met my hierheen geloop om seker te maak ek's veilig, en toe's hy terug huis toe. Dit was so teen middernag se kant. En dit was die laaste keer wat ek hom gesien het."

Sy slaan die hekkie agter Ami toe.

Ami herkou aan Pip se storie terwyl sy straataf loop. Wonder of sy die vrou kan glo. Wat as iets by die Jaftha-huis gebeur het wat Ebbie se neus laat bloei het? Iets waaroor Pip en haar ouers doodstil bly? En wat as daai iets na die Sondag oorgespoel en Ebbie se dood veroorsaak het?

1998

Saterdag 11 April

Pip skel onderlangs toe sy die draai te vinnig vat en haar Camaro die versperring langs die renbaan tref.

"Shit." Sy laat sak die PS controller.

Ebbie se silwer Aston Martin skiet verby, oor die eindstreep. Hy gooi sy hande in die lug en maak 'n skare juigende toeskouers na. "Yes! Ek wen vir 'n slag!"

Hulle sit voor die TV en speel Gran Turismo, haar ma en pa lankal bed toe.

Altans, sy hoop so. Haar pa slaap maar lig deesdae, veral as Ebbie hier is. Dis asof hy weet van hulle, al probeer hulle hoe hard om dit weg te steek.

Alles is anyway nog nuut. Ebbie het haar drie weke gelede vir die eerste keer gesoen. Hier, in die sitkamer. En toe weer later in sy kamer, toe sy hom voor skool gou met sy wiskundehuiswerk gaan help het.

Sy kan nie glo sy moes so lank wag dat hy haar op daai manier raaksien nie.

Nou sit hy kruisbeen en kyk na haar, sy een oog 'n skreef onder die kuif wat heeltemal te lank is vir skool. Sy sweer Oros gaan hom ná die vakansie kantoor toe roep as hy dit nie sny nie. Dan gaan hy seker weer sê Ebbie is te groot vir sy skoene omdat hy dink hy kan vinnig hardloop.

Oros is net suur omdat hy nie eens die trappe kan uitklim sonder om 'n hartaanval te kry nie. Almal weet dit.

Sy kyk terug na Ebbie. Hy weet sy is mal daaroor as hy so cocky is. So seker van als.

Van haar.

Hy wink haar nader met sy wysvinger. "Jy skuld my."

Sy skuif tot teen hom en kyk na die wang wat amper al geskeer moet word. Dan soen sy hom soos jy 'n boetie sou soen – so kuis, soos haar ma altyd sê.

"Aikona, dis nie wat ek –"

As sy wakkerder was . . . As Ebbie haar kop nie so deurmekaar gehad het nie, sou sy gehoor het hoe die kamerdeur oopgaan. Hoe haar pa in die gang af sluip.

"Wat de donder maak julle?"

Sy spring op. "Pa!"

Ebbie spat eenkant toe, die klap wat hom teen die kant van sy kop tref.

Hy kom regop, hande in die lug. "Nee, oom! Dis nie soos dit lyk nie!"

Die tweede klap laat hom steier.

Hy gryp na sy neus, bloed wat teen sy ken af drup. Skuifel haastig terug, tot sy rug teen die voordeur is.

Soek wild na uitkomplek.

"Oom, wag net . . ."

Haar pa lig weer sy hand. Ebbie koes.

Sy storm vorentoe, hang aan haar pa se swaaiende arm. "Stop! Asseblief, stop! Pa . . . moenie!"

3

Laatmiddag bel Ami vir Ilse uit die nuuskantoor. Sy vertel die sielkundige van haar moeilike besoek aan die Jafthas.

Ilse klink nie verbaas nie. "Paul was baie lief vir vroue, maar bless sy siel, hy was soms ook maar lekker eenogig as dit by ons spesie kom. Die eerste keer toe hy my by die saak betrek het, het ek vir hom gesê die Jafthas lê soos donker water, veral daai Pip-meisie."

"Wat was sy reaksie?"

"Hy't gesê hy weet, maar hy kon tog nie die waarheid uit die meisie of haar pa wurg nie. Pip is goed hardkoppig, nes Paul van hulle hou." Ilse lag met iets soos weemoed in haar stem. "Sy sê tot vandag toe niks, hou net by haar storie oor Ebbie se neus wat begin bloei het. Die ma is nou al jare lank siek, so Pip en haar pa weet hoe om dit te gebruik om mense by die huis weg te hou."

"So jy's ook redelik seker hulle steek iets weg?"

"Ja. Én ek dink Pip en Ebbie het wel ernstige gevoelens vir mekaar gehad. Paul het saamgestem, want daai meisiekind was gebroke oor Ebbie se verdwyning. Soos in verby hartseer. Sy't gesê dis oor hulle beste vriende was – wat jy seker ook kan glo as jy moet. Op daai ouderdom voel mens mos alles meer intens."

"Wat van die pa? Hy's nie baie vriendelik nie."

"Het jy hom ontmoet? Jy's gelukkig. Hy pes die polisie. Haat die media. Hy's nogal argetipies – patriargaal, beskermend – al daai woorde wat eintlik maar beteken sy woord is wet. Hy't nooit juis regtig saam met die polisie gewerk nie, maar ook nie teen hulle nie. En om eerlik te wees, daar was geen rede om hom te wantrou nie. Hy het niks ooglopend verkeerd gedoen nie, en daar was nooit iets wat in sy rigting beduie het nie. En hy het toegelaat dat Paul-hulle sy huis deursoek in die dae ná Ebbie se verdwyning. Daar was niks nie."

"Wat van die bloed in die Gouws-huis?"

"Wat daarvan?"

"Was dit net Ebbie se bloed, of was daar iemand anders s'n ook?"

"Iemand soos . . .?"

"Abram of Pip Jaftha?"

"Nee, anders sou hulle verdagtes gewees het. Ek het . . ."

"Wat is dit?" vra Ami toe Ilse stil word.

"Soos ek sê, Abram was altyd verdedigend – eintlik té verdedigend. En daar was rede daarvoor. Die Jafthas was van die eerste bruin mense wat in die sogenaamde Nuwe Suid-Afrika in daai buurt ingetrek het. Ek dink dit was in 1996 of daar rond. Abram en sy wit vrou was ANC-lede wat teruggekom het uit exile – Switserland, van alle plekke. Soos ek verstaan het, het hulle 'n bekostigbare woonbuurt gesoek. Beide het vir die regering gewerk en die Moot was sentraal, met die stad wat mos net oor die berg lê. Pip het redelik Europees grootgeword, al het haar ouers Afrikaans met haar gepraat. Ek skat die hele land was seker vreemd vir haar, maak nie saak waar die gesin sou bly nie. Punt is: Dit het destyds vir my geklink of geen van die Jafthas regtig tuis gevoel het nie."

"En later? Het die tuisvoel ooit gebeur? Hulle bly nou nog in dieselfde huis."

"Ek dink so. Kyk, daai tyd . . . mense was mekaar nie gewoond nie. Ek kon egter geen vooroordeel by die Gouwse bespeur nie. Van die ander mense . . . nou ja. Paul het gesê daar was nie openlike vyandigheid nie, maar wel 'n stewige streep . . . wat sou mens dit noem? Meerderwaardigheid? 'n Eenkant-toe-stoot sonder dat dit ooit direk gesê is."

Ilse maak keelskoon. "Ek het ook die indruk gekry Abram dink die polisie gaan rede soek om die bruin man in die buurt aan te kla. Asof

hulle net wag om te sê dis hy. En op 'n manier kon ek sy houding ver-
staan."

"Dit maak seker sin, ja," gee Ami toe.

"Onthou jy ons het vroeër oor die 1990's se stasiemoordenaar ge-
sels?"

"Ja?"

"Daai saak het baie bruin mense baie kwaad gehad, en met reg. Meer
as twintig kinders dood voor iemand gearresteer is? Die gevoel was dat
die polisie nie omgegee het nie omdat die slagoffers bruin was. Abram
was siedend oor al die bronne wat ontplooi is vir Ebbie en die twee
seuns wat deur Jakob de Koning vermoor is. Hy was uit beginsel uit nie
lus om saam met die polisie te werk nie."

Ami bedank Ilse en lui af. Dan bel sy vir Geo.

Hy antwoord dadelik, mense wat opgewonde om hom praat.

"Pla ek?"

"Nee wat, ons drink 'n bier. Een of ander script kiddie het gedink hy
gaan by RBI inbreek met nonsens wat hy op 'n YouTube-video geleer
het. Ek's amper op pad na jou plek toe."

Sy kyk op haar horlosie. Dis huistoegaantyd. "Sê my, hoeveel moet ek
jou betaal vir jou dienste?"

"Watter dienste? Want ek hét 'n pryslys begin saamstel, net dat jy
weet."

Sy lag. "Die nommerplate waarvan ek gister gepraat het? Ek het nog
'n klomp foto's by Ryan Joubert gekry. Mac gaan al die motors se nom-
merplate laat nagaan – nie net dié van die VW nie. Dink jy ons kan
dieselfde doen? Sy sal my beslis niks laat weet nie, al is ek die een wat
die foto's in die hande gekry het."

"Ek dink dis moontlik, ja." Geo loop uit die geroesemoes. "Ek kan
jou nou reeds sê dat die paneelwa heel waarskynlik aan De Koning
behoort. Die dele van die nommerplaat wat ons kon eien, stem ooreen
met die paneelwa wat by sy hofsaak betrek is. Die staat kon twee van
sy slagoffers met die voertuig verbind."

Ami oorweeg die inligting.

Dit bevestig dat die pedofiel wel in die buurt was die oggend toe Ebbie Gouws verdwyn het. Maar hoekom dit nooit erken nie? Was hy dus wel op een of ander manier betrokke, of weet hy iets wat hy nie mag of wil sê nie?

Hy het vanoggend aangedui dat hy sal help – teen betaling.

Ami wonder of sy die aanbod moet heroorweeg – nie vir haar storie nie, maar om uit te vind wat met Ebbie gebeur het.

Sy sug voor sy kan keer.

"Jy okay?" vra Geo.

"Soort van. Ek het Jakob de Koning toe uiteindelik ontmoet. Ek weet ek moenie, maar ek het lanklaas so gegril. Ek het nie 'n ander woord daarvoor nie."

"Skuim van die aarde. Hulle bestaan." Geo maak 'n deur oop, toe. "Sit jou rekenaar af en gaan huis toe. Ek kry jou daar."

Sy groet en beëindig die oproep. Pak haar rugsak. Haar foon lui net toe sy wil loop.

"Ami Prinsloo."

"Gouws." 'n Oomblik se huiwering, die stem onwillig. "Wikus Gouws."

Sy gaan sit. Wragtig. Ebbie en Kerneels se pa. Dieselfde pa wat beweer dat hy bloot toevallig in Suid-Afrika was toe Ebbie verdwyn het.

"Dankie dat jy terugbel. Ek wil graag met jou gesels. Kerneels sê jy is tans in Pretoria."

Wikus mompel 'n verwensing. "Ja, maar ek wil niks met hierdie gemors te doen hê nie. As Ester net wil . . . Ek kan nie glo sy praat weer met julle spul nie."

Soos gewoonlik ignoreer Ami die belediging. Sy verduidelik dat Paul dood is en dat dit heel waarskynlik die laaste keer is dat iemand die Gouwse sal pla.

"Ons kyk vir oulaas na Ebbie se saak. Ek sal dit so vinnig en pynloos as moontlik maak."

Daar is 'n lang stilte waarin sy die man se weerstand kan aanvoel.

Dan sê hy: "Donderdagmiddag by Ester. Vyfuur. En ek waarsku jou sommer nou: Ek vlieg die naweek terug Sydney toe, so ek het nie baie tyd nie."

4

Ami en Geo werk die aand deur Ryan Joubert se foto's. Sy druk hulle uit, en Geo plak enige beeld wat 'n gedeelte van 'n nommerplaat wys teen haar gastekamer se muur. Soms moet hulle drie of vier foto's bymekaar groepeer om 'n volle nommerplaat te identifiseer.

"Dit maak dit ses motors." Hy beduie na die lys wat hy begin saamstel het. "Wat as al hierdie voertuie bloot aan die buurt se mense behoort?"

"Dan weet ek nie," gee sy toe. "Ons is op soek na mense wat nié hoort nie, en om hulle op te spoor gaan moeilik wees."

"Presies. Wat as iemand sommer net die nag oorgeslaap het? Kêrels? Meisies? One-night stands? Of familie – soos hierdie Joubert-gesin wat vir die oupa kom kuier het."

"Ja, jy is seker reg, maar op dié stadium is die leidrade dun en min. Hierdie is ten minste iets om te doen."

Sy vang die laaste van die foto's by die drukker. Mor: "Kos my 'n fortuin aan ink. Blerrie Mac. Sy't nie eers daaraan gedínk om dankie te sê vir die lead nie."

"Het jy dankie gesê vir die gesprek met De Koning?"

Sy probeer onthou wat vanoggend gebeur het. "My inherente goeie maniere sou gemaak het dat ek dit doen."

Hy lag uit sy maag.

Sy leun oor en soen hom op sy mond, sy baard wat haar neus kielie. "Tyd vir daai Turkse baard-trim, of wat ook al jy dit noem."

"Jy't nie vroeër gekla nie."

Sy soen hom weer. "Dankie vir jou hulp. Al is jy so besig. Ek hoop ek sê dit genoeg."

Sy kyk na hom, beide van hulle kaalvoet en in jeans. Sy voete is bruingebrand van die vorige naweek se visvang. Hare het duidelik lanklaas die son gesien. Dalk moet sy iets daaraan doen. Dis verbasend lekker om saam met Geo langs die water te sit – see of rivier, maak nie saak nie. Sy lees gewoonlik 'n boek of gaan draf lang ente terwyl hy aas uitgooi.

"Maak môreaand vir ons kos, dan is jou skuld betaal," sê hy. "Ons kan nie aanhou om van my kookkuns en Woolies-hoenders te leef nie."

Sy knik. Hy is seker reg. "By jou plek?"

"Ja. En dan gaan jy uiteindelik vir my moet antwoord oor Sondagmiddagete by my ma."

"Ek hou aan hoop jy gaan vergeet as ek lank genoeg stilbly."

"Jy misgis my vir jou ander, dommer boyfriends."

"En hoe verlang ek nie nou na hulle nie."

Hy lig sy wenkbroue gemaak verontwaardig.

"Ja, ja, orraait, ek sal gaan. Sê maar ja vir enige Sondag. Onthou net – jy skuld my 'n kerkdiens wanneer my pa preek. En ek sal sorg dat ek die een kies waar hy oor sonde praat. Die hel en die apokalips en die ewige verdoemenis. Al daai lekker heilsame goed."

1

Ami sluip by die oggend se nuusvergadering in. Die raadsaal is vol en sy moet agter in die hoek inskuifel terwyl Ephrahim deur die dag se verwagte stories draf.

Hy stop in die middel van sy sin toe haar rugsak die vloer tref. "Hoe gaaf van jou om by ons aan te sluit, Ami. Waar staan ons nou? Een keer 'n week, as ons gelukkig is?"

Sy lig haar hand en bied 'n stom verskoning aan. Sy en Geo het eers ná eenuur in die bed geklim, en hulle het maar moeilik opgestaan van-oggend. Buitendien, sy haat vergaderings. Meestal is dit bloot 'n mors van tyd. Ephrahim weet mos waarmee sy besig is.

Die nuusredakteur draai na die groot skerm regs van hom en praat via Zoom met Nuus360 se Kaapse joernaliste oor wat in die parlement gebeur. Dan sluit hy die vergadering af.

"Ami, bly gou agter."

Sy staan nader toe almal uit is. "Jammer ek was laat. Ek het –"

Ephrahim waai haar woorde ongeduldig weg. "Ons het vroeg van-oggend 'n oproep gekry. 'n Vermiste seun. Sy pa kla die polisie doen nie genoeg nie. Hy hoop seker 'n storie sal druk op hulle sit om vinniger te beweeg."

Hy gee vir haar 'n pers Post-it-nota wat sê *Louis van der Merwe*, gevolg deur 'n selnommer. "Het jy tyd om dit op te volg? Wat gaan aan met die Ebbie Gouws-storie?"

"Dit staan bietjie stil, maar hopelik gebeur daar binnekort iets. Any-way, ek het tyd, ja."

"As daar teen oormôre niks vars is nie, moet jy aanbeweeg. Ek het vir

Roelien op gister se geldwaroof gesit, maar sy gaan volgende week met verlof en dan moet jy orals kan raakvat."

"Nóg 'n roof?"

"Ja. Roelien sê dit klink asof dit dieselfde ouens is as met jou storie op die N1 laas week. Militêr opgelei, balaklawas, AK's, duur wegkommotors."

Sy knik. "Okay. Ek sal probeer druk met die Ebbie-storie sodat my dagboek volgende week oop is."

"Is Paul de Jager se gedenkdiens nie volgende week nie?"

"Ja."

"Jy gaan seker vir ons iets doen."

Sy kon dit geraai het. "Ek gaan in my persoonlike hoedanigheid."

"Jy het De Jager destyds gekontak as joernalis van hierdie nuusdiens, so ek wil 'n artikel hê. 'n Deeglike een." Ephrahim se effense glimlag versag sy woorde. "Hoe gaan dit met jou? Ek weet julle was vriende."

"Goed. Moenie worry nie." Sy haal haar skouers op. Dit sal beter gaan as almal haar nie heeltyd aan Paul se dood herinner nie. Vreemd genoeg het sy net vanoggend gewonder of hy haar nie die Ebbie-storie gegee het om te sorg dat sy nie sit en tob oor sy dood nie.

Dalk het die blerrie man haar beter geken as wat sy haarself ken.

By haar lessenaar bel sy vir Louis van der Merwe.

Hy antwoord dadelik, sy stem angstig.

"Ek wil jou graag kom sien," sê sy. "Waar bly jy?"

"Hier in die Moot. Pretoria. Weet jy waar dit is?"

Sy word stil. Dink aan waar sy gister was. Aan Jakob de Koning.

Nee wat. Kan nie wees nie. Niemand is só dom nie.

Maar gaan dit werklik oor slim wees? Wat as De Koning homself bloot nie kan beheer nie?

Sy reël om Van der Merwe dadelik te gaan sien.

Tien minute later brul die Triumph deur die verkeer, op pad Pretoria toe.

2

Ami parkeer haar motorfiets voor 'n huis wat baie soos Ester Gouws s'n lyk – ouer, maar redelik goed opgepas, en met 'n groot tuin wat baie aandag verg en dit kry.

Sy kyk op haar foon om te sien hoe ver Jakob de Koning van hier af bly. So om en by tien blokke.

Sy skud haar kop. Nee wat. Die man kan wragtig nie so onnosel wees nie. Buitendien is hy op parool. Die polisie weet waar hy bly en was seker reeds by hom.

Sy soek na 'n interkom of so iets by die hek, maar sien niks nie. Moet sy bel?

Sy wil net haar foon uithaal toe die groengeverfde motorhek oop-skuif. 'n Man in sy dertigs loop tussen die twee Toyota-bakkies deur wat onder die afdak staan. Die nuwer model staan met die enjinkap oop; die ander een is minstens twintig jaar oud.

Louis van der Merwe se klam rooiblonde hare is netjies teruggekam. Hy gee lang treë in 'n blou oorpak met glimstrepe om die kuite en arms, swart veiligheidstewels aan sy voete en 'n oliegevlekte lap in sy hande. Hy het 'n stewige maag en 'n goedige, ronde gesig wat mens seker gewoonlik sal uitnooi om by hom te ontspan. Vandag is dit egter vertroebel met bekommernis.

"Môre. Jammer ek vat so lank. Ek sukkel met die geyser. Asof dinge nie sleg . . ."

Sy woorde droog op as hy probeer om sy emosies onder beheer te kry.

Ami maak of sy nie sien nie. Ondervinding het haar geleer dat mans soos hy nie openlik sal huil nie. Hy het waarskynlik 'n vrou en nog kinders en hy sal reken dat hy moet sterk bly vir hulle.

Hy neem haar na 'n sitkamer wat ewe donker voel as sy gemoed. Hy trek die swaar gordyne oop en die son sypel in. Verhelder vir 'n oomblik die stof in die lug.

Sy hande hou aan vee-vee aan die lap. "My vrou het bietjie gaan lê. Ons huisdokter was hier en hy't vir haar iets gegee om te slaap. So dis net ons. Ek hoop dis okay."

Hy gaan sit. Spring weer op. "Wil jy koffie hê?"

Ami knik. Dalk sal dit help as sy hande besig bly. "Ek kom saam, dan gesels ons sommer terwyl die ketel kook."

Die kombuis is ruim, met nuwe wit teëls op die vloer, die sement nog skaars behoorlik afgewas. Sy gaan sit op 'n kroegstoel by die toonbank.

Die wasbak is vol skottelgoed, en Van der Merwe moet twee bekers was voor hy die ketel aansit.

"Ek onthou jou van die Liela Oloffson-storie," praat hy oor sy skouer. "Die artikels oor die brand by daai moordenaar se huis. Het die polisie toe ooit iemand gearresteer?"

Dié onlangse storie oor die vermiste aktrise was een van die grootstes van Ami se loopbaan.

"Nee," sê sy. "Die brand het al die bewyse vernietig."

Hy knik asof hy verstaan, maar sy wonder of hy enigsins hoor wat sy sê.

"Vertel my wat gebeur het," vra sy terwyl hy koffiepoeier in die bekers skep.

Van der Merwe sluk merkbaar, sy mond wat 'n bitter trek kry. "Nardus is . . . Nakkie . . . het eergister by 'n maatjie gaan krieket speel. Dis net hier om die hoek, twee strate aan. Hy en David Stuurman is saam op skool, en hulle speel gereeld by mekaar. Ons hou baie van David. Hy en Nakkie is al twee baie soet en altyd bereid om te help."

Sy haal haar notaboek uit haar rugsak. "Wanneer was hierdie presies?"

"Maandag ná skool. Nakkie is elf en in graad vyf, so hy weet om versigtig te wees. Nie net vir karre nie, maar ook vir . . . vir mense."

Van der Merwe vryf oor sy neus, buk dan af en soek na iets in een van die kaste.

"Hoe laat is hy hier uit?" vra sy.

162

"So drieuur se kant."

"En het hy wel by die Stuurmans aangekom?"

"Ja. Maar hy moes vyfuur terug wees vir bad en aandete en hy't nooit opgedaag nie. My vrou is na die Stuurmans en hulle het gesê hy's reeds voor vyf daar weg."

Ami skryf die besonderhede neer. "Wat sê die polisie?"

Van der Merwe kom orent, 'n pak suiker in sy hande. "Hulle het eers die aand hier aangekom – 'n speurkonstabel en 'n uniform. Van hier af is hulle na die Stuurmans se huis. Sover het hulle boggerol gekry. Maar Nakkie kan tog nie net so verdwyn het nie. Ek bedoel, iemand moes iets gesien het. Die buurt is wel stillerig op weeksmiddae, maar ook nou nie dood nie."

Hy vee oor sy neus, snuif. "Ons het eers gehoop iemand wil dalk geld hê, jy weet. Mense word mos deesdae wild en wakker ontvoer. Maar niemand het nog iets laat weet nie. En dis ook nou nie asof ons baie het nie. Daar is geen rede om ons te target nie. As daar iets moois in hierdie huis is, is dit omdat ons dit met ons eie hande gebou het."

Sy oë blink van trane toe hy na haar kyk. "Hoekom praat die polisie nie met julle nie? Hoekom soek hulle nie deur al die huise hier rond nie?"

Ami kan nie help om aan Ebbie se verdwyning te dink nie. "Het jy die Pink Ladies gekontak?"

"Die mense wat na missing kinders soek? Die konstabel het vir my hulle nommer gegee. Hulle kom vanmiddag, maar hulle het reeds 'n pamflet en iets op Facebook uitgesit."

Hy maak die suiker oop. Mors meeste op die toonbank.

"Fok." 'n Vinnige kyk na haar. "Skies."

Sy staan op, gryp 'n lap by die wasbak en help om skoon te maak. "Moenie worry nie."

Hy gooi 'n teelepel suiker in een beker. Hou die teelepel op in 'n vraag aan haar.

"Twee, asseblief."

Hy vou die suikerpak toe, sy oë wat die tuin buite die venster fynkam. "Daar's soveel . . . Soveel slegte goed gebeur deesdae met kinders. Wat as my kind . . . Ek moes Nakkie nooit alleen laat loop het nie. Dis als my skuld!"

Sy stem breek en hy draai weg van haar.

Ami sit haar hand op sy arm. Voel hoe sy lyf ruk soos hy geluidloos huil. Sy weet dit gaan niks help om nou te probeer troos nie.

"Ek sal my bes doen om julle te help. Kan ek asseblief 'n foto van Nakkie kry? En die speurkonstabel se naam en nommer?"

"Ja. Die foto is . . . daar is 'n foto in sy kamer."

Sy neem haar koffie en loop saam met Van der Merwe in die gang af. Nakkie se kamer lyk soos mens sou verwag van 'n sportmal seun. 'n Onopgemaakte bed, met plakkate van die Proteas en Springbokke teen die mure en 'n skaatsplank by die deur. In die hoek lê 'n krieketkolf en beenskutte langs 'n skoolsak.

Sy drink haar koffie terwyl Van der Merwe 'n foto van sy seun uit sy kas opdiep.

Sy kan nie ophou om aan De Koning te dink nie. Sy ril onwillekeurig. Sy het 'n diep vrees in haar oor hierdie kind. Oor waar hy is en wat met hom gebeur het.

Dis Woensdag en hy is al amper twee dae lank weg. Wat is die kans dat hy nog leef?

Ami vind die naaste Seattle-koffiewinkel in die Moot.

Sy bestel 'n americano en bel Kevin Naidoo, die speurkonstabel wat na Nakkie van der Merwe se verdwyning kyk. Sy stel haarself bekend, verduidelik dat Louis met haar gesels het, en sê dat sy besig is om 'n artikel oor die seun te skryf.

Die polisieman klink diep ongelukkig oor haar betrokkenheid.

"Ek het geen kommentaar nie. Dis werklik jammer dat meneer Van der Merwe voel hy moet die media betrek. Ons is besig om 'n handvol leidrade op te volg. Ek hoop nie jou artikel gaan ons ondersoek in die wiele ry nie."

Nes hy, lewer sy geen kommentaar nie. Sy gaan doen wat Nakkie se pa haar gevra het om te doen. Maar sy weet ook dat 99% van familie-lede ontevrede is met die tempo waarteen die polisie beweeg, maak nie saak hoe hard hulle werk nie. As iets so diep en brutaal aan jou sny, kom geen antwoorde vinnig genoeg nie.

"Kyk julle na Jakob de Koning as 'n verdagte in Nakkie se verdwy-ning?" vra sy.

Die lang stilte verklap meer as enige woorde.

"Ek het geen idee waarvan jy praat nie," sê Naidoo uiteindelik. "Soos ek sê, ons volg talle leidrade op. Totsiens, juffrou Prinsloo."

Sy skryf haar storie klaar en laai dit op die Nuus360-stelsel. Daarna pak sy haar rugsak in die hoop om huis toe te gaan.

Sy beskou weer Nakkie se foto. Windskewe voortande, kortgesnyde rooiblonde hare, nes sy pa, met daai pynlik reguit geknipte kuif soos ma's soms sny. Lang kouse opgetrek tot onder knopknieë. Grys kort-broek en blou kortmouhemp met 'n blou-en-wit skoolwapen.

Wat as De Koning wel vir Nakkie het?

Hy gaan dit beslis nie aan haar erken nie. En hy sal sekerlik nie so onnosel wees om die kind by sy ma se huis aan te hou nie.

Maar . . . wat as sy ingee en vir De Koning geld aanbied vir wat ook al hy kamtig die dag van Ebbie se verdwyning gesien het? Wat as sy dit as verskoning gebruik om by sy ma se huis in te kom en bietjie rond te kyk?

Sy weier om veel langer te wonder of dit 'n goeie idee is. De Koning het sy slagoffers ná drie dae van aanhouding vermoor. Dit beteken dat daar nog net een dag oor is. 'n Skamele 24 uur.

Ami staan voor die De Koning-huis met R2 000 aan haar lyf, die mid-dagson wat warm op haar rug bak. Sy kan nie onthou wanneer laas sy soveel kontant aan haar gehad het nie. Sy roer ongemaklik in haar skoene, en dis nié net oor die geld nie. As Ephrahim uitvind waarmee sy besig is, mag hy haar net dalk afdank.

Sy kan egter nie vir Louis en Nakkie van der Merwe uit haar kop kry nie. Dis nes sy nie een keer die afgelope paar dae met Paul Krugerstraat langs Moot toe gekom het nie. Sy weier om dieretuin toe te ry en dan die pad oor die koppie te volg met die hoërskool na links.

Dis te veel onthou daai.

Die eerste kind oor wie sy geskryf het se lyk is daar gevind, en daai sesjarige meisie spook nou nog by haar.

Van almal onthou sy kinders en desperate grootmense die beste. Die kinders met hulle onskuld en die volwassenes wat so hard probeer om kos op die tafel te sit en dan iewers heen gelok word met die belofte van werk, net om met hulle lewens te betaal vir daai stukkie hoop.

Sy skud haar kop om van die gedagtes ontslae te raak en maak die tuinhekkie oop. Nes laas skuur die staalraam hard oor die sement; waarsku die huis se inwoners dat iemand op pad is.

Vir 'n kortstondige oomblik voel dit asof sy by 'n leeuhok instap, maar dan trek sy haar skouers terug en loop doelgerig voordeur toe. Mens kom nêrens as jy bang is nie, en Ebbie en Nakkie het iemand nodig wat weier om aan die vrees oor te gee.

Sy klop aan die deur.

Voetstappe kom nader maar skuifel dan weg, asof die persoon aan die ander kant van die loergat nie gehou het van wat hulle sien nie.

Sy klop weer. Roep: "Meneer De Koning? Jakob? Ek het gedink oor wat jy vroeër gesê het. Ek wil graag betaal om te hoor wat jy weet."

Sy wag. Hoor uiteindelik ander, harder voetstappe.

Die voordeur swaai oop. De Koning staan op die drempel, een hand op die deur en die ander in sy jeans se sak.

Die jeans kort 'n goeie skrop. De Koning ook.

Ami verban die gedagte uit haar kop. Help niks om aggressief of weerspannig te wees nie.

De Koning haal sy hand uit sy sak asof hy verwag dat sy hom dadelik gaan betaal. Sy wil egter by die huis in, op soek na tekens van Nakkie.

Sy beduie na die sitkamer agter hom. "Mag ek binnekom?"

Hy lek oor sy lippe en vee vinnig oor sy ongekamde hare. Gee 'n kyk oor sy skouer, 'n frons wat tussen sy oë verskyn. 'n Ontevrede trek van sy bolip verklap jare lange swak tandsorg in die tronksisteem.

Dis asof Ami die temperatuur kan vóél styg.

De Koning se frons laat skiet uiteindelik en hy staan eenkant toe. "Kom ons gaan gesels daar agter. Het jy weer smokes gebring?"

Sy knik. Sy het 'n nuwe pakkie Marlboro's gaan koop voor sy gery het.

Sy soek om haar heen terwyl sy agter De Koning aanloop. Die huis lyk nes gister. Deurmekaar, vuil skottelgoed in die sitkamer en kombuis, rommel en papiere op die tafels en toonbanke.

Nes laas beweeg hulle by die agterdeur uit tot op die gekraakte sementblad, die helder son wat voel asof dit haar ontsmet.

Sy sit haar rugsak en valhelm by haar voete neer. Weet sy wil nie baie tyd hier spandeer nie.

Sy wonder hoe om te begin. Besluit dan die geld sal die beste werk. Sy het die R2 000 in drie gedeel. Dalk is die R500 in haar linkersak genoeg om De Koning te oorreed.

Sy spits haar ore vir enige geluide van binne die huis, maar hoor niks nie. Waarheen sou Annemarie de Koning verdwyn het?

'n Warm bries roer deur die blare van die groot avokadoboom. Sonbesies sing hard en aanhoudend.

Sy haal die kontant uit haar sak – vyf blou honderdrandnote. Hou dit in haar hand soos aas.

"Ek wil graag hoor wat jy daardie Sondagoggend gesien het toe Ebbie Gouws verdwyn het. En dit help nie jy stry nie. Daai foto's lieg nie."

Sy haal die sigarette uit haar rugsak en sit dit by die geld.

De Koning lyk asof hy dit by haar wil gryp, maar dan bedink hy hom. Hy druk sy hande terug in sy sakke.

"Wat ek gesien het, kan jou storie baie help. En ek het daai tyd niks gesê nie, want ek gee niks om vir die blougatte nie. Hulle is useless en skelm. Hulle sou dit net teen my gebruik het."

Hy kyk na die geld. Stoot sy ken uit en skud sy kop.

Sy trek haar gesig onwillig, vis nog twee blou note uit haar rugsak. "Ek kan R200 bysit, maar dis al wat ek het."

Sy hou haar hand uit, beslis, seker – haar laaste aanbod.

Hy lyk steeds ontevrede, maar dan gryp hy die geld en sigarette.

Die note verdwyn in sy hempsak. Hy maak die sigarette oop. Laat val die plastiek by sy voete en dop die eerste Marlboro uit die pakkie. Steek dit aan met vuurhoutjies wat hy uit sy broeksak delf.

Hy trek aan die sigaret, hoes diep en rou.

Ami haal haar foon uit haar jeans se sak en laat dit lyk asof sy die klank afstel. Sy maak egter die opnemer-app oop en skakel dit aan. Druk die foon terug in haar sak. Alles wat sy vandag hier doen, grens in elk geval aan oneties, so sy kan De Koning netsowel opneem sonder dat hy weet.

"Vertel my wat jy daai Sondag gesien het."

Hy trek gulsig aan die sigaret. "Ek was naby waar Ebbie verdwyn het. Ek het . . . ek was op pad na 'n pel toe."

Daar is 'n stilte wat sê hulle al twee weet hy lieg.

"Ek was bo by die parkie. Ebbie se boetie . . . die enetjie met die hare wat so opstaan?"

Ami knik, maar noem nie Kerneels se naam nie.

"Anyway, hy is kafee toe, en toe gaan hy terug huis toe, en toe gaan hy weer kafee toe. Hy was op rollerblades. Tussenin sy hele op-en-af het daar 'n wit Kombi by die kafee gaan park. Dit was nie 'n panel van soos myne nie. Meer een vir mense? En dit was bietjie nuwer, en warmge-maak. Anyway, 'n man het uitgeklim en Kerneels het sy gat af geskrik. Hy't skielik spoed aangesit en opgeskiet met die pad, na my kant toe. Ek kon sien hy wou moerse vinnig wegkom van daai ou af."

De Koning teug weer aan die sigaret.

"En toe? Wat gebeur toe?"

"Niks wat ek weet nie. Ek het die pad gevat. Maar dit het gelyk asof die man die laaitie wou chase."

Ami wonder of sy hom kan glo. Was daar werklik 'n tweede Kombi in die buurt?

Dan dink sy aan Ryan Joubert se foto's. Tot dusver kon sy en Geo nog net een wit Volkswagen Kombi uitsonder – 'n werkesel wat lyk asof dit baie kilometers op die klok het.

Soos De Koning praat, moet dit syne wees.

"Waar was Ebbie terwyl al hierdie aan die gang was?"

"Ek weet nie. Ek het hom nooit gesien nie. Dalk het hy eers later by die huis uitgekom. Dalk nooit nie. Who knows."

Sy vind dit interessant dat De Koning weet waar die Gouws-broers se huis was én hoe hulle lyk, maar besluit om niks te sê nie.

"Die man in die Kombi – hoe het hy gelyk?"

"Kwaai muscles, swart leerbaadjie soos 'n biker. Scary fokker."

Ami wonder of hy die ironie van sy woorde snap. "Het jy enige iets gehoor? Het die man iets gesê?"

De Koning trek sy skouers op. "Ek was 'n hele ent weg, daar bo by die parkie, so nee."

Hy gooi die sigaret neer en trap dit dood. Kyk na haar asof hy klaar gepraat het en sy moet waai.

"Het jy die kafee-eienaar ook gesien?" vra sy.

"Kan nie onthou nie."

"Wat van hierdie biker-ou met die leerbaadjie? Hoe ver het hy Ker-neels gevolg?"

"Luister jy nie? Ek sê mos ek het gery. Laaste wat ek gesien het, het

Kerneels gat skoongemaak, weg van die kafee en sy huis, in my rigting."

Ami wonder wat om daarvan te dink. Hoekom sou Kerneels nie huis toe gaan as hy bang was nie?

"Is daar nog iets?" vra sy. "Dink mooi. Enige iets kan help."

"Daar's niks nie. Ek is huis toe, en toe hoor ek die volgende dag dat Ebbie Gouws missing is en die kleinboetie net sulke lang trane huil." Hy beduie na die agterdeur. "Dis dit. Dis al wat ek weet. Jy moet nou gaan. My ma slaap."

Die leuen is swak aanmekaargesit en nog swakker opgedis.

Ami ignoreer dit.

"Daar het Maandag 'n seun hier naby verdwyn. Nakkie van der Merwe. Weet jy iets daarvan?"

De Koning se oë rek vinnig, vlugtig. Trek dan toe agter 'n hardheid wat haar laat skrik.

"Was die polisie hier by jou oor hom?"

"Wat de fok is hierdie? 'n Trap? Werk jy saam met die cops?"

"Was hulle hier?" Sy buk af. Tel haar rugsak op en gooi dit oor haar skouer.

"Natuurlik was hulle hier," blaf hy. "Wat dink jy? Mense soos ek is mos altyd skuldig! Ek's laas geframe en nou gaan ek seker weer geframe word."

Hy steek 'n wysvinger herhaaldelik, woedend in haar rigting. "Skryf dit in jou stories. Die cops is useless en dan klim hulle op mense se case wat lankal hulle skuld betaal het!"

Ami knik bloot vir die man wat aanhou om homself te weerspreek. As mens reken jy't jou skuld betaal, was jy mos allesbehalwe onskuldig.

Sy gryp haar valhelm en gee haastig pad – deur die kombuis en uit by die voordeur.

Die deur slaan agter haar toe asof De Koning vergeet het sy ma slaap kamtig.

Op pad na die Triumph knoop sy die laaste beelde van die huis in haar geheue vas.

Die tuin . . . Die kombuis . . . Die sitkamer . . .

Die kombuis.

Op die toonbank was daar 'n NikNaks-pakkie, twee stelle fireballs en 'n handvol suigstokkies. Dis nie die tipiese lekkergoed vir ouer mense nie. Sou De Koning na suiker smag ná al die jare in die tronk, of dui die spul soetgoed op iets veel meer duister?

.

Ami ry na Salim's Corner Café.

As sy Jakob de Koning kan glo, was daar twee wit Kombi's in die omgewing van Snymanstraat die Sondagoggend wat Ebbie verdwyn het. Nou is die vraag watter een Salim Moosajee gesien het. Soos dit vir haar klink, was dit nie De Koning s'n nie.

Die kafee-eienaar knik vir haar toe sy inloop.

Sy haal haar selfoon uit en maak 'n foto van De Koning oop. Dis 'n nabyskoot van die pedofiel, geneem in 2000 op die dag toe hy gearresteer is.

Sy draai die foonskerm na Moosajee. "Is dit die man wat jy buite die kafee gesien het toe Kerneels Gouws die oggend hier in is?"

Die ou man kruis sy arms waar hy agter die toonbank sit. Hy kyk na haar met misnoeë, asof hy op hierdie Woensdagmiddag veel beter dinge te doen het as om deur haar ondervra te word.

"Dit was mos jare gelede. Hoe sal ek nou onthou?"

"Kyk mooi, asseblief. Dis belangrik."

"Die polisie het ook foto's hier aangebring en ek kon nie sê nie – nie met sékerheid sê nie. Daai generaal van jou was self hier."

Sy leun oor die gladde, blinkgevatte toonbank. Hou die foon sodat hy mooi kan sien, De Koning se beeld groot op haar iPhone.

"Asseblief."

Moosajee sug. Hy sit vorentoe, oë wat skreef soos hy na die foon tuur.

"Nee." Dan: "Ek weet nie. Ek kan nie sê nie."

"Jy hoef nie honderd persent seker te wees nie. Ek's nie die polisie nie, en ek sal niks skryf nie. Wat jy vir my sê, gaan niemand tronk toe stuur nie."

Die ou man frons asof hy haar nie glo nie.

"Regtig nie."

Ná 'n lang huiwering kyk hy weer na die foto. "Ek dink nie dit was hy nie, nee. Die man wat ek gesien het, was ouer en bietjie frisser. En sy klere was duurder."

Hy druk sy ken in die rigting van die foon. "Is dit Jakob de Koning? Ek het van hom gelees toe al daai stories oor die kinders uitgekom het."

"Dis hy, ja." Ami beduie na die ingang van die kafee. "Het die man wat hier was uit 'n wit paneelwa geklim?"

"Dit weet ek nie. Dis nes ek destyds gesê het. Ek het gesien daar het 'n Kombi hier onder kom parkeer. 'n Wit Volkswagen. Maar ek weet nie wie dit bestuur het nie. Ek het dit vir die polisie ook gesê." Sy hande stippel dit uit. "Ek het die Kombi gesien en ek het 'n man gesien. Apart van mekaar, en net vir 'n oomblik. Ek kan nie belowe die twee hou met mekaar verband nie, en ek gaan niemand in die moeilikheid kry omdat ek raai nie. Allah sal dit nie vergewe as ek iemand so 'n onreg aandoen nie."

"Het die polisie ooit uitgewerk wie die man was wat daai oggend hier was?"

Moosajee skud sy kop ongeduldig. "Ek het jou laas al gesê. Ek weet nie. En hoekom sou hulle vir my kom sê as hulle hom gekry het?" Hy vee oor sy lang grys baard.

"Maar jy's seker van die wit VW Kombi wat hier was."

"Ja."

"Maar nie of dit 'n paneelwa was en of dit eerder mense vervoer het nie?"

"Nee. Ek het net die voorkant van die Kombi gesien. Dit het hier on- der gestaan." Hy beduie uit met die deur, na regs. "Ek onthou dit goed, want ek moes saam met jou generaal na foto's van sulke bussies kyk."

"Was daar enige iets spesiaal aan die Kombi? Die deel wat jy wel kon sien?"

"Ek dink daar was 'n besigheid se logo op die deur, maar ek kon nie mooi sien nie. Ek moes werk. 'n Kafee maak nie self geld nie," sê hy kortaf.

Ami bêre haar foon. "Dankie baie."

"Jy skryf niks nie, nè?"

"Nee," belowe sy plegtig. "Ek skryf niks."

5

Ami draf met die trappe op na haar woonstel. Steek in haar spore vas. By die voordeur leun die drie weduwees in gelid teen die muur.

Van almal lyk Kareemah asof sy die minste hier wil wees. Sy is aangetrek asof sy op pad is na iewers veel meer opwindend as om met Ami te praat. Stywe blou jeans, 'n lang wit oorhanghemp en rooi hoëhakskoene, oë weggesteek agter 'n swart-en-goue sonbril.

Sy vee oor haar uitgeblaasde hare, die ongeduldige gebaar wat 'n leë ringvinger verklap, anders as die groot diamant van vroeër.

Ilse lyk gelate.

En Mac – wel, die vrou lyk soos altyd, dreigend en broeiend soos 'n Hoëveld-donderstorm.

"Middag, dames," groet sy, gemaak vrolik. "As ek geweet het julle is op pad, het ek lankal die ketel aangesit."

Mac kyk op haar horlosie. "Vir wat vat jy so lank uit Pretoria uit?"

Ami frons. Hoe de hel weet die vrou waar sy was?

Sy soek na 'n antwoord op Mac se gesig, maar vind net 'n spottende glimlag.

Ilse tut met haar tong asof hulle kleuters is. "Kom ons gaan in. Ek's lus vir 'n koppie tee."

Toe hulle almal om die tafel sit, vra Ami: "Is Delia nie genooi nie?"

"Nie terwyl sy dink dat een van ons Paul vermoor het nie, nee," sê Mac. "Ons is buitendien hier oor Ebbie. Ek het gedink dis tyd dat jy vir almal vertel wat jy tot dusver uitgevind het."

"Hoekom doen jý dit nie? Jy weet wat ek weet."

Mac se mond trek suur. "Sê wie?"

Ami sluk haar ongelukkigheid. Som dan die bietjie inligting op wat sy intussen bymekaargemaak het.

"Mac soek nou na enige voertuie op Ryan Joubert se foto's wat nie daardie Sondag in die buurt gehoort het nie." Sy drink aan haar koffie.

"My gesprek vanmiddag met Jakob de Koning het nog iets interessant opgelewer."

Mac sit vorentoe, asof dit die stukkie inligting is waarop sy gewag het. "Het jy toe betaal om te hoor wat hy te sê het?"

Ilse kyk na Ami asof sy hoop om te hoor dat Mac jok.

Ami lig haar hande in verweer.

"Ek en Mac het De Koning gister gaan sien. Hy het gesê hy't inligting wat hy teen betaling aan my sal verskaf. Ek het ingegee, maar nie vir 'n storie nie. De Koning erken dat hy wel in die buurt was die oggend van Ebbie se verdwyning, en wel in sy Volkswagen-paneelwa. Soos ek aflei, was hy daar vir Kerneels, en nie vir Ebbie nie, al praat hy om dit. Anyway. Kerneels het blykbaar vir 'n man by die kafee, ook in 'n wit Kombi, geskrik en gevlug. Dit klink asof De Koning ewe groot geskrik het en toe die pad gevat het. Hy sweer hy't nooit vir Ebbie gesien nie."

Kareemah sit haar rooibostee neer. "En jy glo hom?"

"Ek dink nie hy't rede om te lieg nie." Ami kies haar woorde versigtig. "Waaroor ek meer bekommerd is, is dat 'n elfjarige seun Maandag in die Moot verdwyn het. Nakkie van der Merwe. Iets laat my dink De Koning is betrokke. Daar was lekkergoedpapiere in sy huis – die soort lekkers waarvan kinders hou."

Kareemah frons. "Lekkergoedpapiere sê nie veel nie. En selfs De Koning is nie so stupid om 'n kind by sy ma se huis aan te hou nie. En was jy en Mac nie gister binne die huis nie?"

"Ons is deur die kombuis, uit tuin toe. Hy wou rook."

"As die kind daar was, sou hy julle nooit binnegelaat het nie."

"Mac het hom nie 'n keuse gegee nie."

"En jy? Vandag?"

"Selfde roete. Maar ek dink hy sou enige iets doen vir 'n paar rand."

Ilse sit haar hand op Kareemah se arm, kyk amper verskonend na haar. "TV-programme wil mens wysmaak dat die slegte ouens baie slim is. Meestal is dit nie die geval nie. Selfs iemand soos De Koning wat destyds redelik fyn beplan het, reageer op die ou einde op impulse wat hy heel waarskynlik moeilik kan beheer."

Sy draai na Ami. "Is hierdie seun die enigste kind in die gesin? Gewillig om te help – te please – en stillerig, so half op sy eie?"

"Is dit De Koning se . . . se tipe?"

"Ideaal gesproke, ja."

Ami dink aan wat Nakkie se pa gesê het. "Ek is nie seker of hy die enigste kind is nie, maar die res . . . Dis heel moontlik, ja."

Ilse maak haar oë vir 'n oomblik toe.

Mac trek haar baadjie uit en hang dit oor die stoel se rugleuning. Daar is 'n fyn silwerketting om haar nek en haar wit hemp is gekreukel. "Die Moot-speurders was by De Koning. Hulle het niks gekry nie."

Ami knik net. Mac weet dus heelwat meer van Nakkie se verdwyning as sy.

"Dis nou net jammer die inwoners van die Moot weet nie van De Koning nie," praat Mac verder. "Nakkie se pa inkluis." Sy kyk reguit na Ami. Hou oogkontak.

"Helga!" raas Ilse. "Moenie."

"Moenie wat nie?"

"Moenie dink ek sien nie regdeur jou nie."

Dis dieselfde betekenisvolle blik as gister ná hulle gesprek met De Koning, dink Ami wrang. Hoop Mac wragtig dat sy vir Louis van der Merwe van die pedofiel sal vertel?

Kareemah kyk eenkant toe, haar linkerhand wat die goue armbande om haar regtergewrig al in die rondte draai. "Julle soek moeilikheid."

"Ek gaan mos nie –" begin Ami.

Mac se foon lui.

"Ja?" Sy staan op.

Kareemah gaan spoel haar leë beker in die wasbak uit. Ilse kyk haar besorg agterna.

Ami loer na die sielkundige, lig haar wenkbroue vraend.

"Egskeiding," spel Ilse se mond.

177

Mac lui af. "Een van die motors wat die naweek van Ebbie se verdwyning in die Moot was, behoort aan Wikus Gouws se broer."

Kareemah swaai om. "Wikus het hoog en laag gesweer hy was nie naby die seuns die hele naweek nie, en ons kon nooit die teendeel bewys nie."

"Wel, dan lieg hy," sê Mac. "Of hy het sy broer afgevaardig om soontoe te gaan."

"Om wat te doen? Ebbie te ontvoer?" vra Ilse.

"Sal nie die eerste keer wees dat so iets gebeur nie. Of miskien was Ebbie heel gewillig om saam met sy pa te gaan." Mac bly staan terwyl sy die laaste van haar koffie sluk. "Hoe sal ons nou weet wat regtig in iemand anders se kop aangaan?"

"Paul sê hulle het destyds gekyk," stry Kareemah. "Niemand wat soos Ebbie lyk is landuit nie."

Mac staar na haar asof sy naïef is. "Daar's baie maniere om oor die grens te kom as jy regtig wil. Die plek is soos 'n sif."

Kareemah lig haar hande asof sy wil stry, maar dan is dit asof sy besluit sy het nie die krag nie. Sy draai terug na die wasbak, kyk by die venster uit terwyl sy praat.

"Seker ja. Enige iets is moontlik. Enige iets is altyd moontlik."

6

Dis reeds sterk skemer toe Ami voor Geo se woonstelblok in Linden, Johannesburg, stop. Hy laat haar in en sy parkeer die Triumph langs sy toegewysde garage.

Sy draf op met die enkele stel trappe, haar rugsak volgepak met inkopies. Sy het belowe om kos te maak en het filet, aartappels en groente by Checkers opgetel op pad hierheen. Teen dié tyd weet sy al dat Geo 'n voorliefde het vir aartappels van enige soort.

Hy maak die voordeur oop voor sy kan klop.

Sy lig die inkopiesak uit haar rugsak. "Honger?"

Hy glimlag agter die baard wat ooglopend versorg is vandat sy hom laas gesien het. "Baie."

Hy merk waar sy kyk. Draai sy kop. "Wat dink jy? So handsome soos altyd?"

"Netjies." Sy vee oor die grys wat by sy slape uitslaan. "Ek laaik dié nogal."

"Moenie dink ek weet nie dat ek die jongste ou is wat jy nog ooit gedate het nie."

"Dis dat ek jou kan leer. Reg leer."

"Ha-ha."

Sy loop kombuis toe, Geo agterna.

"Ek's deur die res van die foto's," sê hy. "Ek kon nog 'n paar nommerplate aanmekaarsit."

"Het een van hulle aan Ebbie se oom behoort? Wikus Gouws se broer?"

"Hoe weet jy dit?" Hy klink afgehaal.

"Sorry, man. Mac het my nou net vertel." Sy pak die kos uit op die kombuistafel.

"Het sy jou vertel dat daar twee wit Kombi's was?"

Ami maak ongemaklik keelskoon.

"Dit het ek vandag by Jakob de Koning uitgevind."

Geo mor, druk sy hande in sy kakie-kniebroek se sakke. "Okay . . . Weet jy aan wie die ander Kombi behoort? Die passasiersbus?"

Sy is verlig dat sy nie al sy tyd gemors het nie. "Nee."

Hy maak 'n tevrede geluid agter in sy keel.

Haar hande word stil waar sy die inkopiesak oprol om dit weer in haar rugsak te bêre. "So? Gaan jy my vertel?"

Hy hou sy duim en wysvinger 'n entjie uitmekaar. "Jy moet darem eers bietjie mooi vra."

"Asseblief?" Sy leun oor, soen hom.

"Ag, okay. Ek kan jou seker maar sê."

Hy gaan sit by die tafel terwyl sy die aartappels uit die sak dop. "Die ander Kombi behoort, of eerder, hét aan James Delphine behoort. Dis darem al meer as vyf-en-twintig jaar gelede."

"Wie's dit?"

"Jy sal nie glo wat ek als moes doen om daardie enkele feit op te diep nie. Gelukkig is Delphine 'n redelik unieke van – daar is net ses families in die land. Dit het ook gehelp dat James al twee keer in die hof verskyn het. Aanrandings by nagklubs. Bakleierige soort met 'n vinnige humeur, lyk dit my."

Dit wil vir Ami klink na die man wat Moosajee en De Koning beskryf het.

Geo loop yskas toe en haal 'n bier uit.

Sy stop haarself net betyds om vir een te vra. As dit so warm is, smag sy soms na 'n koue bier. Maar sy kan nie. Nie met haar geskiedenis van te veel en te vinnig nie.

Sy sit die aartappels in die lugbraaier, wag dat Geo verder praat.

"Ek het op Google Maps gekyk waar Delphine destyds gebly het, en dis nie te ver van die Gouwse af nie. Lyk my hy bly steeds daar. Toe begin ek 'n verband soek tussen hom en die Gouwse. Eers het ek gewonder of hy dalk saam met Ester of Wikus gewerk het, maar nie volgens SARS nie, en Jan Taks is gewoonlik op datum met dié tipe van goed. Toe skrik ek uiteindelik wakker en dink aan kinders. Ons is baie gelukkig dat sommige skole nog jaarboeke in die 2000's gepubliseer het. Dit lyk vir my asof Delphine se seun, Derrick, saam met Kerneels op laerskool was. Trouens, hulle was in dieselfde klas."

Ami draai na hom, bottel kanola-olie in die hand. "Nou wat op dees aarde sou Delphine so vroeg op 'n Sondag naby die Gouwse gaan soek het? En hoekom sou Kerneels bang wees vir hom? Volgens De Koning het Kerneels hom gesien en baie vinnig padgegee."

Geo drink aan sy bier. "Geen idee nie. Dis jou departement daai." Hy druk op sy bors. "Feite." Beduie dan met 'n duim in haar rigting. "Spekulasie en raaiskote."

Hy kyk afwagtend na haar.

"Wat?" vra sy.

"Gooi my bietjie met daai famous Prinsloo-spekulasie. Wat dink jy?"

Sy rol haar oë, strooi sout oor die filet. "Ek weet wat jy weet. Daai oggend toe Ebbie verdwyn het, was daar 'n spul vreemde mense op omtrent dieselfde tydstip in of naby Snymanstraat. Jakob de Koning. Ebbie en Kerneels se vervreemde pa en/of hulle oom. En James Delphine, wie se seun saam met Kerneels op skool was." Sy skud haar kop stadig. "Wat de hel sou daai dag gebeur het?"

Geo knik instemmend, pluk aan sy bier se etiket. "Rustige, vroeë Sondagoggend in 'n stil buurt in Pretoria? Dit voel al hoe meer soos die ideale tyd om iets te doen wat jy nie wil hê ander mense moet sien nie."

Ami skrik helder wakker.

Dis die middel van die nag en sy weet sy gaan nie maklik weer indommel nie. Sy het reeds lank gesukkel om aan die slaap te raak. Langs haar lê Geo en snork soos iemand met 'n skoon gewete. Haar eie is besig om haar opdraande te gee.

Sy probeer die gedagtes anker wat deur haar kop maal.

Nakkie van der Merwe, die glimlaggende seun op die skoolfoto.

Sy kamer met die Springbokplakkate en 'n krieketkolf. Die drome wat daarin opgesluit is.

Vermis.

Dood?

Sy dink aan Jakob de Koning. Aan hoe hy sy slagoffers verwurg het ná hy klaar was met hulle.

Aan die tydperk vandat hy hulle ontvoer het tot hulle dood is.

Drie dae.

Nakkie het Maandagmiddag verdwyn. Sy kyk na haar foon. Dis Donderdagoggend, 01:02.

Wat as De Koning wel vir Nakkie het? Sy glo nie dat die tronk hom enigsins gerehabiliteer het nie. Ander mense dalk, maar nie daardie man nie.

Dan dink sy aan Mac se woorde vroeër vandag.

Sy weet sy gaan iets moet doen, en gou ook. Sy kan nie sien hoe hierdie gemors positief gaan uitspeel nie.

Meer nog. Hoe gaan sy voel as sy niks gedoen het nie, en dan op die ou einde tog reg was? Hoe gaan sy ooit met daardie waarheid kan saamleef?

1

Ami se wekker maak haar vroegoggend wakker, die slaap wat haar die grootste deel van die nag ontwyk het. Dis nog skemer toe sy uit die bed glip, net om te ontdek dat Geo nie meer langs haar lê nie.

Sy loop agter die klank van 'n sleutelbord aan studeerkamer toe. Soen hom in die nek waar hy voor sy stel rekenaars sit.

"Jy's vroeg op."

"Ek wou die name in die besoekersregister by Paul se aftreeoord check voor ek Durban toe vlieg." Hy swaai sy stoel om en trek haar tot op sy skoot. "Sarah het reeds laas nag daaraan gewerk en iets interessant gevind."

Sy probeer onthou of hy gisteraand iets oor Durban of sy hacker-suster genoem het. Gee dan op. "En jy sê niks?"

"Ek wou seker maak Sarah is reg, en dit lyk my sy is. Een van die drie bestaan nie. Die ID-nommer en naam pas nie by mekaar nie, en die selnommer behoort aan 'n bejaarde vrou in Musina wat al drie weke lank in die hospitaal is."

"Wat as dit iemand is wat nie lus was om hulle private besonderhede op 'n lys in te vul nie? Sarah sê mos altyd mens moenie dit doen nie."

"Miskien, ja. Maar ek en sy het nou net weer gesels en iets is vreemd."

"Vreemd hoe?" Sy staan op. "Dink jy Paul is vermoor? Het iemand wragtig no–"

"Whoa net bietjie. Laat ek eers klaar praat. Die naam in die register is 'n ene D. Jordaan. Paul het in 2003 'n Rudolf Jordaan gearresteer omdat hy sy vrou bygestaan het met selfdood. Sy het aan terminale kanker gely. Jordaan het volgehou dit was nie moord nie, maar genade-dood, en dat dit met sy vrou se toestemming gebeur het."

Ami dink oor die implikasie van sy woorde. "Dit kan nie toeval wees nie." Sy trek 'n stoel uit en gaan sit langs hom. "Beteken dit hierdie D. Jordaan het vir Paul gehelp?"

"Onmoontlik. Hy is twee jaar gelede oorlede."

"Het hy familie gehad?"

"Twee dogters."

Sy wag dat hy die name noem, in die hoop dat dit dalk iemand be-kend is.

"Dis niemand wat ons ken nie, en beide van hulle bly in Amerika."

"O."

Sy dink aan ander moontlike redes vir die gebruik van die naam. Probeer dan uitwerk wie van die weduwees met Paul getroud was toe hy in 2003 aan die Jordaan-saak gewerk het. Van wat sy weet, moet dit Ilse wees.

Sy sug innerlik. Sy is glad nie lus om hierdie onderwerp met haar gunsteling-weduwee aan te roer nie.

Maar dan ook weer, sou enige van die weduwees so dom wees om 'n naam te gebruik wat direk aan Paul gekoppel kan word? Tensy die vrou dalk haar betrokkenheid op een of ander onbewustelike vlak wou bely – móés bely – en die naam ingevul het sonder om daaroor te dink. Want dan maak Ilse sin. Sy was nog altyd 'n toevallige polisielid, ingetrek as sielkundige eerder as opgelei en natuurlik aangelê daarvoor – haar eie woorde.

En wat het sy gister gesê? Nie almal wat die wet oortree, tree altyd slim op nie.

". . . wil help."

Sy besef Geo praat steeds met haar. "Skies? Wat het jy gesê?"

"Ek het jou hulp nodig."

Sy glimlag verbaas. "Dit sal 'n aangename verandering wees."

"Ons het iemand wat aansoek gedoen het as chief technology officer by YoYo. Maar iets voel nie lekker nie. Ons is deur sy CV, sy geskiedenis, als, maar dis net daai bietjie té netjies. Dis asof sy huidige werk sy lof te veel besing, amper asof –"

"Hulle van hom ontslae wil raak want hulle weet hulle kan hom nie afdank sonder 'n spul hofsake nie."

"Presies. Jy weet niemand word meer gefire nie. Hulle word net so gou moontlik aangegee na die volgende maatskappy of regeringsdepartement."

Ami ken die situasie. "Gee my die naam en ek sal kyk wat ek kan uitvind."

Sy ry al die pad Centurion toe, al moet sy op kantoor wees om nuwe stories te jaag. Ephrahim klink moeg gewag vir vars inligting oor die Ebbie-saak, en sy gaan moet spring om ander nuus bymekaar te maak.

By Paul en Delia se kompleks in Lyttelton is die geluk aan haar kant. Die sekuriteitswag aan diens – Ollie – is dieselfde man wat die dag van Paul se dood gewerk het.

Sy groet, wys hom foto's van die drie weduwees op haar foon en vra of hy weet wie hulle is. "Hulle kom mos gereeld kuier, nie waar nie?"

Hy wys na Kareemah. "Sy nou nie so baie soos die ander twee nie, maar steeds."

"Was enige van hulle Vrydag hier toe generaal De Jager oorlede is?"

Ollie beduie na die register. "Dit sou mos in die boek staan."

"Ek bedoel meer of hulle dalk in is sonder om te teken."

Hy trek sy skouers terug in die donkerpers uniform en plant sy stewels wyd. "Ek laat nie mense in sonder dat hulle teken nie."

"Dalk het hulle onder 'n ander naam ingekom?" skerm sy.

"Nou hoekom sal hulle so iets doen?" Ollie is nou goed omgekrap. "Die polisie het ook allerhande sulke vrae gevra. Ek het vir hulle gesê dis nie moontlik dat iemand hier ingeslip het nie, ek was heeltyd op my pos. En voor jy vra oor aflewerings, daar's geen vrou hier in op 'n motorfiets waarvan ek weet nie."

Sy weet nie wat om verder te vra nie, so sy beduie haar dank en loop terug na haar motorfiets.

"Kan julle dit nie maar los nie?" roep Ollie agterna.

Sy swaai om.

"Die generaal . . . As hy wou gaan, hoekom hom nie laat gaan nie? Hy was 'n ordentlike man en 'n uitstekende polisieman." Ollie skud sy kop. "Hoekom so aanhou? Dis dieselfde met sy suster. Sy karring die heeltyd asof iemand iets verskriklik gedoen het."

Ami weet nie hoe om te reageer nie. Wonder vir 'n oomblik hoekom sy self so knaend is. Wil sy uitvind wie Paul gehelp het voor Delia en die polisie dit doen? En dan, wanneer sy weet, wat dan? Sy het geen begeerte om iemand aan te gee óf 'n storie te skryf nie.

Dalk wil sy bloot weet wie die moed gehad het om aan Paul se wens te voldoen. Want sý sou dit nie kon doen nie. Dit weet sy vir 'n feit.

Kort voor tienuur sit Ami op kantoor en soek na 'n Valke-kontak se nommer toe haar selfoon lui. Dis Louis van der Merwe.

"Het jy al nuus? Het iemand vir Nakkie gesien?"

"Ongelukkig nie."

"Hoe kan 'n kind verdwyn sonder dat enige iemand iets sien!" Die wanhoop en woede eggo deur sy woorde.

"Wat sê die polisie?"

"Niks nie. Hulle weet niks nie."

"Louis . . ."

Die enkele woord plof oor haar lippe. Nes laas nag wonder sy wat die regte ding is om te doen.

"Daar is iets . . ." Sy huiwer 'n oomblik. "Hoeveel is jy bereid om op die spel te plaas vir Nakkie?"

"Wat bedoel jy?"

Sy verwens die hoop wat in sy stem inkruip.

"Presies wat ek bedoel. Is jy bereid om tronk toe te gaan om hom te probeer opspoor? En ek sê probéér, want dinge is baie onseker."

"Ek is," sê hy sonder huiwering. "Ek sal my lewe vir my seun gee. Hoekom? Wat weet jy?"

"Ek wéét nie noodwendig iets nie."

"Maar daar is . . . Ami, wat is dit? Praat met my!"

"'n Pedofiel en moordenaar wat jare lank in die tronk was, is terug in die Moot. Jakob de Koning. Hy's 'n paar weke gelede uit op parool."

"Parool? Hoe gebeur so iets?"

Sy hoor hoe stoelpote oor 'n houtvloer knars en swaar voetstappe opklink soos Van der Merwe heen en weer loop.

"Waar bly hierdie ou?"

"Ek kan nie sê nie," praat sy om die vraag. "Maar gesels met die speurder wat jou saak ondersoek."

"Ek gaan fokken meer as dit doen. Ek gaan hierdie ou kry en hom vermoor!"

"Wag, dis nie wat ek sê nie. Moenie . . . Louis!"

Sy staar na die dooie foon in haar hand. "Shit, Prinsloo. Wat de hel het jy nou aangevang?"

Twee ure later lui Ami se foon. "Dis Pip Jaftha," kondig die stem aan.

Dís 'n verrassing. Jaftha was uitsonderlik vyandig toe hulle mekaar laas gesien het. Hoekom sou die vrou haar nou skielik bel?

"Hoe kan ek help?"

Vir 'n oomblik is daar net die klank van asemhaling oor die foon, asof Jaftha twyfel oor die wysheid van haar oproep. Dan sê sy: "Ek het gewonder of jy weet wat hier langsaan aan die gang is."

Ami karteer Snymanstraat in haar kop. "By julle bure? Die Viljees se huis?"

"Nee, by Joy Tshabalala se plek. Die polisie is hier in sulke wit oorpakke, maar hulle sê niks."

Ami slaan haar rekenaar toe, staan op. "Ek het geen idee nie."

"O." Die enkele woord is kortaf, vies.

Sy wil nog uitvra, toe Jaftha aflui. Sy skud haar kop vir die vrou. "Jy wil nie met my praat nie, maar ek moet spring as jy iets wil weet."

Sy is egter steeds dankbaar vir die oproep. Sy pak haar rugsak en draf na die Triumph. Net meer as 'n halfuur later parkeer sy by die parkie in Snymanstraat.

Voor Tshabalala se huis drom 'n handvol nuuskierige mense saam. Daar is geen geel polisielint sigbaar van die straat af nie, maar vier voertuie staan in die oprit en op die sypaadjie. Een is die polisie se lykswa, een is ongemerk, en die ander twee behoort aan forensies.

Skuins agter haar sien sy Viljee in sy rolstoel saam met sy dogter waar hulle onder 'n boom teen die son skuil.

Sy loop nader. Viljee sit arms gevou en rook. Langs hom staan Cherise in jeans en hoë hakke, haar stywe blou top dieselfde kleur as haar oë.

"Ami," groet sy met 'n glimlag.

"Goeiemiddag. Wat gaan aan?"

"Geen idee nie." Viljee vee fronsend oor sy kortgeskeerde hare.

Ami kan hoor hy haat dit om in die duister te wees. "Weet jou kontakte niks nie?" maak sy seker.

"Ek ken niemand meer by die stasie nie. Almal is weg of vervang. Helfte sit in Nieu-Seeland, hoor ek."

Cherise kyk na haar fyn goue horlosie. "Ek moet gaan werk."

Ami se gesig moes haar nuuskierigheid verraai het, want Cherise sê: "Ek· is 'n skoonheidstegnikus by Bella Vista Beauty, net hier om die hoek."

Sy leun af na haar pa, soen hom op die wang. "Sien Pa later."

"Laat my weet as jy veilig by die werk is."

"Ek maak so."

Toe Cherise wegloop, merk Ami hoe een of twee van die straat se mans haar agternakyk – en wegkyk toe Viljee hulle oog vang.

Sy is nie lus om saam met hom hier te wag nie en besluit om eerder bietjie rond te kyk. Sy loop tot op die hoek en draai links af in Bothastraat. By die kafee probeer sy haar bes om verby die ry huise in die straat tot in die Tshabalalas se erf te kyk, maar kan niks sien nie.

Het iets met Tshabalala gebeur? Hy is besig om sy huis te restoureer, en dalk het een van die bure genoeg gehad van die geraas. Enige iets is moontlik in voorstedelike Suid-Afrika. Teen dié tyd weet sy dit goed.

Tog sê haar instink dat hier iets anders aan die gang is.

Jakob de Koning word vrygelaat uit die tronk.

Die media – sy – begin opnuut vrae vra oor Ebbie Gouws se verdwyning.

Nakkie van der Merwe verdwyn.

Soms dryf die heelal dinge tot op 'n punt, al voel en lyk dit soos toeval. Soms sweer lank gelede se raaisels langsaam uit tot 'n antwoord uiteindelik begin manifesteer.

Sy staan op haar tone om beter te kan sien wat aangaan. Skrik haar yskoud toe 'n stem langs haar praat.

"Die swembadmense se bakkie en skopgraaf het douvoordag opgedaag. Twintig minute later was dit skielik stil, en toe kom die polisie so een-een hier aan."

Sy draai na Salim Moosajee wat in sy wit thobe op die sypaadjie staan. Sy groet, beduie na haar horlosie. "Hoe laat was die polisie hier?"

"Negeuur. So 'n jong speurder, dink ek, en iemand in uniform. Toe kom die lykswa en forensiese mense seker tienuur hier aan. Hulle dra sulke oorpakke wat sê Forensic Services." Hy wys na die kafee se in-gang. "Hulle het al twee keer kom koeldrank koop."

"Hoe lyk hulle?" vra sy. "Die polisiemense?"

Hy lig sy ruie wenkbroue tevrede, asof sy die regte vraag vra. "Vuil en vol grond. Bietjie modder en blare ook."

Beteken dit die polisie is in die tuin besig? "Het hulle niks gesê nie?"

"Nie vir my nie, maar een van die vroue het vir haar kollega gesê dit gaan moeilik wees. Dat hulle een of ander Vic moet inroep."

Opwinding begin in Ami roer. "Vic? Soos in Vee I Cee?"

"Dalk, ek is nie seker nie. Wie's dit?"

Sy antwoord nie, draf net terug na die Triumph. Sy moet 'n paar oproepe maak. SAPS se Victim Identification Centre spesialiseer daarin om menslike oorskot te identifiseer, spesifiek mense wat lankal reeds dood is.

Wat as daai iemand Ebbie Gouws is?

Wat sy regtig hoop, is dat dit nie Nakkie van der Merwe is nie, só vermink dat niemand hom kan uitken nie.

4

Terug in Snymanstraat is Ami verbaas dat sy nie vir Ester Gouws sien nie. Sy soek na tekens van lewe by nommer 22, maar die gordyne is dig getrek. Hopelik sal hulle mekaar vanmiddag te siene kry wanneer sy vir Wikus Gouws ontmoet.

Sy wonder of sy by Joy Tshabalala kan uitvind wat by sy huis aangaan. Sy wil ook die swembadmaatskappy kontak wat Salim Moosajee genoem het. Hy het glo die logo op hulle bakkie gesien.

Maar voor sy dit doen, stap sy deur die buurt op soek na 'n eiendomsagent se naambord. Sover sy kan onthou, het Tshabalala die huis op 'n bankveiling gekoop en sy wil meer uitvind oor die destydse inwoner – Francina Koster, volgens Ryan Joubert en sy oupa.

Sy wil ook inligting kry oor die mosterdkleurige huis langs Ester s'n. Dit lyk asof dit al lank leegstaan, en sy kan nie onthou dat sy al ooit enige teken van lewe daar gesien het nie.

Sy kry twee bordjies drie blokke op in die pad – House & Home Realtors en JM Properties. As sy gelukkig is, werk hierdie agente al lank in die area en kan hulle haar meer vertel. Sy kry die gevoel dat die buurt nie 'n hoë omset van mense het nie. Dat meeste Moot-inwoners van die plek hou en lank hier bly.

Die geel-en-wit House & Home-bord wys 'n landlynnommer, so sy ignoreer dit. Sy beweeg aan na die maroen-en-blou JM Properties-bord met die foto van 'n vrou in haar dertigs of veertigs. Jeannie Malan het 'n fyn gesig met 'n skerp ken, kort blonde hare, bruin oë agter 'n swartraambril en 'n professionele glimlag.

Sy loop terug na die Triumph en skakel Malan, een oog pal op die Tshabalala-huis.

"Jeannie Malan, hoe kan ek help?" vra 'n stem vriendelik.

Ami verduidelik wie sy is en wat aan die gebeur is in Snymanstraat. "Ek weet nie mooi wat aangaan nie, maar ek's nuuskierig of dit dalk met Ebbie Gouws se destydse verdwyning verband hou. Ek's besig om die storie weer op te volg. Ek het gehoop jy kan my dalk meer oor die vrou vertel wat die huis voor meneer Tshabalala besit het."

"Nuus360? Ek het julle stories gesien. Jy sê dis Snymanstraat 18?"

"Dis reg."

"Laat ek gou kyk. Ons werk al amper veertig jaar in die buurt. My ma het JM Properties begin net ná ek en my broer skool toe is."

Ami bedank haar. Wag met groeiende ongeduld dat Malan deur haar rekords soek.

"Die naam wat ek het, is Francina Koster," praat die agent weer. "Ek onthou haar goed – my ma het die huis in 1989 aan haar verkoop. Sy het jare lank alleen daar gebly. As ek reg onthou, was sy 'n weduwee. Ek het die huis weer vir haar probeer verkoop, maar sy kon nie haar prys kry nie, en die bank het uiteindelik ingegryp. Sy het volstrek geweier om te trek, maar haar prys was net te hoog. Niemand sou dit betaal nie." Malan bly 'n oomblik stil. "Arme vrou. Sy's kort daarna dood in een of ander tehuis. Hartaanval."

"So sy was nie . . ." Ami wonder hoe om dit so delikaat moontlik te stel. "Sy was nie besig met enige iets onderduims nie? Ek bedoel, eiendomsagente leer mos om mense te lees. Julle weet as iets nie lekker is nie."

"Man . . . Al wat ek kan sê, is dat tannie Franci maar lekker moeilik was. Maar laat ek bietjie by my ma hoor of sy iets weet. Ek het eers tien jaar gelede met haar aftrede hier begin werk. Teen daai tyd was tannie Franci seker al goed in die sewentig. Kan ek jou by hierdie nommer skakel?"

"Asseblief, ja."

'n Oomblik se huiwering. "Sê my . . ."

Ami wag geduldig. Om mense te lees is ook 'n belangrike vaardigheid in haar werk, en sy het verwag om 'n prys te betaal vir Malan se inligting.

"My ma het destyds gereeld oor Ebbie Gouws gepraat. Ná hy verdwyn het, het eiendomspryse blykbaar 'n hele paar jaar geneem om te herstel. En dit was net voor daai pedofiel . . . wat is sy naam nou weer?"

"Jakob de Koning?"

"Dis hom. Sy arrestasie het ook die mark geknou." Dis asof Malan haar asem ophou. "Hierdie ding nou by meneer Tshabalala se huis, en daai seun wat pas verdwyn het . . . Nakkie van der Merwe, nè? Is dit . . . kyk ons nou weer na so iets? Ek het twee huise op die mark naby Sny-manstraat en dinge is reeds taai omdat rentekoerse so hoog is."

"Om eerlik te wees? Ek's nie seker nie," sê Ami. "Maar ek kan jou laat weet sodra ek iets uitvind. Hoe klink dit – sal ons mekaar probeer help?"

"Dit kan werk. Dankie. Ek sal jou bel sodra ek met my ma gesels het."

Ami groet en lui af. Dan google sy die swembadbouer se naam, en skakel een van twee selnommers op die maatskappy se webwerf.

Die eerste nommer lui net, maar sy het meer sukses met die tweede nommer.

"Aqua Solutions, Carl Adams wat praat," sê 'n stem op Engels.

Weer verduidelik sy wie en wat sy is.

"Ek kan mos nou nie met jou staan en praat nie." Adams is omge-krap en nie skaam om dit te wys nie. "Ek moet nog daai swembad bou, en meneer Tshabalala gaan niks daarvan hou dat ek loop en stories rondvertel nie."

Sy het ook geen begeerte om Tshabalala om te krap nie. "Dit kan heeltemal van die rekord af wees. Ek haal jou nie aan nie en noem ook nie dat dit julle is wat by nommer 18 werk nie. Ek wil net weet wat aangaan, en of dit iets te doen het met Ebbie Gouws of Nakkie van der Merwe."

"Wie de hel is hulle?"

"Kinders wat in die buurt verdwyn het. Ebbie jare gelede en Nakkie nou onlangs."

Adams mor ontevrede.

"Asseblief," pleit sy. "Dit sal baie help. En ek belowe jou, dis van die rekord af."

"Sê jy."

"Ek jok nooit oor so iets nie."

'n Lang sug.

Sy wag hoopvol, geduldig.

"Ja, okay. Ons was vroeg vanoggend by nommer 18 om 'n Diamond Glitter-swembad in te sit. Ons het begin werk met 'n lugdrukboor en 'n klein skopgraaf. Ons moes hierdie helse visdam opbreek waar die swembad moet in. Ná 'n rukkie het een van die ouens my kom roep. Hy het op 'n skedel afgekom."

"'n Mens s'n?"

"Ja."

"Groot of klein?"

"Ek sou sê groterig, maar ek weet mos nou nie van sulke goed nie."

Ami wonder of sy bly moet wees dat dit eerder na Ebbie as Nakkie klink.

"Baie dankie," sê sy.

"Dis orraait. Moet my net nie screw nie."

"Ek sal nie. Moenie worry nie."

Ami ry na die Seattle in Queenswood om koffie te koop en die badkamer te gebruik. Dan gaan maak sy haar weer tuis in die parkie oorkant die Tshabalalas se huis. Dit lyk asof die buurt se mense begin belangstelling verloor het in wat daar aangaan.

Sy kyk na die tyd. Sy moet Wikus Gouws vyfuur by Ester se huis kry, so sy kan netsowel hier wag en intussen aan haar storie werk.

Sy bel Mac. Stik amper van verbasing toe die vrou antwoord.

"Weet jy wat aan die gang is in Snymanstraat?" vra sy.

"Nee."

Ami vertel haar – ook van die feit dat die vonds moontlik 'n skedel insluit. "Sal jy kyk wat jy kan uitvind?"

"Vir jou storie?"

"Nee. Daarvoor sal ek deur die amptelike kanale werk."

Mac maak 'n geluid van ongeloof.

"Shit. Regtig? Moet ek elke keer so sukkel?"

Ami skrik toe sy besef dat sy dit hardop gesê het. Tog lok dit die regte reaksie by Mac uit.

"Ja, okay. Laat ek hoor of iemand iets weet."

Ami lui af en bel die provinsiale polisiewoordvoerder.

"Ek sal moet uitvind," sê Stella Dlamini. "Gee my tot vanaand. En moenie die VIC ook pla terwyl ek besig is nie."

Ami stem in en lui af. Dan bel sy Nuus360 om 'n fotograaf te stuur.

Twee ure se geduldige wag later verskyn die forensiese span uit Tshabalala se erf met verskeie bewysstukke en 'n lyksak tussen hulle. Haar fotograaf neem kiekies terwyl hulle oppak en wegry, almal in die groep wat moeite doen om hulle te ignoreer.

Ami se oog vang egter hoe een offisier na sy kollega draai en sy kop skud. Dis nie moeilik om die woorde op sy lippe te lees nie, meeste van hulle vier letters lank.

6

Die polisie is pas weg toe Ester Gouws in 'n wit Ford Fiesta by haar motorhek inry.

Ami se moed sak in haar skoene waar sy in die parkie sit en werk. Het iemand in die buurt reeds met haar gepraat het, of gaan sy die een wees wat die vrou moet vertel van die vonds by die Tshabalala-huis?

Sy vat-vat aan die goue kruis om haar nek. Hoop dat Wessel Viljee reeds vir Ester laat weet het wat aangaan.

Sy kyk op haar horlosie. Vier minute voor vyf. Sy besluit om te wag dat Ester behoorlik tuiskom voor sy gaan klop.

Twee minute later daag 'n poublou BMW op en parkeer op die sypaadjie by die voetgangerhek. In sy spore volg 'n wit Toyota Corolla.

Kerneels klim uit die Duitse sedan. Hy lyk dikmond, asof hy min lus het om hier te wees. Hy wuif vlugtig vir die ouer man in die Corolla.

Ami is verbaas om Kerneels hier te sien. Het hy kom groet voor sy pa teruggaan Australië toe, of wou Ester hê hy moet by wees as 'n buffer tussen haar en haar eksman?

Toe die ouer man uitklim, weet Ami dadelik dis Kerneels se pa. Dieselfde opstaankroontjie, al is sy hare grys. Dieselfde prominente wangbene. Dieselfde selfversekerde manier van beweeg.

Sy wag vyf minute en loop dan oor die pad. Druk die interkom by die voetgangerhek. Die luidspreker brom, die hek kliek oop en sy loop na binne. Kerneels maak die voordeur oop, wynglas in die hand. Hy tree eenkant toe dat sy kan ingaan.

Ester staan op vanuit die rusbank. "Ami! Ek't gesien jy het al twee artikels geskryf. Het iemand al iets laat weet?"

Ami sug innerlik. So sý gaan wragtig die een wees wat vandag se nuus moet oordra.

Die ouer man rys uit die stoel in die hoek, dieselfde plek waar Ester laas gesit het.

"Wikus Gouws?" maak sy seker.

Hy knik, skud haar hand. Hy dra jeans, tekkies en 'n eenvoudige wit kortmouhemp, grys borshare sigbaar by die boonste knoop. Geen trouring nie. Sy lyf het dieselfde atletiese kwaliteit as Ebbie s'n, al is hy goed in die sestig.

"Kom sit, Ami," nooi Ester. Dan draai sy na Kerneels. "Sal jy asseblief vir ons koffie maak?"

"Dalk moet jy net gou bietjie wag," keer Ami. "Daar is iets wat julle moet weet. Ek kan nie sê of dit enigsins verband hou met Ebbie se verdwyning nie, maar die polisie was omtrent heeldag by Joy Tshabalala se huis."

Ester frons skerp. Vee vlugtig oor haar hare in 'n stokkerige, senuweeagtige beweging.

Sy is deftiger aangetrek as laas toe Ami haar gesien het en dra 'n vlootblou romp wat net onder die knie sit met 'n blou-en-goue bloes daarby, asook effense hakskoene wat goed gevormde kuite wys. Haar naels is in 'n sagte rooskleur gedoen.

"Joy is besig om 'n swembad in te sit," verduidelik Ami, "en die werkspan het op iets afgekom. Wat presies dit is, weet ek nie, maar die vermoede is dat dit . . . dat dit menslik van aard is."

Sy asem diep in. "Die polisie is ingeroep, en hulle is eers netnou hier weg. Dalk kan julle hulle kontak om te hoor wat aangaan?"

"By Franci se ou huis wat gerestoureer word?" Skok vibreer deur Ester se stem.

"Ja. Maar soos ek sê, ek weet nie of dit enigsins verband hou met Ebbie se verdwyning nie. Asseblief, moenie afleidings maak voor julle nie met die polisie gepraat het nie. Julle het seker nog 'n kontak daar?"

Ester kyk na Kerneels.

Hy trek sy gesig asof hy nie weet nie en ook nie omgee nie.

Ami gaan sit langs Ester op die rusbank. Sy haal haar foon en notaboek uit en skryf die naam en nommer van die provinsiale polisiewoordvoerder neer.

"Bel hierdie vrou. Stella Dlamini. Verduidelik julle situasie en sê dat ek julle na haar verwys het. As julle nie regkom nie, laat my weet." Dalk sal Stella Dlamini meer moeite doen as sy weet die Gouwse is in kontak met die media.

Ester neem die bladsy, maar Wikus staan op en vat dit uit haar hand. "Ek sal bel. Gesels solank."

Kerneels drink sy wyn klaar. "En ek gaan daai koffie maak." Hy verdwyn in die gang af.

"Kuier Wikus in Suid-Afrika?" vra Ami vir Ester.

"Ja, hy's seker al twee weke hier. Hy's geskei en sy dogters is lankal uit die huis uit. Sy broer het terminale kanker en hy het niemand anders nie. Wikus probeer sy sake in orde kry voor hy hom na 'n hospies skuif."

Ami knik. Wonder wat om te doen terwyl hulle vir Wikus wag. Hy is immers die rede hoekom sy hier is. Dan dink sy aan Nakkie van der Merwe en wat sy kamer als verklap het.

"Het jy dalk nog van Ebbie se goed?"

Dalk kan sy 'n foto daarvan neem. Dalk sal dit help om hom meer menslik te maak vir Nuus360 se lesers. Iemand meer as woorde op 'n rekenaarskerm.

Ester stryk weer oor haar hare. "Paul het my deur die jare gehelp om te kan . . . wat sal mens dit tog noem . . . om aan te beweeg? Ebbie se kamer het vir lank net so gebly, want ek het gewag . . . Ag, jy kan seker dink waarvoor ek gewag het."

Sy sluk hoorbaar, glimlag flou. "Paul het een naweek hier opgedaag, seker so vyf jaar ná Ebbie weg is. Hy't gesê Kerneels moet 'n regverdige kans hê om homself te kan vergewe. Ek het nog nooit so daaraan gedink nie, so ek het al Ebbie se goed vir die Jakaranda-kinderhuis gegee, en Paul het my gehelp om die kamer te verf. Ebbie sou tog nie meer in sy klere pas nie, en die beddegoed was al stokoud. Ons het wel 'n paar bokse van sy goed uitgesoek en dit gehou."

Ami wag geduldig. Hoor amper hoe Ester die dobbelstene in haar kop gooi.

Dan vee die ouer vrou oor haar ken, versigtig om nie haar grimering te versteur nie. "Ek kan raai hoekom jy vra, maar ek kon nog nooit . . . Ek wil nie hê iemand moet daarna kyk nie. Veral nie . . . nie joernaliste nie."

"Dis reg so," gee Ami toe. "Ek verstaan heeltemal."

Kerneels red hulle van die skielike ongemak toe hy met 'n skink-bord ingeloop kom. Hy hark die koffietafel met sy voet nader en sit die skinkbord neer. Ester beduie na die koffiebekers en bordjie koekies, en Ami help haarself. Wonder hoekom Wikus so lank wegbly.

Toe almal koffie het, besluit sy dis tyd om Kerneels in 'n hoek te druk – terwyl hy nou hier is.

Sy hou hom fyn dop terwyl sy die naam sê van die man wat Salim Moosajee heel waarskynlik buite sy kafee gewaar het die oggend van Ebbie se verdwyning – die einste man waarvoor Kerneels blykbaar so geskrik het.

"Ken jy 'n James Delphine?"

Kerneels se oë flikker vir 'n oomblik met iets soos skok, gevolg deur bekommernis. Sluier dan toe agter nonchalance.

Sy beduie na hom met 'n sjokoladekoekie. "Delphine was by Salim's die oggend toe Ebbie verdwyn het. In 'n wit Kombi. Jy het hom gesien."

Ester soek na Kerneels se oë. "James Delphine? Hoekom klink dit so bekend?" Haar gesig verhelder. "Natuurlik, James en sy seun. Wat was sy naam nou weer . . . o ja, Derrick. Hy was saam met jou op skool." Sy kyk na Ami. "Praat jy van hom? Van Derrick se pa?"

Ami knik net, verbaas dat Ester onthou.

Kerneels lek oor sy onderlip, mond effe oop, asof hy na asem soek.

Ami kan die drank aan hom ruik. Dis asof dit uit sy porieë sweet in die broeiende laatmiddag.

"Kerneels?" vra Ester. "Wat is dit van dié man? Waarvan praat Ami?"

Maar haar seun sê niks, drink net aan sy koffie. Sy voete verraai hom egter waar hulle rusteloos rondmaal in die duur Italiaanse leer.

"Delphine het jou daai oggend by die kafee gewaar en agternagesit," praat Ami verder. "Ek het 'n ooggetuie opgespoor wat dit gesien het."

Ester staar steeds na haar seun, verbasing op haar gesig.

"Die ooggetuie is reeds in kontak met die polisie," jok Ami. Daar is geen manier hoe Jakob de Koning ooit vrywillig met die polisie sal praat nie.

Kerneels trek sy skouers op. "Ek onthou niks van 'n James Delphine nie."

"Derrick se pa, man," sê Ester weer. "Onthou jy hom nie? Derrick was in jou klas. Sy pa het hom met elke nuwe speelding onder die son bederf, en julle almal was altyd so jaloers op hom."

"Ma, ek sê mos ek onthou niks van hierdie mense nie."

"Kerneels," sê Ester streng. "Wat gaan aan? Dis mos nie die waarheid nie."

Kerneels sit sy beker hard neer. Koffie spat oor die rand en vlek die wit-en-pienk skinkbordlap. "Ja, okay. Wat daarvan? Ek het daai oggend 'n wit paneelwa voor die kafee gesien en weggehardloop. Ons het mos die karre in die buurt geken en geweet van daai pedofiel destyds. De Koning. Almal het ons heeltyd gewaarsku, Ma ook. 'Moenie op straat rondloop nie. Moenie alleen rondhang nie. Kyk uit vir vreemde mans.' Dis hoekom ek in die eerste plek nie alleen kafee toe kon gaan nie, onthou Ma?"

Ami hou haar hand op. "Niemand het daai tyd geweet van Jakob de Koning of 'n wit paneelwa nie. Sy naam en voertuig was eers in die nuus toe hy gearresteer is – twee jaar later."

Kerneels lyk asof hy gaan stik. "Ons het dit dalk nie alles toe reeds geweet nie, maar ons het genoeg geweet om versigtig te wees."

Ester frons asof sy nie mooi verstaan nie. "Jy het destyds niks vir die polisie gesê nie. Ook nie vir my nie."

"Ek weet nie eers of ek reg gekyk het nie, Ma. Buitendien, Ebbie wat verdwyn het, was baie belangriker as wat ek gedínk het ek gesien het."

"Maar wat as . . ." Verbystering trek oor Ester se gesig. Sy draai na Ami. "Dink jy James Delphine het vir Ebbie gevat?"

"Hy sou nie, Ma," spring Kerneels in. "En hy het nie. Dit was daai De Koning-man."

"Hoe weet jy dit?" stry Ester.

"Fok, ek's so gatvol hiervoor!" tier Kerneels. "Ebbie, Ebbie, Ebbie. Die hele tyd, élke dag, sonder ophou. Ebbie dit, Ebbie dat. Ebbie die goue seun wat niks verkeerd kon doen nie. Ek wens dit was ék wat daai dag verdwyn het!"

Hy loop voordeur toe, ruk dit oop en storm uit.

Ester se hand vlieg na haar mond, trane wat in die hoeke van haar oë vorm.

Wikus verskyn uit die gang, foon in die hand. "Wat gaan nou aan?"

Ester vertel hom wat Ami gesê het.

"En die mannetjie sê nog heeltyd niks?"

Wikus lyk nie so kwaad as wat Ami verwag het nie.

Ester klad 'n tissue onder haar oë. "Maar wat beteken dit dat James hier was? Hy sou tog nie vir Ebbie vat nie."

"Vertel my van hom," vra Ami.

"Soos ek sê, James se seun was saam met Kerneels in die klas. James het 'n motorfietsbesigheid gehad en al die seuns was vreeslik jaloers op Derrick. Sy ouers het hom in die afgrond in bederf ná hulle egskeiding. Hy het selfs sy eie motorfiets gehad om naweke saam met sy pa rond te jaag."

Ester pers haar lippe saam terwyl sy die herinneringe oproep. "Daai Sondagoggend toe Kerneels by die huis kom . . . Hy was bang. Ek het altyd gedink dis oor Ebbie, maar dalk was dit iets anders."

"Het James vir Ebbie geken?" vra Ami.

"Ek weet nie. Ebbie was mos op hoërskool. Maar Kerneels en Derrick was in dieselfde rugbyspan, en Ebbie was soms saam as Kerneels Saterdae gespeel het en hy nie self besig was met sport nie. Dis al waaraan ek nou kan dink."

Wikus lyk verward. "So dink ons nou hierdie James-vent het Ebbie iets aangedoen?"

"Ek weet nie," sê Ester. "Dalk is dit net toeval dat hy daai oggend in die buurt was." Sy kyk na Ami. "Is jy seker jou ooggetuie het nie eerder Jakob de Koning se paneelwa gesien nie?"

Ami knik. "Redelik seker, ja."

"O." Ester klink amper teleurgesteld. "Dan weet ek nie."

Ami kan die emosie verstaan. Wat as almal se gewildste teorie nou daarmee heen is – dat De Koning vir Ebbie gevat het, al sweer hy hoog en laag hy is onskuldig?

Ester maal haar hande senuweeagtig teen mekaar. Verskuif haar aandag na Wikus. "Wat sê die polisie? Kon jy die vrou in die hande kry?"

Hy haal sy skouers op. "Sy sal my bel sodra sy weet wat aangaan." Hy wys 'n duim in Ami se rigting. "Sy stuur groete."

Ami is seker Dlamini bedoel dit glad nie. Dis meer 'n subtiele boodskap dat sy in haar spoor moet trap.

Sy wonder of sy Ester verder kan omkrap en vra wat haar eksman die oggend van Ebbie se verdwyning in die buurt gedoen het. Dis tog hoekom sy in die eerste plek hierdie afspraak gereël het. Wikus het nes De Koning vir Paul gejok en gesê hy was daardie naweek nêrens naby Snymanstraat nie. Ryan Joubert se foto's vertel egter 'n ander storie, al wys dit nie Wikus se gesig nie. Haar vermoede is dat hy met sy seuns probeer kontak maak het. Maar hoekom sou hy dit doen sonder om hulle ma te laat weet?

"Sal jy ons asseblief laat weet sodra jy iets uitvind?" vra Ester.

"Natuurlik," belowe Ami. "Sal julle my ook kontak as julle voor my nuus kry?"

Wikus wil iets sê, maar Ester praat hom dood. "Ek sal."

Ami hoor die "ek". Besef Ester moes al hierdie jare alleen met Ebbie se verdwyning saamleef, haar eks afwesig, besig met 'n nuwe vrou en kinders elders.

"Dankie." Sy blaas haar asem stadig uit. Weet dis nou of nooit.

"Wikus, daar is nog iets. Die rede hoekom ek in die eerste plek gevra het om jou te sien."

Hy kyk wantrouig na haar, en die ongemaklike lyftaal herinner haar weereens aan Kerneels.

"Ek het ook uitgevind dat jou broer se motor hier rond was die oggend toe Ebbie verdwyn het – maar ek weet hy was daai naweek saam met die kerk weg."

Ami ignoreer die verbystering wat opnuut vanuit Ester se rigting spoel. Sy hou haar blik op Wikus. Sou Kerneels by hom geleer het om na woede te reik as jy iets wil wegsteek? Om vol bravade te begin skel sodat jy die aandag van die eintlike vraag kan aflei?

Maar anders as sy seun vries Wikus. Dis asof hy in 'n oomblik vasgevang word waar alles verstar. Net sy oë beweeg – op soek na sy foon, die voordeur – uitkomkans.

"Wat het jy hier gedoen?" vra Ami. Dan jok sy weer, want dis tog net 'n kwessie van tyd voor Mac ook hierdie inligting het. "Die polisie weet reeds dat jy hier was."

Ester trek haar asem skerp in. "Wat gaan aan vandag! Wikus? Waarvan praat Ami?"

Hy lek oor sy lippe, skud sy kop.

Ester loop nader aan hom. Dit lyk vir 'n oomblik of sy gaan val toe haar lyf kantel, maar haar linkervoet is net-net vinnig genoeg om haar te stuit.

Is sy nugter, wonder Ami. Of is dit ouderdom en skok?

"Wat het jy gedoen, Wikus?" eis Ester. "Paul moes my destyds sê dat jy in die land is, want jy het niks laat weet nie." Haar hand, saamgepers in 'n vuis, beweeg tot voor haar mond, haar kneukels wit. "Het jy Ebbie . . . het jy Ebbie kom vat?"

"Nee!" roep hy ontstig. "Ek het niks sulke goed gedoen nie. Ek het dan nog kom help soek en als."

Die klap gebeur voor Ami dit besef.

Wikus is ewe verras, sy kop wat eenkant toe knak onder die geweld van Ester se woede.

Ami spring op. "Wag nou, Ester." Dan praat sy sag, paaiend. "Gee Wikus kans om te verduidelik. As daar iets is . . . die polisie sal dit opvolg."

"Dieselfde polisie wat al jare lank niks regkry nie? Wat nie weet wat hulle doen nie? Wat nie my seun – mý Ebbie – kon opspoor nie?"

Ami vat haar versigtig aan die skouers. "Kom ons wees rustig en dan kan Wikus ons vertel wat gebeur het."

Dit neem 'n paar sekondes voor Ami voel hoe die spiere onder haar hande verslap.

Hulle gaan sit, Wikus so ver moontlik weg van Ester.

Hy draai sy foon al in die rondte in sy hande.

Om en om en om.

"Goed. Ja. Ek was daai Sondagoggend hier," praat hy uiteindelik. "Ebbie het my gebel."

Ester se oë skiet vol trane, asof die verraad diep sny.

"Dit was reeds vroeër die jaar – Januarie. Hy wou weet of hy dalk . . . of hy in Sydney kan kom kuier om te kyk hoe dit daar lyk. Ek het gesê ek sal hom sien wanneer ek weer in Suid-Afrika is."

"Hy't niks vir my gesê nie," sê Ester, een hand wat teen haar keel rus.

"Hy wou . . . Kyk." Wikus vee ongemaklik oor sy hare. "Ebbie het gesê dat jy . . . Hy't gesê Kerneels kan nooit iets verkeerd doen nie en hy moet altyd alles in die huis doen. En blykbaar het jy daai tyd weer . . . weer begin drink. En jy was die heeltyd uit, wie weet waar."

Ester se oë rek, skiet vol trane.

Ami voel soos 'n teaterganger wat iemand se mees private, intieme seer voor haar sien afspeel.

"Ek weet dinge het verander." Wikus se stem versag. "En jy moet weet, toe ek in Maart met Ebbie wou bevestig, het hy skielik gesê dis okay. Hy wil hier bly. Ek het gehoop dat jy . . . dat alles weer onder beheer is."

Ami kyk na Ester, wag dat sy iets sê, maar die ouer vrou sit verslae voor haar en uitstaar. "Dalk was dit . . . Ebbie en Pip het begin date," waag sy dit dan. "Ek dink hy was nogal ernstig oor haar."

Ester kyk vinnig op, nuwe verbasing wat op haar gesig blom.

Wikus frons. "Pip?"

"Sy beste vriendin," sê Ami. "Pip Jaftha. Haar ouers bly net hier om die hoek."

Uiteindelik vind Ester haar stem. "Ebbie sou my gesê het . . . hy sou gesê het as daar iemand was."

Ami dink daaroor. Sy ken nie die Gouwse nie, so sy sal nie weet watter vooroordele hulle het nie.

"Pip is bruin," toets sy die water. "Ek weet nie of Ebbie dalk bekommerd was oor wat julle sou dink nie."

"Ons sou nie . . ." Ester skud haar kop heftig. "Ek was nog altyd mal oor Pip." Sy beduie na Wikus. "Jy sou nie wees nie."

"Hoe kan jy dit sê? Ek's weg voor ek haar ooit ontmoet het."

"Ja, maar jy sou niks daarvan gehou het nie. 'n Bruin meisie?"

"Ten minste het ek nie heeldag sit en suip nie!" blaf Wikus, woede wat wit om sy mond sit.

"Whoa net so bietjie," keer Ami. "Kom ons probeer almal kalm bly, asseblief." Sy draai na Wikus. "Die vraag wat ons eerder moet beantwoord, is of jy enigsins daai Sondagoggend met Ebbie gepraat het. Is daar dalk iets wat die polisie moet weet?"

"Ek het hom nooit gesien nie, nee."

"Maar jy was hier."

"Ja. Ek het kom kyk of als okay lyk en toe gery."

"Jy lieg!" bars die woorde oor Ester se lippe. "Dis eerder dat jy te lafhartig was om jou kinders in die oë te kyk. En te lui, asof dit te veel moeite sou wees om uit te klim en te groet."

"Dit was nie dit nie. Ek het net besef . . . Hoekom moes ek almal se lewens weer kom deurmekaarkrap? Ebbie het dan gesê hy's okay."

Ami wonder of sy hom kan glo, nes sy wonder of Ebbie regtig agter sy pa aan Australië toe wou trek. Sy het al twee keer stories gedoen oor 'n geskeide ouer wat hulle kinders oorsee geneem het nadat die howe dit verbied het – een na Amerika en die ander na Kanada.

"So jy't net hier rondgesit en niks gedoen nie?" vra Ester.

"Ja. Ek was kort ná ses die oggend hier, en toe ry ek weer."

"Leuenaar!" Ester spring op, die skok vervang met siedende woede. "Jy't vir Ebbie kom vat! Waar is hy? Waar's my seun?!"

Ami kom vinnig orent en tree tot tussen die twee.

Wikus staan op. Skuif stadig, versigtig verby hulle voordeur toe.

"Die polisie gaan met jou moet gesels," waarsku sy hom. Sy gaan Mac dadelik moet laat weet, voor Wikus die naweek Sydney toe vlieg.

"Wikus, ek sweer ek maak jou dood as jy iets aan Ebbie gedoen het!" roep Ester.

"Ek gaan nie hier bly en verder na julle onsin luister nie." Hy maak die deur oop.

"Is jy doodseker jy't Ebbie nooit daai Sondag gesien nie?" roep Ami agter hom aan. "Help ons, Wikus. Asseblief."

Hy gaan staan, hand op die deur. "Ek het eers twee dae later gehoor Ebbie is weg – toe die polisie by my broer se huis opdaag." Hy boks 'n wysvinger in Ester se rigting. "Jy het nie eers die moeite gedoen om my te laat weet nie."

"Hoekom moes ek? Jy't weggehardloop," kap Ester terug. "En nou hoor ek jy het wéér weggehardloop. As jy daai dag met jou seuns kom praat het, het Ebbie dalk nooit verdwyn nie."

"En wat sou gebeur het as jy beter na hulle gekyk het?" vra Wikus, sy stem bitter. "Het jy al ooit dááraan gedink?"

Hy loop uit met harde, swaar voetstappe.

Ami kyk hom agterna. Doen dan die enigste ding wat sy kan doen. Sy bel Mac met die nuus en gaan sit langs Ester om haar te troos.

1998

Sondag 12 April

Wikus skuif rond in die Jetta, sy lyf styf van die lank sit. Hy wag al van voor ligdag af aan die bopunt van die parkie vir enige teken van lewe by nommer 22.

Eintlik moes hy nie so vroeg gekom het nie. Hy weet mos mense hier rond slaap laat op 'n Sondag. Die enigste beweging was 'n kwartier gelede toe oom Joubert die duiwe en mossies in sy voortuin kom voer het. Hy onthou die oom en tannie goed. Vriendelike, ordentlike mense wat hulle neuse uit ander mense se besigheid hou. Sy tipe bure.

Daar was ook 'n seun met 'n kamera, maar dié het redelik gou aanbeweeg.

Die afgelope week was hy reeds twee keer hier, elke keer met die hoop dat Ebbie te voorskyn sou kom. Hy wil net met die mannetjie gesels, maar hy is te bang om die huis te bel. Netnou tel Ester of Kerneels op.

Hy het sy oudste heel eerste by die skool gaan soek, maar toe ontdek dis vakansie.

Hy wil hoor of Ebbie nie by hom en die tweeling wil kom bly nie. Laura het hom gelos en hy het hulp nodig met die kinders. Hulle is vyf jaar oud en hy kort iemand wat in die middae na hulle kan kyk. Babysitters is blerrie duur in Sydney en niemand kan 'n huishulp bekostig nie.

Hy skel Laura vir die soveelste keer. Hy kan nie glo sy het sommer net so padgegee nie. Moet 'n ma nie meer omgee vir haar kinders nie?

Hy soek weer deur die strate. Sien hoe die ligte in die kafee af in die pad aankom.

Hy mis sy seun, sê hy vir homself.

Hy mis dit om nog 'n man in die huis te hê. Dis soms asof die twee

208

dogters van 'n ander planeet is. En hy is seker Ebbie sal meer geleent-
hede in Australië kry as hier.

Hy het buitendien rondgevra, en sy en Ester se ou vriende sê sy kom
kuier nooit meer nie. Trouens, volgens hulle het sy die afgelope jaar
heeltemal van die aardbol af verdwyn. Een vriendin het selfs gesê sy is
bekommerd oor die man met wie Ester deesdae deurmekaar is. Blyk-
baar drink Ester ook weer.

Dis net nog 'n rede hoekom Ebbie saam met hom moet kom, besluit
hy. Dit klink nie asof dit goed gaan by die huis nie. En wanneer Kerneels
groter is, kan hy natuurlik ook kom.

Ester sal niks daarvan hou nie, dit weet hy, maar sy sal dit gewoond
raak. Dalk sal sy selfs bly wees. Sy kan date soos sy wil en weer na al
daai partytjies gaan soos toe hulle jonger was.

Die gedagte kom skielik by hom op.

Wat as Ester nooit weet nie?

Wat as hy nie by haar hoef te smeek dat Ebbie saamkom nie?

Wat as niemand weet nie?

Maar die kind sal 'n paspoort nodig hê . . .

Nee wag. Hy het reeds een. Verlede jaar moes hy help betaal aan 'n
atletiektoer Namibië toe. Dis mos landuit, nie waar nie?

7

Ami trek nommer 22 se voordeur agter haar toe. Ester sit steeds en huil op die bank en sy weet nie meer hoe om te troos nie. Die vrou se ongeloof oor haar eksman se storie is amper tasbaar en haar weersin selfs groter.

Ami se eie gevoel oor Wikus is ook dat hy jok, nes Kerneels. Iets het daai Sondagoggend tussen James Delphine en Kerneels gebeur – iets wat hom laat spaander het.

Wat as Ebbie betrokke geraak het? Wat as hy tussenbeide getree en seergekry het? Dalk bly Kerneels stil, want hy is bang dat wat ook al gebeur het sy skuld is. Dalk dra hy al jare lank die las van wat met Ebbie gebeur het saam met hom.

Ami loop na die Triumph waar dit by die parkie geparkeer staan. Dis vroegaand, en die ligte gaan een vir een aan soos mense by die huis kom.

Sy steek vas toe sy twee tienermeisies by die swaaie opgewonde sien beduie. Sy volg hulle blik. Sien hoe 'n digte swart rookkolom na die ooste die lug in trek.

Sy weet uit ondervinding dis moeilik om die afstand van 'n brand te skat. In haar eerste maand by Nuus360 moes sy agter drie rookwolke aanjaag as deel van haar "opleiding", soos die senior misdaadjoernalis dit gestel het.

Een was 'n veldbrand – grys rook; een 'n spul bande wat vir die staal binne-in uitgebrand is – gitswart rook; en die laaste een 'n brand in 'n verlate fabriek wat tot die dood van twee bosslapers gelei het – 'n mengsel van grys en swart rook.

Hierdie een lyk soos laasgenoemde.

Haar joernalistieke instink neem oor. Sy klim op die Triumph en ry agter die rook aan.

Een blok.

Twee.

Soos sy die bron van die rook nader, begin die vrees in haar posvat.

Kan dit wees?

En as sy reg is . . . wat dán?

Sy trek die motorfiets oop en jaag tot by die brand.

Sy parkeer en ruk haar valhelm af.

Annemarie de Koning se huis staan in ligte laaie. Oral in die straat peul mense by hulle huise uit om na die skouspel te kyk.

Sy draf na die naaste persoon – 'n man wat hande in die sakke na die vlamme staan en staar. Pluk aan sy arm. "Is iemand nog daar binne?"

Hy swaai om. "Who cares? Soos ek hoor, bly daai pedo hier. De Koning iemand. Dis divine justice, as jy my vra."

Ami kyk geskok na hom, na die handvol mense wat net staan en staar, 'n tipe tevredenheid op hulle gesigte.

"Wat van De Koning se ma?" Aan Nakkie van der Merwe wil sy nie eens dink nie.

"Hoe bedoel jy?" Die man kyk vraend na haar.

Sirenes klink op in die agtergrond – ver nog.

"De Koning se ma. Annemarie."

Die man beduie op met die pad. "Ek bly daar bo. Die bure hier het niks van 'n vrou gesê nie."

Ami laat val haar goed, hardloop na die tuinhekkie en stoei dit oop.

Die vlamme skiet boontoe uit die heel agterste venster – waarskynlik die hoofslaapkamer.

Sy storm met die paadjie op, die sirenes wat harder begin opklink. Sy voel aan die deur. Dis nie gesluit nie.

Sy loop in, skerm met haar arm oor haar oë vir die rook. Trek dan haar baadjie se kraag oor haar neus en mond.

"Annemarie! Nakkie!"

Sy soek deur die newels, maar kan geen beweging uitmaak nie.

Sy bereik die gang, roep: "Annemarie!"

Geen antwoord of beweging nie.

In die kombuis raak die rook verstikkend. Haar oë traan en sy begin hoes.

Nee, hier moet sy padgee, en gou ook.

Is die agterdeur oop? Kan sy daar uit?

Sy struikel. Foeter op haar hande en knieë neer.

Annemarie lê op haar sy langs die toonbank.

Sy skud aan haar, maar die bejaarde vrou beweeg nie. Sy gryp haar aan die hande en sleep haar tot by die agterdeur.

Voel aan die handvatsel.

Dis nie gesluit nie.

Sy gooi die deur verlig oop. Voel hoe koel aandlug die huis binnestroom.

Sy is ewe gelukkig dat die veiligheidshek oopstaan.

Sy kyk na die drie trappe voor haar.

Die ou vrou kreun.

"Kan jy opstaan?"

Annemarie knip haar oë verward, antwoord nie. Sy begin diep uit haar longe hoes.

Ami skat sy weeg skaars vyftig kilogram. Kan sy haar optel?

Sy buk af. Dis makliker om haar te lig as wat sy gedink het. Annemarie is brandmaer, amper breekbaar.

Ami klim die trappe af tot op die sementblad. Beweeg tot in die tuin, versigtig om nie te val nie.

Sy kyk om haar rond. Rooi noodligte speel woer-woer teen die donker hemel. Die hele regterkant van die huis is in vlamme gehul, vonke wat die lug in skiet. Langsaan skarrel die bure om hulle dak met 'n tuinslang nat te spuit.

Vaalbruin uniforms kom van die huis se oprit aangedraf, gevolg deur twee bloues met wit glimbande om die arms en bene.

Uiteindelik. Paramedici.

"Daar's sy!" roep 'n manstem. "Dis die vrou wat by die huis in is!"

Sterk arms vat Annemarie by haar.

"Sy't 'n volwasse seun wat dalk nog in die huis is," sê sy vir die vaal uniforms. "En daar's moontlik 'n tienjarige kind ook."

Die een paramedikus staan nader, maar sy wuif hom weg. "Ek's okay. Regtig."

Sy leun met haar hande op haar knieë terwyl sy na asem soek. Bly so staan. Sy weet die polisie behoort ook binnekort hier te wees. As sy straat toe loop, gaan hulle met haar wil praat of haar van die toneel verwyder, en dan gaan sy nie kan sien of die brandweer vir Nakkie opspoor nie.

Die leier van die brandweermanne het egter ander planne. "Jy moet padgee. My mense moet werk."

Sy gee toe, loop om die huis. By die hekkie soek sy deur die see van gesigte, maar sien niemand wat sy ken nie.

Wag 'n bietjie . . .

Hoekom herken sy niemand nie?

Waar is Louis van der Merwe? Hy bly net 'n paar blokke hiervandaan. As die man van vroeër weet dat Jakob de Koning hier bly, sou Louis dit ook mos lankal uitgewerk het, en sou hy nie ewe gretig wees om uit te vind wat hier aan die gang is nie?

8

Die Triumph staan vasgeparkeer tussen die brandweer en ander voertuie. Ami spoor haar rugsak en valhelm op en draf die paar blokke tot by Louis van der Merwe se huis.

Sy gaan staan voor die groen palissade-motorhek, haar asem wat jaag in die stil aandlug.

"Louis!"

Niemand reageer nie.

Sy soek na enige teken van lig in die donker huis. Merk die skraal strook onder die maroen motorhuisdeur.

"Louis?"

Sy ruk aan die voetgangerhek. Gesluit. Sy haal haar foon uit en skakel sy nommer.

Geen antwoord nie.

Sy probeer dink. Van der Merwe het gesê hy werk skofte by 'n sementaanleg, so dalk is hy nie by die huis nie.

Maar . . . Sy het 'n naarheid op die krop van haar maag wat sy goed ken. Noem dit instink, die lees van gedrag en patrone, maak nie saak wat nie, maar iets is nie reg nie.

"Okay," besluit sy. "Doen nou maar weer iets stupid, Prinsloo. Dis mos wat jy doen. Stupid goed. Die hele dem tyd."

Sy staan twee treë terug op die sypaadjie en meet die heining. Dan kyk sy na die staalposbus in die vorm van 'n huis.

"Stupid, stupid, stupid."

Sy gooi haar rugsak oor.

Dit land op 'n digte struik. Hopelik beteken dit haar rekenaar is nog heel.

Haar valhelm volg. Dié bons van die plantegroei en rol tot op die gras.

Dan forseer sy haar linkerstewel in die onderste dwarsstaaf van die heining in en strek haar regterbeen na agter tot haar voet op die posbus rus. Sy gryp die heining se sporte so hoog as moontlik vas en gebruik die krag in haar arms en bobene om haar lyf tot op die posbus te lig.

Die posbus gee effe skiet na agter.

Sy klou vervaard en wag – hoop – dat dit tot stilstand kom. Dan verwissel sy haar greep so vinnig as wat sy kan na die bokant van die heining en lig haar linkervoet tot op die boonste dwarsstaaf.

Sy bly hang vir 'n oomblik daar, haar regterbeen ingekrul agter haar sitvlak, beide hande wat desperaat aan die heining se bokant klou in 'n poging om haar balans te hou.

Sy rol stadig vorentoe op die bal van haar linkervoet. Skop vas en duikrol tot op die gras.

Sy land op haar seer skouer. Kreun onwillekeurig en draai op haar rug. Kyk na die sterre wat begin kop uitsteek, dankbaar vir die sagte grasperk en die heining wat nie so hoog is soos 'n tipiese Joburg-heining nie.

Die gedagte aan 'n hond skif boontoe.

Sy spring op. Sy kan nie onthou of hier laas keer troeteldiere was nie, maar dalk was hulle bloot iewers toegesluit. Sy gryp haar rugsak en valhelm en draf na die garage. Klop aan die staaldeur waar die ligskref sigbaar is.

"Louis! Is jy daar binne? Dis Ami Prinsloo van Nuus360."

Sy hoor beweging en dan skuif die deur oop, 'n paar staalpuntstewels wat vastrap om dit te lig.

Sy tree terug.

Louis duik onderdeur die deur. Kom orent, verbasing op sy gesig.

In sy hande is 'n vuilwit werkslap. Sy oorpak ruik na petrol en rook.

"Hoe het jy – Wat soek jy hier?"

"Jakob de Koning se huis is aan die brand."

"Wie's dit?"

"Komaan, Louis. Jy weet goed. Ek het jou van hom vertel!"

"Ek kan nie veel van die laaste paar dae onthou nie." Hy vee-vee sy hande aan die lap af.

"Wat bedoel j–"

"Pappa!" roep 'n stem uit die huis se rigting. "Mamma sê Pappa se koffie is reg."

Louis se hande word stil.

Kort, haastige treë klink op en 'n seun in gestreepte pajamas verskyn in die lig wat vanuit die garage skyn.

Dis die seun van die foto's, besef Ami. Die een wat mal is oor krieket en skaatsplankry.

"Nakkie?" vra sy.

Die kind skrik en hardloop tot agter sy pa. Staan doodstil daar.

Louis vou sy arm om sy seun.

"Hy's terug," sê Ami verstom.

Louis knik.

"Het die polisie . . ." Haar woorde droog op.

Sy betrag die man voor haar. Dis duidelik dat hy doodmoeg is. En die woede sit steeds in die strak lyn van sy mond en in die snaarstywe skouers onder die oliebevlekte T-hemp.

Maar daar is 'n tevredenheid ook.

Sy het dit al voorheen gesien in mans wat reken dat hulle gedoen het wat hulle moes doen. Mans wat glo dat hulle hul Godgegewe taak verrig het om te verdedig en te beskerm.

"Wat het jy aangevang?" Haar stem kom uit in 'n fluistering.

In haar kop hoor sy hulle eerste gesprek. Die een waar hy gepraat het oor een van haar vorige stories, oor 'n brand wat gehelp het dat iemand met moord wegkom.

Hy gooi sy kop terug, stoot sy ken uit. "Wat bedoel jy?"

Sy beduie na Nakkie.

"Hy't weggeloop. Kinders doen dit. Maar hy's terug. Dis al wat saak maak."

Sy kan voel hoe die seun se lyf tril waar hy styf teen sy pa staan. Dit spoel tot teen haar, óór haar – rou angs wat nog nie gaan lê het nie.

"Is hy okay?"

"Hy sal wees."

"Ek ken 'n goeie terapeut. Ek sal vir jou die nommer whatsapp."

"Ons het niemand nodig nie."

"Hý het. Hy moenie probeer vergeet nie. Want hy sal nie. Dis beter om daaroor te praat en dit te verwerk. Stilbly werk nie. Mens kan nie net op dit gaan sit asof dit nooit gebeur het nie."

Sy hou op praat, byt op haar onderlip. Onthou die stories wat haar ma vertel het ná haar suster se dood, oor haar pa wat vir lank nie kon sê hoe hy voel nie. Oor die woede wat hy soms op almal om hom uitgehaal het. Die donker nagte van sit en huil.

"Louis . . ."

Sy oë en dungetrekte mond word iets skrikwekkend, wreed amper.

Sy swaai om. Sy weet nie of sy meer wil weet nie. Móét weet nie.

Hoe aandadig is sy aan wat ook al hierdie man aangevang het?

Sy wou Nakkie veilig by die huis hê. Wat sy nié wou gehad het nie, is dat iemand doodgaan.

Voor haar skuif die motorhek oop en sy loop uit.

Die hek skuif toe.

Agter haar klink gedempte woorde op.

Sy swaai om. Hoop sy het verkeerd gehoor.

Maar sy weet sy het nie.

Louis van der Merwe het dankie gesê.

9

Ami loop terug na Annemarie de Koning se huis, die verbystering oor Nakkie se skielike terugkeer wat haar nie wil los nie. Toe sy om die laaste hoek kom, sien sy die brandweer steeds aan die swoeg, die vlamme wat intussen na die voorkant van die huis versprei het.

Sy gewaar Viljee waar hy tussen die omstanders in sy rolstoel sit. Sy soek na Cherise. Dis te ver om alleen met 'n rolstoel oor soveel ongelyke sypaadjies te beweeg.

Viljee se dogter is egter nêrens te siene nie. Bygesê, dis reeds goed donker en die meeste straatligte werk nie. Al lig wat daar is, is die gloed van die brand en die skynsel uit buurhuise.

Sy groet Viljee. Beduie na die brandspan. "Het hulle al iemand in die huis gekry?"

"Behalwe die vrou wat iemand daar uitgedra het? Nee. Niemand weet waar Jakob de Koning is nie, maar hopelik is hy nog daar binne. Dis beter vir ons almal. Vir hom ook."

Iemand pluk aan haar arm. Dis Mac, van alle mense. Sy knik 'n vlugtige groet aan Viljee.

"Ek was in die omtrek en toe hoor ek wat aangaan." Sy druk haar hande in haar broekpak se sakke en staar na die vlamme, 'n tevrede uitdrukking op haar gesig.

Viljee beweeg sy rolstoel agtertoe, asof hy min lus is vir hulle.

"Weet jy waar De Koning is?" vra Ami.

Sy weet Mac het haar gebruik. Dat sy haar aangepor het om vir Louis van der Merwe van De Koning te vertel. Sy weet egter ook dat sy dit toegelaat het. Dat sy dalk selfs saamgestem het dat dit iets is wat sy moet doen.

Mac haal haar skouers op. "Ek weet nie. Maar een van die brandweermanne praat asof hulle kan ruik dat iemand daar binne is . . . was."

Ami kan nie help om te ril nie. "Wat sê sy ma?"

"Dat hy by die huis was." Mac se stem kry 'n ironiese toon. "Anne-marie het nogal bly geklink." Haar hande beduie na haar keel. "Daar is wurgmerke om haar nek en ek twyfel of jy haar só by die huis uitge-sleep het."

"Beslis nie."

"Dan het jy waarskynlik die tannie se lewe op meer as een manier gered."

"Wat is die kans dat die brand 'n ongeluk was?" vra Ami.

Sy weet wat sy pas gesien het. Nakkie is terug by die huis, onder die vlerk van sy pa, maar dalk maak sy die verkeerde som. Daar is tog iets soos toeval, nie waar nie?

Mac se wenkbroue lig. "Omtrent nul, skat ek. Ek dink iemand het uitgevind wie en wat De Koning is. Dit was tog net 'n kwessie van tyd voor dit sou gebeur. En die seun wat hier verdwyn het, die een oor wie jy geskryf het? Wat het sy pa nou weer in jou artikel gesê? Hy sal die man wat dit gedoen het . . .?"

Sy knak haar kop na links, asof sy vra dat Ami die storie verder moet vertel.

Maar Ami weier, kwaad oor die feit dat sy so openlik gebruik is. Sy trek bloot haar skouers op.

"Help nie jy's kwaad nie, pop," sê Mac uitdrukkingloos. "Jy't jou eie besluite geneem."

"Jy kon dit self gedoen het."

"Wat gedoen het? En hoekom? Jy en jou aasvoëlsoort moet goed wees vir iets, nie waar nie?"

Sy grynslag, draai om en loop uit die groep omstanders.

Ami weier om haar te laat wen.

"D. Jordaan!" roep sy agter haar aan. "Wie's dit?"

Mac swaai om. Frons diep. "Ek weet nie. Sê my?"

"'n D. Jordaan het die middag van Paul se dood by die aftreeoord in-geteken. Paul moes destyds 'n Rudolf Jordaan arresteer oor hy sy vrou vermoor het. Volgens Jordaan was dit genadedood. Paul was daardie tyd met Ilse getroud, maar hy moes jou seker iewers daarvan vertel het?"

'n Vreemde emosie flits oor Mac se gesig. Verbasing?

"Die probleem is dat D. Jordaan oorlede is," sê Ami. "En die ID-nommer in die besoekersregister stem nie ooreen met die naam nie. Die huis wat die persoon kamtig sou besoek, staan ook leeg."

"Dan is dit seker 'n ander Jordaan? Ek weet nie wat jy probeer sê nie, Ami. Ek moet loop. Dit was 'n lang dag."

Ami kyk hoe sy wegloop. Besluit dan dat sy ook genoeg gehad het. Sy is doodmoeg, honger en dors, en sy het die badkamer dringend nodig.

Sy sal môre bel en hoor wat by die De Konings se huis gebeur het. Die brandweer gaan nog 'n ruk besig wees, en sy het nie die krag om te wag tot hulle oppak nie.

1

Ami is die volgende oggend vroeg op kantoor.

Ephrahim is vol lof vir haar artikel oor die vonds by Joy Tshabalala se huis. "Hou die storie dop," sê hy. "Laat my weet wat gebeur."

Sy bel Pretoria se nooddienste oor die brand by die De Koning-huis. Hulle bevestig dat een oorledene in die struktuur gevind is, maar sê die saak is nou by die polisie en dat dit waarskynlik 'n ruk sal neem om die persoon se identiteit vas te stel.

Ami skryf in haar storie dat Jakob de Koning in dié einste huis by sy ma tuisgegaan het nadat hy op parool vrygelaat is. Dis iets wat sy vir 'n feit weet, en nie Mac of die paroolraad kan haar meer keer nie.

Sy skryf niks oor Nakkie van der Merwe nie. Sy kan haar nie indink dat die seun werklik weggeloop het nie – nie ná wat sy gisteraand gesien het nie. Nakkie was bang en verskrik, asof iets vreesliks met hom gebeur het; iets wat hy nooit sal vergeet nie.

Haar laaste oproep is na die provinsiale polisiewoordvoerder.

Stella Dlamini is nie gelukkig om van haar te hoor nie. "Ek hoor jy krap al weer orals waar jy nie moet nie."

Ami ignoreer die aanmerking. "Is daar al nuus oor die oorskot by Joy Tshabalala se huis?"

"Nog nie, nee."

"Maar dis wel menslik van aard?" Niemand wou dit nog amptelik bevestig nie.

Dlamini wik en weeg.

"Ek was heeldag daar," sê Ami. "Ek het gesien wat julle ouens uitgedra het. En ek het met die swembadbouers gesels."

Dlamini brom binnemonds, seker te professioneel om hardop te vloek. "Al wat ons op hierdie stadium kan bevestig, is dat die skelet wel menslik van aard is. Ons weet nie of die persoon vroulik of manlik was nie, ook nie hulle ouderdom óf hoe lank hulle in die grond was nie. Gee die VIC asseblief tyd en ruimte om hulle werk te doen."

"Kan ek oor die metodes skryf wat die VIC gebruik om die identifikasie te doen? Sal iemand dit aan my kan verduidelik? Ons lesers behoort die proses interessant te vind."

"Soos ek sê, gee hulle tyd en ruimte om te werk. Miskien ná die tyd."

Ami byt op haar tande. Wens sy was nie altyd so gesteld daarop om goeie verhoudings met haar bronne te kweek nie.

Sy soek 'n ander inkomplek. "Wat van Ester Gouws? Het julle Ebbie Gouws se ma gevra om DNS te verskaf vir vergelykingsdoeleindes?"

"Ja, en ek sê dit want ek weet jy gaan haar bel en vra. Maar regtig, meer as dit kan ek nie sê nie."

Dlamini lui af.

Ami skryf 'n opvolgartikel. Sy sit nog en tob oor gisternag se gebeure, toe haar foon lui. Dis Jeannie Malan, die Moot-eiendomsagent by wie sy meer wou uitvind oor die vorige eienaar van die Tshabalala-huis.

"My ma het 'n paar interessante dinge oor Franci Koster te sê gehad."

Ami trek haar notaboek nader.

"Dit klink asof die vrou amper dertig jaar alleen in nommer 18 gebly het," verduidelik Malan. "Blykbaar kon niemand ooit presies bepaal hoe sy haar geld verdien nie. Soos ek ook verstaan, het daai polisieman op die hoek in nommer 16 – Wessel Viljee? – gereeld by sy buurvrou 'n draai gaan maak. Veral in die nag, as hy gedink het niemand sien nie. Maar dis regtig als net gerugte."

"So mense reken Koster en Viljee het 'n verhouding gehad?"

"Klink so, ja."

"Wanneer was hierdie verhouding? Kan jou ma onthou?"

"Sy's nie seker nie. Sy het die stories eers met die verkoop van die huis gehoor, en dit was lank ná Ebbie Gouws se verdwyning. Verskeie mense uit die buurt het na die huis kom kyk om te sien hoe dit lyk, meer uit nuuskierigheid oor Franci en hoe sy geleef het as iets anders."

"Ek verstaan," sê Ami. "Van skinderstories gepraat, wat het mense destyds oor Ebbie Gouws se verdwyning gesê?"

"Ek het jou artikels oor hom gesien. Ek was twaalf toe hy weg is, so ek onthou dit goed, veral omdat ek saam met Ou Langvingers op laerskool was."

"Langvingers?"

"Sy boetie. Kerneels Gouws. Kyk, jy moes jou goed baie mooi oppas as daai outjie in die omtrek was. Maak nie saak wat nie. Kryte, potlode, jou toebroodjies – veral sjokolade. Hy kon goed in sekondes vaslê en dan lyk asof botter nie in sy mond kan smelt nie."

"Het sy ma nooit iets daaraan gedoen nie?"

"Kerneels is nooit uitgevang nie, maar ons almal het geweet dis hy. Buitendien, hier om en by Ebbie se verdwyning het hy skielik opgehou. Dis asof hy hard probeer het om meer voorbeeldig te wees. Nie altyd met baie sukses nie, maar ja."

Ami hoor hoe 'n deur aan Malan se kant oopgaan en stemme vrolik groet.

Sy onthou haar belofte van gister, so sy vertel die vrou van die oor- skot by Tshabalala se huis en die brand by die De Konings.

Die eiendomsagent is hoorbaar ontsteld. "Ek het gehoor van die brand, maar wou dit amper nie glo nie. Dié stories gaan nou weer maande vat om oor te waai, as ons gelukkig is."

Ami groet en lui af. Volgende bel sy vir Ilse en verduidelik wat sy uitgevind het oor Wessel Viljee en Francina Koster. "Het julle ooit sulke stories gehoor?"

"Praat met Kareemah. Sy was 'n jong konstabel by die Moot-stasie toe sy aan Ebbie se saak gewerk het. Dit was voor sy besluit het om na forensies te gaan. Paul het haar destyds ingetrek om met die vrouens in die saak onderhoude te doen. Hy het gesukkel om met die skoolmeisies te connect, veral met Pip. En wie is daai ander kind nou weer? Viljee se dogter?"

"Cherise."

"Ja, sy. Paul het Kareemah ook na Francina Koster en Ester Gouws gestuur. Miskien het hy gehoop hulle sal vir 'n vrou goed sê wat hulle nie vir hom wou sê nie."

"Paul het niks in sy notas oor Koster nie."

Ami het nou wel nog nie die rooi koevert oopgemaak nie, maar sy het niks in die lêer gesien nie. Dalk is dit tyd om uit te vind wat Paul se teorie oor Ebbie se verdwyning was. Sy het 'n redelike hoeveelheid nuwe inligting ingesamel en dit wil lyk asof die saak begin rigting kry.

"Het jy ooit met Koster gesels?" Ami reken Ilse sou kon sien as hierdie misterieuse vrou iets weggesteek het.

"Nee. Teen die tyd wat Paul my betrek het, wou sy niks meer van die polisie en Ebbie se verdwyning weet nie. Maar bygesê, sy was nie die enigste een nie. Mense soos die Jafthas het dieselfde gevoel. Jy moet onthou, Paul het niks amptelik gedoen nie. Dit was meer soos iets wat hy nie kon los nie. 'n Obsessiewe stokperdjie."

Ami kan die spyt en frustrasie in Ilse se stem hoor.

Dan vra die sielkundige: "Wat gaan aan? Hoekom het jy so baie vrae oor Francina Koster?"

Ami vertel haar wat gister gebeur het, van die lyk by die Tshabalala-huis tot haar gesprek met Jeannie Malan.

"Soos ek sê, praat met Kareemah. Dis al raad wat ek het. En wanneer jy dit doen, werk maar mooi met haar."

"Wat bedoel jy?"

"Daai tyd toe Ebbie verdwyn het . . . Paul en Mac het op skei gestaan, en as jy wonder hoe hy Kareemah ontmoet het . . . dit was met die Gouws-saak."

"Bedoel jy ontmoet, of ontmóét?"

Ilse lag skor, die klank gelaai. "Kareemah en Paul het nooit iets erken nie, maar ek sou sê die tweede een."

"So dink jy hulle was bietjie verlief toe hulle die saak ondersoek het? Dalk 'n bietjie blind?"

"Ek kan nie sien dat so iets Paul sou beïnvloed nie. Maar ja, dit sou die geval kon wees met 'n jong konstabel. Nie dat ek dit ooit voor Kareemah sal sê nie. En die ding tussen Ebbie en Pip? 'n Bruin girl en 'n wit seun? Dit was dieselfde met Kareemah en Paul, al was hulle ouer. Ek glo dit sou aan haar geraak het. Dalk selfs aan hom."

"Sou dit Kareemah blind gemaak het oor Pip?"

"Ek weet nie. En ek wil niks meer sê nie. Netnou beïnvloed ek hoe jy na alles kyk."

Sal dít die groot, duister waarheid van die saak wees, wonder Ami. Het skuldgevoelens Paul oor die jare heen gedryf om steeds na Ebbie te soek? Die verbrokkeling van een huwelik, die begin van 'n nuwe verhouding? Vrae oor wit en swart en bruin in 'n tyd wat min antwoorde gebied het?

"Het iemand foute gemaak?" wonder sy hardop.

"Nee." Ilse sê dit met oortuiging. "Ek dink nie so nie. Maar of almal so helder na als gekyk het as wat hulle moes, weet ek nie. Maar mens kan dit seker van alle sake sê, nie waar nie? Ook oor al die stories wat mense soos jy skryf. Iewers kyk mens deur 'n lens wat jy nie eens besef jy dra nie."

Volgens die adres wat Ami by Geo gekry het, bly James Delphine in Rietfontein in die Moot. Sy vind sy huis naby 'n PRASA-treinstasie en 'n kleinerige winkelsentrum met 'n Pick n Pay en troeteldierwinkel.

Sy lui die interkom by die hek terwyl die Triumph onder haar luier.

Sy kan sien Delphine is 'n motorfietsaanhanger – 'n Harley en twee Suzuki's staan in die oprit. Langs die fietse is 'n wit Mercedes-Benz-minibus wat adverteer dat *Delphine Bikes* sedert 1994 fietse koop, ver-koop en regmaak.

Niemand reageer op haar versoek om aandag nie, so sy haal haar valhelm af en laat die Triumph brul. Hopelik trek die klank Delphine se aandag.

Oomblikke later verskyn 'n langerige man in sy sestigs in die voor-deur, sigaret en Red Bull in die hand. Hy is aantreklik, maar met 'n paar harde jare op sy kerfstok. Netjiese eendagbaard, noupassende wit T-hemp, jeans en swart stewels. Sy kop is kaalgeskeer en sy bruingebran-de gesig sê dat hy baie tyd in die buitelug spandeer. Hy lyk seningrig en sterk, asof hy gereeld gim.

'n Ewige biker wat dalk onlangs mooi na homself begin kyk het, raai Ami. Én wat al minstens een keer in 'n ongeluk was, te oordeel na die diep, lang litteken oor die linkerkant van sy kop.

"James Delphine?"

Hy knik. "Mooi bike. Wat's fout?"

Sy sit die Triumph af en loop nader, tot teen die palissadeheining. "Ek's van Nuus360. Ek's hier oor Ebbie Gouws se verdwyning in 1998. Ek het gehoop om gou met jou te gesels."

Die naam tref Delphine soos nat koerantpapier – klewerig en uit die bloute. Iets soos afgryse verskyn op sy gesig. Verander dan na waaksaamheid. Hy trek aan die sigaret, blaas rook die lug in. Proe aan die blikkie Red Bull.

Hy bly staan net buite die voordeur, op die koel baksteenpaadjie langs 'n doringboom wat skadu gooi oor die dubbelgarage en die afdak voor dit. Sy agterdog is amper tasbaar, 'n golf wat tot by haar stu en tussen hulle gaan lê.

Sy weet hy gaan haar nie innooi nie. In hierdie stadium van haar loopbaan herken sy die tekens. Sy wonder vlugtig of sy mooier moes gepraat het, 'n beter aanloop gesoek het?

Nee wat. Daar was geen ander manier om hierdie gesprek te begin nie. Sy besef sy sal meer van haar kaarte moet wys, en gou ook, voor Delphine die huis in vlug.

"Iemand het Nuus360 laat weet dat jy naby Snymanstraat was die Sondagoggend toe Ebbie verdwyn het. Ek wou by jou kom hoor of jy dalk iets gesien het wat ons kan help."

"Dis meer as vyf-en-twintig jaar later. Watter iemand nóú skielik?"

"Ek kan ongelukkig nie sê nie. En dis nie net een mens nie."

Delphine trek weer aan die sigaret. Hy kyk oor sy skouer, asof hy bang is iemand in die huis gaan hoor. Dan staan hy nader, nuuskierig-heid wat opskif in sy oë.

So naby aan haar eien sy duur naskeermiddel onder die rook. Hout, muskus. Hipermanlik.

"Hoekom was jy daai oggend in die omgewing van Snymanstraat?" vra sy.

"Sê weer hoekom jy hier is. En moenie bullshit nie."

Sy hou haar hande op, tel haar woorde. "Ek's besig met 'n reeks arti-kels oor Ebbie se verdwyning. Die polisie kyk ook weer na die saak. En soos ek sê – nuwe ooggetuies het my laat weet dat jy naby die Gouws-huis was daai oggend."

Toe hy net uitdrukkingloos na haar kyk, voeg sy by: "Ek weet dat jou seun, Derrick, saam met Kerneels Gouws op skool was, maar dat jy destyds al hier gebly het." Sy beduie om haar heen. "Snymanstraat is 'n hele paar kilometer weg en daar is verskeie kafees en winkels nader aan jou as die een in die Gouwse se buurt."

Delphine se hand klem momenteel om die Red Bull. Gee dan stadig, doelbewus skiet. "Wie sê ek het 'n kafee gaan soek en nie by iemand gaan inloer nie?"

Ami wens die man wil haar op sy erf toelaat, dat sy nie so deur die heining hoef te onderhandel nie, maar dit lyk nie asof dit gaan gebeur nie.

"Is dit Kerneels wat nou skielik iets te sê het?" praat hy weer. "Jy – enige iemand – sal stupid wees om daai ou te trust."

Interessante stelling. Nes die feit dat Delphine nie sy teenwoordigheid naby Snymanstraat betwis nie.

"Ek kan ongelukkig nie sê wie dit is nie." Sy gaan beslis nie Jakob de Koning se naam noem nie.

Delphine sit die sigaret in sy mond. Haal sy foon uit sy jeans se sak en kyk na die skerm asof hy 'n boodskap lees.

Ooglopend is dit tyd om meer druk toe te pas.

"Soos ek verstaan, het Kerneels daai oggend jou Kombi by die kafee gesien en weggehardloop, so asof hy bang was vir jou. Dit klink asof die polisie wonder of Ebbie dalk tussenbeide getree het."

Delphine bêre die foon. Teug aan die sigaret, sy lippe dun.

Ami kan die begin van vrees op sy gesig sien. Hoe dit raak aan die vaalbruin oë wat skreef, vinnig knip.

"Die polisie stel veral in jou belang omdat jy al twee keer net-net tronkstraf vir aanranding vrygespring het."

Sy versag haar aanslag effens. "Kyk, ek het al honderde misdaadstories geskryf en ek weet dinge is nie altyd soos dit lyk nie. Dis hoekom ek glo dis die moeite werd om self te kom hoor wat jy te sê het. Dis vir my belangrik om al die feite te kry voor ek iets skryf."

"Jy sal wragtig nie my naam noem nie. Ek sal jou sue voor jy weet wat jou getref het."

Sy lig weer haar hande. "Ek's jammer, regtig, maar jy moet verstaan dat ek my werk moet doen en die storie moet skryf. En as dit nie ek is nie, gaan dit iemand anders wees. Glo my."

Delphine dink vir 'n oomblik. "Ek sê niks tot ek nie weet wie hierdie supposed ooggetuies is nie."

"Ek kan nie sê nie. Nie nou al nie."

Nes vroeër maak Delphine sy eie afleidings. "Jy's fokken useless as jy Kerneels Gouws of enige iemand in sy familie glo. Daai asshole lieg al sy hele lewe lank."

Hy gooi die sigaret neer en trap dit dood. Draai om en loop voordeur toe.

"James . . . Asseblief!" roep sy agterna. "Die saak is te ver gevorder om te verdwyn."

Hy steek vas, vloek hard.

Toe hy omdraai, skiet sy wysvinger herhaaldelik in haar rigting. "Okay. Hier is die waarheid, as jy dan nou regtig daarin belangstel. Gaan vra vir golden boy Kerneels oor die rollerblades wat hy daai oggend aangehad het. Vra hom waar hy dit gekry het. En dan vra jy hom oor die baseball bat en die chocolates en fok weet wat hy nog als by die skool gesteel het. Maar dan smile hy mos net en sweet-talk almal en niemand doen iets nie. Veral nie daai ma van hom wat dink die son skyn uit sy gat nie."

Ami dink vinnig. "Was die rollerblades jou seun s'n?"

Delphine swaai weer om en loop terug na die voordeur. Waai haar vraag weg met 'n woedende hand.

"James! Wag! Het jy Ebbie daai oggend gesien? Dis al waarin ek belangstel. Ek gee nie om oor Kerneels nie."

Hy gaan staan.

"Wat as dit jou seun was wat verdwyn het? Dink bietjie daaraan. Ester is . . . Dink jy nie dit maak mens heeltemal mal as jou kind net so wegraak nie?" Sy weet dis die goedkoopste van truuks, maar sy kan aan geen ander manier dink om hom te oortuig nie.

Hy vee met een hand oor sy ken, sy mond 'n dun lyn.

"Ek sal net skryf wat jy sê. Presies net so. Niks anders nie."

"Jy skryf niks nie."

"Okay. Vertel my dan net wat gebeur het. Dat ek kan verstaan en aanbeweeg."

Sy hand sak en dan spoeg hy die woorde uit.

"Sover ek kon sien, het Ebbie teruggedraai huis toe, by die tuinhekkie in en agterdeur toe. Dis al wat ek weet. En ja, ek was daar, want ek wou Derrick se fokken rollerblades terughê. Maar ek het nie geweet waar die Gouwse bly nie, en Derrick kon net sê dat dit iewers naby die kafee is. Derrick was seker Kerneels het sy rollerblades uit sy sportsak gesteel toe hy dit skool toe gevat het om vir sy pelle te wys. Sy baseball bat het die vorige jaar op presies dieselfde manier verdwyn."

Hy tol die blikkie Red Bull in sy hande al in die rondte. "Ek het nooit 'n woord met Kerneels gepraat nie. Toe hy my buite die kafee sien, het hy weggehardloop soos die fokken lafaard wat hy is. Ek het besluit dis beter om pad te gee en die issue by die skool uit te sort. Daai Moslem van die kafee het anyway by die deur uitgekom en my ge-eye asof ek daai pedo is wat destyds die kinders ontvoer het. Ek's reguit terug huis toe. Ek het vir Derrick gesê ek kon Kerneels nie in die hande kry nie en dat ek met die skoolhoof sal gesels."

Hy lag met iets soos ongeloof. "Ons het eers die Dinsdag gehoor dat Ebbie weg is. Ek het vir Derrick gesê om van die rollerblades te vergeet. Almal was anyway skielik vreeslik jammer vir Kerneels. Ek het besluit ek gaan nie polisie toe nie, want ek wou nie moeilikheid hê nie en ek het anyway niks gesien nie. Ek het die heeltyd sit en wag dat die cops opdaag, maar hulle was 'n no-show. Toe weet ek Kerneels het niks gesê nie, seker omdat hy skytbang was oor al die goed wat hy so steel."

Hy swaai om, gee die laaste treë tot by die voordeur en slaan dit agter hom toe.

Ami laat los die asem wat in haar keel vasgesteek het.

Sy loop terug na die Triumph. So Kerneels was 'n dief, nes Jeannie Malan gesê het.

En Ebbie is terug huis toe daai Sondagoggend.

Dis te sê ás James Delphine die waarheid praat en hy en Ebbie nie wel oor Kerneels en die gesteelde rolskaatse vasgesit het nie. Sy weet hoe ver sy sal gaan om haar susters te beskerm, en soos sy verstaan, het Ebbie presies dieselfde gevoel oor sy kleinboet.

1998

Sondag 12 April

Waar is daai donnerse mannetjie? Kerneels fokken Gouws.

Toe hy dit vanoggend uiteindelik uit Derrick kon kry dat sy roller-blades gesteel is, was hy dadelik die moer in. Derrick is seker dis weer die Gouws-laaitie wat dit gevat het, nes die baseball bat verlede jaar. Verlede jaar het hy dit laat slide, maar nie weer nie. Wragtig nie weer nie.

Hy het nie reguit gedink nie, net in die Kombi geklim en gery.

Die enigste probleem is dat Derrick nie presies weet waar die Gouws-gesin bly nie. Al wat hy kan onthou, is iets van 'n Salim's Café. Kerneels brag glo heeltyd dat dit die plek is met die beste fireballs in Pretoria, en soms koop hy vir die ander kinders as hulle vra – teen 'n helse markup, natuurlik.

James het die kafee maklik gekry, maar nou weet hy nie wat om te doen nie. Moet hy die eienaar vra of hy weet waar die Gouws-huis is, of wag tot iemand opdaag wat lyk asof hulle al lank in die buurt bly en die mense hier rond ken?

Hy bel Derrick op sy nuwe selfoon. Dit herinner hom aan Sandra wat gister weer gemoan het oor al die goed wat hy vir die kind koop. Maar hy het die geld, so wat maak dit saak?

Hy vra weer vir Derrick uit, maar raak nie veel wyser nie. Al wat hy kan onthou, is dat Kerneels praat asof hy gereeld hiernatoe loop. James weet ook die Gouws-kinders het nie baie geld nie, en dat die pa jare terug al die pad gevat het, so die kanse is amper nul dat die kinders ie-wers heen is vir die Paasvakansie. Dis nie soos hy en Sandra wat gedurig baklei oor wie wanneer vir Derrick kry nie.

Kerneels se ma is wel 'n beauty, maar sy daag altyd alleen op by die skool se oueraande.

Hy kan nie glo dat hy haar daai een keer uitgevra het nie en dat sy wragtig nee gesê het nie.

Hy vat die laaste trekke van sy sigaret. Besluit om by die kafee te gaan vra waar Kerneels bly. As hy daar nie regkom nie, sal hy by 'n paar huise gaan klop tot iemand hom kan sê.

Dit kan nie so moeilik wees nie. Daai laaitie is te blerrie lui om ver te loop. Hy tjommel altyd op die rugbyveld rond asof hy nie kan wag dat die game klaarmaak nie.

James raak sommer van voor af kwaad. Derrick se rollerblades was moer duur en hy wil dit terughê. En as hy Kerneels in die proses 'n les of twee leer, is dit ook okay. 'n Goeie pak slae is nie 'n slegte ding nie. Sý pa het hom elke nou en dan geneuk en hy't orraait uitgedraai.

Sy outoppie was 'n suinige donner, maar meestal was hy okay. As James die gras gesny het en die asblikke uitgedra het soos hy moes, het sy pa hom sakgeld gegee en verder uitgelos.

Fair is fair.

Maar hierdie Gouws-kind . . . Derrick sê almal by die skool weet Kerneels steel alles wat hy sien, maar niemand doen iets daaraan nie.

Wel, dit stop nou. As hy klaar is met Kerneels Gouws, gaan die mannetjie nooit weer iets vat wat nie syne is nie.

James druk die sigaret dood in die asbakkie. Kyk op.

Hy kan sy oë nie glo nie.

Dis mos die einste kind – op Derrick se fokken rollerblades.

Hy kyk fyner, maak seker – voor hy weer in die hof gaan moet please explain.

Yes. Dis Derrick se blades daai.

Kerneels gaan by die kafee in.

James maak sy sitplekgordel los. Kyk om hom rond. Die strate is doodstil.

Hy klim uit, loop 'n paar treë op met die sypaadjie.

Kerneels kom op die rollerblades uit die kafee, struikel na regs.

Sien hom raak.

Hy geniet die absolute vrees wat op die laaitie se gesig verskyn.

Dan kom 'n middeljarige Moslem-man agter Kerneels uitgestorm. Hy lyk eers kwaad, maar dan verander dit vinnig na agterdog toe hy kyk waar die seun kyk.

James steek in sy spore vas. Iewers in sy agterkop borrel die gedagte na bo – daar is mos hierdie ou wat laaities in die Moot van die straat af gryp, en nou is hy wragtig hier, 'n vreemde man in 'n vreemde buurt op soek na 'n kind.

Hy bly staan. Kyk hoe Kerneels met die sypaadjie langs wegskarrel asof sy voete aan die brand is.

Hy byt op sy tande, voel oor sy sakke vir sy sigarette.

Die Moslem draai terug na die kafee se ingang.

James loop na die Kombi en klim in.

Wat de hel nou?

Hy steek 'n Gauloises aan terwyl hy kyk hoe Kerneels straatop, verby die parkie, pad vat. Sien hoe nog iemand om die boonste hoek kom – 'n seun in 'n rugbybroek, T-hemp en plakkies.

Die herinnering glip eers weg, maar dan vat hy dit raak. Dit lyk na Kerneels se ouer broer . . . wat is sy naam nou weer? Hy onthou hom van die kinders se rugbywedstryde. Die rugbyveld is ook waar hy Ester vir die eerste keer raakgesien het in daai tight jeans van haar.

Nee wat, besluit hy dan. Vandag is nie sy dag nie. Die dice lê heeltemal verkeerd. Hy gaan moet wag tot hy met die skoolhoof kan gesels. Hy het mos nou die laaitie op die skaatse gesien. Kerneels sal hom nie weer kan loslieg nie.

Hy kyk hoe die ouer seun – Ebbie, onthou hy nou – 'n klippie of iets uit sy plakkie skop. Oor sy skouer kyk asof iemand hom roep. Dan draai hy om en loop terug. 'n Paar sekondes later sien James hom om die huis loop agterdeur toe.

Hy draai die Kombi se sleutel en ry terug huis toe. Hy sal vir hom en Derrick iewers gaan brekfis koop. Dalk sal dit hulle al twee laat beter voel.

3

Ephrahim laat val die uitdruk van 'n artikel op Ami se lessenaar en staan terug, hande gevou oor sy geel das en blou knoophemp. Haar oog vang die kop: *'Abducted' Moot boy back home.*

Shit. Dis die storie oor Nakkie wat sy nie wou skryf nie. Die een wat sy gehoop het die ander media op een of ander manier sou miskyk.

Sy moes van beter geweet het.

Buitendien, Ephrahim is hopeloos te wakker. Hy was jare lank 'n joernalis voor hy nuusredakteur geword het, en hy ken al die truuks in die boek.

"Vir wat betaal ek jou? Hierdie was jou storie en nou scoop die Engelse webwerwe ons."

Sy kyk na die tydlyn. Dis vanoggend vroeg gelaai en dis nou reeds ná een. Sy lees die teks vinnig deur. "Ek sal dit opvolg."

"Ek wil nie 'n opvolg hê nie, Ami. Ek wil lead. Gaan praat weer met die pa. Vind uit wat gebeur het. Hoekom doen jy nie jou werk nie?"

"Ek sal. Jammer."

"Wat van die brand? Is De Koning dood?"

"Ek wag nog vir die polisie om dit amptelik te bevestig."

"Bel en vind uit. Moenie net hier rondsit nie. En maak werk van daai lyk in die tuin. Is dit Ebbie Gouws?"

"Ek sal opvolg. Vandag nog."

Hy skud sy kop geïrriteerd en loop weg.

Warren, die senior sportjoernalis, kyk met geligte wenkbroue na haar. "Van wanneer af slip jy so lelik op?"

"Het jy nie een of ander balletjie om dop te hou nie?"

"Net die Wêreldswemkampioenskappe."

Sy maak asof sy nie hoor nie. Warren laat haar nooit vergeet wie sy was nie.

Sy pak haar rugsak. Sy sal op die rekord met Louis van der Merwe oor Nakkie se terugkeer moet gesels. En dan moet sy Mac en Dlamini jaag vir nuus oor die slagoffer by die Tshabalala-huis.

Sy het geen ander keuse nie. Nie as sy môre nog die misdaad-beat by Nuus360 wil dek nie.

Ami parkeer voor die Van der Merwes se huis en haal haar foon uit haar baadjiesak. Dit het twee keer met boodskappe vibreer op pad hier-natoe.

Die eerste is van Geo.

Middagete is Sondag twaalfuur by my ma se huis in Pretoria-Wes. Sal ons saamry van my plek af? Sy hou van sonneblomme en proteas, as jy wonder wat jy kan saambring. Ek vat wyn.

Haar moed sak in haar skoene. Skielik voel dit asof hierdie ding tussen haar en Geo te vinnig beweeg. Om sy ma te ontmoet . . . dis om in 'n verhouding te wees, nie waar nie? 'n Regte, egte verhouding waarvoor jy 'n toekoms sien.

Beteken dit Geo is ernstig oor haar? Is sy ewe ernstig oor hom?

Nie een van hulle het nog van liefde gepraat nie.

Sy skud die gedagte af. Sy het nie tyd om te sit en tob nie, veral nie met Ephrahim wat in haar nek blaas nie.

Die tweede boodskap is van Ester.

Die polisie het my DNA kom kry om te kyk of dit Ebbie is by nommer 18. Hulle wil nie sê hoe lank dit sal vat nie. Weet jy dalk iets?

Ek het nog niks gehoor nie, tik sy. Voeg by: *Hoop jy dis nie hy nie?*

Sy wil die boodskap uitvee, bang dat sy onsensitief klink, maar dis te laat.

Op 'n manier wil ek hê dit moet hy wees. Is dit verkeerd? antwoord Ester.

Nee. Ek dink dis menslik.

Sy bly kyk na die skerm, maar Ester tik niks verder nie.

Sy bêre die foon en klim van die fiets af. Dis Vrydagmiddag en die Moot se strate is besig. Dit lyk asof baie mense vroeg by die werk geloop het.

Sy soek na tekens van lewe by die Van der Merwes se huis. Sien twee oop vensters. "Louis!" roep sy deur die heining.

'n Gordyn lig in die kombuis. Kort daarna swaai die voordeur oop. 'n Skraal jong vrou kom uitgeloop. Kaalvoet, geel sonrok met dun bandjies, afdrooglap oor die skouer.

"Is jy die joernalis?" Sy lyk uitgeput, iets tussen agterdog en vrees op haar gesig.

"Ja. Ami Prinsloo. Ek het gewonder of Louis dalk hier is. Ek wil graag met hom gesels."

Die vrou wring haar hande saam voor haar lyf. "Hulle het . . . Louis is by die Moot-polisiestasie. Kan jy help? Weet jy iets?"

"Is jy Nakkie se ma?"

"Ja. Liana. Skies."

"Ek weet ongelukkig niks nie."

"Die polisie sê Louis het . . ." Liana frons. "Maar hy sou tog nie . . . Sou hy?"

"Is dit oor Jakob de Koning?" raai Ami. "Dink die polisie Louis het iets met sy dood te doen gehad?"

"Ek weet nie. Niemand sê iets nie. Dis hoekom ek vir jou vra." Liana se stem klim hoër met elke woord.

Ami besef die vrou is nie verbaas dat sy De Koning se naam noem nie. "Louis sê Nakkie het weggeloop en toe teruggekom. Is dit so?"

Liana se oë sluier toe. Sy vee oor haar neus, snuif.

Ami kan sien sy is 'n mooi vrou, al het die laaste paar dae se bekommernis en angs haar verrinneweer. Dis asof die vrees onder haar vel beweeg soos iets wat asemhaal; iets wat aanhou om haar te verteer, al is Nakkie terug by die huis.

Niks gaan ooit weer dieselfde wees vir hierdie familie nie, weet sy.

Liana vermy haar blik. "Ja, ja, natuurlik is dit wat gebeur het. Nakkie was sommer net . . . sommer net stout."

Sy swaai om en loop terug voordeur toe.

"Sal jy asseblief vir Louis vra om my te bel?" roep Ami agterna.

Liana waai met 'n hand oor haar skouer, so asof sy sê sy hoor, maar niks belowe nie.

Die deur slaan agter haar toe.

Ami bly staan onder die warm Februarieson. Wat nou?

Sy besluit sy gaan 'n storie skryf dat Nakkie terug is ná hy weggeloop het, nes sy ma gesê het. Niks meer nie. Oor die Ebbie-saak sal sy skryf dat die polisie Ester Gouws genader het om haar DNS te verskaf.

Dit behoort Ephrahim net-net tevrede te stel.

Dis egter Louis oor wie sy meer bekommerd is. Wat gaan hy die polisie vertel?

Wat as hy verklap dat sy hom gesê het dat Jakob de Koning op parool was en hier in die Moot gebly het?

Sy kan nie help om te wonder wat hulle daaroor te sê gaan hê nie.

4

Ami sit op die vloer van haar gastekamer en kyk hoe Geo die laaste foto – die een van Ester Gouws – teen die muur opplak.

Sy oorweeg die ry beelde van almal wat op een of ander manier by Ebbie Gouws se verdwyning betrek kan word.

"Kom ons gaan weer deur alles wat ons weet. En dan maak ons Paul se rooi koevert oop."

"Okay." Geo kom sit langs haar, rug teen die muur. "Vrydaeaande is altyd so opwindend saam met jou. Ander mense gaan op hot dates en hier sit ons en eet Nando's en kyk na foto's van potensiële moordenaars."

"Sê jy asof jy nie mal is daaroor nie."

Hy rol wragtig sy oë vir haar. Doop 'n skyfie in mayonnaise en sit dit in sy mond. "So. Vertel my."

"Eerste dinge eerste. Ek moet my skuld betaal. Die ou na wie julle kyk as CTO?"

"Wat het jy uitgevind?"

"Viviene, ons sakeredakteur, sê jy moet wegbly. Drie vroue wat onder hom gewerk het, het die afgelope twee jaar bedank. En dis nie stupid mense nie. Dis slim vrouens wat goeie poste iewers anders gekry het en nog steeds by daardie maatskappye is. So hulle was duidelik nie die probleem nie. Ek het twee van hulle gebel. Net een het iets laat val. 'Moenie.' Dis al wat sy gesê het. 'Just don't.'"

Geo trek 'n suur gesig. "Dis blerrie jammer dat die privaat sektor soms nes die politiek is. Ons hou ook maar net aan om ons probleme rond te skuif, pleks daarvan om iets daaraan te doen. Dis honderd. Ons sal maar van voor af begin soek."

"Jammer."

"Nee wat. Eerder nou weet as later." Hy beduie na die foto's teen die muur. "Vertel my eerder wat hier voor ons aangaan."

"Okay. Sover ek weet, en volgens wat almal my vertel, is die volgende feite op die tafel: Dis Sondagoggend net ná sewe in Snymanstraat, in die Moot in Pretoria. Die Gouws-boeties kry R20 by Ester, hulle ma, om kafee toe te gaan om brood, melk en sjokolade te koop. Ester bly in die bed ná sy die Saterdagaand laat saam met haar kêrel uit was. Sy het die seuns alleen gelos die aand, die vyftienjarige Ebbie wat na die tienjarige Kerneels moes kyk. Ná Kerneels bed toe is, het Ebbie by sy beste vriendin, Pip Jaftha, gaan Gran Turismo speel. Terwyl hulle daar was, het sy neus op een of ander manier begin bloei. Hulle is terug na sy huis om daarmee te deal, en dis waar die bloed in die badkamer en kombuis vandaan kom."

"Hmm-hmm," sê Geo, sy mond vol kos.

"Sondagoggend is Kerneels eerste by die huis weg, op rolskaatse wat nie syne was nie. Hy gaan na Salim's Corner Café, met Ebbie 'n entjie agter hom – aldus Kerneels. Niemand sien Ebbie met 'n oog nie, behalwe Kerneels en James Delphine. Delphine was op soek na Kerneels omdat hy sy seun se rolskaatse gesteel het. Delphine sê hy het Ebbie wel in die straat gesien op pad kafee toe, maar toe is hy skielik terug huis toe. Ester sê egter net Kerneels het by die huis aangekom, en wel omdat Ebbie nie by Salim's opgedaag het nie. Ek het haar nog nie in 'n hoek gedruk om te hoor of sy die waarheid praat nie."

Geo beduie met 'n skyfie na die muur. "Wie was nog almal in die omtrek? Volgens die foto's het jy 'n hele paar verdagtes opgespoor."

"Behalwe vir Delphine was Wikus Gouws, die seuns se vervreemde pa en Ester se eks, ook daar, al die pad uit Australië uit. Wikus beweer Ebbie het hom 'n paar maande vroeër gevra of hy Sydney toe kan kom, maar toe van plan verander. Volgens Wikus was hy daar om te sien of als okay is, maar hy sweer hy het padgegee sonder om met sy kinders te praat. Volgens hom het die seuns nie eens geweet hy's daar nie, en hy sê hy het Ebbie nie met 'n oog gesien nie."

Sy tel op haar vingers af. "Jakob de Koning was ook daar. Dit was twee jaar voor hy gearresteer is vir die verkragting en moord van drie seuns, almal omtrent Kerneels se ouderdom. Destyds, in 1998, het niemand nog geweet van die wit VW-paneelwa wat De Koning gebruik het om die kinders te ontvoer nie. Volgens De Koning het hy daai oggend nooit eers uit sy kar geklim nie. Ek glo hom, maar ek vermoed hy was daar vir Kerneels, al erken hy dit glad nie. Dis ook moontlik dat die twaalfjarige Ryan Joubert sy teiken was – die seun wat die foto's van sy paneelwa geneem het. De Koning vertel ook dat hy 'n ander wit VW Kombi naby die kafee gesien het – die een wat ons nou weet aan James Delphine behoort het. En dis waarskynlik Delphine se voertuig wat Salim Moosajee aan die polisie gerapporteer het – dieselfde een wat almal jare lank gedink het De Koning s'n was."

Geo vee met 'n servet oor sy mond. "En hierdie Delphine is dieselfde man wat hoog en laag sweer dat hy padgegee het sonder om met Kerneels te baklei oor die gesteelde rolskaatse."

Ami knik. "Hy sê Moosajee het hom gesien en dit het hom senuweeagtig gemaak. Dis egter moontlik dat hy lieg. Dalk het hy wel vir Kerneels iewers vasgetrap en het Ebbie tussenbeide getree en seergekry."

Geo kyk skeefkop na haar. "Kom ons neem aan dat Ebbie wel terug is huis toe, nes Delphine sê."

"Ek luister."

"Wat dan van die bloed in die Gouwse se huis? Wat as dit nie van die vorige aand se neusbloei kom nie, maar van 'n tweede voorval 'n paar ure later?"

"Goeie vraag. Kareemah sê egter dat die voorkoms van die bloed en die patroon daarvan nie noodwendig ooreenstem met 'n misdaadtoneel nie."

"Is sy eenhonderd persent seker daarvan?"

"Ons het nie in diepte daaroor gepraat nie, so nee, ek weet nie."

Geo staar ingedagte na die foto's. "As ek reg onthou, het Ester aanvanklik gesê dis haar bloed. Sy het dit selfs probeer skoonmaak. Wat as sy gelieg het om weg te steek wat werklik daai oggend gebeur het?"

Ami oorweeg sy teorie. "Ek weet darem nie. Soos ek verstaan, is Kerneels kafee toe, en toe terug tot by hulle tuinhekkie om te kyk waar Ebbie draai, en toe weer kafee toe. Dis met hierdie tweede rondte dat hy Delphine gesien het en laat spat het – maar weg van die huis af. In daardie paar minute kom Ebbie aangeloop kafee toe, maar dan draai hy terug huis toe. Uiteindelik gaan Kerneels ook huis toe om vir Ester te sê dat Ebbie weg is. As dit alles die waarheid is, was daar nie veel tyd vir Ester om Ebbie dood te maak, die toneel op te ruim en die lyk te versteek nie."

"Wat as Kerneels saam jok?" hou Geo by sy teorie. "Wat as hy sy ma probeer beskerm? Jy sê self dat mens hom nie kan vertrou nie. As iemand steel, weet hulle om te lieg ook – veral as Kerneels bang was sy ma gaan dalk tronk toe."

Sy knik stadig, instemmend. "Dis seker moontlik dat Ester en Kerneels saamgewerk het, ja. Hulle kon die lyk in Francina Koster se erf gaan wegsteek het en toe voorgegee het dat Ebbie verdwyn het."

"Weet jy al of dit Ebbie op die Tshabalalas se erf is?"

"Nee."

Sy oorweeg weer Geo se teorie. Elke punt maak sin. Sy wonder net hoe om dit te toets.

Behalwe Kerneels was daar net een mens wat Ebbie daai oggend gesien het, en dis James Delphine. Dalk moet sy weer met hom probeer praat. Dalk het hy meer gesien as wat hy besef. Dis onwaarskynlik dat sy ooit weer vir Jakob de Koning iets sal kan vra.

Geo leun na links en haal die rooi koevert van die lessenaar. "Ek reken dis tyd om te hoor wat jou generaal gedink het."

"Ja wat, hoekom nie."

Sy skeur die koevert oop. Dit bevat twee velle papier gevul met dieselfde fyn, vloeiende handskrif as die eerste brief.

Sy lees hardop:

Ami,

Ek hoop jy het teen hierdie tyd reeds 'n stewige teorie van jou eie gevorm. Ek sou niks minder van jou verwag nie.

Hierdie saak frustreer my al jare lank omdat dit heeltyd voel asof ie-
mand iets belangrik wegsteek – iemand wat ek vermoed 'n uitstekende
leuenaar is. Moontlik selfs 'n sosio- of psigopaat wat goed geskool is
daarin om mense te manipuleer.

Die probleem is dat dit nie altyd so maklik is om sulke mense te eien
nie, veral as iemand hulle beskerm. Ek is seker Ilse kan dit aan jou be-
vestig. Indien jy hierdie teorie nie vroeër by haar gehoor het nie, is dit
omdat ek almal gevra het om dit nie aan jou te noem nie. Ek wou seker
maak dat jy so lank moontlik jou objektiwiteit behou.

Teen dié tyd weet jy waarskynlik dat Kerneels Gouws 'n gesoute
leuenaar is. Ek glo min van wat hy oor daardie Sondag te sê het, reeds
vandat ek die eerste keer met hom gesels het. Hy was die enigste mens
wat Ebbie gesien het, so ek is nie seker of hy wel toe nog geleef het nie.
Maar ek kon nooit die teendeel bewys nie.

Ek vertrou Kerneels glad nie. Of moet ek hier die verlede tyd ge-
bruik?

Sou jy en jou generasie hier daardie glimlag inteken wat mense dees-
dae in hulle boodskappe gebruik? ☺

Sy hou op lees, voel hoe die hartseer in haar opstu. Geo reik na haar
hand en druk dit.

Sy maak keelskoon, lees verder.

Ek het Jakob de Koning nooit as 'n volwaardige verdagte geag nie,
alhoewel ek ook die gevoel gekry het dat hy oor iets stilbly. Maar toe-
gegee, destyds het hy oor bykans alles gelieg, natuurlik om sy misdade
weg te steek. Ek het nooit geglo dat hy net drie slagoffers gehad het nie.
Daar was nog twee soortgelyke moorde wat ons nooit positief met hom
kon verbind nie.

Ook, ek het uit almal se getuienis die indruk gekry dat Ebbie wys
– streetwise – was vir sy ouderdom. Ek dink dit sou moeilik wees om
hom met iets soos lekkergoed of geld te lok. Hy was ook groter as De
Koning en sou aansienlike weerstand kon bied.

Abram en Pip Jaftha was baie op hulle hoede, maar kon nooit erken

hoekom nie. Ek het by Abram en sy vrou jare se diep agterdog en 'n
amperse vrees vir die sisteem gevind – veral in die polisie en in myself –
en ek kon nooit hulle vertroue wen nie. Tog het ek nooit gedink dat een
van hulle vir Ebbie vermoor het nie. Noem dit instink? Dalk is dit dom,
maar dis die gevoel wat ek gekry het.

Die enigste ander inligting van belang is dat sersant Wessel Viljee am-
per obsessief daaroor was om die ondersoek na Ebbie aan De Koning
te koppel, selfs al het dit later toenemend onwaarskynlik gelyk dat De
Koning betrokke was.

Daar was verskeie gerugte oor Viljee wat ongelukkig veel later uitge-
kom het. Volgens 'n kollega wat eers ná Viljee se aftrede na vore gekom
het, was daar stories dat Viljee se buurvrou, Francina Koster, 'n aantal
prostitute en gesellinne in die Moot bestuur het. Viljee moes blykbaar
sorg dat Francina se besigheid kon voortgaan sonder die polisie se in-
menging. Dis een van die redes hoekom hy in 2015 vroeg afgetree het –
dit was nié uit eie keuse nie. Sy diabetes en die rolstoel was nie onoor-
kombare probleme nie, aangesien hy reeds in 'n administratiewe pos
was voor hy die diens verlaat het.

"Prostitusie?" Die woord plof oor Ami se lippe.

"Nie daai een sien kom nie, het jy?" vra Geo droog.

"Glad nie."

Sy lees verder:

Francina Koster was 'n weduwee, haar man wat reeds vroeg in hul-
le huwelik oorlede is. Sy het aan my gesê dat sy haar erfgeld gebruik
het om die huis in Snymanstraat te koop, en dat sy van die rente op
verskeie beleggings kon leef. Weereens kon ons nie die teendeel bewys
nie. Loftus Magnus Koster is in 1991 aan 'n hartaanval oorlede en hy
het al sy bates aan haar bemaak. Hy was 'n goeie veertig jaar ouer as
Francina.

Hier sou ek byvoeg: Praat met Kareemah, asseblief. Sy kan jou vertel
van haar onderhoud met Koster.

En ook: Ek weet niks in hierdie brief sê regtig vir jou wat op Sondag

12 April 1998 met Ebbie gebeur het nie. Ek is egter hoopvol dat dit mag help.

Dalk weet jy reeds presies hoe alles inmekaarsteek. Indien dit die geval is, kom vertel my waar ek rus. Ek is seker ek sal jou stem enige plek herken.

Paul

1

Ami lê vroegoggend in die donker en luister na die enkele voertuie wat verbysnork, die slaap wat haar ontwyk. Iets in haar agterkop wil na die oppervlak dobber, maar dit bly glibberig, 'n sygladde gedagte wat sy nie kan raakvat nie.

Net ná vier staan sy op om te gaan swem.

Geo roer in sy slaap. Sy soen hom op die wang. "Sien jou later. Lekker visvang saam met jou boet."

"Hmm-hmm. Veilig ry."

Sy klim op die Triumph. Die oggend is koel, die lug vars ná dit in die nag gereën het. Die strate lê blinknat, die lanings bome tevrede.

By Troy's Gym duik sy in en swem een lengte ná die ander, niemand anders om haar so vroeg te pla nie.

In die aantrekkamer kyk sy op haar foon. Iemand het van 'n landlyn gebel. Sy skakel die nommer, hoopvol dat dit nie 'n bemarker of versekeringsmous is nie.

"Sersant Kevin Naidoo."

Dis die polisieman wat Nakkie se verdwyning ondersoek.

Sy kom regop by haar sluitkas waar sy haar hare droogvryf. "Jy's op soek na my. Hoe kan ek help?"

"Jy het vir Louis van der Merwe vertel waar Jakob de Koning bly." Hy stel dit as 'n feit.

"Nee, ek het nie." Sy het gesê De Koning is in die Moot, uit op parool. Sy het nooit sy adres verskaf nie.

Naidoo bly stil, asof hy gehoop het sy sal maklik vou. Probeer dan weer: "Meneer Van der Merwe sê anders."

Sy weet nie of sy hom kan glo nie. "Wat presies sê hy?"

Nog 'n oomblik se huiwering.

Sy probeer om haarself uit die hoek te wikkel waarin die polisieman haar probeer vasdruk. "Is Jakob de Koning dan wel dood in die brand by sy ma se huis?"

Stilte.

"Hoekom anders sou jy my oor Van der Merwe en De Koning kontak?"

Steeds sê hy niks.

Sy skakel na 'n hoër rat. "Ek hoor Nakkie is terug. Sy pa sê hy het weggeloop. Wat is jou kommentaar daarop?"

Dis asof Naidoo weet sy probeer hom afskrik. "Glo jy regtig Nakkie het weggeloop?"

"Ek berig wat mense my vertel. Ek maak nie aannames nie. Dink jý nie hy het weggeloop nie?"

Weer 'n ongemaklike stilte. Dan praat die polisieman weer: "Wat sou jy sê as ek jou vertel dat die brand by De Koning se huis nie 'n ongeluk was nie?"

"Ek sal vra of ek jou mag aanhaal."

"En ek sal sê jy mag. En dat jy moet byvoeg dat ons sal uitvind wie dit gedoen het en wat hulle daarmee probeer wegsteek."

Hy lui af.

Sy sluk aan die skielike droogheid in haar keel. Hoop dat Louis van der Merwe 'n baie goeie prokureur het. Wonder of sy een moet kry.

Sy staan nog en tob oor Naidoo se dreigement toe haar foon weer lui. Dis Ephrahim.

"Jy's vroeg wakker," groet sy.

"Hoekom los die polisie vir my boodskappe oor jou?"

Sy skrik. "Wie?"

"'n Sersant Naidoo. Hy sê jy het Nakkie van der Merwe se pa vertel dat De Koning sy kind gevat het én waar De Koning bly. En toe brand sy huis af en nou is hy dood en Nakkie is terug by die huis."

"Dis 'n leuen."

"Watter deel?"

Sy bly stil.

"Is jy seker jy jok nie vir my nie, Ami? Want as jy dit doen, die etiese implikasie daarvan . . . ek dank jou af."

"Moet ek regshulp soek?"

"Dreig jy my nou wragtig?"

"Ephrahim." Sy soek na die regte woorde. Sy weet sy sny dit fyn. "Ek het nie vir Louis gesê dat De Koning sy seun het of wat De Koning se adres is nie. Hoe sou ek in elk geval geweet het dat De Koning vir Nakkie gevat het, indien dit die geval was? En ek sou nooit, ooit iemand aanmoedig om iemand anders dood te maak nie."

Tog knaag die twyfel aan haar. Wat as sy indirek vir De Koning se dood verantwoordelik is? Kon sy Van der Merwe se aksies voorsien het?

Maar wat presies hét Van der Merwe aangevang?

Meer nog, wat as sy verkeerd was? Wat as De Koning niks met Nakkie se verdwyning te doen gehad het nie en sy pa die pedofiel verkeerdelik gaan opsoek het?

Maar Nakkie is terug by die huis, herinner sy haarself. Hoe het dit gebeur? En waarvoor het sy pa dan dankie gesê?

Van al die misdadigers oor wie sy nog ooit geskryf het, haat – háát – sy dié wat kinders en diere seermaak die meeste.

Ephrahim snork agter in sy keel. "Skryf 'n artikel oor die brand en die moontlike verband met hierdie Nakkie-seun – vandag nog."

"Ek maak so."

"En ek soek 'n groter storie oor die skelet by die Moot-huis. Met foto's."

Hy lui af sonder om te groet.

Sy blaas haar asem stadig uit. Gaan sit op die bankie voor haar sluitkas en bel vir Louis van der Merwe.

Wonder bo wonder antwoord hy.

"Hoe gaan dit by jou?" vra sy.

"Goed." Die enkele woord voel of dit opgeweeg word.

Is hy bang die polisie monitor sy oproepe? Sy vermoed ook so, maar glo sy het 'n geldige rede om hom te bel.

"My baas sê ek moet kommentaar kry oor Nakkie se terugkeer."

"Ek wens . . ." Die woede stu op in sy stem, maar dan neem selfbeheersing oor. "Nakkie se stories is skielik heeltemal deurmekaar. Die polisie het 'n sielkundige gekry . . . ja."

Ami sluit haar oë vir 'n oomblik. "Ek's jammer," sê sy kripties. "Regtig jammer."

Gaan Van der Merwe haar verraai? Of het hy dit reeds gedoen?

"Die polisie het my ook gebel," sê sy. "Om te hoor wat ek weet. Geweet het."

Dit klink wragtig asof hy lag. "Baie mense het baie goed geweet en niks gedoen nie. Daai Naidoo inkluis. Moenie worry nie. Jy's nie een van hulle nie."

"Het jy iets oor . . ." Sy wonder hoe om dit te vra. Besluit daarteen. "Het jy goeie regshulp?"

"Ja. Een van De Koning se oorspronklike slagoffers. Sy neef. Vet beursie. Hy sê die polisie se saak is papierdun."

2

Toe Ami by die huis kom, is Geo reeds weg om te gaan visvang. Sy stort en skryf haar artikel. Daarna maak sy reg vir 'n vroeë middagete saam met Kareemah.

Sy ontmoet die ouer vrou by Tashas in Pretoria-Oos. Kareemah is stylvol aangetrek en fyn versorg, nes altyd, maar die noupassende olyf-groen rok en bonkige goue juwele slaag nie daarin om die tamheid onder haar oë weg te steek nie.

Ami wonder of dit die skuld is van die egskeiding waarna Ilse so kripties verwys het, en of Paul se dood ook 'n rol speel.

Sy bestel koffie en Kareemah tee. Kareemah blaai doelloos deur die spyskaart. Slaan dit toe. Ami kan sien sy wil nie hier wees nie.

"Dankie dat jy ingestem het om my te sien."

Kareemah trek haar skouers op, antwoord nie.

"Paul het vir my 'n brief gelos waarin hy sê dat ek met jou moet gesels."

"So jy't toe die rooi koevert oopgemaak?"

"Jy weet daarvan?"

"Ons almal weet. Paul het vir ons ook aanwysings gelos en gewaar-sku om jou nie te veel te lei tot jy dit gelees het nie."

Ami wonder wat die weduwees nog vir haar wegsteek.

Kareemah tik-tik met haar wysvinger op die spyskaart. "As jy die brief gelees het . . . beteken dit jy het moed opgegee?"

"Glad nie. Inteendeel. Dit voel asof dinge na 'n punt begin beweeg. Dis hoekom ek by jou wou hoor oor Francina Koster. Die buurvrou in wie se erf – se ou erf – die geraamte dié week gevind is."

Kareemah knik. "Die madam."

"Vertel my van haar. Is julle seker sy was nooit self 'n prostituut nie?"

"Ek en Paul het nie so gedink nie, nee, behalwe dalk in uitsonderlike gevalle."

"Hoe bedoel jy?"

"Sy sou moontlik elke nou en dan vir mense soos Viljee moes vermaak om seker te maak hulle hou aan om haar te help. Hy sou haar byvoorbeeld moes waarsku as die polisie na van haar girls begin kyk, of as daar 'n klopjag sou wees. Sulke goed."

Ami knik haar dank aan die kelner wat hulle bestellings neersit. Kareemah loer in die teepot, besluit om dit nog te laat trek.

"Hoekom sou hy so iets doen?" vra Ami. "Het Koster hom betaal ook, of was dit net die seks? Sou hy met so min tevrede wees?"

"Ek raai hy het soms geld by haar gekry, maar die seks sou definitief 'n rol speel. Koster was 'n mooi vrou, en baie, baie slim. Sy sou weet dat Viljee altyd gevoel het mense onderskat hom. Die waarheid is dat hy 'n ondergemiddelde polisieman was. Sy loopbaan het begin vasbrand, en toe verloor hy boonop sy been. Hy was depressief. Aggressief. Kwaad vir alles en almal. Die administratiewe pos waarheen hy geskuif is ná hy in 'n rolstoel beland het, het nie vir hom gewerk nie. Minder mag, jy sien. So Koster was 'n uitkoms. 'n Ander speelplek; een waar hy gevoel het hy steeds 'n paar toutjies kon trek."

Kareemah skink vir haar tee. "Ek kan jou sê dat Paul baie teleurgesteld was in Viljee. Hy het korrupte polisiemanne gehaat."

Ami proe aan haar koffie. "Soos ek verstaan, het Viljee en Paul ook nie saamgestem oor wat met Ebbie gebeur het nie? Viljee het geglo – en hy glo dit nou nog – dat Jakob de Koning vir Ebbie gevat het."

"Ja. En ek moet sê, ek het aanvanklik ook so gedink, tot die geraamtes so een-een uit die kas begin val het."

Ami leun vorentoe. "Wat bedoel jy?"

"Ester het . . . sy het gesê sy moes Tupperware en skoonheidsprodukte verkoop om die seuns te help grootkry. Sy was ook 'n ontvangsdame by 'n veearts. Dit was egter net twee of drie ure in die aande, en elke tweede naweek. Die seuns het gedink dis voltyds. Ek het gesukkel om die Tupperware-storie te glo, al het haar rekeninge van tyd tot tyd 'n klomp kleiner inbetalings gewys. Onthou, hierdie was voor die groot

251

skuif na kredietkaarte en selfone en betaalapps en sulke goed. Mense het kontant gebruik. En, toegegee, daar was 'n spul Tupperware in die buitekamer."

"Dan maak dit mos sin?"

"Sy en Koster het mekaar gereeld gebel."

Ami wonder waarheen Kareemah op pad is.

"Hoekom mekaar bel as julle langs mekaar bly?" praat die ander vrou verder. "En op die vreemdste tye – laataande, naweke? Soms het Koster ook geld in Ester se rekening inbetaal." Kareemah sug. "Kyk, pleinweg gestel: Ester was finansieel meer welaf as wat mens sou ver-wag. Ek en Paul het die laaste paar jaar begin wonder of sy nie dalk vir Koster gewerk het nie. Met Ebbie se verdwyning kon Paul na haar rekeninge kyk, maar daar was geen rede om Koster s'n onder oë te kry nie. Dit het hy eers so vier jaar gelede gedoen – en moenie eers vra hoe nie. Ester het gesê dat Koster haar bloot dan en wan met bietjie geld uitgehelp het. Dat hulle soms op die foon gesels het omdat hulle al twee eensaam was, maar te lui was om na mekaar se huise te stap. En dis seker alles moontlik, en dis juis die probleem. Hoe bewys mens die teendeel?"

Ami sit terug in haar stoel. Kan dit wees? "Julle dink Ester was een van Koster se prostitute?"

"Dalk meer 'n high-end call girl, maar ja."

"Maar wat beteken dit in terme van Ebbie se verdwyning?"

"Paul se nuutste teorie was dat Ebbie moontlik uitgevind het wat aangaan, en dat Viljee of Koster van hom ontslae geraak het. Nie een van ons het gedink Ester sou hom seermaak nie. Haar rou was oorwel-digend, en haar geloof te groot dat Ebbie sou terugkom."

Kareemah skink vir haar nog tee, roer heuning in. "Vroeër was dit nie 'n waterdigte teorie nie, maar nou, met die graf in Koster se erf . . . As dit wel Ebbie is, bevestig dit heel moontlik Paul se vermoedens."

Ami oordink dit. Dink dan aan wat sy pas uitgevind het – iets wat niemand voorheen geweet het nie: Volgens James Delphine is Ebbie terug huis toe daai Sondagoggend. Wat as Ebbie iets gehoor of gesien het wat hy nie moes nie? Wat as hy sy ma daaroor gekonfronteer het? Het Ester hom dalk in die hitte van die oomblik doodgemaak en met Koster se hulp die lyk versteek?

Moet sy dit vir Kareemah vertel?

Sy besluit daarteen. Netnou vertel Kareemah vir Mac, en sy is nog nie reg daarvoor nie. Sy wens egter sy het meer oor Koster geweet, én oor Ester en die Jafthas en almal anders soos hulle destyds was.

"Jy het in 1998 met al die vroue in die saak gewerk, nie waar nie? Dis hoekom Paul jou ingebring het."

Kareemah trek haar skouers op in 'n amper fatalistiese gebaar. "Ek was goed daarmee. Té goed. Ilse sê ek is te empaties. Dit maak dit onmoontlik om te ontsnap. Ek vat als saam met my huis toe. Dis hoekom ek op die ou einde forensies toe is – dis meer swart en wit. Minder emosioneel."

Ami drink haar koffie klaar. "Vertel my van Pip en Cherise. En van Pip se ma. Ek weet nie veel van hulle nie."

"Pip se ma was destyds baie siek. Haar eerste rondte kanker. Sy was redelik onbewus van alles en almal om haar. Pip . . . Pip was heeltyd op haar hoede. Dit was asof haar pa se wantroue teenoor wit polisiemanne in haar ingesypel het. Bygesê, om een van die eerste bruin kinders in 'n tradisionele wit skool te wees . . . ek het haar dit nie beny nie."

"Wat van Cherise?"

"Viljee se dolled-up dogter? Te groot vir haar skoene en te oud vir haar jare. Viljee se liefling wat hy nie onder sy oë laat uitgaan het nie."

"Ek dink nie dit het veel verander nie," sê Ami. Sy onthou haar eerste indruk van die vrou van amper veertig – 'n ouderdom waar sy moontlik reeds haar eie gesin kon hê.

"Ek weet. Eintlik kry ek haar jammer. Dis asof sy 'n gevangene is sonder dat sy dit besef. Dis asof sy haar ma moes vervang toe dié Viljee gelos het."

Kareemah kyk op haar horlosie.

Ami kry die boodskap. "Ek sien die begrafnis is Dinsdag."

"Ja."

"Gaan jy daar wees?"

"Ja. Jy?" vra Kareemah.

"Kan seker nie anders nie."

Kareemah sit haar sonbril op. "Dit lyk darem asof Delia opgehou het om te probeer uitvind wat . . . hoe . . . van die gemors met Paul."

"Lyk so, ja. Of dalk wil sy eers die begrafnis oor en verby kry."

"Wat van jou? Hoe besig is jý daarmee?"

Ami wonder wat sy eintlik wil weet. "Wat bedoel jy?"

"Jy en Paul is baie dieselfde."

"Warm en hartlik?"

Kareemah glimlag onverwags, asof die woorde haar onkant betrap. "Julle kan nie help om te móét weet nie."

Ami gewaar die kelner, teken in die lug vir die rekening.

"Wat van jóú en Paul?" vra sy dit wat sy lankal wonder. "Julle het met Ebbie se saak ontmoet."

Kareemah se oë sluier toe.

"Hy en Mac was toe nog getroud, nie waar nie?"

"Vervreemd. Van tafel en bed geskei."

"Is dit wat Mac sê?"

"Werk hierdie stomp sinne vir jou as jy onderhoude doen?"

"Baie keer, ja."

Kareemah staan op sonder om aan te bied om vir die tee te betaal. "Kyk, Mac het my gehaat, maar iewers langs die pad het sy besef dat sy en Paul in elk geval sou skei, of ek op die scene was of nie."

"Sal jy my laat weet oor die geraamte op Francina Koster se erf?" vra Ami vinnig, voor sy loop. "Jy het seker kontakte by die VIC."

"Ek kan kyk wat ek kan uitvind. Hierdie gemors moet klaar." Kareemah haal haar motorsleutels uit haar handsak, lek senuweeagtig oor haar lippe. "Kan dit asseblief tog nou net klaarkom."

1998

1

Kareemah verstaan steeds nie mooi hoekom sy hier is nie. Senior super-intendent De Jager het gesê hy het iemand nodig wat met jonger vroue kan gesels, maar daar is baie vrouekonstabels wat dit kan doen. En dis al amper 'n week vandat Ebbie Gouws weg is. Wat kan mens teen dié tyd nog uitvind?

Sup De Jager is nie eens van hier nie. Soos sy hoor, het hy betrokke geraak omdat almal wonder of die pedofiel wat die kinders hier rond gryp ook vir Ebbie gevat het – en daai saak is blykbaar syne.

Almal sê hy het anyway baie tyd op sy hande vandat sy vrou hom uit die huis geskop het en hy hier naby by vriende bly.

Sy staan op toe hy ingeloop kom.

Nes vroeër dink sy dat hy nou nie juis 'n mooi man is nie. Maar hy het iets aan hom. 'n Tipe van intensiteit en intelligensie wat jou amper gevange hou. Dis asof hy alles van jou kan sien, van die begin van jou storie tot die einde.

En hy is baie . . . wat sal haar ma sê? Charming. Dis die woord.

Sy strek, sê: "Sup."

Hy knik en staan eenkant toe. Meteens verstaan sy hoekom sy hier is.

Hy beduie na die tienermeisie agter hom. "Dis Pip Jaftha. Sal jy asse-blief met haar gesels en hoor of sy dalk iets nuut onthou?"

Kareemah kan sien die meisie ontspan effe toe sy haar sien, soos mens maar maak as jy iemand van jou eie herken. Op twintig is Kareemah boonop nie veel ouer as Jaftha nie.

Net drie jaar gelede nog wou sy gaan swot en dokter word, maar dinge het anders uitgewerk. Haar ma het nou nog nie vrede gemaak met haar nuwe loopbaan nie. Die SAPD was die laaste plek waar sy haar dogter wou gehad het. Maar 'n salaris is geld wat jy kan trust, elke maand, en hulle het geld nodig ná haar pa se dood. Hartaanval, net so, een Vrydag by die BMW-fabriek waar hy gewerk het. Nou moet hulle sonder sy salaris klaarkom en haar broer moet nog deur hoërskool kom.

De Jager gee vir haar sy charming smile en los hulle dan alleen. Blykbaar ontmoet hulle hier by die Gouwse se huis omdat Jaftha se ma baie siek is.

Dit klink darem nie asof Ester Gouws mind nie. Soos sy hoor, is die vrou anyway die strate in, op soek na Ebbie, die kleinboetie agterna. Sy kry hom amper die jammerste. Blykbaar vat hy dit baie erg, die trane wat heeltyd loop.

"Hallo, Pip," groet sy.

"Haai . . . hallo."

"Sit, asseblief."

Die meisie maak so, al lyk dit asof sy eerder wil weghardloop.

Kareemah kies 'n sitplek skuins oorkant haar.

"Sal jy omgee om my te vertel van die laaste keer toe jy Ebbie gesien het?" Sy maak seker haar stem is rustig en kalm.

Jaftha klad haar hande aan haar geskeurde jeans. Sluk merkbaar. "Ek kan seker, ja, al weet ek nie hoekom nie. Ek het nou al twee keer met julle gepraat en dit het niks verander nie. Jy . . . julle . . . Ebbie is nog steeds weg."

"Ons wil net seker maak ons verstaan reg. Dis al."

Jaftha sug openlik. Dan vertel sy hoe sy en Ebbie Saterdagnag tot laat video games by haar huis gespeel het. Toe sy by die neusbloei kom, praat sy al hoe vinniger. "En toe kom ons hiernatoe sodat ons nie my ma en pa pla nie. En dis waar die bloed in die badkamer vandaan kom. En seker die kombuis ook."

Kareemah hou die meisie fyn dop terwyl sy praat. Sy is mooi, met sulke groot, helder bruin oë en 'n wye mond met spierwit tande. Haar gesig is dalk 'n bietjie sterk vir 'n meisie, maar dit pas by haar. En op die gesinsfoto hier in die gang af lyk Ebbie na 'n aantreklike seun.

Volgens De Jager het die twee heel waarskynlik gedate. Sy moet uitvind of dit wel die geval was, want Jaftha wil niks sê nie.

Sy kan dink hoekom die girl versigtig sou wees. En De Jager kan dink hy verstaan, maar hy doen nie.

"Julle maak 'n oulike couple," waag sy.

Jaftha lyk effe verdwaas. "Ons is niks gekys nie."

Sy klink oortuig van haar saak, die leuen al ingeoefen.

"Is jy seker? Ebbie is weg en ons moet sorg dat ons orals soek. As ons gou maak, kan ons dalk sy lewe red."

Jaftha skud haar kop beslis. "Ons was net vriende."

Hoekom kan sy dit nie toegee nie, wonder Kareemah. Sou sy nie besef hoe belangrik dit is om eerlik te wees in so 'n ondersoek nie?

Of skerm Jaftha dalk vir iemand?

"Ek kan verstaan as jy niks wil sê nie," probeer sy weer. "Ek en jy . . . dis nie maklik nie."

Jaftha se gesig verstar, maar sy gee nie bes nie.

"Is jy seker daar het Saterdagnag niks anders gebeur nie?"

'n Vlugtige oomblik – die kleinste oomblik van skrik – en toe weer die maskergesig. "Nee, niks nie."

"En jy's baie seker jy't nie vir Ebbie die Sondagoggend gesien nie?"

"Nee. Ja. Ek bedoel ek's seker." Jaftha se masker kraak weer effe, maak plek vir hartseer. "Dis nou al Vrydag," sê sy sag. "Is daar regtig niks nuus nie? By die skool praat hulle van die pedo wat hier . . . Dink julle dit was hy?"

Sy vee oor haar neus, haar oë, en skielik lyk sy veel jonger as haar sestien jaar.

Kareemah leun vorentoe. Sy kan die hartseer, swaar en donker teen haar voel bots. Die snaarstywe spanning. Die rou verlies soos net 'n *tiener dit kan voel, die eerste sny wat só diep lê dit voel asof dit nooit gesond gaan word nie.*

"Ek weet nie. Regtig nie. Jammer."

Selfs in haar eie ore klink die woorde hol en leeg. Is dit wat sy die volgende veertig jaar gaan moet doen? Jammer sê vir elke keer se seer? Elke keer se dood?

Want dood is Ebbie Gouws dood. Daarvan is sy eenhonderd persent seker.

Cherise Viljee se pa is 'n bliksem. Al is Kareemah nog net 'n paar maande by Moot-stasie, weet sy dit goed. Hy is een van daai mans saam met wie 'n jong vrouekonstabel nooit alleen wil wees nie – nie as sy 'n keuse het nie, anyway.

Sersant Wessel Viljee.

Hy praat altyd so ordentlik met die range, maar almal onder hom weet hulle moet mooi trap as dinge die dag sukkel. Soos wanneer sy voete nie lekker is nie, en dis deesdae die hele tyd. Dan moet jy nie eens 'n spelfout maak of uhm en ah voor jy antwoord nie.

Haar ma sê mense soos hy gebruik die polisie om in weg te kruip. Om hulle eie fantasieë van mag uit te leef sonder dat iemand agterkom, want selfs konstabels het mag. Maak nie saak hoe oud jy is nie, jy hét dit sodra jy daai uniform aantrek.

Sy kyk om haar heen, verby die kind wat voor haar sit. Sersant Viljee se sitkamer is meer deurmekaar as wat sy sou dink. En dit voel soos 'n museum vir sy vrou, twee groot foto's van haar steeds teen die muur.

Almal by die stasie sê sy vrou is nie dood soos hy altyd praat nie. Dis eerder dat sy die pad gevat het.

Onlangs padgegee het, voel dit vir haar. Die huis ruik nog soeterig, na vanilla en rose en laventelgeur Sta-Soft.

Sup De Jager moes mooipraat om sersant Viljee hier uit te kry sodat sy alleen met Cherise kan gesels. Sy kon hulle tot hier hoor. Sy het nooit gedink 'n wit man kan so baie asseblief sê nie.

Sy kyk weer onderlangs na die meisie met die Barbiepop. Cherise is op 'n ander manier mooi as Pip – meer daai tipe mooi waarvan meeste mans hou. Popmooi is seker die regte woord, met haar fyn, hartvormige gesig en swart krulle wat tot laag op haar rug val.

Kareemah kan steeds nie glo sy is net elf nie. Hierdie meisie gaan nog baie harte breek. Geen wonder haar pa pas haar so mooi op nie.

Almal by die stasie weet ook dat sersant Viljee heilig is op sy dogter. Niemand moet eers skeef kyk na sy enigste kind nie, en hy loop altyd direk ná sy skof sodat sy nie te lank alleen by die huis moet wees nie.

"Hoe goed het jy Ebbie geken?" vra sy die kind.

"Nie te goed nie, tannie."

Cherise sit die Barbie met die wilde hare neer en trek aan die punt van die helderpienk pleister om haar wysvinger. Sy het dit gebrand toe sy die naweek koekies saam met haar pa gebak het, het sy gesê toe sy ewe grootmens met 'n handskud gegroet het.

Cherise begin speel met haar geel sonrok se soom. Kareemah kan sweer sy het lipstiffie aangehad vroeër, die effense rooi wat nog om een mondhoek sit.

Sy glimlag vir die skielike onthou. Sy het ook in haar ma se grimering ingeklim toe sy klein was. En sy was mal oor hoëhakskoene. Haar ma het nou nog die foto in haar Bybel waar haar dogter in haar kerkskoene rondloop met net sulke rooi wange en lippe.

"Hoe baie het jy vir Ebbie gesien?"

Cherise pers haar lippe saam soos sy dink. "Uhmm . . . Nie baie nie. Net as hy en Kerneels skool toe gestap het. Ek en Kerneels is mos in dieselfde skool en Ebbie loop saam met hom soontoe voor hy hoërskool toe stap. My pa vat my gewoonlik in die kar, so ons ry baie keer verby hulle." Sy trek een skouer op. "Soms vat tannie Franci van hier langsaan my as hy moet werk en dan laai sy hulle op."

"Speel jy en Kerneels ooit saam?"

Cherise gril met groot aansit. "Kerneels speel nie mooi met meisies nie. Hy's te rof. En as mens nie mooi kyk nie, vat hy jou goed. Hy sê dis nie aspris nie, maar ek weet darem nie."

Die laaste woorde klink soos iets wat Cherise se pa sou sê.

"Sê my. Sondagoggend, toe Ebbie en Kerneels kafee toe is, het jy hulle hier buite gesien? Hulle sou seker hier verbygeloop het, nie waar nie?"

"Ek weet nie, tannie. Ek het toe nog geslaap." Cherise vee die swart krulle uit haar helderblou oë.

Weer speel die vingers met die roksoom.

"*Was jou pa by die huis?*" *Kareemah weet nie hoekom nie, maar iets sê vir haar om te vra.*

Cherise frons. Die gebaar is amper te groot vir haar gesig, soos iets wat sy uithaal en opplak.

"*Ja, tannie.*"

"*Is jy seker? Hy was nie dalk net gou uit nie? Soos om brood of sigarette by die kafee te gaan koop?*"

Cherise skud haar kop. "Nee, tannie. Pappa koop brood by die Pick 'n Pay op pad huis toe. Hy hou nie van Salim . . . oom Salim nie."

Kareemah hoor die korreksie. Sug binnetoe. Sy twyfel of sy meer uit die kind gaan kry. Haar indruk is dat Wessel Viljee sy huis met 'n ysterhand regeer, nes sy polisiemanne.

"*Een laaste ding, Cherise. As jy nou weer mooi dink . . . Is daar iets wat jy van daardie Sondag onthou wat dalk anders was? Iets wat vir jou vreemd was, al is dit net 'n klein bietjie?*"

Die kind skud haar kop beslis. "Nee, tannie. My pa het ook gevra, en oom Paul, maar daar was regtig niks nie. Ons het laat geslaap, en ek het cartoons gekyk terwyl Pappa vir my 'n broodjie gemaak het."

Sy glimlag skielik helder. "Dis al. Dit was lekker. Dis altyd lekker as Pappa nie hoef te werk nie."

Kareemah het nog 'n enkele onderhoud oor – die een met Francina Kos-
ter. En soos sy verstaan, is Viljee se buurvrou min lus vir hulle. Sup De
Jager het drie keer gaan klop voor sy uiteindelik haar deur oopgemaak
het.

Almal met wie sy in die buurt gepraat het, sweer hoog en laag die
weduwee is 'n besige vrou, al sien hulle haar nooit nie. Hulle hoor maar
net in die aande as sy haar warmgemaakte BMW uit die garage trek.
Waarheen sy ry, weet niemand nie.

Volgens hulle is Koster en Ester ook nie vriende nie, maar nou het die
vrou wragtig na Ester se huis gekom om hier met Kareemah te gesels.
Blykbaar hou sy nie van vreemde mense in haar space nie.

Sup De Jager was darem vroeër die week vinnig deur haar huis en hy
sê hy't niks vreemds gesien nie. Koster het hom blykbaar gespot en gesê
hy kan maar soek nes hy wil, solank hy gou maak. Sy steek nie vir Ebbie
weg nie en die kind was nog nooit in haar huis nie.

Die plek is mooi, volgens De Jager, al is dit op so 'n boheemse manier.
Helder kleure, baie rooie en oranjes, nes iets uit 'n Turkse basaar. Nie
dat Kareemah geweet het waarvan hy praat nie; sy moes dit gisteraand
in die Encyclopedia Britannica opsoek.

Haar boetie het sy oë vir haar gerol toe sy die stel ensiklopedieë daar
uitsleep. Hy praat heeltyd net van die internet en daai Y2K-ding wat
blykbaar alles binnekort gaan opmors.

Hy en haar ma wil die naweek na selfone gaan kyk.

Sy kan nie dink dis lekker dat almal jou heeltyd in die hande kan kry
nie, veral nie iemand soos sersant Viljee nie.

Ester Gouws maak die deur oop nog voor Kareemah kan klop en
nooi haar binne.

Sy gaan sit op die punt van die ligpienk bank. Skuif terug.

De Jager sê mens moet lyk of jy hoort as jy onderhoude doen. Asof jy die reg het om al die vrae in die wêreld te vra. En hulle hét. Ebbie Gouws is weg.

Ester maal haar hande teen mekaar. "Is daar enige nuus, konstabel?"

"Ongelukkig nie." Kareemah kan nie die skuld uit haar stem hou nie. Sy voel aandadig, asof hulle aanhou om Ebbie se ma teleur te stel.

Sy lig haar hand in 'n groet vir Francina Koster wat in die hoek sit en hulle dophou.

Ester loop met skuifeltreë uit, 'n tissue teen haar neus. Sy lyk óp gehuil.

Die dowwe klap van 'n deur klink op. Seker haar slaapkamer.

Kareemah kyk na Koster.

Sy kan sien die vrou se rooi hare kom nie uit 'n bottel nie. Dis wild en baie en duidelik hou sy daarvan dat dit aandag trek. Sy moet in haar laat-veertigs wees. Liggroen oë en lippe wat sy voller laat lyk deur slim te wees met haar lipstiffie. Vol heupe in 'n bont romp en mak laehakskoene wat voel asof dit nie by haar pas nie, amper asof sy dit spesiaal vir die onderhoud aangetrek het.

"Dis vreemd dat De Jager 'n konstabel sou stuur om met my te gesels," sê Koster in 'n lae, heserige stem. "Hoe oud is jy? Negentien?"

"Wat doen jy nou weer?" kap Kareemah terug.

Dis nog iets wat die sup haar geleer het: As iemand allerhande vrae begin rondgooi, vra jou eie vrae. Moenie beheer van die onderhoud verloor nie.

Koster frons, asof sy weet wat Kareemah besig is om te doen, maar antwoord dan tog: "My oorlede man het vir my genoeg geld gelos dat ek nie hoef te werk nie. Hy was 'n baie slim man. Rekenmeester."

Sy raak aan haar neus. Snuif. Hou haar oë op die vloer asof sy die hartseer probeer wegsteek.

Kareemah dink nie sy lieg oor haar man nie, maar wel oor hoe hartseer sy is. "Ek's jammer om van jou verlies te hoor."

"Dankie." Koster gee 'n halwe glimlag. "Ek werk soms in die aande in die stad by 'n skuiling vir straatkinders. Sommer net om my besig te hou."

Dit klink ook redelik eerlik, moet Kareemah toegee. "Mense hier rond sê jy kuier nie eintlik saam met hulle nie."

"Ek kuier nie eintlik nie. Punt. Ek lees. Ek's baie lief vir lees. En om naaldwerk te doen."

Ook dít klop met wat sup De Jager gesê het – Koster se huis is vol boeke en rolle materiaal.

"Ken jy vir Ebbie?" vra Kareemah.

"Nee."

"Was hy ooit in jou huis?"

"Nee."

Kort, eenvoudige antwoorde. Soos iemand wat weet dat mense wat lieg baie keer te veel detail probeer verskaf.

"Het jy Ebbie Sondagoggend gesien?" vra Kareemah.

"Glad nie."

"Het jy Kerneels gesien?"

"Nee."

"Gehoor?"

Koster draai haar kop skuins asof sy nie verstaan nie.

"Hy was op rollerblades."

"O. Uh, nee."

Kareemah wonder wat om nog te vra. Die vrou is net-net oop genoeg om nie agterdog te wek nie, maar dit voel asof sy stilbly oor iets, nes Pip Jaftha.

Die vraag is of dit verband hou met Ebbie se verdwyning. Mense raak soms senuweeagtig as die polisie in 'n buurt begin rondkrap, maar dit het nie noodwendig met die fokusmisdaad te doen nie. Dis nog iets wat De Jager vanoggend gesê het: Vind uit oor Ebbie – goed soos affairs, dwelms of spoedkaartjies maak nie so baie saak nie.

"Jou bure," probeer sy 'n ander invalshoek.

Koster sê niks.

"Nie die Viljees nie, die mense aan die ander kant."

"O, die lelike mosterdgeel huis?"

"Ja. Ken jy hulle?"

"Nee. Mense koop en verkoop daai huis die hele tyd. Daar's glo fout met die fondasie. Reusekrake wat die verkopers wegsteek en die nuwe kopers dan probeer regmaak, net om die plek so gou moontlik weer in die mark te sit. Dis blykbaar op turf gebou, soos sommige huise hier in die Moot mos maar is. Sover ek weet, sukkel die huidige eienaars om daarvan ontslae te raak. Hulle is weg hierdie week – vakansie aan die Weskus, sê Ester."

Kareemah knik. Dis wat sy ook gehoor het. De Jager en sy span is deur die erf, maar dit lyk nie of Ebbie daar was nie, al is dit 'n logiese wegkruipplek vir 'n tienerseun wat bietjie onder sy ma se oog wil uit-kom. En die huis is steeds dig gesluit, geen teken dat iemand met die slotte gepeuter het nie.

"Weet jy of daar bure is met wie Ester nie oor die weg kom nie?" soek sy 'n nuwe inkomplek.

Koster trek haar skouers op. "Ek dink almal hou van haar."

"Die Jouberts ook?"

Die ouer mense aan die ander kant van die Gouws-huis is baie vrien-delik, maar dis asof die oom meer oor sy groentetuin as enige iets an-ders worry. En die tannie sit meestal op die agterstoep en luister radio terwyl haar man spit en plant.

"Hulle ook, ja." Koster frons asof sy nie weet wat Kareemah eintlik vra nie.

Kareemah besef sy weet ook nie mooi nie. "En hou sersant Viljee van Ester?"

Koster glimlag effens. "Jou baas?"

"Ja."

"Hy werk soms vreemde skofte, so ek dink nie hulle praat veel nie."

"Jy help die Viljees soms." Kareemah toets hoe om die stelling nie soos 'n vraag te laat klink nie.

Koster kruis haar bene en strek haar regterarm uit oor die rugleuning van die stoel. "Al wat ek eintlik van Viljee weet, is dat hy goed na sy dogter kyk. Soms vat ek haar skool toe, en elke nou en dan pas ek haar in die aande op. Viljee is 'n enkelpa en ek het nie kinders van my eie nie, so . . . ja. Ek help waar ek kan, soos jy kan sien met die hekkie tussen ons huise. Ek voel die kind moet by my kan kom aanklop as daar 'n noodgeval is en haar pa nie by die huis is nie."

Kareemah sug voor sy kan keer. Berou dit onmiddellik dat sy haar frustrasie verklap het.

"Het Ester en Ebbie ooit vasgesit?"

"Nee. Ebbie is Ester se rots. Ek weet dit vir 'n feit. Almal in die straat weet dit."

"En Kerneels?"

"Haar oogappel."

"Wikus, haar eks?"

"Lui, onnosel, agterbaks. Moet ek aangaan?"

Uiteindelik iets interessant. "Sal hy die seuns ooit seermaak?"

"Ek dink nie so nie." Weer glimlag Koster effe. "Soos ek verstaan, sou dit vir hom bloot te veel werk wees."

"Wat dink jý het met Ebbie gebeur?"

"Is dit nie daai pedofiel nie? Die een wat julle nie kan vang nie." Koster kyk reguit na Kareemah, die ontevredenheid op haar gesig ooglopend.

Kareemah vermoed dis effe geveins, dat aanval nou bloot die beste verdediging is. Maar dalk hou sy net nie van die vrou nie.

Nee. Teen hierdie tyd weet sy sy hou níks van die vrou nie.

Die ergste is dat Koster se kritiek heeltemal geldig is. Die Moot-polisie loop die laaste paar dae kwaai deur onder verwyte omdat hulle nie die man kan vastrek wat die buurt se seuns sommerso helder oordag van die straat af steel nie.

De Jager het al verskeie kere gesê hy dink Ebbie is te oud vir die man, maar die Moot se mense stem nie saam nie.

Toegegee, volgens De Jager maak pedofiele ook foute, en dalk was Ebbie 'n fout.

Sy kyk reguit na Koster om nie geïntimideer te lyk nie. "Ons probeer ons bes," is al wat sy kan sê.

Die vrou skud haar kop asof sy nie kan glo wat sy hoor nie. "As dit julle beste is, is dit baie teleurstellend. Dis al wat ek kan sê. Regtig baie, baie teleurstellend."

3

Ami trek haar motorfiets tot voor die aftreeoord se hek. Laat die enjin luier in die lomerige middaghitte. Sy herinner haarself dat Paul nie meer hier is nie toe die sekuriteitswag – Ollie – die besoekersboek oorhandig en vir haar bestuurderslisensie vra.

Sy skryf Delia se naam neer. Wag terwyl hy die lisensiekaart skandeer. "Hoe werk die nuwe sekuriteitstelsel?"

"Daar's so 'n paar glitches nou en dan, maar dis meestal okay."

"En hoe gaan dit met jou?"

"Goed." Hy vryf oor sy grysbruin hare. Haak sy duime in die verbleikte pers uniform se breë lusse en hys die broek op.

Sy gee nie dadelik die voosgevatte besoekersboek terug nie, maar blaai eers na die datum van Paul se dood. Soek nes laas met 'n fyn oog deur die lys mense wat daardie oggend by die aftreeoord in is.

Dis nes sy gedink het.

Sy sweer die misterieuse D. Jordaan se handskrif stem ooreen met wie ook al namens Paul die briewe aan haar geskryf het – dieselfde D. Jordaan wat volgens Geo nie bestaan nie, omdat die ID-nommer en naam nie ooreenstem nie.

Dis een van die dinge wat haar laas nag wakker gehou het. Die handskrif in Paul se briewe het knaend bekend gelyk, veral daai J's met die boonste ronding. Sy kon sweer sy het dit al voorheen gesien. En sy was reg – sy het, in die foto wat sy van die besoekersboek geneem het. Tog wou sy steeds kom seker maak. Soms lieg foto's.

Met Paul se gevorderde alzheimers is dit waarskynlik dat een van die weduwees die briewe geskryf het, skat sy. Wat beteken dat D. Jordaan een van die weduwees is. Die vraag is net watter een – Mac, Kareemah of Ilse?

Die volgende vraag is of Ollie saamgespeel het toe die weduwee onder 'n skuilnaam hier in is. As die vroue gereelde gaste was, sou hy hulle herken het en geweet het dat D. Jordaan nie pas nie.

Indien hy wel so oplettend is.

Tog kan sy nie help om te wonder nie. Hoekom sou enige weduwee in die eerste plek inteken as hulle hier is vir duistere doeleindes? Meer nog – as Ollie wel saam met een van die weduwees gewerk het, hoekom die vrou nie net binnelaat nie?

Ollie se hande vra die besoekersboek terug, 'n ongeduldige frons op sy gesig.

Ami gooi weer vlugtig haar oog oor die inskrywings voor en ná D. Jordaan, maar hierdie keer kyk sy nie na name nie.

Twee motors was op D. Jordaan se hakke, die drie voertuie wat binne twee minute ingeteken het. Met soveel ooggetuies beteken dit Ollie sou die boek moes aangee vir wie ook al D. Jordaan was, anders sou dit verdag gelyk het.

Sover sy weet, het die polisie gekyk wie almal verlede Vrydag by die hek in is, maar ooglopend het hulle nie so diep soos sy gegrawe nie. Soos sy verstaan, is hulle blykbaar 99% seker Paul se dood is selfdood, en wel sonder enige bystand.

Sy beduie na die inskrywing in die boek. "Dié D. Jordaan – weet jy wie in die kar was?"

Ollie skud sy kop, oë op die hek en duim op die afstandbeheer. "Nee. Hulle het nie . . . Ek kan nie onthou nie."

Sy let op die "hulle", glimlag vir hom.

Hy druk 'n wysvinger teen sy slaap. "Kyk, ek het bietjie . . . ek sukkel bietjie. My brein is nie altyd so lekker nie. Nie soos generaal De Jager nie, net . . . ek raak soms deurmekaar. Ek het vir die speurder ook gesê."

Hy sê dit onwillig. Doen sy bes om hardegat te klink.

"Hoeveel mense was in die kar, sê jy?"

Hy skrik effe, haal sy skouers op. "Ek weet nie."

"Dankie, Ollie." Sy skakel die motorfiets aan. Draai dit dan weer dood. "Mag ek vra wat jou van is? Ons sien mekaar nou so baie, ek wonder sommer."

Sy gesig sê hy glo haar nie, maar tog voel hy verplig om te antwoord. "Jakobson."

Hy sê dit asof hy Sweeds is, sy o's rond en vol.

Sy knik en sit die valhelm op. Skakel die Triumph aan en ry deur die hek tot by Delia se huis.

Delia is meer agtermekaar en gefokus as wat Ami verwag het. Die begrafnisreëlings vir Dinsdagoggend is getref en sy het nie regtig hulp nodig nie.

Sy sit Ami se koffie voor haar neer. "Jy moet asseblief net iets sê."

"Jy bedoel praat? Voor almal? Oor Paul?"

"Ja. Ek sal tog nie kan nie. Ilse sal die hoofrede doen, maar ons het gehoop jy sal ook iets sê."

"Ek sal die begrafnis vir Nuus360 moet dek."

"Dis nie oop vir die media nie."

Ami wil lag kry vir die absurditeit van die situasie.

"Jy is daar in jou private hoedanigheid." Delia se stem is beslis. "Of jy's nie welkom nie."

"Okay, okay. Ek sal iets sê. En niks stories nie. Maar sal dit in orde wees om darem net vir mense te laat weet dat Paul se gedenkdiens Dinsdag is?"

Delia se verontwaardiging laat Ami sug.

"As ek dit nie skryf nie, gaan iemand anders dit skryf. Paul was 'n legende. Mense soos hy glip nie sommer net weg in die nag nie, maak nie saak hoe hard hy probeer het om dit te doen nie."

Delia tob vir 'n paar oomblikke. "Goed dan. Jy kan iets in daai trant skryf. Maar dan beter jy mooi praat Dinsdag. Ek soek iets spesiaal. Iets wat sê presies hoe besonders my boet was."

Ami bel vir Geo terwyl sy na die Triumph loop.

"Dis 'n verrassing." Hy klink tevrede en rustig.

"Wen julle?"

"Ek en Jan gaan elkeen 'n vet forel eet vanaand."

"Lekker. Ollie Jakobson," vra sy.

"Wat van hom?"

"Hy's 'n sekuriteitswag by Paul se aftreeoord. Is daar 'n manier om uit te vind of hy in die polisie was? Ek soek 'n kontakpunt tussen hom en Paul, óf tussen hom en een van die weduwees."

"Ek kan probeer as ons hier klaar is. Jan kan terug bestuur."

"Dankie."

'n Blikkie knak oop en sy kan amper die bier ruik.

"Jy nog reg vir môre?" vra hy.

Sy het die beloofde middagete met sy familie uit haar gedagtes verban, maar dis seker tyd om daaraan te begin dink.

"Ek's so gereed soos ek ooit sal wees."

"Honderd. Ek kom tel jou tienuur op."

"Okay. Wat . . . uh . . . wat trek ek aan?"

Hy lag. "Worry jy?"

"Natuurlik. Ek het geen idee wat ek doen nie."

"Dra enige iets. My ma gee nie om vir duur of mooi klere nie. Wees net gemaklik."

Sy het pas die fiets aangeskakel toe sy weer moet afskakel en haar foon uithaal.

"Ami, hallo."

"Dis Joy Tshabalala. Jy't gewhatsapp en gesê jy wil met my gesels?"

"Asseblief, ja."

"Is nou okay?"

Ami kyk na die tyd. "Ek ry dadelik. Sien jou oor 'n kwartier."

4

Ami wag by 'n rooi verkeerslig in die Pretoriase middestad. Sy loer met een oog hoe die wolke begin saampak in die suide. Sy gaan heel waarskynlik natreën op pad terug Joburg toe, maar daar is nie veel wat sy daaraan kan doen nie.

Toe sy tien minute later oorkant Joy Tshabalala staan, lyk hy aansienlik moeër as wat sy onthou. En dis nie net 'n fisiese moegheid nie. Die verslaentheid straal uit hom, asof die idee van sy droomhuis in 'n nagmerrie ontaard het.

Hulle staan in die agtertuin, die uitgestrekte erf grotendeels omgedolwe.

"Hulle wil Dinsdag met honde terugkom om seker te maak hulle het nie iets gemis nie."

"Die polisie?" maak sy seker. "Of die VIC?"

Hy knik asof dit dieselfde ding is.

Iewers in die huis jil sy twee dogters. Sy vrou is aan die werskaf voor die stoof. Sy het koffie aangebied, maar Ami het nee gesê. Sy wil nie te veel van hulle tyd opneem nie.

"Is dit waar die geraamte gekry is?" Sy beduie na die grootste uitgrawing. "En was dit wel 'n geraamte? Of was daar meer?"

"Dit was net bene, van wat ek kon sien," sê Tshabalala.

Sy stap na die yslike gat, afgesper met polisielint en toegegooi met seil. Dis seker vier, vyf meter weg van Viljee se grensmuur. Na links agter is daar 'n vervalle Wendyhuis op bakstene en verskeie stukke gebreekte beton.

Sy staan op haar tone en loer na die agterkant van die Viljee-huis. Geen tuin nie, net netjies gesnyde gras en 'n paar potte met verwelkte blomme.

"Hoe het die swembadmense in die eerste plek op die graf afgekom?" vra sy.

"Hulle moes die visdam uithaal waar die swembad moet kom." Tshabalala wys na 'n klein Bobcat-skopgraaf wat eenkant staan. "'n Rukkie later het die voorman my kom roep."

Hy vee oor sy wang, bruin oë wat met wantroue na die polisie se handewerk kyk. "My vrou sê ons moet trek. Sy sê die voorvaders is baie ongelukkig." Hy beduie na die huis, na die rou pleister wat nog verf kort. "Maar al ons geld is in hierdie plek in. Alles."

Ami weet nie wat om te sê nie.

"Al wat my kinders wil weet, is wanneer hulle eendag kan swem."

"Ek's jammer," bied sy aan.

Tshabalala sug. Plant sy hande in sy sye en staar saam met haar na die opgrawings.

Ami weet nie mooi wat sy verwag het nie. Iets meer om te sien, te rapporteer?

Sy hys haar foon in die lug. "Mag ek foto's neem?"

"Seker, ja. Maar net van daai." Hy wys na die polisielint. "Nie van my of die huis nie."

Sy mik met haar iPhone en skiet 'n paar foto's.

Tshabalala maak keelskoon. "Hoe . . . hoe lank vat hierdie tipe goed gewoonlik?"

"Die ondersoek?"

"Ja."

Ami besef hoekom hy ingestem het tot die onderhoud. "Wel, in hierdie geval mag dit 'n ruk wees. As die oorskot baie oud is, kan dit dalk die identifikasieproses bemoeilik."

'n Langer, swaarder sug.

"Was die hoof van die VIC hier?" vra sy. "'n Vrou, laat-vyftigs, kort bruin hare. Brigadier? Hande wat die heeltyd so presies beduie?"

Hy skud sy kop. "Dit was 'n crime scene expert of so iets. 'n Kolonel."

"Dis nog steeds baie hoog op. Dalk sal dit dan vinniger gaan as gewoonlik."

"Dink jy dis daai Ebbie-kind?" Tshabalala roer sy stewige skouers onder die gholfhemp, gevlek met sement en verf. *Deloitte*, sê dit in geborduurde letters.

"Dis moontlik."

"Sy ma sal seker bly wees as dit hy is. Dan kan sy hom uiteindelik laat rus."

"Ek dink ook sy sal bly wees."

Ami bekyk die toneel vir oulaas. "Dankie dat ek kon inloer. Ek waardeer dit. Sal jy my laat weet as iets gebeur?"

"Ek kan so maak, ja. Sal jy my ook sê as jy iets uitvind? Dalk kry jy nuus vóór my." Tshabalala stamp sy staalpuntskoene een vir een teen die grond in 'n poging om van die stof ontslae te raak. "Ek wil die huis so gou moontlik klaarmaak. Miskien sal dit my vrou rustiger maak."

"Ek sal jou laat weet."

Op pad na die agterdeur beduie Ami na nommer 22. "Was Ester Gouws hier?"

"Sy't kom kyk, ja."

"En die ander bure?"

"Ek wou nie nog mense hier hê nie – dis steeds ons huis. Die polisie het in elk geval gevra ek moenie enige iemand behalwe hulle hier toelaat nie."

"Maar Ester was okay?"

"Ek kan mos nie vir haar nee sê nie."

"Het baie mense gevra om te kom kyk?"

"Nie te veel nie, nee."

Dis 'n oomblik stil tussen hulle.

Dan sê hy: "Die polisie wou ook weet wie almal kom vra het om te kyk." Hy tel op sy vingers. "Ek het vir hulle gesê. Dit was die man van die kafee en die Viljee-man. Dis al."

Hulle groet en hy draai terug na sy werk in die garage.

Buite gekom, klim sy op die Triumph. Kyk na die reën wat oor die stad uitsak. As sy 'n tydjie wag, kan sy dalk droog by die huis kom. Dit lyk asof die storm dalk oos mag trek, weg van hier.

Sy ry tot by die kafee.

Sy is verbaas toe Salim Moosajee nie agter die toonbank sit nie. In sy plek is 'n jonger man wat vaagweg bekend lyk. Seker Moosajee se seun.

Sy groet, koop 'n ystee en 'n Crunchie. Dan gaan staan sy buite die kafee, heup teen die ruit, en maak die sjokolade oop. Vreemde lus wat sy skielik het.

Sy skakel Beth se nommer terwyl sy eet.

"Ek ontmoet Geo se ma môre," val sy met die deur in die huis.

"Ooo. Jy's seker vrek bang."

Sy stik amper. "Wat bedoel jy? Ek het al baie meer scary goed gedoen in my lewe."

"Sê jy. Wil jy weet wat jy moet aantrek?" Beth lag nou openlik vir haar.

Ami frons vir haar suster wat presies weet wat sy nodig het – en haar siel daaroor uittrek.

"Ja, seker."

"Wil ons hê sy moet van jou hou, of wil jy die hele affère saboteer?"

Ami wil nie eens dínk wat Beth daarmee bedoel nie. "Hou. Sy moet van my hou."

"Okay. Kies iets mooi, maar bietjie meer konserwatief. Moenie te veel been wys nie. Geo weet jy't 'n mooi lyf en jy hoef dit nie vir sy ma te wys nie. Ma's wil nie sulke goed weet nie."

"'n Rok?"

"Wat jy waar kry?"

"By jou?"

"Nie met jou skouers nie."

A, haar swemskouers. Natuurlik.

"Dra eerder 'n mooi, blommerige bloes – daai een wat ek en jy Desember in Kalkbaai gekoop het. En sandale en 'n sagte langbroek. Los bietjie die jeans. En verf jou toonnaels."

Ami blaai in haar kop deur haar kas. "Dit kan seker werk. Dankie."

Sy hap aan die sjokolade. "Hoe gaan dit met die tweeling?" Beth is vyf maande swanger en Ami en Ginny is die peetma's.

"Vet en gesond. Hoe hulle hier gaan uitkom, weet net hulle. Hopelik is daar een of ander ontruimingsprosedure as die tyd reg is waar hulle sommer net uitpop en 'mamma' kwê." Beth lag senuweeagtig. "Jy kom nog saam na my volgende gynae-afspraak, nè? Liam is weg vir sy maatskappy se finansiële resultate. Moenie vergeet nie. Anders kies Ginny eerste."

"Dit sal die dag wees. Ek mis dit vir niks. Die een wat die stilste lê, is my peetkind. Die soet ene. Ginny kan die bok vir sports kry."

Ami maak die Crunchie klaar. Soek straatop na die oorblywende spore van die storm. "Sê my . . ."

Sy gaan staan botstil. Frons. Draai haar kop skuins.

"Wat?" vra Beth. "Ami? Is jy okay?"

"Kan ek jou later terugbel?"

Sy wag nie vir 'n antwoord nie. Bêre haar foon in haar baadjiesak en loop tot in die pad.

Draai terug tot op die sypaadjie.

Loop 'n entjie op met die pad.

Af met die pad.

Nee, sy is wragtig reg. Mens kan nie die Gouws-huis se tuinhekkie of agterdeur van die kafee af sien nie. Ook nie eers as jy in ag neem dat die bome soos hulle nou lyk aansienlik kleiner was in 1998 nie.

Weer loop sy op en af.

Links en regs.

Nee.

Dis onmoontlik om enige iets te sien, maak nie saak waar jy staan nie. Daarby loop Bothastraat effe afdraand van waar dit links uit Snymanstraat draai.

Sy staan hande in die sye. Hoe op dees aarde het James Delphine dan van hier af gesien dat Ebbie terug is huis toe daai Sondagoggend?

Lieg die man vir haar?

Sy draf tot by die Triumph.

Daar is net een manier om uit te vind, en dis om te vra.

5

Ami lig haar hand as 'n skerm teen die son, maar sien geen beweging op James Delphine se erf nie. Miskien is hy nie by die huis nie, of miskien ignoreer hy haar.

Sy skakel die selnommer wat Geo haar gegee het, maar dit lui net. Dalk moet sy Mac vra om met die man te praat. Hy sal tog nie vir die Valke kan nee sê nie.

Sy kyk op haar horlosie. Dis amper sesuur en die son skuif al hoe nader aan die horison. Sy besluit om foto's van die afgebrande De Koning-huis te gaan neem en dan weer te kom klop.

Daar gekom, haal sy haar foon uit haar baadjiesak. Die murasie lê soos 'n holgevrete karkas in die buurt, swart en onwelriekend.

Sy stoot die tuinhekkie oop. Neem 'n foto met haar foon.

Loop om die huis.

Sy hoor 'n geskarrel soos sy om die hoek kom – haastige treë deur plantegroei.

Voor haar, in die oorgroeide tuin, staan Annemarie de Koning.

Weereens tref dit haar hoe maer die vrou is. Van die sleutelbene wat skerp uitrys by die hals van haar verbleikte blou bloes tot die knopperige elmboë wat in haar sye boor.

Sy trek-trek aan haar bont romp, haar gesig 'n frons asof sy Ami herken, maar nie mooi weet van waar nie. In haar hande is 'n halfverbrande groen ID-boek en wat lyk na 'n voosgevatte leerbeursie.

"Hallo, Annemarie," sê sy stadig, versigtig. "Ek is Ami Prinsloo, van Nuus360. Ek was laas hier om met Jakob te praat."

"Jakob . . . O. Ja."

"Hoe voel jy?"

Weer die frons.

"Ná die brand," beduie Ami.

"Ek's okay."

"Dan's ek bly." Sy besluit om nie te verduidelik wat sy hier doen nie.

De Koning lig haar ken. "Hulle sê 'n vrou op 'n bike het my uitgehaal."

"Ek was toevallig hier rond." Ami wag nie vir 'n dankie nie. "Ek's jammer oor Jakob."

De Koning lag effens, onwillekeurig amper. Wys 'n vermiste oogtand. "Ek is nie."

Ami sit haar pokergesig op, onwillig om te wys dat die vrou se antwoord haar verras. "Hoe so?"

"Hy was nes sy pa. Violent. En die kinders. Altyd met die kinders."

"Ná sy vrylating ook?"

De Koning kyk grond toe, skoffel haar linkervoet deur die lang gras wat wonder bo wonder nie gebrand het nie. "Ja." Sy haal haar skouers op. "Ek het heeltyd vir Jakob laat sweer dat ek niks wil weet nie. As ek dalk . . . Aan die begin . . ." Sy bly stil. Prewel dan: "Nes sy pa."

Ami kan haar senuweeagtigheid aanvoel, die begeerte om weg te kom.

Oor Annemarie se man gaan sy nie vra nie. Sy sal dit aan Mac noem en die polisie kan besluit of hulle dit wil opvolg.

"Sê my. Die seun wat onlangs hier in die Moot verdwyn het. Nakkie van der Merwe . . . was hy hier voor die brand?"

De Koning kyk grond toe. Sê niks nie.

"Wat van Ebbie Gouws? Die tiener wat in 1998 hier naby vermis geraak het. Weet jy dalk iets van hom?"

De Koning skud haar kop heftig, amper dankbaar dat sy iets vir seker weet.

"Uh-huh. Jakob het net van die kleintjies gehou. Ek het daai Ebbie-seun nooit gesien nie. Jakob het net gelag elke keer as die polisie gesê het dis hy. Dis asof hy daarvan gehou het dat almal gedink het hy's so gevaarlik."

"Het hy ooit enige iets oor Ebbie gesê?"

De Koning dink 'n oomblik.

"Net dat hy obviously nie die enigste skelm in die Moot is nie." Sy lag bitter. "Ten minste was hy dáároor eerlik."

6

Ami drink koffie en eet iets by 'n restaurant in Queenswood, gebruik die badkamer, en ry dan terug na James Delphine se plek. Steeds is daar geen teken van lewe nie.

Sy besluit om huis toe te gaan. Dis reeds laat en sy het genoeg gehad vir een dag.

By haar woonstel gaan sit sy kruisbeen en werk op haar enigste rusbank. Elke nou en dan staar sy na die groot, ou witstinkhoutboom buite die venster. Dit het vroeër vandag hier ook gereën, en die tuinvoëls verkondig steeds hulle dankbaarheid oor die somerlafenis.

Sy vee die paragraaf uit wat sy pas geskryf het en begin weer. Sy sukkel met die artikel oor die skelet by die Tshabalala-huis. En sy kan niemand van die polisie in die hande kry wat met haar wil praat nie.

Sy kyk na haar foon. Gee in en skakel Mac se nommer.

Nes laas is sy verbaas dat die kolonel haar oproep neem. In die agtergrond is daar klavierspel, iets klassiek en opruiend.

Die klank word sagter gedraai.

"Wat is dit?"

Sy skrik nie meer vir die kortaf sinne nie. "Het jy al iets gehoor oor die geraamte in Joy Tshabalala se tuin?"

Teen dié tyd is sy ewe gewoond aan die waaksame stiltes voor Helga McIntyre haar vrae beantwoord.

"Is dit vir jou storie?"

Sy weet wat Mac wil hoor. "Seker nie," sug sy.

"Dit is nie. En ja."

Dit neem 'n sekonde of twee voor die woorde insink. "Is dit Ebbie?"

"Ja. Dis wat die DNS sê."

Ami sit terug teen die rugleuning. Sy kan dit nie glo nie. Soveel jaar later en uiteindelik weet hulle waar Ebbie Gouws is.

"Arme Ester. Sy moet teen die grond wees."

"Wel, ja. Seker." Vir die eerste keer klink Mac ontstig, asof die gedagte haar ook ontstel.

Ami gebruik die oomblik van wanbalans. "Tshabalala sê die polisie gaan volgende week terugkom. Hoekom sal dit nodig wees?"

'n Effens omgekrapte murmurering. "Hulle hoop om die moordwapen te vind."

Ami wag vir meer inligting, maar Mac verklap niks nie.

"Wys my jou kaarte, dan wys ek jou myne," bied sy aan.

"Wie sê joune is die moeite werd?"

"Dit was vroeër, met Ryan Joubert se foto's."

"Hmm."

"Komaan, Mac."

"Okay. Dit lyk na 'n mes. 'n Skerp voorwerp wat by die ribbes ingedring het. En blonde hare, of iets dergelik."

Ami probeer die inligting verwerk. Niemand met wie sy oor Ebbie se verdwyning gepraat het, is blond nie. Maar wie weet of hulle hare deesdae gekleur is? En wat bedoel Mac met "dergelik"?

"So?" por die polisievrou haar aan. "Wat het jy uitgevind?"

Sy vertel Mac van James Delphine en wat hy te sê gehad het. Ook dat dit onmoontlik is dat hy van die kafee af sou kon sien hoe Ebbie terugloop huis toe.

"Hy't vir my gelieg, en ek wonder hoekom."

'n Lang stilte. Dan: "Baie dinge kon in die afgelope jare verander het. Iemand kon aangebou en die sig versper het."

Ami het net aan plantegroei en grensmure gedink.

"Kom ons kry Delphine by Salim se kafee," stel sy voor. "Laat hy verduidelik wat hy gesien het. Jy sal mos kan spot as hy bullshit. Ek dink in elk geval dis tyd dat hy met jou gesels."

Tot haar verbasing stem Mac in. "Stuur vir my sy nommer dan bel ek hom."

Sy hoor die "ek". "Jy weet ek kom saam, nè?"

"Hoekom?"

"Ek het vir jou die inligting gegee."

'n Moerige asemplof uit Mac se mond. "Ja, shit, dis seker okay. Maar jy skryf niks tot ek sê jy mag nie. En ek's besig môre. Maandagoggend. Tienuur. Ek sal seker maak Delphine is daar."

Ami keer vinnig voor sy aflui. "Daar is nog iets. Net gou."

"Wat?"

"Die briewe wat Paul vir my gelos het. Weet jy wie dit geskryf het?"

"Hoekom vra jy?"

Sy dink vinnig. "Ek wil hoor hoe dit met Paul gegaan het toe hy dit dikteer het. Jy weet, net . . . sommer. Was dit jy?"

"Ek dink dit was Ilse," sê Mac. "Sien jou Maandag."

Ami bly sit met die foon in haar hand, onseker wat om te voel. So Ilse is D. Jordaan.

Haar geld was op Mac. Sy kan haar nie voorstel dat Ilse 'n pistool se sneller sou trek nie, veral nie waar dit Paul se dood sou beteken nie.

Sy staar lank na haar rekenaarskerm. Kyk hoe dit verdof, swart word. Bel dan vir Ester om te hoor of sy iets oor haar seun wil sê.

Sy antwoord egter nie haar foon nie.

Ami sug met iets soos verligting. Dis die deel van haar werk wat sy die meeste haat – die soeke na kommentaar ná iemand slegte nuus gekry het. Sy kan net nooit daaraan gewoond raak nie.

1

Ami sluk aan die droogheid in haar keel en vee haar hande een vir een droog aan haar linnebroek. Die boks Woolies-sjokolade op haar skoot is 'n geskenk vir Geo se ma, nes die ruiker sonneblomme. Sy het vroeg vanoggend gaan swem én gedraf, maar dit het niks gedoen om haar spanning te blus nie.

Sy kyk na waar Geo se hande op die stuur van die FJ Cruiser rus, 'n vreemde uitdrukking op sy gesig.

Sjym. Hy gee haar seker kans om asem te skep voor hulle uitklim en by die netjiese wit huis met sy groen geute gaan aanklop.

Dan kyk sy weer, fyner hierdie keer. Haal die bril van angstigheid oor sy familie lank genoeg af om te kan sien of iets fout is.

Wragtig. Die groot man met die netjies gesnyde baard en langerige krulhare wat nog klam in sy nek lê, is gestres. Sy ken die tekens. Die hand wat die motorsleutels rusteloos rondtol. Die veraf kyk in sy oë.

"Jy's bang."

Hy vryf oor sy baard, loer skuins na haar. "Nie bang nie, net . . . versigtig." Hy probeer glimlag, maar laat dit dan vaar. "Ek het nooit vir Carina hiernatoe gebring nie."

Sy hap vir 'n oomblik na lug. "Wat bedoel jy? Hoe op dees aarde het jou ouers nooit jou vrou ontmoet nie?"

Hy leun vorentoe, en vir 'n oomblik lyk dit asof hy oorweeg om die FJ aan te skakel en weg te jaag. Dan sit hy weer terug.

"Dis nie wat ek sê nie. Hulle hét. Ek het haar net nie vóór die troue hiernatoe gebring nie. En hulle was ook nie by die troue nie. Ek en Ca-rina het weggeloop en in Kimberley gaan afhaak."

"Kimberley?" Hoekom sou dit die feit wees wat haar die meeste verbaas? "Soos in die Noord-Kaap?"

"Ja." Hy lag, asof die herinnering hom amuseer. "Ons het niemand daar geken nie. Ek het buitendien geweet my ma gaan nie van Carina hou nie. Sy was aweregs. Weird? 'n Kunstenaar, sou mens seker kon sê."

Ami absorbeer die inligting. "So ek kan ontspan? Ek sal mak wees in vergelyking met haar?"

Geo draai na haar, die lag meer openlik. "Moet dit om vadersnaam nie sien as kompetisie nie. Want jy en kompetisie . . ." Hy rek sy oë. "Jy weet nie hoe om nee te sê nie."

"Pasop. Soos ek nou hier sit, wens ek ek het nee gesê."

"Vir wat alles?" Hy leun oor en soen haar.

Sy sien uit die hoek van haar oog hoe die gordyn in die groot sitkamervenster eenkant toe skuif, terugval. "Dink jy hulle wonder of jy gaan hol?"

"Heel waarskynlik."

"En? Gaan jy?"

Hy haal diep asem. "Nee."

"Geo . . ." Sy sukkel om die emosie uit haar stem te weer. "Wil jy dit regtig doen? Hierdie . . . al hierdie." Sy beduie na die blomme, die sjokolade.

"Wat het jou ouers destyds oor jou kêrel gesê? Hoe oud was hy nou weer?"

"Vier-en-dertig."

"En jy was . . .?"

"Agtien. Negentien." Nie dat die laaste getal veel beter klink nie.

"So?" vra hy weer. "Wat het hulle gesê?"

Die gordyn skuif verder oop. Sarah, Geo se suster, staar hulle nou openlik aan, hande in die lug en 'n kwaai frons op haar gesig.

"Hulle het Auri nooit ontmoet nie," erken Ami. "Hy was te vinnig en te veel, veral ná Leen se dood. Ek wou nie die kans waag nie. My pa sou hom iets aangedoen het, dominee ofte not."

'n Gedagte vat skielik pos. "Jy en Carina . . . hoe lank het julle mekaar geken voor julle getroud is?"

"'n Maand. Sy't my gevra."

Die besef kom klokhelder. "Hierdie ding . . . ons? Jy wat heeltyd wil hê ek moet dit rustig vat om seker te maak ek voel iets . . . iets gesond en heel. Jy doen dit vir jouself ook." Haar oë vernou. "Hoekom?"

"Omdat ek wil seker wees hierdie keer. Die lewe raak . . . min? Minder. Ek weet nie of ek nog 'n eksperiment kan bekostig nie."

"So, ek's 'n eksperiment."

"Nee. Dit het verkeerd uitgekom. Jammer."

"Het jy gehoop ek sou net 'n vinnige fling wees?"

"Miskien. Maar toe is jy nie. Glad nie."

Sy voel meer tevrede met sy nuwe antwoord. "Ditto," gee sy dan ook toe.

Sy wonder vir die soveelste keer of sy moet uitvra oor die vrou wat hy in 'n motorongeluk verloor het, tesame met sy ongebore seun. "Jy en Carina. Was julle . . . was dit 'n fout?"

"Ja."

"En kon jy dit erken? Aan haar erken?"

"Ons het gedink aan skei. Altans, sy het, maar toe raak sy swanger."

"Ag nee." Die woorde ontsnap voor Ami kan keer.

Die sleutels in sy hand hou aan tol.

"My ma het my gewaarsku," sê hy. "Ná Kimberley. Jy sien, die probleem met my ma is dat sy . . . Sy's altyd reg."

"Wie s'n is nie?"

Hy glimlag. "Soms maak sy my mal."

Ami knik, dink vir 'n oomblik oor die enigste ernstige verhouding wat sy tot dusver gehad het. "Ek sou weer vir Auri kies – gegewe die tyd en omstandighede. Sou jy?"

"Vir Auri kies?"

"Komaan."

"Ja. Ek sou."

"Nou ja toe. Kom ons gaan kuier by jou ma as ouer en wyser mense. Ek het baie duur betaal vir my stukkie wysheid. Jy ook. En kyk, ek het selfs sjokolade en blomme gaan koop. Wie op dees aarde sou dit nou ooit kon dink?"

"Jy doen bloot wat Beth sê jy moet doen. Moenie dink ek weet nie."

"Presies. En dis sý wat gesê het ek moet jou 'n kans gee. En in my familie is Beth altyd reg."

Sy wag nie vir 'n slim antwoord nie. Glip net uit die motor en maak die deur agter haar toe.

Sy trek die bont bloes reg en waai vir Sarah wat by die voordeur uitgeloop kom.

Op een of ander manier is dit 'n verligting om nie met Geo se perfekte oorlede vrou mee te ding nie.

Nie dat Carina kompetisie is nie, herinner sy haarself. Want dit sou net heeltemal verkeerd wees. Veral vir iemand wat dan so hard daaraan werk om uiteindelik groot te word.

Nellie Fourie se liefde vir haar kinders is amper tasbaar. Ami kan nie help om haar te verwonder aan die kort, besige vroutjie met die vingers wat voortydig skeef trek onder die las van artritis nie. Sy loop haastig heen en weer tussen die kombuis en die eetkamer, boordensvol kosbakke in haar hande, terwyl haar kinders die tiensitplektafel dek met eetgerei-erfstukke uit 'n antieke laaikas in die sitkamer.

Toe almal uiteindelik gaan sit, kreun die tafel onder vier tipes groente, 'n bak aartappels, twee soorte vleis en 'n spesiale pastagereg vir die jongste seun se vegetariese vrou. Op die hoektafel brand 'n kers vir Nellie se man wat al 'n paar jaar oorlede is, soos blykbaar elke Sondag as die gesin hier saam eet.

Miekie is die jongste van die vyf kinders, blond en agtien, en baie nuuskierig oor hoe Ami vir Geo ontmoet het.

"By die swembad? Hoe by die swembad?"

"Ons het saam geswem," sê Ami. "Ek bedoel, ons het al twee by Troy's Gym geswem en so in mekaar vasgeloop."

Onder die tafel klad sy die sweet van haar handpalms. Hierdie is amper erger as die Olimpiese Spele. Almal se oë is op haar, Geo se hand wat gerusstellend na hare soek. Tot nou was die aandag op Sarah se een Dobermann wat sy in die week weens ouderdom moes groet, en op Miekie se gimnastiekloopbaan in Europa – veral die moontlikheid dat dit na modelwerk kan oorslaan. Nie een van die broers of Sarah klink beïndruk met die idee nie.

"Jy lyk seker baie beter as Geo in 'n costume," sê Miekie.

"Ja." Geo knipoog vir Ami. "Tonne beter."

"En die seks is seker goed."

"Miekie!" raas Nellie.

Sarah stik aan haar kos, en die middelste broer slaan haar op die rug. Bietjie harder as wat nodig is, 'n glimlag op sy gesig.

Ami wonder oor dié gesin. In hulle familie praat hulle so al om 'n ding. Niks word ooit regtig op die naam genoem nie. Om hierdie tafel voel dit asof net Nellie haar woorde opweeg. Asof sy al geleer het om mooi te trap op daardie ragfyn lyn tussen aanmoediging en aanmaning, haar kinders se geluk belangriker as haar eie oortuigings.

Ami wonder of die Fouriekinders weet hoe gelukkig hulle is.

"Toemaar, julle hoef nie te antwoord nie," verklaar Miekie. Sy beduie na Geo se maag. "Ek kan sien jy's happy. Jy eet al weer lekker."

Sy verskuif haar aandag terug na Ami. "Is jý gelukkig saam met my boet?"

"Miekie," sê Nellie weer, maar hierdie keer klink dit asof sy raas omdat sy moet, maar nie regtig wil nie.

Dalk is sy ewe nuuskierig oor die antwoord.

Ami voel hoe die hele familie na haar staar. Dan kom die woorde vanself, eerlik en maklik.

"Ek is, ja. Ek's regtig gelukkig."

Sy laat sak haar kop, lek vlugtig oor haar droë lippe. Kyk net betyds op om die verbasing op Geo se gesig te sien verander na iets soos tevredenheid. Vang die effense agterdog op Nellie en Sarah se gesigte.

Dan leun Nellie oor die tafel en tel die bak aartappels op. "Jy moet skep, Ami. Ek het nie verniet so baie kos gemaak nie. En as jy nie gou maak nie, gaan die seuns als opeet en die bietjie wat oor is inpak huis toe."

Sy draai na Geo. "Oom John vra of jy asseblief weer na sy grassnyer kan kyk. Dit sukkel steeds om te vat."

Onder die tafel soek Geo weer na Ami se hand. "Ek sal gou ná ete gaan kyk. Dalk is dit sommer net 'n los draad of iets."

Ami skuif ongemaklik rond waar sy voor haar rekenaar sit. Die tweede porsie van Nellie Fourie se asynpoeding lê swaar in haar maag.

Sy het gou geleer: Los maar die blomme en sjokolade en skep eerder twee keer van als. Geo se ma is mal oor mense wat mal is oor haar kos, en dit beteken Ami het geëet dat dit klap.

Sy sit kruisbeen en werk by Geo se koffietafel terwyl hy besig is in die studeerkamer. Buite die vensters van sy Linden-woonstel is dit reeds aand, die laaste lig wat pienk blom teen slierterige wolke.

Sy lees vlugtig deur die nuus van die dag om te sien wat die naweek gebeur het. Stop toe sy die tweede storie op Nuus360 se webwerf oop-maak. Op die hooffoto staan Helga McIntyre iewers in Hammanskraal se strate, hande in die sye en sonbril op 'n grimmige gesig.

Roelien Salie, Ami se mede-misdaadjoernalis, identifiseer Mac as die hoof van 'n Valke-taakspan wat die onlangse reeks transitorooftogte in die noorde van die land ondersoek.

So dís waarmee Mac heeltyd besig is terwyl sy agter die Ebbie Gouws-storie aanskarrel. Beteken dit die polisievrou was ook op die toneel toe sy verlede Vrydagmiddag op die N1 met die Bulgaarse sokkerspan gesels het?

Sy lees die res van die artikel. Dit lyk asof die Valke 'n uitstekende naweek gehad het – nege lede van die sindikaat is in 'n skietgeveg met die polisie dood, met nog drie in arres.

Ami voel die jaloesie kop uitsteek omdat sy die geldwa-storie een-kant toe moes skuif om op Ebbie te fokus.

Dan vee sy die emosie uit die pad en tel haar foon op. Sy kan dit nie meer uitstel nie, en moontlik vuur Roelien se sukses haar ook bietjie aan.

Hierdie keer beantwoord Ester haar foon.

"Hallo, Ester. Dis Ami."

"Jy't gehoor." Die stem is ontdaan van emosie.

"Ek's jammer," bied sy aan, al klink dit hol.

"Ag . . . ek dink . . . Dis seker beter, nè? Om te weet."

Dit klink asof iemand die woorde aan Ester voorgeskryf het as medisyne teen die verlies.

"Ek dink dis altyd verskriklik, onder alle omstandighede, om iemand te verloor vir wie jy lief is," sê Ami. "Die liefde eindig nie omdat iemand dood is nie."

Sy probeer om nie aan Leen te dink nie. Dis al meer as vyftien jaar sedert haar suster vermoor is.

Ester verkrummel. Begin huil.

"Ek's regtig baie jammer."

"Dis okay." Ester snuif, trek haar asem diep in. "Ek's okay."

Ami wonder hoe om te vra wat sy wil vra. Spring dan soos gewoonlik aan die diep kant in.

"Kan ek dalk môreoggend met jou kom gesels om te hoor hoe die polisieondersoek vorder?"

Sy wil ook bevestig of Ebbie wel daardie Sondagoggend terug is huis toe, soos James Delphine beweer. Maar dit gaan sy nie nou reeds noem nie.

Ester blaas haar neus. "Môre? Ja wat. Hoekom nie."

Dit was makliker as wat sy verwag het. Maar dan ook weer, sy het al geleer dis vir sommige mense bevrydend om oor hulle oorlede geliefdes te praat. Dis asof hulle die kans kry om 'n openbare grafskrif op te stel; om getuienis te lewer oor 'n relatief gewone mens wat nooit die koerante sou haal as dit nie was vir die manier hoe hulle dood is nie.

"Dankie. Sien jou môre."

Ami lui af.

Geo verskyn in die deur toe sy haar rekenaar afskakel.

"My pel in misdaadintelligensie het teruggekom na my. Die sekuriteitswag by Paul se aftreeoord?"

"Ollie."

"Ja. Hy was in die polisie, nes jy gedink het."

Ami is nie te verras nie. Die man het so 'n polisiegevoel aan hom. En hy het na Paul as "die generaal" verwys, met die tipe respek wat min lede van die publiek deesdae vir die SAPD het.

"Ek skat Ollie in sy laat-vyftigs," sê sy. "Dis nie aftreeouderdom nie. Weet jou pel hoekom hy weg is?"

"Klink na iets soos PTSD. Hy het begin by Openbare Orde in die slegte ou dae. Riots, opstande – daai tipe van goed. Blykbaar het hy vroeg pakket gevat, dit uitgeleef, en nou moet hy as sekuriteitswag werk."

"Ken hy een van die weduwees? Nie van sien nie, kén ken."

"Ek soek nog."

Sy vertel hom dat die handskrif in Paul se briewe ooreenstem met dié van D. Jordaan in die besoekersregister by Paul en Delia se aftreeoord. "Dit wil vir my lyk asof Ilse die een is wat die Vrydagmiddag van Paul se dood onder 'n vals naam by die aftreeoord ingeteken het."

"So jy dink Ilse en Ollie Jakobson het saamgewerk om Paul te help?"

"Dis wat ek vermoed, ja. En dalk was iemand daar saam met haar, maar ek is nog nie heeltemal seker nie."

Sy laat sak haar kop om die emosie wat in haar opborrel te versluier. Sy voel vreemd ontstig. Nie kwaad nie. Meer . . . verraai? Hoekom het Ilse haar nie genoeg vertrou om te sê wat aan die gang is nie? Sy het nog altyd aan die sielkundige as 'n vriendin gedink. Nie 'n goeie vriendin nie, maar steeds.

Skielik verwens sy haar ewige begeerte om antwoorde te soek, want wat op dees aarde maak sy noudat sy weet?

1

Ami weet nie mooi wat sy verwag het nie, maar Ester Gouws voel ligter as gister en al die ander kere wat sy met haar gesels het. Haar ken is net daai fraksie hoër gelig, haar skouers meer regop.

Sy kan nie help om met effense verwondering na die vrou te kyk nie. Is die ligtheid te danke aan die wete dat haar vermiste seun uiteindelik gevind is?

Beteken dit egter sy is onskuldig? Dat James Delphine gelieg het toe hy gesê het dat Ebbie daai Sondagoggend teruggekom het huis toe? Of is sy dalk bly dat haar geheim uiteindelik gaan uitkom? Dat sy dit nie meer saam met haar hoef rond te dra nie?

Ami wonder wat om te doen. Besluit dan om te wag tot ná sy en Mac netnou met Delphine gesels het. As sy haar verhouding met Ester versuur, gaan sy nooit weer iets uit die vrou kry nie. Vir nou sal sy vra hoe sy oor die ontdekking van haar seun se oorskot voel, en niks meer nie.

Ester se woorde raak haar egter dieper as wat sy verwag het.

"Ek het gisteraand van Ebbie gedroom. Hy het langs die bed gestaan en vir my totsiens gesê." Ester sluk met moeite. "Hy't gesê hy is lief vir my. *Mamma moenie worry nie. Alles is soos dit moet wees.*"

Ami druk haar hand waar sy langs haar op die rusbank sit.

Die ouer vrou trek haar asem stotterend in. "Ek het al vergeet hoe dit is om die polisie heeltyd hier te hê. Hulle vra aanmekaar oor Pip en die bloed in die huis en oor die knipmes wat my pa vir Ebbie gegee het. Ek het gesê ek weet nie waar dit is nie. Ek het gaan soek in die bokse goed wat ek nog van hom het, maar ek kon dit nie kry nie."

Sy kyk venster se kant toe. "Hoekom het ek tog sy kamer wegge-maak? Ek moes nooit na Paul geluister het nie."

"Wat sê die polisie oor verdagtes?" vra Ami.

"Hulle belowe hulle het 'n paar leidrade. Verder bly hulle doodstil."

Die versoeking is te groot om nie te vis nie. "Soos hulle praat . . . Dink hulle dis iemand hier rond wat Ebbie . . . wat Ebbie seergemaak het, of was dit iemand verder weg?"

In Ester se oë is dieselfde teleurstelling wat Ami opgemerk het toe die vrou met haar eksman gepraat het – 'n verraad wat diep sny.

"Ek lei af hulle dink dis iemand in die buurt. Iemand wat nie kon wegkom met . . . met die . . . met Ebbie terwyl almal loop soek het nie."

"So hulle dink Ebbie is reeds die naweek van sy verdwyning dood?"

Ester knik. Dan begin sy huil, die tissue in haar hand teen haar oë gedruk.

"Almal hier het my gedra," prewel sy. "Daardie Sondag en in die jare daarna. Kerneels dink ek wil nie trek nie omdat ek heeltyd hoop dat Ebbie gaan terugkom, maar dis nie waar nie. Ek wil nie op 'n nuwe plek moet verduidelik hoekom ek is soos ek is nie. Hoekom dit sommige dae te moeilik is om uit die bed uit op te staan nie."

Sy vee oor haar neus. "Hoe leef ek daarmee saam as dieselfde mens wat Ebbie gevat het, ook hier gesit het waar jy nou sit? Dat hulle vir my tee gemaak het en jammer gesê het, maar in hulle harte het hulle geweet – gewéét – Ebbie is dood. Dat hulle hom in die grond gesit het, so donker en koud en alleen."

Ami het nie 'n antwoord nie. Sy kan dit nie waag om haar mond oop te maak nie, want haar empatie met hierdie vrou sit vlakker as wat goed is vir haar eie welstand – én enige moontlike negatiewe opvolgstorie.

En tog . . . as Ester lieg, doen sy dit uitsonderlik oortuigend.

Maar het Paul se laaste brief haar nie gewaarsku teen 'n moontlike psigopaat wat weet hoe om tussen gewone mense weg te kruip nie?

Sy staan op, bied aan om vir hulle iets te gaan maak om te drink.

Ester stem stom in.

Twintig minute later swaai Ami haar rugsak oor haar skouer. Ester het vir haar die selnommer gegee van die VIC-kolonel wat die naweek hier was. Gewapen met dié inligting loop sy na Salim's Corner Café om vir James Delphine en Mac te kry.

2

Ami kan James Delphine van ver af eien. Hy staan voor die kafee en gesels met Mac, rooi valhelm in die hand en bruin leerbaadjie wat om sy bolyf span. Hy vee wat ook al die polisievrou sê met 'n kortaf gebaar uit die pad.

Ami draf nader. Is Mac al weer besig om haar planne in die wiele te ry deur onnodig moeilik te wees?

"James!" roep sy. "Môre."

Hy kyk om en gooi sy hande in die lug, asof haar aankoms bloot nóg moeilikheid beteken.

Mac dra dieselfde sonbril as in gister se nuusartikel, klassieke traan-druppel-Ray-Bans wat nie daarin slaag om haar beneuktheid weg te steek nie. Haar klere is haar gewone uniform: 'n netjies gesnyde broek-pak, ligblou hierdie keer. Die enigste nuwe item is 'n groot bruin hand-sak wat skuins oor haar skouer hang.

Ami lig haar hand teen die oggendson wat in haar oë skyn. Korrel na Delphine. "Dankie dat jy gekom het."

"Asof ek 'n keuse gehad het."

Agter hom sien Ami hoe Salim Moosajee hulle vanuit die koelte van sy kafee dophou.

Hulle beter roer. Hierdie ontmoeting gaan binnekort die buurt vol lê.

Sy praat 'n aks sagter. "Ek wil net gou 'n paar dinge met jou bevestig en dan kan jy gaan."

Delphine gooi 'n duim in Mac se rigting. "Sy't al veertig goed gevra."

Mac glimlag smalend. "Want jy't gejok. Ebbie Gouws het verdwyn en jy het nooit vir die polisie gesê jy was daai Sondagoggend hier nie, en dit terwyl Paul en sy span herhaaldelik gevra het dat die misterieuse man by die kafee na vore moet kom."

"Ek het niks gesê nie, want ek het niks gedoen nie!" Delphine beduie woedend oor sy skouer. "Daai fokken seun is terug huis toe. Hoeveel keer moet ek dit nog sê?"

"Whoa net bietjie, James," paai Ami. "Jy's nie in die moeilikheid nie. Ek wil net weet waar jy was toe jy Ebbie daai oggend gesien het."

Hy kyk na haar asof hy nie verstaan nie.

"Waar was jou Kombi geparkeer en waar was jy? Ek soek die presiese plek – tot op die sentimeter as jy kan."

Mac jaag hom aan. "Toe, antwoord die vrou as jy nie nog probleme wil hê nie."

Delphine byt sigbaar op sy tande, maar soek dan tog om hom heen. Hy stap tot by die kafee se ingang. Beweeg terug met die sypaadjie en af in die pad vir vyf of ses motorlengtes. Gaan staan.

"Hier. Dit was lank gelede, maar ek skat dit was omtrent hier."

Ami loop tot by hom. Sy soek na links, op met Bothastraat tot waar dit Snymanstraat voor hulle kruis en dan 'n slap draai na regs gooi, al met die parkie langs. Jip. Jakob de Koning sou wel Delphine se Kombi van die parkie af kon sien.

"Het jou motor se neus in Snymanstraat se rigting gewys of weg van dit?" maak sy seker.

Toe hy weer frons asof sy onnodig pedanties is, beduie sy met haar hand. "Snymanstraat is daar bo, by die stopteken." Sy swaai om, wys na die reeks huise af in Bothastraat. "Of het jy soontoe gekyk?"

"O. Uh . . . ja, ek het in daai rigting gestaan. Boontoe. Na die parkie se kant toe." Hy kyk wantrouig van haar na Mac, asof hy wonder of hulle hom probeer uitvang.

"En van hier waar jy nou staan, lyk dinge nog dieselfde as destyds? Ek praat van die geboue, die bome, die grensmure – sulke goed."

Hy staar na haar asof hy nie sy ore kan glo nie.

"Net rofweg."

"Ek weet nie. Van wat ek kan onthou . . . seker, ja."

Ami knik tevrede. "Okay. So jy't hier sit en wag, en toe sien jy Kerneels in die pad af kom op die rolskaatse?"

"Ja. Ek was seker net 'n paar minute hier en toe sien ek hom."

"En hy's by die kafee in?"

"Yes."

"Maar jy was binne die kar en hy't jou nie dadelik gesien nie?"

"Ek dink nie so nie. Hy moes konsentreer om op die rollerblades te bly – my seun se blerrie gesteelde blades."

"Wat gebeur toe?"

"Toe hy uit die kafee kom, het ek uitgeklim om met hom te praat. Nét praat," keer Delphine vinnig. "Maar toe hy my sien, skrik hy sy gat af, want hy't geweet hoekom ek hier is. Hy's hier op met die pad asof daai blades aan die brand was." Hy beduie in die rigting van die parkie. "Ek wou nog agterna, maar toe storm daar 'n Moslem-ou by die kafee uit. Hy't van Kerneels na my gekyk, en ek kon sommer sien hy wonder of ek daai pedo was van destyds, en toe is ek terug kar toe."

"En wat doen jy toe?" wil Mac weet.

Delphine trek sy gesig vies. "Kyk, Kerneels het gemove. Toe ek weer sien, is hy weg. Ek het nog sit en wonder wat om te doen, toe Ebbie aangeloop kom. Ek het hom seker een of twee minute gewatch en toe gery. Sweer."

"En teen daai tyd was die kafee-eienaar – die Moslem-man – en Kerneels albei weg?" maak Mac seker.

"Yes."

"So dit was net jy en Ebbie op straat?"

Ami hou haar hand op. Kan Mac asseblief tog stilbly? Elke vraag klink soos 'n aanklag.

"Jy is honderd persent seker Ebbie is terug huis toe?"

"Yes, want hy fokken is!" bars Delphine los. "Watse bullshit is hierdie? Ek gaan my lawyer bel. Hierdie is 'n fokken setup."

"Dis nie nodig nie, James," paai Ami. "Hierdie is nie 'n lokval nie. As jy net my laaste paar vrae kan beantwoord, sal alles duidelik word."

"Wat?" Delphine staar na haar, woede en wantroue op sy gesig. "Wat wil jy weet wat hierdie kak gaan verander?"

"Waar is Ebbie in? By watter huis?"

"Sy huis."

"Hoe weet jy dit?"

Hy kyk na haar asof sy onnosel is. "Hy's by die hek in en hy't om die huis gedraf, agterdeur toe. Hy's daar in sonder om te klop, soos iemand wat daar bly."

"Dink gou – het iemand hom geroep? Het hy dalk vasgesteek, omgedraai en toe na die hekkie geloop?"

Delphine frons soos hy konsentreer. "Iemand kon hom seker geroep het, ja. Ek het meer gedink hy't dalk iets vergeet."

"Wys vir ons by watter huis hy in is."

"Toets julle my nou? Die een op die hoek mos."

"Wat?" Mac skiet vorentoe, tot teen Delphine. "Die liggeel huis? Ebbie Gouws is by die liggeel hoekhuis in?"

Delphine gee 'n tree terug. "Ja, dis wat ek nog heeltyd sê. Wat de hel is fout met julle?"

Mac is woedend. "Al die koerantberigte destyds . . . het jy nooit besef die Gouws-huis lyk anders nie?" Sy mik oor sy skouer. "En mens kan buitendien nie eers die hekkie van hier af sien nie."

"Hoe anders sou Ebbie agterdeur toe geloop het? Dis mos logies . . ." Die besef van wat moontlik gebeur het, flikker in Delphine se oë. Hy keer vinnig.

"Uh-huh. Vergeet dit. Julle pin niks op my nie. Ek het in die eerste plek by die kafee gewag, want ek het nie geweet waar die Gouwse bly nie. En ek het nooit foto's van hulle huis in die koerante gesien nie. Net van Ebbie en sy ma. En anyway, ek het nie hier rond gebly nie. Vir my het al die huise daai tyd dieselfde gelyk. Hierdie was voor mense Moot toe gekom het om die plekke cheap op te koop en oor te doen."

Ami beduie dat Delphine moet bedaar. "Dis okay. Dit help baie. Dankie."

Sy kyk na Mac, die gedagte wat boontoe skif skrikwekkend. Vir 'n breukdeel van 'n dag was die straat amper verlate, en in daai einste kort rukkie kom Ebbie om die draai geloop. Minder as twee, drie minute skynbaar alleen, asof iets vir 'n oomblik die ganse heelal se aandag afgetrek het. Die kleinste skeur in tyd en omstandighede.

Mac staar na haar skoene. Lig dan haar kop, 'n wrang glimlag op haar gesig.

Ami weet presies wat sy dink, want dis wat sy ook dink.

Ebbie is daardie oggend by die huis op die hoek in. Wessel Viljee se huis. En dit was die laaste keer dat enige iemand hom lewend gesien het.

Mac hamer vir die derde keer aan die Viljees se voordeur met die sykant van haar vuis.

Ami spits haar ore. Die enigste teken van lewe bly egter die dowwe gebrabbel van opgewonde sportkommentaar.

"Komaan, komaan," sê Mac. "Polisie! Maak oop!"

"Ja, ja, okay!" antwoord iemand uiteindelik.

Die deur swaai oop en Viljee gluur hulle aan deur die veiligheidshek, hande op sy rolstoel se wiele. "Wat wil julle nóú weer hê?"

Ami kan sien hy ag haar steeds nie hoog nie, maar dat hy wel lugtig is vir Mac. En al klink sy woorde bars, voel die bravade wasemdun.

"Ek en jy moet oor Ebbie Gouws gesels," sê Mac.

Viljee se oë vernou, wysvingers wat rusteloos teen die rolstoel se wiele begin tik.

"Nou?" Hy wys na Ami. "Sy ook?"

"Ek gaan nêrens heen nie," antwoord Ami, meer om Mac se onthalwe as enige iemand anders. "As dit nie vir my was nie . . ." Sy laat die woorde in die lug hang.

Mac se een mondhoek trek op asof sy iets onsmaaklik geëet het.

Viljee frons en Ami kan die ratte in sy kop sien draai.

Haar eie gedagtes is nog 'n warboel. Het hulle uiteindelik die persoon opgespoor wat verantwoordelik is vir Ebbie se verdwyning en dood?

"Ja, nou," sê Mac ongeduldig. "Kom ons in, Viljee, of praat ons voor almal hier op straat?"

Hy sluit die veiligheidshek oop en beweeg terug na die sitkamer. Roep oor sy skouer: "Maak toe agter julle."

Mac waai 'n wysvinger in Ami se rigting. "Jy skryf niks tot ek so sê nie."

"Ek het jou tot hier gekry. En Paul het mý gevra om weer na die saak te kyk."

Mac skud haar kop. "Jy hoor nie. As ons hier klaar is, gaan ek met die VIC en die speurder praat wat tans Ebbie se saak ondersoek. Dáárna kan jy jou storie skryf – as hulle sê jy mag."

Ami wil vasskop, maar besluit dan dis nie die moeite werd nie. Netnou jaag Mac haar huis toe. "Okay – solank dit voor al die ander media is."

Mac kyk wantrouig na haar.

Sy lig haar hand plegtig. "Belowe. Maar ek gaan die storie breek, en almal beter dit mooi verstaan."

"Ek gaan jou vertrou – maar dis wragtig net vir Paul se onthalwe." Mac swaai om en loop die huis binne, Ami wat die deur agter hulle toetrek.

In die sitkamer kantel die laatoggendson deur die kantgordyne. Ami soek na tekens dat Cherise, Viljee se dogter, by die huis is.

Vind dit in 'n vrouestem wat gang-af neurie.

Op die TV slaan 'n krieketspeler 'n ses.

Viljee se hande sê hulle moet begin praat.

Mac gaan sit, al is hulle niks aangebied nie. "Vertel ons weer van die oggend toe Ebbie Gouws verdwyn het."

"Is jy ernstig? Hoeveel keer moet ons wéér hierdeur gaan?"

"Tot ons weet wat gebeur het."

"Het iemand nou weer strontstories aan julle staan en verkoop?" Viljee beduie kafee se kant toe. "Wie's die man met wie julle daar buite gepraat het? Ek ken hom nie."

Mac maak 'n punt daarvan om nie te antwoord nie.

Ami gaan sit op die oorkantste bank sodat sy almal kan dophou.

Viljee lig hom met 'n moerige kreun uit die rolstoel, spring tot by sy leunstoel en sak met 'n sug neer. Op die koffietafel langs hom is 'n glas water, 'n leë bierbottel en 'n oop pakkie sigarette.

Mac maak die knope van haar baadjie los. "Die man daar buite was die oggend van Ebbie se verdwyning hier in die buurt. En teen dié tyd weet jy seker dis Ebbie se oorskot wat in die erf langsaan gevind is – destyds Francina Koster se grond."

"Ester het so iets gesê." Viljee neem 'n sluk water. "Ek het nog altyd gedink Franci is nie lekker in haar kop nie."

Maklik om 'n vinger na die dooies te wys, dink Ami.

"Waar het jy hierd–" begin Viljee.

Mac lig haar hand om te wys dis sy wat die vrae vra. "Die man daar buite was 'n nuwe ooggetuie wat die oggend van Ebbie se verdwyning gesien het hoe hy by jou huis inloop. En daar is geen rede om aan sy storie te twyfel nie."

Ami sien die vlietende emosie – die kleinste breuk van vrees – op Viljee se gesig voor hy dit agter woede wegsteek.

Hy gee 'n verontwaardigde snork. "Vir jare hoor ons niks en nou kom hierdie vent skielik na vore? Dis totale onsin."

Die singery in die huis stol tot stilte.

"Blykbaar het Ebbie hier ingeloop nadat iemand hom geroep het," sê Mac.

Voetstappe klink in die gang op en Cherise verskyn in die deur. Sy is kaalvoet in wit jeans en 'n bont bloes. Daar is 'n ligbruin handdoek in haar hand en haar hare is klam. Sonder grimering lyk sy veel jonger as haar werklike ouderdom.

Ami wonder weer hoe dit is om op hierdie ouderdom steeds by jou knorrige pa te bly. En hoekom sou mens? Sou Viljee sy dogter so skuldig laat voel oor sy diabetes dat sy verplig voel om na hom te kyk?

Sy sou gek raak as dit sy was.

"Cherise, kom sit," sê Mac.

"Nee, nee," keer Viljee. "Gaan maak klaar. Jy gaan laat wees vir werk."

"Ek werk nie vandag nie. Onthou Pa dan nie?"

"Doen wat ek sê!"

Weer sê Mac se hand hy moet stilbly. "Kom sit. Asseblief."

Ami maak plek vir Cherise langs haar. Neem die kleurvolle toonnaels en silwer toonring in. Die vrou ruik na soet blomme – magnolia of jasmyn.

Mac draai na Cherise. "Ek het nou net vir jou pa vertel dat Ebbie die oggend toe hy verdwyn het hier by julle huis in is. Weet jy dalk wat hy hier gedoen het? Jy het destyds gesê dat jy en jou pa heeloggend alleen by die huis was."

Cherise kyk na Viljee, haar gesig 'n vraagteken.

"Ek sê jou nou, Mac." Hy klink goed omgekrap. "Wie ook al daai man is, hy verkoop shitstories. Jy weet hoe onbetroubaar ooggetuies kan wees."

"Dis nie die enigste nuwe inligting wat ons het nie."

"Pa, waarvan praat hu–"

"Niks nie, Cherise. Sal jy ons asseblief nou alleen laat? Gaan maak jou hare droog."

Mac skud haar kop. "Jy gaan nêrens heen nie."

Cherise staan op.

Ami keer instinktief met 'n hand op haar arm. Cherise se oë skiet na haar, die woede openlik.

"Sit!" blaf Mac.

"Wag nou! Wag net 'n bietjie." Viljee se stem is skielik paaiend. "Okay. Ons kan gesels, maar Cherise hoef nie by te wees nie. Dis mos nie nodig nie."

Mac dink daaroor. "Goed," gee sy toe. "Sy kan in haar kamer gaan wag."

"Sy is op pad uit." Viljee se oë bly op Mac. "Laat haar gaan. As jy ja sê, sal ek jou gee wat ook al jy wil hê."

Ami kyk verstom na hom. Gaan die man wragtig 'n bekentenis maak? Nou? Hier?

Sy vang die kyk tussen Viljee en Cherise. Hoe hy haar probeer gerusstel. Met sy kop na die voordeur beduie.

Mac bly egter steeks. "Sy kan in haar kamer gaan wag. Dis genoeg vir nou."

Viljee grawe 'n sigaret uit die pakkie op die koffietafel en steek dit aan. Beduie na Cherise. "Dis orraait. Gaan."

Cherise maak haar uit die voete.

Mac kyk haar agterna, hande op haar knieë waar sy op die punt van die rusbank sit. Een voet tik op die vloer, verklap haar rusteloosheid.

"Ek sal praat, maar julle los my dogter uit," sê Viljee. "Sy het niks hiermee uit te waai nie. Verstaan ons mekaar?"

Mac se wenkbroue lig. "Niks met wat uit te waai nie? Waarvan praat ons nou?"

Hy trek aan die sigaret, blaas die rook in haar rigting. "Dit was ek. Ek het vir Ebbie Gouws vermoor."

4

Ami kan haar ore nie glo nie. Het Wessel Viljee pas beken dat hy Ebbie vermoor het?

Sy kyk na Mac. Terug na Viljee.

Viljee is kwaad.

Mac is . . . Mac glimlag?

"Moet sy regtig hier wees?" Viljee druk sy ken in Ami se rigting.

"Sy's ons getuie," antwoord Mac. "'n Onpartydige derde party. Sy sal niks skryf nie."

Ami vind haar stem. "Ek sal nie – nie tot Mac sê ek mag nie."

Viljee lyk steeds nie gelukkig nie. "Ek sê niks tot jy belowe jy los vir Cherise uit nie."

Mac knik.

"Sê dit. Sê jy los haar uit."

"Ek los haar uit."

"Okay dan." Viljee trek aan sy sigaret. "Ja. Ebbie was hier daai og-gend. Ek het Cherise vir 'n rukkie alleen gelos om by Franci te gaan inloer." Hy kyk na Mac asof dit nuus moet wees.

"Ons weet van haar. En van jou."

Hy lyk verbaas. "Julle weet sy't my betaal om 'n ogie te hou oor haar besigheid hier in die Moot en in die stad?"

"Ja."

"Het Paul dit uitgewerk?"

"Een van jou oudkollegas se gewete het hom ingehaal toe hy afgetree het."

"Gerrits? Hy was nog altyd 'n gatkruiper. Hy was ook op Franci se boeke. Sy't hom erger afgepers as vir my. Jy kan niks glo wat hy nou loop en smous nie."

"Vertel my dan in jou eie woorde."

Viljee se oë skreef teen die rook wat om hom hang. "Franci het iemand by die stasie nodig gehad as haar high earners in die moeilikheid beland het. Ek moes haar ook waarsku as iemand oor haar besigheid begin wonder het. Sy het my betaal met seks. Onder andere."

"Is dit hoekom jy by haar was die oggend van Ebbie se verdwyning?"

"Ja. Sondae was altyd die beste tyd. Cherise het laat geslaap en TV gekyk. Ná my vrou weg is, het Franci uit haar eie uit aangebied om nou en dan na Cherise te kyk. Sy is die een wat gesê het ek moet die hekkie tussen ons huise insit, en dis hoe dinge begin het. Daai vrou was baie slim. Slinks. Sy't geweet wie ek is en hoe om my te target. Almal praat oor enkelma's en vroueregte, maar ek kan jou nou sê, niemand dink ooit aan enkelpa's nie. Kinders is duur. En ek moes werk, kind by die huis ofte not."

Hy druk sy sigaret dood. Steek nog een aan, die vertrek reeds blou van die rook.

Ami wil 'n venster oopmaak, maar sy is te bang om op te staan. Mac en Viljee is so op mekaar gefokus dat dit voel asof hulle van haar vergeet het.

Sy skuif stadig, versigtig terug in haar sitplek. Vang Cherise se oog waar sy in die gang staan en luister.

Cherise sit haar wysvinger teen haar lippe.

Ami kyk weg, fokus weer op Viljee.

"Hoekom is Ebbie die oggend hier by julle in?" vra Mac. "Het hy gereeld kom kuier?"

"Nee. Altans, nie waarvan ek weet nie. Maar hy hét hierdie ding vir Cherise gehad."

"Watse ding?"

"Ná my vrou weg is . . . Cherise moes vinnig grootword. En die natuur het ook nie gehelp nie. As kind het sy heelwat ouer gelyk as wat sy was. Op elf kon sy netsowel vyftien gewees het, en Ebbie het dit opgemerk. Ek kon dit sien. Daai storie oor hom en Pip Jaftha was net vir show. Hy was totaal en al gefokus op Cherise. Ek het hom gewaarsku om weg te bly van haar."

"Hoekom sou hy dit dan hier waag as hy geweet het hoe jy voel?"

"Hy't seker gesien ek was nie hier nie en 'n kans gevat." Viljee klink seker van sy saak. "Daai outjie was lekker cocky, veral toe hy agterkom hy kan kamstig vinnig hardloop. Al daai atletiekpryse het hom te groot gemaak vir sy skoene."

Ami kyk onderlangs na Cherise, maar haar gesig verklap niks. Sy staan net en luister met 'n effense frons tussen die oë.

Mac lyk nie oortuig nie. "Jy sê Ebbie het hiernatoe gekom. Hoe het hy ingekom as jy by Franci was?"

"Cherise het vergeet om die agterdeur te sluit. Dit het vroeër ook al gebeur. Ek het die heeltyd . . ." Hy skud sy kop. "Ek het genag en gemoan, maar op die ou einde was sy net elf jaar oud. Soms is sy gou kafee toe as ek nie hier was nie, en dan het sy vergeet om te sluit. Sy was baie selfstandig – sy moes wees – maar sy was steeds net 'n kind."

"Hoe sou Ebbie weet van die deur?"

"Dalk het hy die huis dopgehou en sy kans gevat? Buitendien, ek het dit 'n hele paar keer aan Ester genoem, so ja. Baie mense in die buurt het my met Cherise gehelp. Almal het uitgekyk vir haar, jy weet."

Mac knik. "Okay. So Ebbie is hier. Wat gebeur toe?"

"Ek's weg by Franci en by die kombuis in toe ek stemme hoor. Cherise het die heeltyd gesê: *Nee, nee. Moenie. Jy maak my seer.* Sulke goed. Sy was bang. Ek kon dit hoor. Ek ken my kind."

Viljee trek aan die sigaret. Hou die rook vir 'n oomblik in sy mond voor hy dit in 'n dun stroom uitblaas. "Ek het nie my dienswapen by my gehad nie, so ek het 'n mes uit die laai gegryp en na haar kamer gehardloop. Cherise was . . . Ebbie het . . . Cherise was amper kaal, met sulke rooi merke aan haar arms waar hy haar op die bed vasgedruk het. Ek het gedoen wat enige pa sou doen."

Ami luister na die halwe sinne. Hoe Viljee sukkel om te praat, maar nie op die manier wat mens sou verwag nie. Dis asof hy gefokus is op die konstruksie van sy storie – om dit saam te stel dat hy so ontsteld moontlik klink.

Sy soek weer na Cherise wat grootoog staan en luister.

Viljee trek sy asem diep in. "Ek het Ebbie van haar afgeruk. Hy't geskrik en omgeswaai – in die mes in wat ek in my hand gehad het. Die steekwond moes deur die hart gewees het, want hy's vinnig dood."

Hy vee oor sy mond. Kyk na Mac. "En dis dit. Dis wat gebeur het."

Die polisievrou se hande bou 'n piramide bo haar skoot, haar vingerpunte wat vat en los teen mekaar. "Hoekom het jy nie 'n ambulans gebel nie? Of jou kollegas by die stasie? Jy sou met gemak kon verduidelik wat gebeur het."

"Kyk, as ek dit alles kon oordoen, sou ek. Ek was groter en sterker as Ebbie. Ek was 'n polisieman, fokkit. Ek kon hom platgeslaan het. Maar as ek dit gedoen het, sou ek moes verduidelik dat ek by Franci was. Sy sou my laat uithaal het as ek haar naam genoem het. Daai vrou . . . niemand het geweet waartoe sy in staat is nie. Maar ek het. En buitendien, dit het reeds nie goed gegaan met my loopbaan nie. Sonder my salaris sou ek en Cherise op straat gesit het."

"Ek's seker Franci se gereelde betalings aan jou het ook 'n rol gespeel."

Viljee blaas sy bors verontwaardig op, maar sê niks.

Mac glimlag wrang. "En toe? Ná jy Ebbie per ongeluk met die mes gesteek het?"

"Cherise was histeries. Sy't aanhou jammer sê oor die agterdeur. Ek het haar laat sweer sy sal stilbly. Dat Ebbie nooit hier was nie en dat sy hom nooit gesien het nie. Ek dink sy't dit naderhand self begin glo. In elk geval, ek het haar gesê om te gaan bad en vir haar tee en roosterbrood gemaak. Ek het Ebbie in cling wrap en swartsakke toegedraai en alles met Jik skoongemaak. Ek wou net ry om hom iewers te gaan aflaai, toe Ester aan die deur kom klop, Kerneels aan die hand."

Hy skud sy kop asof hy dit steeds nie kan glo nie. "Ek het my kamerjas gaan aantrek en die deur oopgemaak. Tien minute later het ek gaan hulp soek en 'n uur later was die polisie hier. Daarna het Paul opgedaag en nog later die honde, en toe is alles een groot gemors. As polisieman moes ek help soek, anders sou mense agterdogtig raak. En daar was heeltyd uniforms in die buurt – orals – en kort daarna 'n spul joernaliste ook. Ek het heeltyd geworry dat iemand Ebbie hier sien inloop het, so ek wou so gou moontlik van die lyk ontslae raak. Ek en Cherise was moer gelukkig dat dit kwaai gereën het daai oggend, anders sou die honde seker Ebbie se spoor opgetel het. Ek het als seker tien keer skoongemaak en Ebbie die nag in Franci se tuin gaan begrawe. Ek het geweet sy's elke Sondagnag uit om die geld vir die naweek te kollekteer."

Viljee skets met sy hande in die lug. "Franci se mure was hoog en haar tuin was groot en ruig. Daar was destyds reuseboomvarings en struike in die hoek waar hulle Ebbie nou gekry het, so niemand sou sien waarmee ek besig was nie. Die reën het ook gehelp dat die grond sag was. Ons tuin was net gras. Dit sou aandag getrek het as ek dit oornag omgedolwe het."

Hy trek sy skouers op. "Miskien wou ek ook vir Franci terugbetaal. Teen daai tyd was ek al kniediep by haar besigheid betrokke. Ek kon nie loskom nie, al wou ek."

"Het Franci niks wys geword nie?" vra Mac.

Viljee boor die sigaret dood in die asbak. Steek 'n nuwe een aan. "O, sy het. Ek was baie versigtig toe ek Ebbie begrawe het, maar sy het dit steeds agtergekom. Skielik moes ek Sondae saamgaan om die geld in te samel. En sy wou hê dat ek die ryker kliënte moes afpers. Jy weet, as jy nie betaal nie, of dié en daai guns doen nie, gaan ons jou vrou vertel waar jy orals rondlê. Sulke goed."

Mac lyk skepties. "Jy praat heeltyd oor Francina Koster se sogenaamde empire, maar sy het brandarm gesterf."

"Ja, wel, sy het begin touch verloor soos sy ouer geraak het. En daar het 'n klomp nuwe ouens inbeweeg – heavy hitters van Nigerië. Sindikate met baie meer mag en invloed as wat sy ooit gehad het."

Toe Ami weer gang toe kyk, is Cherise weg.

Dalk is die trauma te veel vir haar. Hoe moet dit voel om so 'n geheim met jou pa te deel? Om te weet dat hy sal tronk toe gaan as jy jou mond oopmaak? Dat jy nie jou angs van daai oggend met enige iemand, nie eers 'n sielkundige, mag bespreek nie?

Sy wonder wat Ester sal sê. Of sy sal glo dat haar seun 'n seksuele roofdier was.

Sy wonder of sý dit glo. Niemand met wie sy die laaste tyd gesels het, het 'n skewe woord oor Ebbie te sê gehad nie.

Of is dit bloot die guns wat mense die dooies doen? Om niks sleg oor hulle te sê nie? Sy het dit al telkemale gesien.

"Jy kon Franci se houvas oor jou gebreek het," hou Mac vol. "Hoekom het jy nie Ebbie se liggaam uit haar tuin geskuif nie?"

Viljee snork. "Ek sê mos. Daai vrou was slim. 'n Week ná Ebbie weg is, het sy met haar eie hande 'n sementvisdam oor sy lyk gebou – dieselfde een wat Tshabalala nou mee gaan karring het om sy swembad te bou." Hy beduie na sy rolstoel. "Buitendien, hierdie gemors het kort daarna gebeur." Hy kyk eenkant toe. "Die dokters sê die ander voet moet ook nou waai. Dalk die hele been."

Sou dít wees hoekom hy so geredelik oor die moord bieg, wonder Ami. Cherise kan vir haarself sorg, en sy vooruitsigte in terme van lewensgehalte is nie rooskleurig nie.

"So." Viljee druk die sigaret dood, die kool wat reeds teen sy vingers brand. "Dit was ek. Ek erken dit. Sal ons stasie toe ry dat ek 'n verklaring gaan aflê?"

1998

Sondag 12 April

Viljee maak die laaste knoop van sy hemp vas terwyl hy kombuis toe loop. Hy glip by Franci se agterdeur uit en draf na die hekkie tussen hulle huise.

By sy agterdeur gekom, skel hy hardop. Cherise het wragtig al weer vergeet om te sluit. Hy gaan met haar moet praat. Mens weet nooit watter misdadigers in die buurt rondloop nie.

In die kombuis tref die stilte hom.

Cherise sou teen dié tyd op 'n Sondag lankal sit en TV kyk. Nie tekenprente of sulke goed soos haar maatjies nie. Nee. Sepies en ander snert wat sy deur die week opgeneem het.

Hy kan nie ophou wonder oor die kind nie. Oor wat verkeerd geloop het nie.

Hy voel aan die ketel. Dis nog warm. Dit beteken sy is ten minste wakker. Dalk kan hulle vandag bietjie uitry dam toe. Dit sal hulle albei goed doen om uit die huis te kom.

Hy steek vas.

Daar is iets in die lug. 'n Reuk wat hy al te veel teëgekom het. 'n Mengsel van angs en bloed – skerp, koperig, benoud. Skeloranje, as dit 'n kleur sou wees.

"Cherise!"

Hy hardloop na haar kamer.

"Cherise! Is jy o–"

Die woorde stol in sy mond.

Hy staar na die toneel voor hom.

Cherise sit langs 'n roerlose liggaam en streel oor die hare. In haar hand is 'n bebloede knipmes.

Hy knip sy oë om seker te maak hy sien reg. Om te verstaan wat hy sien.

Dis Ebbie Gouws wat daar lê. Ester se oudste kind. Franci se donnerse beste call girl, al drink sy weer deesdae te veel.

Cherise lyk onbewus van hom. Sy sit kruisbeen, 'n frons op haar gesig, asof sy nie verstaan hoekom Ebbie nie beweeg nie. Langs haar lê kaal Barbie- en Ken-poppe, die Barbie vol bloederige vingermerke.

Hy wil nie eers dink waarmee sy haarself nou weer vanoggend besig gehou het nie.

Hy skraap sy keel, sluk aan die vrees wat daar sit. Hy weet wat hy moet doen, maar hy weet ook hy gaan geduldig moet wees. Stadig moet beweeg. Jy moenie vir Cherise verras of omkrap nie. En jy moet wragtig nie vat wat sy dink hare is nie.

"Cherise?" Hy gaan hurk 'n entjie van haar af. Hy wil voel of Ebbie se hart nog klop, maar weet om eers te wag. "Het jy seergekry?"

Sy kyk op asof sy nou eers bewus raak van hom.

"Jy's vroeg terug."

Dan kyk sy na Ebbie en die oop knipmes in haar hand, die sny aan haar wysvinger. Die bloed wat op die kamervloer poel, warm nog, die reuk wat skerp in die lug opstuif.

Cherise se swart satynpajamas is vol bloed, nes haar gesig en nek.

Wag.

Wat op dees aarde . . .

Dis mos haar ma se slaapklere? Mona het dit in Sandton gekoop toe dit nog goed gegaan het tussen hulle twee. Dit was seker 'n jaar voor Cherise haar so bang gemaak het dat sy haar goed gevat en geloop het.

Hy het haar heeltyd belowe die kind sal regkom.

En nou? Nou was sy wragtig reg.

Iewers veraf hoor hy hoe Cherise begin praat. Hoe haar stem verander. Hoe dit dunner word, jonger, soos sy altyd maak as sy besef dat sy in die moeilikheid is.

313

"... Pappa moet my glo. Ebbie het hier ingeloop ... sommer net so. Hy het probeer ... hy't probeer ..."

Sy begin huil.

Viljee sukkel om sy woede te beteuel. Hierdie is nie 'n donnerse rond-loperkat nie.

"Wat het jy gedoen, Cherise?"

Elf jaar oud. Wat de hel het verkeerd gegaan met die kind? Hy vee oor sy voorkop waar die sweet begin uitslaan.

Cherise spring op. Swaai die mes in sy rigting.

Hy steier terug, land op sy sitvlak op die teëls.

"Niks nie! Ek het niks gedoen nie. Ebbie het verbygeloop en ek het hom geroep om my te kom help. Hy het die konfyt vir my roosterbrood oopgemaak, want jy's nooit hier nie. En toe probeer hy my soen en ... en als. Hy was ... hy was ... baie lelik. Hy wou net vat ... orals aan my vat."

Viljee hou sy hande op. "Ek sê nie dis jou skuld nie, Cherise. Glad nie."

Hy weet sy jok. Sy jok omtrent die hele tyd. Hy weet Ebbie en Pip van hier langsaan vry mekaar warm. Hy het mos oë in sy kop.

Shit, hy moes wakkerder gewees het. Nes hy seker iets moes gedoen het toe hy kon sien Cherise kyk al hoe meer as Ebbie verbyloop. Hoe sy begin saamkom elke keer as hy by Ester gaan inloer om te hoor of sy nog okay is. Of sy nie dalk kliënte vir Franci wegsteek nie.

Nee.

Hulle moes getrek het.

Fok weet waarheen, maar hulle moes. Dalk Noord-Kaap toe, ver weg van mense af. Iewers in die middel van nêrens waar hy by 'n veediefstal-eenheid of so iets kon werk.

Die mes huiwer steeds naby sy gesig.

"Cherise," paai hy, sy mond droog. "Ek hoor jou. Ek gló jou."

Hy beduie na Ebbie. "Leef hy nog?"

Sy knip haar oë onseker.

"Kan ek kyk?"

Sy frons soos sy dink, maar staan dan eenkant toe.

Hy kom orent. Verloor amper sy balans. Sy voet is glad nie meer lekker nie, maar daar is nooit tyd of geld vir dokters met dié kind nie.

Hy voel vir 'n pols. Hou sy wysvinger onder Ebbie se neus op soek na asem. Kyk na sy borskas.

Nee. Die seun is dood.

Hy probeer dink.

Moet hy die stasie bel?

Dis 'n plan. Sekerlik sal hulle Cherise toesluit of iets.

Maar ook nie vir lank nie. Sy is elf. Elf! Sy gaan nooit die binnekant van 'n tronk sien nie, veral nie as sy vir 'n maatskaplike werker of 'n regter begin lieg nie. Want lieg en manipuleer kán hierdie kind. Voor hy sy oë uitvee, moet hy hoor dat hy vir Ebbie vermoor het.

Die besef tref hom: Cherise was nog nooit 'n kind nie.

Maar sy is jóú kind, sê 'n stem in sy kop.

Dieselfde knaende stem wat hy so haat. Die een wat maak dat hy en Cherise al hoeveel liegstories saam vertel het.

"Het iemand jou gesien? Of gehoor toe jy Ebbie geroep het?"

Hy kan sien sy probeer onthou. Dat die besef van wat sy gedoen het besig is om in te sink. "Nee. Dit was net hy."

"Was daar niemand anders op straat nie?"

"Kerneels is vroeër hier verby, maar hy was lankal weg toe Ebbie ingekom het."

"So jy's seker niemand het gesien hy kom na ons huis toe nie?"

"Nee." Sy klink oortuig.

Hy neem 'n besluit. Dis nog vroeg vir 'n Sondagoggend in die Moot. Hopelik is Cherise reg en niemand het iets gesien nie. Hy kan Ebbie in die kar laai en ry.

Hy weeg die seun in sy kop. Sestig kilogram? Dalk vyf-en-sestig?

Shit. Gaan hy hom kan optel en dra?

Nee. Sy balans is te swak.

Hy gaan die seun moet toedraai en hier langsaan in die grond sit, daar waar Franci die visdam wil hê. Die sakke sement lê reg, die gat reeds gegrawe. Hy sal dit net bietjie dieper maak voor hy later die week die ding vir haar moet bou. Hy het 'n goeie grondseil en duct tape in die garage, en baie cling wrap en van daai dubbeldik tuinsakke wat kan keer dat die reuk ontsnap.

Hy weet hy moet roer. Mense gaan vinnig na hierdie laaitie begin soek.

Sy kop gryp na 'n oplossing. As hy gelukkig is, sal almal aanneem dis die Moot-pedofiel wat Ebbie gevat het. Hy moet net seker maak sy kollegas dink in daai rigting. Hy ken hulle. As hy hard druk, sal hulle sy leiding volg.

Hy gaan ook water en Dettol voor op die sypaadjie moet gooi vir ingeval daar honde kom. Hy kan maak asof hy miergif gooi. Hy kan dit sommer by die agterdeur ook doen.

Hopelik reën dit netnou weer. Hy sê 'n skietgebed op dat die water mag val – hard en vinnig en lank.

Geluk. Dis wat hy en Cherise nou nodig het. Fokken baie geluk.

'n Harde klop aan die voordeur laat hom skrik.

"Viljee?"

Die stem is hoog en bekommerd.

Ester.

Hy swaai om, gooi Cherise se kasdeur oop en kyk vinnig in die spieël.

Hy sien geen teken van bloed nie, maar hy gaan gou uittrek, net om seker te maak.

Hy draai na Cherise, beduie na Ebbie. Sit sy wysvinger teen sy lippe.

"Bly hier. Nie 'n woord nie. Ek's nou terug."

5

Ami kyk hoe Mac haar kop knik terwyl sy na Viljee luister, 'n aandagtige frons tussen haar oë, maar 'n heel ander emosie om haar mond.

Viljee hark die waterglas op die koffietafel nader en sluk diep. Sy wens sy het ook iets gehad om te drink.

Die middaghitte hang versmorend in die huis, elke venster en deur bottoe.

Sy merk dat Cherise terug is in die gang, steeds buite sig van die ander twee.

"Jy weet ons gaan daai oggend se gebeure met jou dogter moet bevestig." Mac se stemtoon laat geen ruimte vir argumente nie.

"Sy onthou niks nie," sê Viljee. "Dit was jare gelede. En die trauma van Ebbie wat haar amper verkrag het . . . dit was een te veel vir haar."

Mac kyk net stip na hom.

"Komaan. Jy't belowe jy los haar uit."

"Dis voor ek geweet het wat gebeur het."

"Helga. Moenie. Ek het jou gegee wat jy wou gehad het."

"Hmm." Sy staar na haar skoene asof sy daaroor dink. "Dalk kan ons tog 'n plan maak."

Die agterdog op Viljee se gesig versag effens.

Mac mik om op te staan. Gaan sit dan weer asof sy iets onthou, wysvinger in die lug.

"Net gou . . . ek begryp steeds nie hoekom jy nie die polisie gebel het nie. Jy was 'n sersant. Vriende op die regte plekke. Al daai goed."

"Ek sê mos. Ek moes van beter geweet het. Dit was nie nodig om Ebbie dood te maak nie. Ek kon hom oor die kop geslaan het, of so iets. Jy was reg daaroor."

Mac knik asof sy verstaan.

Ami soek na Cherise, maar kan geen emosie op haar gesig uitmaak nie.

Haar aandag skuif terug na Mac wat 'n nuwe vraag veins.

Die vrou doen stoïsyns goed, maar andersins is sy maar 'n redelike vrot akteur.

"Ek onthou nou nog iets. Jammer, maar dis in die VIC se verslag. As jy nie omgee nie."

Ami kan sweer Viljee skrik, maar hy steek dit weg deur die laaste water uit die glas langs hom te sluk. "As dit DNS is, weet jy dis bullshit. My en Cherise se DNS sal beide daar wees."

"Nee, dis nie dit nie." Mac vee sy woorde eenkant toe met 'n ongeduldige hand. "Wat het hulle dit nou weer genoem? Hmm . . . Ka-ne-ka-lon. Dis hom, ja."

Viljee frons. "Wat de hel is dit?"

"Ek het ook gewonder, so ek het gevra. Blykbaar was daar Kane-kalon-vesels in Ebbie se keel. Wel, waar sy keel was – binne die oorblyfsels van die lae plastiek waarmee jy hom toegedraai het en toe in sement begrawe het. Jy't jouself in die voet geskiet deur die liggaam so goed te bewaar."

Ami sowel as Viljee staar verbaas na haar.

Mac glimlag tevrede. "Kanekalon is in die 1990's gebruik om Barbie-poppe se hare te vervaardig. Dit spreek vanself dat dié hare gemaak is om te klou. Kinders kam dit, blaas dit droog, ruk daaraan. Volgens die VIC-verslag lyk dit asof iemand 'n Barbie-pop herhaaldelik in Ebbie se keel af geforseer het, heel waarskynlik ná sy dood, toe hy nie meer kon sluk nie."

Viljee snork sy misnoeë. "Dis onsin daai. Die hare kon mos bloot saam met Ebbie in die plastiek beland het toe ek sy lyk in Cherise se kamer toegedraai het."

Ami sit doodstil toe die implikasie van Mac se woorde haar tref.

Dit kan tog nie wees nie. Viljee was kwaad oor wat Ebbie aan Cherise probeer doen het en toe vang hy iets onbesonne aan. Dis wat gebeur het, nes hy beduie het.

Sy mik weer na Cherise waar sy in die skemerte van die gang staan.

Cherise luister aandagtig, haar gesig woedend. Dan vang sy Ami se oog en die woede slaan oor na hartseer.

"Komaan, Helga. Ek sê mo–" vra Viljee.

Mac hou haar hand op, maak hom stil. "Wat ook interessant is, is dat die patoloog mesmerke aan die ribbes gevind het. Jy weet . . . chip-merke. Dié wonde is waarskynlik toegedien deur iemand wat korter as Ebbie was." Sy hou 'n denkbeeldige mes vas, beweeg dit vinnig en met krag op en vorentoe. "Die hoek en alles – dit pas. En daar is baie van hierdie merke, nie net een soos jy beweer nie."

"Het ek gesê ek het Ebbie net een keer gesteek?" Viljee klink skielik onseker. "Ek kan nie onthou nie. Dit was lank gelede. My geheue is deesdae nie meer lekker nie."

Mac se skouers sak effens en haar stem klink skielik moeg. "Dis amper asof die aanvaller berserk geraak het. Volgens 'n forensiese antropoloog wat in trauma spesialiseer, is Ebbie meer as twaalf keer geweld-dadig met 'n getande mes gesteek – teen 'n opwaartse hoek. En hoe het jy pas gesê? Jy was groter as Ebbie, en definitief langer ook."

Sy laat die feite by hom insink. "Volgens die patoloog en hierdie antropoloog kon jy nie vir Ebbie doodgemaak het nie. Maar ek glo dit was iemand hier, in jou huis. Iemand wat jy wil beskerm. Iemand wat jy nog heeltyd beskerm."

Cherise skud haar kop herhaaldelik, elke keer meer beslis. "Ek weet nie waarvan julle praat nie. Hoe kan julle so iets dink?"

Ami kyk hoe sy ontsteld asemskep. "Ebbie het gereeld hier aangekom en goed . . . en goed aan my gedoen. Hy het heeltyd gesê ek moet belowe om niks vir my pa te sê nie. Dat dit ons geheim is. Wat het ek geweet? Ek was 'n kind. Ek het gedink dis normaal."

Viljee se hande protesteer woedend. "Helga . . . Jy't belowe om Cherise uit te los!"

Mac ignoreer hom, fokus op sy dogter. "Die forensiese bewyse dui daarop dat jy Ebbie vermoor het, Cherise. Twaalf meswonde aan sy ribbes? En die pophare in sy keel? Dis nie selfverdediging nie. Dis . . . dis onmenslik."

Mac klink eenhonderd persent oortuig dat die vrou oorkant hulle vir Ebbie Gouws se dood verantwoordelik is. "Al wat ek wil weet, is hoekom? Wat het Ebbie ooit aan jou gedoen? Regtig aan jou gedoen – nie een of ander sprokie nie."

Cherise antwoord nie. Sy kruis haar bene, druk 'n verdwaalde sliert hare agter haar oor in. Haar naels is skakerings van rooi, pienk en wit, dieselfde kleure as haar tone in die swart sandale.

Ami kyk na die vrou asof sy haar vir die eerste keer sien. Sy onthou wat Paul in sy laaste brief gesê het – dat 'n psigopaat moontlik vir Ebbie se dood verantwoordelik was. En noudat sy kyk, régtig kyk, lyk Cherise se emosies vir haar aangeleer. 'n Masker om agter weg te kruip in die see van normaliteit om haar.

Die grootste les wat Ami nog in haar loopbaan geleer het, is dat normaal die wonderlikste ding is. Nes die voorreg om te kan oud word, al praat mense met soveel minagting daarvan.

Mac sit vorentoe op die rusbank. "Cherise, ek vra weer. Hoekom het jy Ebbie Gouws doodgemaak?" Sy beduie na Viljee. "Is jy regtig bereid dat jou pa vir jou sondes betaal? Dat hy in jou plek tronk toe gaan? In 'n rolstoel, bejaard, én 'n voormalige polisieman?"

Cherise byt op haar onderlip. Haar oë draai na haar pa en vir 'n vlietende oomblik wil Ami haar verbeel dat Viljee terugdeins.

Toe sy weer na Cherise kyk, sit die vrou met haar gesig in haar hande, hard aan die snik.

"Niemand glo ooit die slagoffer nie. Hoekom blameer julle my? My pa het my net beskerm. Dis al."

"Bullshit," sê Mac. Sy gaan staan voor Cherise, hande in die sye. "Alles bullshit. En jy weet dit blerrie goed. As jy regtig 'n slagoffer was, sou jou pa sy kollegas gebel het. Hy sou geweet het julle het 'n sterk saak – dat daar bewyse sou wees as Ebbie jou seksueel aangerand het."

Haar stem klap soos 'n sweep. "Nee, Cherise Viljee, jy het daai seun hiernatoe gelok en hom doodgemaak. En daarvoor gaan jy sit. En glo my, ek gaan my bes doen om seker te maak dis vir die res van jou lewe."

1998

Sondag 12 April

1

Cherise skop die Princess Barbie wat haar pa verlede week vir haar elfde verjaarsdag vir haar gegee het eenkant toe. Sy het presies vir hom gesê wat sy wil hê, en toe gaan staan en mors hy sy geld op poppe, van alle dinge.

Hy wil nie sien dat sy nie meer 'n kind is nie. Hy ken haar glad nie, nes haar ma ook nooit geweet het wie sy is nie.

Dis goed daai vrou is weg.

Dis net sy wat dinge maak gebeur in hierdie huis. As iemand nie wil hoor nie, dan láát sy hulle hoor. Dis nes met haar ma. Mona moes loop sodat haar pa kon begin doen wat sy wil hê hy moet doen.

Daai mes teen haar ma se keel in die middel van die nag het haar lek-ker laat skrik. Mona het vir haar pa probeer verduidelik wat sy gedoen het, maar Cherise het gesweer sy't heelnag lê en slaap. Hoe kan haar ma so iets sê? Hoe dink mens so iets van jou enigste kind? Watter slegte ma is jy dat jy sulke goed begin rondvertel?

Gelukkig het haar pa haar geglo.

Dis ewe nice dat hy gereeld nagskof werk en haar uitlos om haar eie ding te doen. Nie dat sy altyd so mooi weet of hy die waarheid praat nie. Mens ruik nie so as jy laat gewerk het nie, maak nie saak of jy 'n polisieman is nie.

Sy tel die knipmes op waar dit op die laaikas lê. Sy het dit verlede week uit Ebbie se kamer gesteel toe sy saam met haar pa by tannie Ester gaan kuier het. Hulle was gister weer daar. Haar pa het gesê sy moet in *die tuin gaan speel, maar sy het buite by die sitkamervenster gaan sit en luister.*

Nou weet sy als oor tannie Ester ook.

Sy wonder of Ebbie weet.

Sy kyk na die mes. Dis 'n mooi hout-ene, met so stuk staal voor die lem wat keer dat mens se hand oor die lem gly as jy iets steek.

Sy maak die mes oop en toe.

Sy het al 'n paar keer daarmee geoefen. Dis baie skerp by die punt, met 'n rowwe tand-deel in die middel.

Uit die hoek van haar oog vang sy 'n beweging in die straat.

Sy loop venster toe. Is dit al weer Kerneels? Hy is in en uit by Salim's, en toe weer in en uit, die laaste keer asof hy 'n spook gesien het. Sy sweer daai rollerblades waarop hy so rondval, is nie syne nie. Derrick het Vrydag net sulkes by die skool afgeshow.

Maar hierdie keer is dit Ebbie wat verbyloop, seker op pad kafee toe agter Kerneels aan.

Die idee borrel vinnig en helder in haar kop op en sy wonder nie eers daaroor nie.

"Ebbie?" roep sy saggies deur die diefwering.

Hy loop asof hy nie hoor nie.

"Ebbie!"

Haar pa gaan nog 'n rukkie wees. Teen dié tyd weet sy dit al.

Dis nog iets waaroor hy so stupid is. Hy dink sy weet nie wat hy en tannie Franci hier langsaan doen nie, maar sy weet presies. Sy het hulle een oggend gaan afloer om te sien hoekom hy so gereeld daar gaan kuier.

As sy eers alles aan Ebbie verduidelik – as hy van haar pa en sy ma en tannie Franci weet – dan kan haar pa niks sê as hulle dit ook doen nie.

Sy weet Ebbie wil. Sy het al gesien hoe hy na haar kyk.

"Ebbie," roep sy weer saggies na waar hy 'n klippie of iets uit sy plak- kie probeer skop. "Psst."

Ebbie lig sy kop, kyk in haar rigting.

Weer waai sy vir hom. "Ebbie, kan jy kom help?" Sy gebruik die stem wat maak dat sy altyd kry wat sy wil hê. Klein en onseker en bietjie bang.

As hy eers binne is, sal sy meer haarself wees.

"Ek het geval en my pa is nie hier nie. Kan jy my help, asseblief? Dis baie seer."

Sy weet sy moet gou maak dat hy van die straat af kom. Wie weet waar Kerneels is. En sy weet mos wat mense gaan sê as hulle van haar en Ebbie uitvind. Sy gaan hom moet beskerm.

"Cherise?" vra hy verbaas. "Is jy okay?"

"Nee. Ek is nie. Jy moet kom help. Asseblief. Die . . . die agterdeur is oop," sê sy, haar stem steeds gedemp. "Ek het nie die voordeur se sleutels nie."

Sy weet sommer hy sal help as sy vra.

Sy is mal oor hom. Waarvan sy nie hou nie, is hoe hy en daai Pip-meisie vir mekaar kyk. Ebbie is hare. Sy sê dit al vir haarself van verlede jaar af, toe hy so vinnig begin hardloop het en almal begin sê het hy gaan die volgende Johan Rossouw wees.

Sy volg Ebbie deur die vensters soos hy terugdraai na hulle hekkie, en hardloop om die agterdeur oop te sluit. Dan gaan sy terug na haar kamer.

Sy hoor hoe die hekkie oop- en toegaan. Hoe Ebbie se plakkies om die huis kom en die agterdeur oopgaan en toeslaan.

"Cherise! Waar is jy? Kan jy loop?"

"Hierso," sê sy. "In my kamer. Ek moes kom lê. Dis regtig baie seer."

Sy hoor hoe hy nader gedraf kom.

Sy gaan vir hom sê hoe sy voel. En vir hom wys. Haar ma het nooit goed aangetrek nie, maar haar slaapklere was nog altyd mooi.

As Ebbie eers weet . . . hy gaan nie nee sê nie. Sy gaan seker maak hy sê nie nee nie. Daar is nie 'n manier hoe hy Pip Jaftha bo haar gaan kies nie.

Nee.

Niemand sê ooit vir haar nee nie.

Sy kry altyd, altyd wat sy wil hê.

1

Geo sing mooi, sy stem meer dié van 'n tenoor as die bariton wat Ami verwag het. Sy kan noot hou, maar ook net-net. Meestal glip die melodie onder haar uit en bewonder sy dit so van ver af.

Vanoggend sukkel sy meer as gewoonlik om enige sinvolle klank uit haar lyf te stoei. Die paar woorde wat sy oor Paul moes sê, het ook maar moeilik gekom. Blykbaar was dit haar kwota vir die dag, niks meer om te gee nie.

Die dominee – hoekom is sy nie verbaas dat dit 'n vrou is nie? – sing darem asof sy dit vir almal se part doen. Sy is blykbaar 'n ou vriendin van Paul.

Sy het baie mooi gepraat. Oor vergifnis en liefde. Om nie te leef vir 'n eendag-hemel nie, maar vir nou. Dat die hemel hier is, nou, saam met die mense vir wie jy lief is.

Ami kyk eenkant toe, vee oor haar oë.

Soos altyd is Geo oplettend. Hy vou sy arm om haar skouers.

Die groot, ouerige NG kerk in Centurion is nie vol nie, Paul wat meeste van sy kollegas oorleef het. Kanker, beroertes en hartaanvalle het onder sy familie en vriende gemaai, het hy altyd gesê. Later was sy bos so yl gekap dat hy maar redelik alleen in die wind en weer bly staan het.

Dit maak mens moeg, het hy bygelas, so met 'n halwe glimlag. Dit laat jou buig op plekke waar jy nie gewoond is nie. Laat jou besef hoeveel die mense om jou namens jou opvreet, en jy hopelik vir hulle.

Ami drink nooit tee by 'n begrafnis nie, maar hierdie keer doen sy dit wel. Sy stuur Geo terug werk toe en help om eetgoed uit te dra en water te kook. Ten minste hou dit haar besig.

Wat sy meer vrees, is wat gaan gebeur as die laaste koppie tee gedrink is en net sy en die drie weduwees nog hier is.

Sy wil uitvind of sy reg is oor Paul se dood.

Hoe die weduwees gaan reageer, weet sy nie. En hoekom dit vir haar so belangrik is om te weet, kan sy ook nie uitpluis nie. Soms verwens sy hierdie ding in haar wat moet weet.

Sy troos haar daaraan dat hierdie einste moet-weet die rede is hoekom Paul haar gevra het om na Ebbie Gouws se verdwyning te kyk.

En dan . . . dáárna . . . as jy dit alles gedoen het – as Paul jou klaar besig gehou het – wat gebeur dan? Sal jy uiteindelik kan rou oor sy wegwees?

Heel waarskynlik, antwoord sy die stem in haar binneste. En seker ook vir die res van haar lewe.

Haar eie bos was maar dun gesaai om mee te begin. Elke verlies is 'n leemte wat niemand kan vul nie. Maar sy sal oorleef. Dis wat Paul vir haar gesê het die laaste keer toe sy hom gesien het.

"Jy sal orraait wees, weet jy." Hy vat haar hand, druk dit. Glimlag daai bekende glimlag van hom, so met een mondhoek opgetrek in sy kies.

"Ek sal? Waarvan praat ons nou?" Sy maak die Antjie Krog-digbundel toe waaruit sy voorgelees het.

"Sommer net. Jy sal okay wees. Jy het vir Geo. Ilse hou baie van jou. Jou sus is swanger en jy gaan 'n peetma word. Jou ander sus is mal oor jou. Dis goeie goed daai. Dit tel vir baie."

"Seker, ja." Sy wil nie dink hoekom hy sulke goed sê nie.

Sy slaan die boek weer oop, maar hy hou aan met praat.

"Nie seker nie, Ami. Beslis. Moenie blind wees nie. Tel versigtig. Dis 'n mooi som daai. Ek sê jou nou, en ek sal weet. Dis beter as baie ander mense s'n."

Die kombuis lyk en ruik soos elke NG kerk-kombuis waar Ami al was – effe stowwerig van ongereelde gebruik, en alles omtrent twintig jaar uit die mode. Sy droog teekoppies af terwyl sy luister hoe Ilse vir Kareemah troos.

"Cherise Viljee is 'n psigopaat. Jy sou haar nie kon raaksien nie. Ék het nie, en ek is die een wat veronderstel is om te weet."

"Jy het drie minute met haar gesels."

"Net omdat Viljee geweet het om haar vir my weg te steek. Dit maak geen verskil nie."

Kareemah pak die skottelgoed weg in die bruin-en-wit kombuiskaste, Ilse wat by die wasbak staan en skrop.

Kareemah is steeds nie oortuig nie. "Ek kon sien iets is nie lekker nie. Maar dan dink mens dis omdat die kind se ma weg is en Viljee die heeltyd werk en haar alleen in die huis toesluit want hy kan nie 'n oppasser bekostig nie. Sulke dinge."

"Goed kruip weg agter ander goed," sê Mac waar sy anderkant Ilse staan en koffie drink. "Dis maar net hoe dit is. Al wat saak maak, is dat Cherise en haar pa gebêre gaan word."

"Dink jy regtig sy het in al die jare net vir Ebbie seergemaak?" vra Kareemah. "Amper veertig, mal soos 'n haas – skuus, Ilse – en net Ebbie is dood?"

Mac skud haar kop. "Nee. Dis hoekom die VIC besig is om die Viljees en Joy Tshabalala se tuine om te dolwe. En daai mosterdgeel huis langsaan s'n ook."

"Ek wonder wat hulle gaan kry." Kareemah kam haar hare terug uit haar oë, goue armbande wat klingel.

Sy dra swart vandag. Trouens, almal van hulle het swart aan, behalwe Ilse, wat onverwags wit dra. Delia is reeds huis toe, die weduwees wat haar dit gun om te rus ná sy die begrafnisreëlings getref het.

Ami draai na Mac. "Wat van Jakob de Koning se pa? Het julle al meer oor hom uitgevind? Soos Annemarie gepraat het, het pa en seun dieselfde streep gehad."

"Pla die plaaslike polisie. Hulle kyk daarna."

Ami onderdruk die begeerte om terug te byt. Wonder dan waar om te begin met dit wat sy regtig wil weet, die finale legkaartstuk wat gisteraand met 'n handvol oproepe in plek geval het.

Dan vloei die woorde sommer vanself uit haar mond.

"Jy ken vir Ollie," sê sy vir Kareemah.

'n Oomblik se stilte.

"Ollie?" vra die ouer vrou gemaak verbaas.

Ami kan sien hoekom Kareemah weg is by die polisie. Sy kan nie bluf nie, en soms moet die polisie net so goed kan veins as die skurke.

"Ollie Jakobson, die sekuriteitswag by Paul se aftreeoord? Julle het 'n rukkie saam by Sunnyside-stasie gewerk, voor jy forensies toe is."

Mac gooi die blou afdrooglap oor haar skouer. Maak 'n geluid wat Ami nie kan plaas nie.

Sy weet van Mac ook. Sy het een van haar informante gebel om te hoor hoe laat kolonel Helga McIntyre by die transitoroof op die N1 opgedaag het die dag van Paul se dood.

"Sy het nogal laat daar aangekom." Die sersant klink effe verbaas. "Sy's soms laat, maar nooit só laat nie."

"Hoe het sy gelyk?"

"Omgekrap, soos altyd."

"Ekstra omgekrap?"

"Ja. Soos in moerse upset. Maar dit maak sin. Hierdie ouens . . . ons kon hulle nie vastrek nie. Sy het baie flack gevat. Sure, almal praat baie mooi noudat ons hulle vasgetrap het, maar die pressure was ongelooflik."

Ami dink nie die omgekraptheid het net met die geldwarowe te doen gehad nie. Sy wonder hoe sy Kareemah gaan kry om te bieg.

"Ollie sê j–"

"Wat presies wil jy weet, Ami?" blaf Mac.

Vir die eerste keer is sy dankbaar vir die polisievrou se ongeduld.

"Die handskrif in die briewe wat Paul vir my gelos het, is Ilse s'n. Dieselfde persoon – Ilse – het die dag van Paul se dood by die aftree-oord ingeteken onder die naam D. Jordaan. Dis ook die naam van iemand wat Paul jare gelede vir moord gearresteer het. 'n Saak van genadedood, al sien almal dit nie so nie. Ek raai Ilse was onder druk om in te teken – volgens die besoekersboek was daar skielik meer as een voertuig by die hek. Ollie sou in die moeilikheid beland as sy nie ingeteken het nie, veral as die polisie ná die tyd met al die bestuurders gesels het. Ék het met een van hulle gepraat, en die vrou sê daar was twee mense in D. Jordaan se kar."

Sy beduie na Mac. "Ek dink jy was ook daar, maar 'n bietjie later. Waarskynlik was dit toe stil by die hek, want jy het nie ingeteken nie – ek kon jou naam nêrens in die register kry nie. Die . . . uhm . . . ding met Paul het jou laat gemaak by die transitoroof op die N1. Een van jou spanlede het gesê jy was baie ontsteld."

Mac se oë sluier toe.

Ilse gee 'n klein glimlag waar sy by die wasbak staan.

Kareemah bly staar na die kas voor haar, skynbaar op soek na meer pakplek.

Ami speel haar laaste troefkaart, die een wat Geo en Sarah vir haar gegee het.

"Julle al drie se fone was af in die tyd rondom Paul se dood. En dis baie vreemd. Ek vermoed julle wou seker maak die polisie kan julle nie op die toneel plaas nie. En moenie vir my sê julle sit dit af as julle kuier nie. Dis nie nou af nie, is dit?"

Sy beduie van Ilse na Mac na Kareemah. "Die vraag is wie die snel-ler getrek het. As Paul nie kon skryf nie, is dit onwaarskynlik dat hy homself sou kon skiet. Altans, nie akkuraat nie. En die skoot so met die kussing? Dit sou moeilik wees om dit als bymekaar te hou. En hoe het hy in die eerste plek die wapen in die hande gekry? Delia sweer sy het die kluis se sleutel weggesteek."

"Jy raai." Mac sê die woorde sag.

Ami gaan sit by die tafel. "Ek wil niks doen nie. Ek wil net weet." Haar oë is onverwags nat en sy vee oor haar wange.

"Ek het geweet daai register gaan moeilikheid maak," fluister Karee-mah.

"Ek het geen register geteken nie," hap Mac.

Dis Ilse wat uiteindelik langs Ami kom sit. Sy klad haar hande droog aan haar eenvoudige wit slooprok. Druk Ami se voorarm.

"Eintlik wonder jy hoekom Paul jou nie gevra het nie."

Die enkele sin ontstel haar. Ruk haar tot stilstand meer as enige iets anders sedert Delia haar daai Vrydag gebel het.

"Miskien, ja," wurg sy dit uit. "Dit voel soos . . . soos iets wat iemand vir my sal moet doen wanneer ek dit nodig het. So hoekom nie vir my vra nie?"

Ilse vat haar hand. "Ons het minder tyd oor om hiermee saam te leef. Kareemah dalk bietjie meer, maar jy? Dis te lank. En jy weet nog nie hoe dit voel om ouer te word nie. Hoe dit jou stelselmatig stroop van als wat jy was. Als wat jy kon doen."

"Dis mos nou simpel."

"Dit was Paul se woorde," skerm Kareemah. "Nie ons s'n nie. Hy het sy hele lewe lank gehoop vir stil-in-sy-slaap en toe kry hy als-wat-ver-dwyn." Sy kruis haar arms. "Gaan jy vir Delia sê?"

Ami sluk hard aan die trane. "Nee, nee, ek gaan nie. Natuurlik nie." Sy haal die sakdoek uit wat Geo haar in die kerk gegee het.

"Paul het ons gewaarsku dat jy dit gaan uitwerk," sug Ilse.

Kareemah maak 'n ongelukkige geluid in haar keel. "Nie een van ons sou daai dag die register teken nie, maar toe is daar skielik hierdie spul motors. Ollie het gepanic en gesê ons moet sommer net enige iets insit. Ilse het eers by haar huis besef watter naam sy neergeskryf het en ons almal laat weet. Mac was só kwaad."

"My kop was by hierdie verskriklike ding wat ons moes doen," sê Ilse. "Dolf Jordaan was die eerste naam wat ek kon vasgryp. Ek het juis

padgegee uit die polisie omdat die geweld te veel was vir my, en dis hon-
derd maal erger as dit iemand naby aan jou is. Hoeveel keer het ons nie
oor die Jordaan-saak gepraat in die weke voor Paul se dood nie? Hy't
gesê dat hy nou baie beter verstaan hoekom die man gedoen het wat hy
gedoen het." Sy trek haar asem rukkerig in. "Ek's verbaas die polisie is
nie ook op ons spoor nie."

"Ek het nie die indruk gekry hulle soek vreeslik hard nie," sê Ami.
"Volgens die patoloog was daar niks vreemds aan Paul se dood nie."

Sy kyk na Kareemah. As iemand die toneel kon manipuleer, sou dit
sý wees.

Maar Kareemah sê niks nie.

"Soos ek verstaan, was dit 'n goeie hardekontakskoot," gaan Ami
voort. "Die kruitmerke is reg. Die wond. Ook die ammunisie. Hollow
point – soveel skade as moontlik, sonder dat die koeël deur die skedel
beweeg en Paul dalk nog leef. En die CZ-83 9mm Short Browning het
baie minder geraas gemaak as Paul se groter dienspistool. Die kussing
het natuurlik die klank help demp."

Mac sug geïrriteerd, asof sy haar ore nie kan glo nie.

Ilse glimlag effens. "Ontspan, Mac. Ons is nie almal professionele
leuenaars nie. Nie een van ons wil word wat jy . . . wat ook al . . . Jam-
mer."

Mac lyk seergemaak, haar mond dun, oë gekwets.

Ilse kyk terug na Ami. "Paul se laaste boodskap was dat hy baie lief
is vir jou. Alles het gebeur soos dit bedoel was om te gebeur. Weereens
sy woorde."

Ami laat sak haar kop, byt hard op haar onderlip. "Regtig?"

"Regtig. Ek sê dit nie net omdat ons nou almal hier is nie."

Ami gee uiteindelik oor en huil soos sy lankal moes gehuil het, Geo
se sakdoek in haar vuis geklem.

Soms moet mens seker weet om te laat los.

Die klop aan haar voordeur steur Ami waar sy TV kyk. Eintlik staar sy meer na die skerm as enige iets anders.

Sy kyk na die tyd. Dis reeds ná tien.

Toe sy oopmaak, staan Ilse op die drempel. "Ek's jammer ek pla so laat."

Die sielkundige, in 'n donkerblou sweetpak en tekkies, lyk asof sy inderhaas aangetrek het, 'n sliert verdwaalde hare vasgevang in die ritssluiter van haar baadjie.

"Is jy okay?" vra Ami.

Ilse knik net.

Hulle loop kombuis toe, waar Ami vir hulle rooibostee maak.

Ilse hou haar koppie vas asof sy koud kry. "Ek wou kom verduidelik oor Paul."

"Jy hoef nie."

"Ek dink jy verdien dit. Ek dink jy het dit nodig? Kareemah dink ook so."

Ami heroorweeg haar antwoord. "Okay, miskien is jy reg."

Ilse sit die koppie neer, haar wysvinger wat herhaaldelik die lyn van die oor volg. "Paul het ons almal gevra om te help. Nie een van ons wou nie. Uiteindelik het Mac ons oortuig om dit saam te doen. Paul het belowe hy sal meeste van die . . . die werk doen, maar hy wou nie alleen wees nie. Ek dink hy was bietjie bang, al sou hy dit nooit erken nie."

Sy maak keelskoon. "Ons het hom twee keer saam gaan sien. Ons het gestry, baklei, en uiteindelik ingegee. Jy ken Paul. Jy weet hoe dit gaan . . . gegaan het."

Ami vertrou nie haar stem nie, so sy antwoord nie.

"Paul het gesê hy sal bel as hy reg is. Ten minste twéé van ons bel, dat ons kan weet hy's seker en by sy sinne."

Ilse glimlag stram, die herinnering wat haar ooglopend steeds ontstel.

"Delia moes agterdogtig geraak het, want sy het die vuurwapenkluis se sleutel geskuif sonder om Paul te laat weet. Hy het egter later toevallig die sleutel gesien waar sy dit in 'n kombuislaai weggesteek het. Hy het dadelik vir Mac gebel om haar te sê, ingeval hy vergeet. Hy het ons ook gewaarsku dat die tyd min raak, want die aftreeoord sou binnekort CCTV kry. Die tye wat dit goed gegaan het met hom, was ook aan die taan. Ek kon sien hy wou gou maak. Dit was asof iets hom die laaste paar weke gejaag het. Hy was vasbeslote om in sy eie bed dood te gaan, met almal van ons by hom – nié in een of ander versorgingsoord nie. Hy wou Delia ook daar hê, maar hy't geweet sy sal nooit ja sê vir sy planne nie."

Ilse staar onsiende deur die kombuisvenster, sluk aan haar tee.

"Die Vrydagoggend toe Paul besef Delia is op pad uit, het hy vir my en Kareemah gebel. Ek het gejaag en vir Kareemah gaan optel. Ons het gesukkel om Mac in die hande te kry, so ons het per whatsapp gereël om haar daar te ontmoet. Ons was bang dat Paul se helderheid enige oomblik kon verdwyn. Ek sou nie . . . nie een van ons sou enige iets kon doen as hy nie bewus was van wat aangaan nie."

Sy draai haar kop skuins asof sy die herinnering voor haar oë sien afspeel.

"Jy weet wat toe gebeur het. Met al die motors by die hek het Ollie histeries begin babbel. Ek kon nie behoorlik dink nie en het Dolf Jordaan se naam uit die lug gegryp. Toe ek later besef wat ek gedoen het, kon ek net hoop die polisie sou nie te ver soek nie. Deesdae . . . daar is te veel werk . . . te veel moorde, en mense dink ook anders oor bystanddood. Gelukkig het Kareemah seker gemaak die patoloog vind nie fout nie."

Sy glimlag effens. "My werk was om briewe aan jou en Mac en Kareemah te skryf. En een aan Delia, wat sy eers vandag, ná die begrafnis moes kry, as sy hopelik reeds afgekoel het. Paul het self probeer skryf, maar hy't te veel gesukkel. En hy wou dit nie getik hê nie. Hy't gesê julle verdien beter. Hy was nog old school, jy weet?"

Ami knik net, steeds te bang om te praat.

"In elk geval. Mac was kort ná ons by die aftreeoord. Paul was gelukkig nog helder. Sy het handskoene aangetrek, die pistool gaan haal en in sy hand gesit." Ilse se mond trek wrang. "Paul was – is – die groot liefde van haar lewe. Sy sou enige iets vir hom doen."

Ilse vee oor haar oë. Soek na asem.

"Op die ou einde was Paul uitsonderlik rustig en kalm. Seker. Seker van sy Skepper. Van sy besluit. Hy het 'n gebed gedoen, en gegaan."

Sy kry dit reg om te glimlag. "Dit was 'n goeie dood. Dis wat hy dit voor die tyd genoem het – 'n goeie dood. En wie is ek om daarmee te stry?"

1

Dis 'n besige oggend in die Pretoriase Landdroshof. Louis van der Merwe en Cherise en Viljee doen aansoek om borgtog op klagte wat wissel van aanranding en regsverydeling tot brandstigting en moord.

Ami het met 'n ompad gehoor die Viljees het eers gespartel om regshulp te kry, maar dat hulle toe darem op die nippertjie daarin kon slaag om 'n prokureur aan te stel.

Van der Merwe sweer hy het bloot sy seun gaan haal ná Jakob de Koning die waarheid aan hom erken het. De Koning het Nakkie wel eers by die Moot-huis aangehou, maar hom toe geskuif na 'n verlate woonstelgebou in Pretoria se middestad. Van der Merwe sê hy het De Koning net gefoeter om die inligting uit hom te kry, niks meer nie. Hy dra geen kennis van die brand nie.

Ami weet nie of hy die waarheid praat nie, maar sy weet ook nie of die staatsaanklaer die teendeel kan bewys nie. Indien daar enige forensiese bewyse was, is dit in die brand vernietig.

Plus, Annemarie was die dag van die brand ook by die huis, en van wat Ami kan aflei, gaan Van der Merwe se prokureur aanvoer dat sý die brand kon gestig het omdat haar seun haar so erg mishandel het. Annemarie sê geen woord nie. Volgens haar weet sy niks nie en het sy nooit enige seuns by die huis gesien nie. Nakkie hou ook vol dat hy nie veel onthou nie, met sy pa se regspan wat ingegryp het om te keer dat die polisie die kind verder druk.

Ami tree na links waar sy op die sypaadjie staan en wag, op soek na die effense skadu wat die yl boom oorkant die hof bied.

Howe maak haar depressief. Dis asof die lug daar binne nooit ordentlik sirkuleer nie en mens die verwyte, verlies en woede van almal rondom jou inasem, nes die leuens van die skielik-vromes wat sweer hulle het niks verkeerd gedoen nie.

Vir haar is dit een van die moeilikste plekke om nie huis toe te neem nie.

Sy kyk hoe Jules, Nuus360 se fotograaf, by die ingang staan en non-sens praat met die jong man wat vir die *Sunday Times* skiet. Jules het reeds foto's binne die hof geneem, maar wag nou saam met Ami en nog 'n handvol joernaliste op die Viljees.

Wessel Viljee het belowe om die media toe te spreek oor wat hy noem 'n heksejag op hom en sy dogter.

Van der Merwe en sy prokureur het reeds verdwyn sonder om kom-mentaar te lewer. Ester Gouws is ook huis toe sonder om met iemand te praat, Ami ingesluit.

Sy kyk op toe sy 'n rumoer hoor.

Viljee verskyn uit die hofgebou, Cherise aan sy sy.

Ami verwonder haar weer aan die slanke donkerkopvrou. Sy het in die verlede al gedink dat sy psigopate ontmoet het, maar hierdie keer twyfel sy nie. Cherise voel soos iemand uit die handboek wat Ilse haar geleen het: 'n narsistiese manipuleerder en leuenaar sonder 'n greintjie empatie.

Heel waarskynlik is sy so gebore, het Ilse verduidelik – die Viljees se droomkind wat uiteindelik hulle grootste nagmerrie geword het.

Ami stap van die sypaadjie af, wag vir 'n gaping in die verkeer.

Aan die oorkant parkeer Viljee sy rolstoel net links van die ingang. 'n Ouer man in die groep mense wat hom omring, gee vir hom 'n rugsak.

Viljee maak dit oop, grawe daarin. Wink Cherise nader.

Sy buk af, haar gesig besorg.

Uiteindelik kan Ami oor die pad draf.

'n Harde klapgeluid eggo tussen die geboue.

Ami se kop ruk na regs op soek na die oorsprong van die geluid. Dit klink soos een van daardie ou minibus-taxi's wat sukkel om te vat.

Dan hoor sy gille, en kyk terug na die hof.

Cherise lê op die grond.

Ami nael oor die pad.

Om haar hardloop mense skreeuend weg.

'n Polisieman storm uit die hof, vuurwapen in die hand.

Sy gaan staan, knip haar oë vervaard.

Sien hoe Viljee 'n pistool in sy mond druk.

Dieselfde klapgeluid klink op.

Sy kop ruk agteroor.

Om haar weerklink die klankbaan van nuus. Voertuie wat remme aanslaan. Die angsroep van vroue. Mans wat waarskuwings skree. Die klik-klik-klik van kamerasluiters.

Dis dan hoe dit eindig, dink sy.

Soveel jaar later, met nog twee mense dood, en niks wat Ebbie Gouws aan hierdie lewe kan terugbesorg nie.

Ami begin tik aan die laaste paragraaf van haar storie. Albei Viljees is op die toneel dood verklaar en gaan nooit vir hulle dade aanspreeklik gehou word nie.

Daarmee kom die ondersoek na die verdwyning van Eberhard Gouws ná meer as 'n kwarteeu tot 'n einde.

"Tevrede?" vra sy vir Paul, oortuig dat hy kan hoor.

Net toe sy die artikel op Nuus360 se stelsel wil laai, lui die landlyn op haar lessenaar.

"Kom sien my in my kantoor."

Ephrahim is besonder kortaf en dit voorspel niks goed nie. Sy onthou hulle gesprek oor die polisie wat beweer dat sy vir Louis van der Merwe gesê het waar Jakob de Koning bly.

Sy loop na die glaskas en klop aan die oop deur.

Ephrahim beduie sy moet inkom. Hy sit by die tafel in die hoek, met Ferreira Smuts, die redakteur, aan sy regterkant. Langs Ephrahim met sy netjiese das lyk Smuts asof hy in die Franse Riviera tuishoort. In sy dertigs, langerige ligblonde hare, chinos, 'n gekreukelde geel linnehemp en aanglip-seilskoene sonder kouse.

"Ami." Ephrahim klink kwaad en teleurgesteld.

Sy wag dat hy verder praat, maar dis stil.

Smuts spring in. "Jy gaan Kaap toe. Die kantoor daar het 'n nuwe misdaadverslaggewer nodig."

Sy kan hoor dis nie 'n keuse nie. "Ephrahim, laat ek asseblief net –"

Hy hou sy hand op. "Moenie. Ek wil jou skors, maar Ferreira is gaaf. Oor jou stories, jou hit rate op die webwerf. Maar ek . . . Jy moes beter gedoen het, Ami. Ek verwag beter van jou."

"Ek het niks –"

"Ek wil nie hoor nie."

Skielik voel dit asof sy haar pa teleurgestel het. Ephrahim het haar 'n kans gegee ná haar swemloopbaan, haar so te sê grootgemaak in hierdie beroep.

"Iemand is dood, Ami. Ja, De Koning was 'n pedofiel en 'n moordenaar, maar dit was uiters onverantwoordelik om vir Louis van der Merwe van hom te vertel, al sê jy dat jy nie De Koning se adres vir hom gegee het nie."

Ephrahim se oë flits agter sy bril. "Weet jy hoe gelukkig jy is dat dit klink asof De Koning wel vir Nakkie gevat het? Besef jy wat als kon skeefloop? Wie almal kon seerkry? Jy's 'n joernalis, Ami. Elke keer . . . jy gaan te ver. Élke keer."

Hy waai haar weg met sy hand, asof hy haar uitvee. "Jy moet onder my oë uit. Dis al wat ek weet."

Smuts kruis sy arms, knik instemmend. "Jy begin op 1 April, en tot dan is jy op verpligte verlof."

"Wat is die alternatief?" vra sy.

Nie een van die mans reageer nie.

Sy kan seker by Menslike Hulpbronne gaan kla, of CCMA toe gaan as sy wil. Dan trek sy haar skouers op. Ephrahim is reg. Sy was gelukkig.

Maar . . . wat niemand kan verreken nie is of Nakkie van der Merwe nog sou leef as sy en Louis van der Merwe nie ingegryp het nie.

"Goed dan," gee sy toe. "Ek sal trek. Hoekom nie."

Delia is moeg – te moeg om dit weg te steek en te moeg om om te gee dat iemand dit sien.

Ami het vroegaand kom klop om te hoor hoe dit gaan, en om uit te vind hoe die polisie vorder met Paul se geregtelike doodsondersoek.

Hulle kuier op die stoep, die koelte lawend ná die warm dag.

Delia vryf oor haar oë. "Die aanklaer sê hy gaan nie die ondersoek verder vat nie, en die landdros behoort dit te ondersteun."

Ami wag vir nog inligting. Vir Delia om gal te braak of iets, maar niks gebeur nie.

"So wat gaan jy doen?" vra sy. "Het jy al besluit?"

"Bedoel jy gaan ek aanhou soek na wie ook al Paul gehelp het?"

"Ja."

Die loerie wat in die luiperdboom woon kwê hard en fladder weg, versteur deur iets wat Ami nie kan sien nie.

"Ek weet dit was die weduwees." Delia draai haar teekoppie al in die rondte in die piering. "Een van hulle het dit gedoen."

"Is dit regtig so erg as dit hulle was?"

Delia staar na haar sandale, hou haar blik daar. "Ek weet nie meer nie." Sy kyk op, knip haar oë teen die trane. "Maar dit klink asof jy iets weet."

Ami skud haar kop, te bang om te praat.

"Paul kon soms 'n bliksem wees." Delia glimlag hartseer. "Hy was amper altyd reg, en ongelooflik trots. Maar hy was my laaste familie. Nou is ek heeltemal uitgeknip, die laaste een in daai stringe papiermannetjies wat hande vashou. Dis net ek wat oorbly, sonder kind of kraai. Niks bo my, langs my of onder my nie. Dalk . . . dalk is dit wat my die meeste ontstel."

"Ek's jammer," sê Ami sag. Sy weet haar verskoning gaan oor meer as Paul se afwesigheid; dit dek ook haar eie swye. "Ek's regtig baie, baie jammer."

"Kaap toe?"

Geo klink minder ontsteld as wat Ami gedink het hy sou wees.

"Jip." Sy staan in haar kombuis en maak koffie. Dis laat in die nag, Geo wat vroeër haar lyf se woede en teleurstelling sonder vrae geabsorbeer het. "Dis dit, of ek moet ander werk soek. Of sport skryf, seker. Ek het nie gevra nie."

Die eerste espresso vloei by die masjien uit. Sy praat sonder om na hom te kyk waar hy by die tafel sit, ingeval die hoop op haar gesig geskryf staan. "Jy gaan mos 'n kantoor in Kaapstad oopmaak, nie waar nie?"

"Definitief. Voor Desember, as ek my sin kry. Te veel besighede migreer Wes-Kaap toe. Ons sal moet volg."

Sy knik tevrede, die bekommernis effe minder.

"Moenie worry nie," sê hy. "Ek gaan nie laat los nie."

Sy knik, te oorweldig om te antwoord. Maak die tweede espresso.

"Jou susters gaan nie gelukkig wees nie," praat Geo weer.

"Ek weet. Maar Beth-hulle het darem 'n vakansiehuis in Onrus, en hulle gaan omtrent drie keer 'n jaar soontoe. Ginny-hulle is ook elke Desember daar. Sy en Sophia praat anyway al lank oor aftrek. Iets oor die filmbedryf wat groter is in die Kaap."

Sy gee vir hom sy koffie. "Jy dink nie ek moet eerder ander werk soek nie?"

"Nee." Hy draai sy kop skuins. "Ek dink jy doen presies wat jy moet doen met jou lewe."

"Jou inkluis?"

Hy grinnik. "Natuurlik."

"Wat sê jou ma?"

"Oor wat?"

"Jy weet goed."

"Ek's redelik seker sy wens ek het iemand gekies wat brood en sjoko-ladekoek kan bak."

Ami sug.

"Maar sy sê sy kan sien ek's gelukkig. So sy sê dis goed – jy's goed vir my."

Fantasties. Die antwoord wat ma's gewoonlik gee as hulle niks van die girl hou nie en hoop hulle kind kom betyds tot besinning.

"Ek het geweet ek kon netsowel jeans en stewels gedra het."

Geo lag net.

Sy kyk om haar rond. Dit sal nie lank vat om alles op te pak nie. 'n Naweek? Dalk selfs minder. Sy gaan die woonstel mis. Sy wonder hoeveel sy vir die plek kan kry. Sy het reeds vinnig gekyk en eiendom in die Kaap lyk peperduur.

Sy loer na Geo. Meet hoe ver sy koffie is. "Jy amper klaar?"

Hy drink die koppie leeg. Staan op en trek haar nader.

"Weet jou ma dat jy my soms help?"

"Nee." Sy hande glip onder haar T-hemp in. "En ons gaan haar nooit vertel nie. Anders is selfs die Kaap nie ver genoeg nie."

Erkennings

My dank aan Dibi Breytenbach, John Lambert, Anschen Conradie, Annerle Barnard, dr. Hestelle van Staden, Pierre Joubert en Wollie Wolmarans wat my gehelp het met talle regs-, polisie-, prosedure-, patologiese, forensiese en kinder-verwante navrae. Ek is opreg dankbaar vir hulle geduld, mededeelsaamheid en insig.

Soos altyd is alle foute onder alle omstandighede my eie, en nie dié van my bronne nie, en word die feite aangewend ter wille van fiksie en nie 'n ware-misdaad-verhaal nie.

Dankie ook aan EV vir hierdie storie wat sy wortels in 'n ware misdaad het.

My dank aan my eerste leser, Anneke, en ook aan Suzette Kotzé-Myburgh en Francois Bloemhof, asook my uitgewers, Solette Swanepoel en Etienne Bloemhof, en die span by NB-Uitgewers wat sorg dat die boek saamgestel, uitgegee, bemark en verkoop word. En dankie aan jou, die leser, wat steeds boeke koop en lees.

Laastens, hierdie boek is nie pro- of anti-selfdood nie. Dis bloot fiktiewe karakters wat binne hulle eie persoonlikheid optree. As jy of iemand wat jy ken hulp nodig het, skakel asseblief die selfdood-krisislyn by 0800 567 567.